编委会

策　　划：梁国赋 周洑生

主　　编：周洑生

执行主编：李光孝

编　　委：覃智扬 黄方能

记忆乌江

乌江人散文选

周洑生 主编

贵州出版集团
贵州民族出版社

图书在版编目（CIP）数据

记忆乌江：乌江人散文选／周狱生主编. — 贵阳：
贵州民族出版社，2016.10
ISBN 978 - 7 - 5412 - 2291 - 7

Ⅰ. ①记… Ⅱ. ①周… Ⅲ. ①散文集 - 中国 - 当代
Ⅳ. ①I267

中国版本图书馆 CIP 数据核字（2016）第 183358 号

记忆乌江——乌江人散文选
周狱生　主编

出版发行		贵州民族出版社
地　　址		贵阳市观山湖区会展东路贵州出版集团大楼
邮　　编		550081
印　　刷		贵阳德堡印务有限公司
版　　次		2016 年 10 月第 1 版
印　　次		2016 年 10 月第 1 次印刷
开　　本		890mm×1240mm　1/32
字　　数		306 千字
印　　张		11.5
书　　号		ISBN 978 - 7 - 5412 - 2291 - 7
定　　价		36.00 元

目　录

父老乡亲·故园

不绝如缕·往事

西窗剪烛·沧桑

序

穿越记忆的河流

彭晓勇

　　我们这个民族习惯把长江、黄河当成母亲河,生活在乌江沿岸的人们则把乌江视为养育自己的母亲河。一弯江流,淌过多少乌江儿女的爱恨情仇;滚滚江水,流逝无数父老乡亲的悲欢离合。留在记忆深处的,是岁月淘洗不尽的风物人情,是魂牵梦萦的喜怒哀乐。这本《记忆乌江》的作者喝乌江水长大,在乌江边成长,字里行间自然有江水浩荡流逝的水印波痕,更有生于斯长于斯的虔诚感恩。读这样一本散文集,那种故乡情结,乡土情怀,让你被深深打动,回忆记叙中是生命深处那一抹最炫目的色彩,颤动的是心灵最柔软的情怀。一座村庄,一个院落,一群乡亲,一个节日……在这些乌江边长大的作者笔下,浓缩了酽酽的乡愁,在这长长的乡愁里,让人读出了千古不绝的家园记忆。

　　人的生命离不开水的哺育。乌江是两岸儿女的生命之源,江水渗透了记忆的每一个细胞。梁国赋离开故乡几十年,脑海里却始终镌刻着"河流的面孔",江上摇曳的"歪屁股、麻雀尾"风浪打过的航程,"搬滩"浓缩了生存之艰辛,平实的叙说里,却是乌江儿女化解人生苦难的坚韧和顽强。大江东去,生命如斯,就像江边的千年乌杨,年年洪涛冲刷,它却从未倒下(刘照进《穿过岁月的手掌》),它的野性和狂放,激荡千里百折不回,滋养着乌江儿女(罗漠《感受乌江》)。从安元奎笔下涓涓细流的乌江源头石缸洞,到宁坤强心中款款流淌的龙底江,再到田永红笔下注入巴人历史的两江口,乌江蜿蜒东去,穿越高原重重山峰,汇聚两岸无数溪流,在涪陵扑入长江怀抱,它带着山野气息,让栖息在它怀抱中的山民农夫、商贾百姓从此有了山的坚毅和水的激越,百转千回中,它又不乏柔情爱意。每每回到乌江岸边,喻子涵会深深感动于江边老翁的江之恋,杨德淮即使在江边小城遭受命运的磨难,仍然"心系乌江不肯归",尽管喊着乌江船号的男人们从胸膛里迸发出摄人心魄的原始交响,但乌江纤夫的时代却不可避免地永远终结了,掩盖不住的是他们眼神中透出的失落与惆怅(安元奎《虚拟的船号》),而一段闯险滩、越槽口、上塘头的航程,则让周洖生自豪"乌江人的内心被乌江锻造得极其强大与宽广"。洪峰滔滔也好,波浪不兴也罢,正如梁国赋所说:我们的过往和现在,都有她的血脉和基因。她是我们"永远的乌江"!

一江两岸,绵延千里,多姿多彩的乡风民俗镌刻着乌江别样的一种历史。

花灯,是乌江沿岸人民喜爱的艺术。田夫笔下《飘逝的花灯》展现了花灯幽默俏皮、欢快喜庆、古朴典雅的艺术特质,乡村农夫把人生融入花灯曲调,诙谐戏谑中,有对生活困苦的化解和质朴人生的执着。花灯带给乌江儿女欢乐,寄托少年梦想,但乡村生活的流变,周家寨花灯班子解体的惆怅和感伤挥之不去,令人唏嘘。而《梨花哭嫁》和《桂花哭坟》则把乡村妇女用哭来注解人生重要时刻的民俗文化生动展现。

一段段记忆,一件件往事,既是乡风民俗的追忆与怀念,也是民族文化的冥想与传承。李光孝的《白鹭洲情殇》把史载最早始于宋代的思南正月十五游沙洲的岁时习俗生动呈现。遗憾的是"此情只待成追忆"。一江碧波,流不尽作者对"鹭洲泛月"消逝的感伤。消逝的不仅仅是风景和习俗,文化离我们一天天远去,心灵深处的感伤和惆怅,恰似江心蚱蜢舟,载不动,许多愁。

在张进笔下,香气独特的"乡场边的牛肉汤锅",浓缩了家乡的味道,而周洑生笔下的"摊子酒""乌江边上砍头匠",把乡村小镇的百态人生犹如浮士绘一般历历再现,让我们能触摸乌江边的生活气息,感受那个年代老百姓的喜怒哀乐。

对生于斯长于斯的故乡田园古镇老屋,记忆深处是生命的摇篮,是人生割不断的脐带。无论是张进的《远去的山寨》,蒙绍华的《竹林下的井》,还是许义明的《大水井》,一砖一瓦一草一木,无不饱含对故园的追忆,对乡村文化的眷念。正是在这种情感浸润下,牧羊山已成为梁国赋精神回归的栖息地,已超越对故园乡土的怀念,成为作者心灵得以安宁平静的精神家园。裘茂炎的《城南老屋》浸透作者淡淡的哀愁,现有的生活方式对旧有的美丽不可挽回地予以改变。安元昌的《兴隆老街》透射出人世的苍凉和生命的沉重。周洑生的《木楼岁月》洒满人间烟火气息。一段木楼生活,就是一个时代的生活剪影。张羽琴的《瓦窑记忆》,难得对生活演绎新的精彩抱有明亮的期盼。而充满文化气息的《凭吊绿阴轩》,吟诵被贬谪黔州的大诗人黄庭坚在孤独的流放生涯中对文学的贡献,千年历史人文理应留存其间,令作者不胜感伤的是绿阴轩被盆景化,其实就是传统文化在现代社会的演进中被边缘化。

追怀往昔,感念故乡人事,父老乡亲连接缕缕情思。梁国赋写滩娘,平静的叙述把江边女人的人生轻轻翻过。命运的打击在滩娘枯死的心灵中慢慢结茧,又在义父母的陪伴呵护下获得重生,乌江儿女的忠义豪爽在平静中放射人性的光芒。而"文五爷的羊肉粉"则写出老人淡泊仕途、淡泊钱财,守信重诺的平常人生。卖的是羊肉粉又不仅仅是羊肉粉,是做人的品性,是为人的操守。田夫笔下的钩子公关于文明与野蛮的对话,疯六叔疯癫与理智的行为对比,叙写出乡下人抱朴守拙、善良正直的可贵秉性。张春阳的《背时的刨汤肉》智慧幽默地写出乡干部欺虐百姓的行径,含泪的微笑让人心酸。乡村农民生活中的弱势地位和难以维护自我权利的悲哀弥漫字里行间。类似的还有田夫笔下的抗美叔,保家卫国的一介农夫因病无钱医治在病痛折磨下痛苦死去,还有饥饿给荞子叔一家带来的命运困厄,贫穷让乡亲失掉尊严,竟至影响下一代的命运。而李光孝念念于心的老辈子,既有待他如亲生的保爷,也有和计划生育政策捉迷藏的咪叔,还有豪爽耿直的马二队长。他们在闭塞贫穷的环境中,用生命抗击生活的重压,却从来不曾失去乌江儿女的善良与正直,他们用自己卑微的生命温暖家人,温暖同行者,是那个困苦贫穷年代一抹温情的灯光。蒙绍华笔下的几位知青,血统论的阴影笼罩着他们年轻的生命和青春的心灵,大时代下个人悲剧的命运在日常生活里被淡淡勾勒,让我们难以忘记历史怎样在一代人心上重重地留下划痕。

无论怎样的灰暗,生活总会有一丝光明,无论怎样的冷漠,日子总会闪烁人性的温暖。日子过去好多年,黄方能仍然铭记着当初汪育江先生关心素昧平生的文学青年。就像沈从文感谢郁达夫当年在寒冷的北京送给他的温暖。一介文人用他们特有的方式滋润一颗文学的种子发芽成长。张羽琴《大山里的学校》中不苟言笑的欧老师,尽管只是半工半农的民办教师,他却将全部知识和热情奉献给这个职业。哪怕有不谙世事的孩子们的恶作剧报复,他仍然把教好书,把培养好孩子当成自己不可推卸的责任。

不同的人生,不同的命运。乌江边的芸芸众生,在寂寂无闻中走完自己的人生轨迹,留给后人难以忘怀的温馨和感念。

溯源乌江,穿越历史。一段往事,一方习俗,一座古镇,一群亲人。有什么力量能终止或者减弱我们对故乡的追忆和怀念呢?

2016 年 4 月

编者注:

彭晓勇,贵州出版集团党委书记、董事长

江枫渔火·乡愁

河流的面孔

梁国赋

歪屁股·麻雀尾

之前,乌江能通航的段面,大多走两类船。一为麻雀尾,二为歪屁股船。只有江面宽泛平缓的段面,才走架子船。架子船体面①大,同样为木船,但高大,有两层,威风,也舒适,顶层有楼栏,有点类似当今的游船。

事实上,架子船那时也名游船,又名花船,只是乌江航线有几处断航滩,又多急流险滩,其他船过断航滩时还得人工搬滩,否则,十船九打烂。因此,体面大得多的架子船,就没有多大的航行功能,只能在宽泛平缓的江面上游走,命运决定了它只能作游船,只能作花船。

可架子船就一直存在着。

它体面。甚至也威风。

当然,体面的不是架子船。体面的是官吏,是士绅,其次还有土豪。

整个乌江流域,特别是中游以下的江边重镇思南、沿河、涪陵,从来不缺官吏士绅,当然也不缺土豪。甚至有的商贾,曾经还富甲一方。比如盐号,比如其他商号,林林总总,饱暖思淫欲,除了勾结官吏,就是休闲,玩花船。而在峡谷间江面上弄麻雀尾、歪屁股船的人,大多面贴

---

① 体面:当地土话,指船的体积。

急流、脚踏纤道、头顶一片天,而不知夜里身处哪片江湾。古往今来皆如此,我的不少父老乡亲,南来北往四面打工,不知今夜可有饱饭?

当然,社会也有了长足发展。

当下,在江上走木船的人家已经不多。不是不愿意,而是不可能。一有高速公路,二有快速铁路,三有民航客机,上千公里上万里程往返一日还。只是今年年初,我一老友邵雨仙打电话告诉我,他要分别造一条麻雀尾和歪屁股木船,有篷,不为别的,是为怀旧,为了把玩。甚至还告诉我,船造好后,邀我去江上玩。

我自然高兴。之前好些年,他就外出打工挣了些钱,之后回故里养羊种茶,日子过得还算滋润。一把年纪了还突发奇想,要造两条木船来把玩。我私下想,这事也正常,他家在江边是走船世家。

那地方叫尧民,旧时为苗民长官司,多为汪姓,权杖世袭,一直由汪姓当家。龙底江源于石阡府地,逶迤流来,在尧民注入乌江,其身后有良田万亩,号称塘头大坝,沿岸有修竹,春天开桃花,对岸突起一大山,方圆百十里。山名四角山。在上首东岸有蛮王洞,其对岸是"镇江阁",是乌江一大险滩,船只过往,稍不注意就船毁人亡。因此,塑大神像镇邪,以保船只平安。坏事变好事,20世纪90年代初,水利专家亲往"镇江阁"勘查,构筑中游骨干电站思林电站。电站蓄水后,坝上百十里水面,一派无限风光,我回老家牧羊山,去湖上荡船,真是流连忘返。甚至定居在上海的兄弟梁老三,也突发奇想,要多挣些钱,弄条机船,即便不从上海驾船回老家,也可以飞到贵阳,在贵阳码头驾船回牧羊山。只要有梦,这事也不难办。比如邵雨仙,本就一村夫,一把年纪了,日子也过不安分,还想到造一条麻雀尾与歪屁股木船来把玩。

我极认真地思考之后,打电话告知邵雨仙,麻雀尾就免了,这类船,在江上还常见,只有歪屁股木船,不见它踪影,至少有三十余年时间。邵雨仙极笃定,他说,要造,就各造一条,歪屁股,主要用作自己把玩,而麻雀尾,租了出去,供别人游玩,收点费,以船养船,甚至还可以养好歪屁股。我就随他去,反正他口袋里也有点钱。

与邵雨仙交好，与我写乌江系列小说有关。我没少去他家，有时，一住就是半月，喝茶，也喝酒，有时还帮他种地，养鸡，有时过年，也去他家。若是夏秋那段时间，二人喝酒喝过了头，还滚到江水里一道醒酒。那时，我和他一样都还没成家，有时也想女人，在柔软与焦渴之间，有时也跟他一道放开嗓子唱山歌：

> 三只斑鸠嘛腾哪腾，
>
> 飞过江哪嘛嗬嗬嘿。
>
> 两只成嘛情呀妹咿，
>
> 一只单哪嘛嗬嗬嘿。

当然是在夜间，光脊梁光屁股地坐在江边沙滩，头顶有月亮，耳里全是滩啸。那时年轻，有些得意忘形，唱着唱着，各自心里都有些暧昧。后来他出门打拼，有十余年不知他音讯。有朋友告诉我，听说他在沿海挣了点钱，还骗得一女子芳心，有了孩子有了家。我曾经顺道去造访过他。他女人贤惠，学历还比他高一个级别，是大专生，他自己则是中专生。他告知我，广东太热，他还是想念乌江边上的江湾和沙滩。想不到青年知己邵雨仙，过了些年后，还是携妻回了他老家。

我与他说过，退休后，本人也回牧羊山。

牧羊山离他老家不远，如乘船，上行到桶口老渡，上岸走不远，就到牧羊山山根。

那时，我在思南文化馆工作。之后各奔西东，我在贵阳，他在广东。

是在他家门口见到的那条废弃了的歪屁股木船。

当然，船身上已布满了岁月的痕迹与沧桑。我问，船尾怎么是歪的？

邵雨仙说，歪屁股，船尾巴肯定是歪的。

我极为好奇。原先见到的木船，无论是大是小，有篷没篷，船帮与船体都是极周正的。没看见船尾是往右面（站在船头看）歪的。他比画着说，歪屁股，一般都是大船，是载重船，也是远航船，往来有时一月两月。就算从家门口出发,经思南,过德江,到沿河,下涪陵,到长江口岸,往返几百上千里,风高浪急,装载重,镇得住。当然,过断航滩时还得人工搬滩,在江湾过夜,再出发,掌好舵,遇事沉着应对,大多不碍事,到达码头口岸。回来时,大多装载食盐和布匹,也是重船,逆水而行,同样风高浪急,只好拉纤,吼着号子,一步一挪,大多贴着石壁,石壁前倾的江面,就牵挂船尾,稍不注意,就挂断船尾,甚至船毁人亡。老祖宗有智慧,新打造船时,就把船尾歪向一面。

这样说,我就了然。

沿江前后打通几处断航滩之后,长途航行大都驾机动船。这样,歪屁股大多上岸歇息。

不知怎的,看了他家门口那条废弃了的歪屁股,我不自觉地会想到它之前的剽悍,甚至是伟岸。最多时,邵雨仙祖上和父辈手上有五条船。三条麻雀尾,两条歪屁股。之前,他祖上并不走船,是干更苦更累的活——在江上放木排。有了点积攒之后,才走船造新船。而且也相应置了些田土。只是到了父辈时,家族里有人不学好,爱上了抽大烟,有人上赌场,有人嫖女人,几乎毁了全部家产。

不过,邵雨仙说,这或许是件好事。如不这样,他家就不会赤贫,地主富农活在人世中,让人见了就不中看。现在他要造新船,纯属怀旧,是为把玩。当然,要造新船其实也不简单。不过,他已作了精心设计和材料准备,选了二十年到三十年树龄的红椿,这是造木船的上好材料,耐磨,颜色也极好看。船篷自然也用上好的荆竹和精选的茅草。我说这样造就的木船自然很漂亮。不过,他有一事要我相助,就是要我在木材市场里购置一些坚硬木材给他做船帮。我欣然答应,优选榉木的,而且叫他不必汇钱,花多花少我会买单。到时我会去江面坐他的歪屁股木船。

也但愿不是花船。不过,好坏都得感谢邵雨仙,后来我前后发表在《山花》《民族文学》上的中短篇小说《船》《命运的这个港湾》《霸王滩的美人鱼》《蓝帆》,其素材与故事,多半来源于他的走船世家。

搬　滩

搬滩是件苦力活。大多是在峡谷峭壁间之断航滩，两岸石壁，两面高山，人在滩头或滩尾，抬头只见一线天，即使夏日里骄阳似火，峡谷间的江面也显阴暗。而夜间，即便天空湛蓝，月圆如玉盘，能照见滩尾上的江湾或沙滩，也不过不多的一些时间。

搬滩人大多住窝棚。

窝棚多显简单。大小三根整木，搭成支架，再用木条或竹作壁，在周遭铺陈茅草，放进一床破棉絮，就自成一家。有的是几人合住，有的是夫妻同住，甚至还带着娃儿。人多时，有十多座窝棚，大多搭建在江湾边上沙滩，只有领头的，或资历老的，窝棚才贴着石壁。石壁一面相对比较安全，一防洪水，二防土匪。我一忘年交赵焕芝老人，一家人大多干搬滩的活谋生。当然，之前他也走船，走的是一种叫作歪屁股的大木船。那时年轻气盛，在船上做老大，船是向船帮主租的，一年四季，白天夜晚，都吃水上饭，从思南码头出发，顺风顺水，经涪陵，抵达长江口岸。回来时逆水，同样风高浪急，吼着号子拉纤，贴着石壁，一步一挪，其中要过三处断航滩，一次往来，不耽搁，少说也得一月时间。有一年春天发大水，船过潮砥滩，人亡船毁，赵焕芝留得一命，光屁股爬上岸，钻进窝棚歇息几日，设法过日子，跟随搬滩人一道搬滩。因为能干，后来还做了搬滩队的二老板。

有船过时，才搬滩。

没船来时就歇着。手里宽裕时，也喝酒，找女人偷欢。那些年间，陆路也艰难，大多肩挑背扛。整个一条乌江，特别中下游段，只要是城镇，都成了黄金口岸，即便急流险滩，都成了黄金水道。因此，一处断航滩，少则二三十人，多则五六十人，有简易酒店，卖些野味，卖便餐，供来往客商和滞留的船工歇息就餐。当然也有简易旅店，大多支立"春香楼"招牌，除了住宿，也提供别的服务。赵焕芝老人说，尽管是在峡谷间搬滩，船来船往人多时，其实日子也不难过。

搬滩队建制健全时，还有当地官员在那里坐地管理，大多是税务稽查和航运稽查，他们大都住靠石壁的二层楼房，料石砌成的楼房，坚固，房顶有围栏，种花草，有鱼池，屋内还有防身的枪弹。开餐馆开旅店的老板都敬着他们，有时要送进去野味，有时也送进去村姑。因此，赵焕芝尽管那时是队长，也只是负责管理搬滩，只能是"二老板"，就算是想女人，还得私下里自己掏腰包。

所谓搬滩，当下的人肯定不知道。就是船到了滩头或滩尾，都得停船靠岸，不这样不行。前面或上方是险滩，水急浪高，尽是露出江面的大石墩和礁石，且交错在其间，根本就看不见何处是航槽，眼里是乱石林立，两耳全是滩啸，只得靠人工搬滩。先卸货，把货物逐步搬到滩尾处江湾，然后搬船。船到江湾，再装船。人工搬滩，还得讲究人员精壮，手脚利索，技术娴熟，货物有时零散，有时笨重，不可遗失，也不可破损。当然，货多货少，各自可以分担。而上下往来的木船大多是大船，是一整体，那就讲究个配合得当，指挥有力，才能把船只搬过断航滩。

搬滩，最大的困难在于搬船。

船过滩，人就轻松。一切停当后，才进窝棚歇下来，有婆娘家小，有时可以吃上热汤热饭。没有家小的，还得亲自烧火做饭。当然，简易酒店里都有饭菜，只是不是每个人都能掏出钱的。何况每遇春夏涨大潮，一月两月的只听滩啸，不见船影，严重时，搬滩工还会饿饭。那就得生打死挨，无望时只得离散。甚至有时还会遇上土匪骚扰，如稍作反抗，有时性命难保。

乌江中下游思南以下有三处断航滩。一潮砥，二新滩，三龚滩。我都分别造访过，都在峡谷间，两岸石壁，两岸高山。身处其间，四时只听滩啸，抬头一线天，江面极为阴暗。崖上树杈间，有猴在那里腾挪，石壁间，有鹰嘶叫着展翅飞过。当然，我去造访时，都分别建了绞滩站，用机器设备绞滩，而不再用人工搬滩。过往的，大多是能装载一百吨左右的机动船。船过时，船尾激起很大的浪花，汽笛不时鸣响在峡谷间，要过绞滩站时，船在江湾处稍事游弋，鸣笛向绞滩站求助绞滩。绞滩站其时早有准备，在站上摇出信号旗语，放出铁质浮桶，钢缆牵挂其间，挂上甲板铁桩后，以信号旗语交流沟通，便开始绞滩。岸上与船上共出力，轰鸣声就回荡在江面峡谷间。船头逐步贴近滩头，其间，拖弋的钢缆在急流中逐步刮出水花水柱，水柱越升越高，极为亢奋有力，很是壮观。之后水柱水花陡然跌落，船就过了陡滩，卸掉钢缆，鸣笛三声，道声谢，然后一声长笛，扬长而去。

绞滩站一般建在石壁崖嘴间，柴油机作动力，功力大的有二百马力，钢架绞盘，一条粗实钢缆绕在其间，一端牵挂铁质浮桶漂浮在江面，两人分别在岸壁间打旗语，二人操持转盘，一人掌管动力柴油机。总的来说，站上有八到十人就够，比起之前二三十人的搬滩队，那就省力了很多。只是没之前人多热闹，工人都领国家岗位工资，也分别轮休，领了薪金回家养家糊口。当然，这工作看似轻松，其实也有些艰苦，年年岁岁都在江岸峡谷间，抬头也只有一线天，白天见不到多少太阳，夜间瞧不见多大一轮月亮，十里之外，见不了人烟。也不知哪时有船从江面上过。有船来就高兴，听到船笛就兴奋。只是往来的船其实并不多，有时十天半月都不见船影，就只好睡了吃，吃了睡，或者在近处溜达一下。当然，即便十天半月没船来，每日里都要把设备检验一番，甚至也要模拟绞一次滩。这便是乌江沿线绞滩站每日必做的功课。我的忘年交赵焕芝一家有三个男人搬过滩，后来进航道工程队，打滩，疏通航道，再后来，就分别去了石壁间的绞滩站或峭壁之上的信号台，一辈子都不曾离开过乌江，一辈子吃的都是水里饭。

沿江建了绞滩站之后，往来的木船就逐渐稀少，除了机轮，更多的是渔船。他们在江湾下网，有时也在滩头滩尾钓鱼。弄了鱼，有时也卖给信号台或绞滩站。每年，我都用一月余时间，坐船或徒步到信号台或绞滩站走走，在不经意间，与他们中的不少人成了朋友。有时也帮他们代写家信或情书，他们则回报我从集镇上买来的苞谷酒或鲜鱼,有时也有亲自持枪打来的野鸭或野鸡。其间,我青年时期的爱恋甚至是暧昧曾在一处峭壁之上的信号台逗留过近三年时间。她是一个温柔体贴的姑娘,和一有夫之妇驻守在信号台。当然,年年岁岁,白日夜晚要做的工作也极为简单,便是站在信号台的安全墙里,用望远镜巡视峡谷里上下两段能看得见的江面,有上水船来,就向安全墙里支棱着的信号杆上打出上水船的信号标,见上游有船来,就打出下水船的信号标,以防船来船往,双方躲让不及。当然,机轮过去时,都要拉响船笛,鸣一声感谢。

我第一次去造访时,四十余岁的女工友也在台上,她俩待我极为客气,都以为我不是坏人。我衣袋里有介绍信,是作家协会开具的证明,还盖了一枚不小的红印。

第二次去时,是第二年的秋天,天很蓝,太阳很温暖,四面有一种入秋后的安详与宁静。当然,上到台上时,还是出了一身的大汗。走进安全墙里时,见四下无人,心里犯疑,之后便安然坐下,四下张望。吸过一支香烟后,一房两居室的门突然打开,露出一张脸,正是之前台上的姑娘,披长发,发似乎还是湿的。她说,我来时她在洗浴,之前从望远镜里看,知道有人从江湾处上岸的。我多少有些难堪,不知就这样闯进了人家的家里。

之后就相对无言。

我问:"大姐在休息?"

姑娘说,大姐轮休,搭船去了工区,过几天回来时,要带回油盐和米。

我并非为她独自一人在台上的安全担心,我是担心我上台后跟一女孩独处会发生什么不可预测的暧昧事情。姑娘似乎也发现了我异样不安的神情,就说:"大哥你不必害怕,你晓得的,我屋子里有枪。"之后,她就从屋里拿出一管火枪,举着,熟练地摆弄了几下,还往山岭远处放了一枪。枪声过后,岭上还跑出两只个头不小的野羊,之前似乎躲在那里交配缠绵。我的到来,真的是骚扰了它们。

我说:"我走了,下次再来拜访。"

她留我。说上下都无船,在台上住下来,她又不会吃了我。其实,天色已近下午,太阳正向西去。四下异常的宁静安详。有风习习掠过。

不知怎的,我从县城出门上船时,特意给她带了事前买的一条蝴蝶裙和一条红色围巾。心想,冬天她在台上,特别是雪天,四面皆白,她若是围了大红围巾,一定非常漂亮。

船 棺

回龙峡石壁间有船棺。有考古爱好的人,一般称悬棺,这也对。只是周遭乡人与长年走船吃水上饭的人,都称它为船棺。这或许更为准确一些。我一直以为,乡情民愿,似乎比官方的表达和文化学者的称谓要更接地气一些。实话实说,我不曾亲眼见过这具船棺。只是听说,或许它也只是一个传说。但它的确是个真实的存在,甚至存在了几百上千年的时间。听说,后来有人说它是牛鬼蛇神,原本在石壁间待得还好好的,之后不知怎的,似乎是灵魂出窍,不甘寂寞,游走在水上和乡间,赤身裸体走进良家妇女的梦中,不时做些伤风败俗的坏事。之后在一个月亮高悬的夜里,某几个有良知的男人,用绳索把自己弄到石壁间,把船棺踢进了峡谷间的江水中……

从此得一方安宁。

传说中,船棺里的确安放的是最早的一位船王,死时还比较年轻,或许正当壮年。也听说,这船王风流成性,当然也功不可没。从少年时,船王就不曾离开过这条江,独自一人,探源头,涉险滩,绘制图谱,确定航线,试制船桨船帆,练得一身水上好功夫。听说,他只要站在岸上,挥舞衣袖,不用耳不用眼,就知道风大风小,将五个手指贴在江面,就知道水深水浅,是否风高浪急。也听说,他在江面上航行,不用桨不用橹,只掌控风帆,不管是顺水而下还是逆水而上。因此,他在源头而下的江面,正式启航的那天,牛皮筏子里全是鲜花,五颜六色,有映山红,有玫瑰,鸟们也飞来朝贺,男人和女人赤身裸体在岸边跳着舞为船王送行。那日阳光普照,夜里一轮明月挂在天空。船王最初是独自一人航行,赤身裸体躺在牛皮筏子的鲜花间。月光里江水清冽,想必在航行途中,自在也安宁。

也听说,不时有女人来到他的牛皮筏子鲜花堆里,在月光里交媾,因此,船王在江之头江之尾有不少年轻美貌的船后。子孙多了之后,才试着造船,船有大有小,有麻雀尾,有歪屁股,有架子船,出航时,都鼓满风帆。

因此,一辈子吃水上饭的人,特别是弄船人,都尊他为大神。船过回龙峡,望他能保往来一路平安。这个故事,抑或这个传说,是回龙峡航道信号台的中年妇女汪桐同志讲给我听的,我宁愿相信它是个真实的存在。

有一次我对江桐同志开玩笑说:"如是你一人在台上值守,月明星稀的夜晚,四下无人,独自一人睡床上,船王会不会走进你梦里来?"她只是笑笑。

年轻时那十余年间,我没少去造访航道信号台。信号台大多在急流险滩岸边或峭壁之上。一般有两人或三人值守。有的为夫妻同台,有的老少同台。三人值守的台,大多在峭壁之上,因为过日子相对比较艰难,多一人,也有个照应,一可轮休,二是回台时,也可弄回些吃喝,不至于饿肚子。汪桐值守的台,是三个女同志,相对而言,她年纪稍大一点,因此做台长。做台长有个好处,便是另外两个女人都得听她安排。她说她不是寡妇,有一个男孩,只不过和孩子他爹离了婚,现在单身而已。另外一人死了男人,没有孩子,她才是寡妇。其次一位是姑娘,正在物色对象,人也长得漂亮,是我本家,汪桐说如果我看得上,她可以帮我撮合。

我也只是笑笑。她长年值守的台,我也知道是女人台,去造访不方便。还好,我去时身上有作家协会开具的介绍信。天将黑时,另外两位女同志都分别回到台上。我的本家叫梁莉,的确年轻漂亮。她说有台长在台上,她闲着没事,就去江边洗澡。我说:"你人在江边,我下船时怎的没看见?"梁莉说,女人脱光了洗澡,当然不会让人看见。想想也是,她说她躲在石头边。田丽回到台上时手里提了一条二斤左右重的鱼,之后汪桐说,田丽有一相好,是江上打鱼郎,没事时,她会去岸边帮打鱼郎烧火做饭。我就说,何不把打鱼郎叫上来一道吃饭。汪桐说,打鱼郎从不上台来,有时送鱼,也只靠近安全墙边,把鱼放下,转眼就不见身影。

事后我才知道,打鱼郎有命案嫌疑在身。被害的便是田丽的前夫,原先也是在一处信号台,是在江湾一岸边,与田丽同台。不知怎的,某日江面大雾,男人起床去江边大便,就没见人再回来。事后有人怀疑,打鱼郎与田丽有勾搭,是否打鱼郎有歹心?几经拷问,打得打鱼郎皮开肉绽,都说他有作案动机,只是没作案时机。之后从拘留所放出来后,他死活要跟田丽。还放出狠话,冤枉也冤枉了,还差点残废,这样要跟田丽,也是天经地义。

这天夜里,我到江边与打鱼郎同住。这男人不怎样说话,但我也感觉到这男人阴险。天亮后,又回到台上。汪桐说,如我看他不顺眼,夜里就住台上,她自己可以跟梁莉睡一张床,或者安排田丽去江边,我就单独睡田丽床上。

其实,汪桐也是文学爱好者。

这或许是我要去造访航道信号台的原因。

汪桐出身水上世家。她父亲从小跟她祖父弄船,上下几百里,既是船老大,也跟着船工拉纤。她自己说,她就出生在船上。因对航道熟,新中国成立过后不过两年,他父亲就进入航道工程队,还做了工区的头,带领一干人打断航滩,建绞滩站,建信号台,沿江上下疏通航道。汪桐初中毕业不久,也跟着进了航道工程队,跟男人一道,风里雨里,工作和生活也在波里浪里,工区作业点时间紧时,一年半载都回不了家。这就给在县里机关上班的男人留下个口实,可以另觅新欢。汪桐最初以为是开玩笑的,后来真成了事实。离婚则是她自己提出来的。她说得很简单,与其苦苦想抓住一个男人过日子,不如两袖清风,把一个人的日子过简单。

汪桐说,她追求简单,只是不愿意放弃儿子。儿子托付给母亲。我是在一次作家聚会上认识汪桐的。她的确长得不算漂亮,人敦实,四季都穿工装。她告诉我,工区领导答应了她去峭壁之上的信号台,那地工作简单,甚至很轻松,值守时,往安全墙里一站,巡视峡谷里江面,有上下船来时,会鸣响船笛要信号标,那工作其实真的很简单,上水船给上水标,下水船给下水标,不给信号标,船就不能过滩。当然,除了通航信号标,还有禁航信号标,便是把上下两只信号标同时挂在安全墙里的信号杆上,这样就到禁航时段。从这个角度上说,一处信号台,最多不过二三人,其实就是一人当关,船来船往,一点都不敢造次。

当然,在峭壁之上的信号台过日子有时也显艰难。最不好的时段,是在春夏时节,大雨连续好些天,洪水猛涨,即便不挂禁航标,也到了禁航时间。有时,一月时间洪水都不会退去,没有船来船往,人在荒山野岭间,如是没有储备,除了饥饿,就只有聆听不绝于耳的滩啸。其次,便是守着白天和黑夜。

后来汪桐说,最初没经验,有一次她和梁莉在台上就这样困守了一月时间。其中有十天时间,只吃台上自己种的蔬菜。不过,这样也有了些好处,没船来,她可以读书,安心学着写一点文章。饥饿还可以减肥。只是梁莉这丫头脾气火爆,除了叫苦,一早起床,就破口大骂天公不作美。后来田丽也来台上后,汪桐私自做主放了她三个月的假,她倒也开心,坐了船去县城中疯玩,也跟船上的船员打情骂俏,只是回到台上后不见来月经,多少也惹出一些麻烦,因此汪桐说,一个人过日子,还是要讲纪律的。

信号台周边岭上有豹。有时也有心怀鬼胎的男人来光顾,不过,工区领导为了安全,配备了一条火枪。火枪就挂在三间屋中间一间的墙上,有时,汪桐还亲自把玩一下。

信号台对面半壁间就是那具船棺。只是早些年就不见了踪影。听说是一块整木凿出如船形的棺,也听说原本就是船王生前把玩的一条完整的歪屁股木船。船里安坐着死去的船王,身边有酒坛,船里有橹,有桨,有篙,只是不见有年轻美貌的船后,想必死后也有了些孤独和寂寞。因此有人说,船王尽管风干了身躯,可是到了月明星稀的夜晚,还春心荡漾,不时走进青春少妇梦里边,共度欢悦,甚至让其怀孕生子。这或许也只是一神话传说。可汪桐说,这其实是真的。我开玩笑说:"难道船王也曾经走进你梦里来过?"

她只是笑笑。

不过,在半壁间安坐了几百上千年的船王和他的船一道被人投进江里却是事实。事后,上面追究下来,当事人被判破坏文物罪,三年刑期,监外执行。汪桐说,其实也应该。只是怀了孩子的女人说,肚子闲着反正也是闲着。这坊间的故事,我也不止一次听说过。人世间有些好事或坏事,并非出于欲望,有时的确是因为寂寞。

滩　娘

滩娘是我的乌江系列长篇小说《滩娘》中的人物原型。她出生时,我的灵魂还不知在哪溜达。从年岁上说,她应该与我母亲相差不多。我认识她时,她已经退休在家,但一直没闲着,在沿河县城边上的航道施工工区家属院里看澡堂子。她工作极为认真,我很敬重她,甚至佩服她。

她年幼时过了不少苦日子。她说,她应该是生在山里的不知哪一户人家。一岁多时被遗弃在路边草丛里,是一条大黄狗发现她也救了她。我猜想,她那时已气息奄奄。之后,大黄狗叼了她的衣服,带到一户茅房人家。茅房里没有人,只是火塘里还有余热,也有烤熟的红薯。红薯不知是大黄狗用嘴叼给她的还是她自己塞进嘴里的,她说她那时还小，不记得了。只有这一点是事实，一定是那条大黄狗救了她。之后，大黄狗就没离开过她。天将黑时，一个大男人进了茅屋，身上一身冷气。那时正是冬天，男人迟疑了一下，以后就做了她爹。

爹之前是一个人过日子一个人当家。如果真有伴，便是那条看家的大黄狗。大黄狗温顺，对生人则张狂，主人不在家时看家，也在四处溜达，有时也往家里叼回来野兔子野鸡。

男主人有很多时候不在家。出门做苦力，做长工也做短工。因此有很多时候，是大黄狗和孩子在家。似乎也不缺吃，饿了有烤红薯，有苞米稀饭，渴了有一眼井水。

只是好景不长。滩娘长到七岁时，她爹要跟队伍，走时也没跟孩子说上几句话，只是把她托给一朋友，之前孩子叫他干爹，叫大黄狗为保爷。她爹说，有保爷和干爹管着，他跟队伍出远门就放心。

爹一去几十年，杳无音讯。至今滩娘身边只保存爹走时留下的一件东西，其实也只是一张画。一张牛皮纸，两个巴掌大一点，画了一头牛，似乎在低头吃草，有一片地，地的右上方有太阳，似乎还有月亮。右面有一木房，似乎还有袅袅炊烟。我亲自讨来认真琢磨过，我说，这遗物应该进博物馆。

滩娘说，之前也有人来探访过，她都不曾给人看。留在身边，对远去的爹是个念想，后来她又悄悄对我说，这画其实是假的，是请有文化的李明秋复制的，只不过跟原先的画差不多一模一样。之前，爹给她时，她就一直带在身边藏在贴身口袋里。后来与干爹一道坐船遇大水，人是上了岸，只是衣服和画一道冲没了。

当然，我也觉得有些许遗憾。

后来，滩娘知道我有一点文化，还是青年作家，写书的，就对我极为热情，还恳请我，等我忙完了眼目前的事，帮她写写爹，写写大黄（她保爷），写写她干爹。我说："我尽量努力。"

一过就是二十多年。

我也有诸多不顺。日子过得懒散而又凄惶，当要提笔谋篇布局时,就得到滩娘逝去的消息,我只有仰天长叹,也了不断这个心结。前后写下的二十多万字,也一直还存在抽箱里。

我念念不忘滩娘,也不会忘记她干爹和她的保爷大黄。大黄尽管是条狗,它却有人间的悲悯情怀和救赎的力量。七岁的滩娘和她的保爷大黄跟她的干爹杨长旺到了思南县城乌江边上,那里有干爹的家,住的也是破茅房,家里两个孩子,干妈在街边每日烙煎饼以补贴家用。滩娘后来才知道,两个孩子也不是干爹亲生的,是干妈她前夫死后留下的。尽管这样,干爹把日子过得快活,月明星稀的夜晚或有些许阳光的傍晚,他吹竹笛,曲调有时也会忧伤。每当这时,滩娘会想起去跟队伍的她爹,想起山上那座茅屋,想起温暖的火塘。那时她爹天亮出门之前,会给她和大黄做好吃的。当然,大多是烤红薯和苞米稀饭,有时,也做白花花的大米饭。白日里,大黄如果不去山间叨野鸡逮野兔,就在茅房前陪姑娘,生人也不敢靠近。在夜间,大黄则和姑娘睡在火塘边的草席草被间,天变冷时,用自己的皮毛去温暖她。干爹听爹这样说过后,说姑娘应该叫大黄保爷。因此,滩娘年幼时是一直叫大黄狗为保爷的。事实上,大黄一道跟着到了江边的茅屋后也还是想山里的家。三日两日,或十天半月,要回原先的家里看看,要在茅屋里或茅屋的周遭逗留一段时间。有时到夜半,它才回到江边的新家。不过,干爹为了之前的那份情意,到了秋天或过年的那段时间,都要带大黄和姑娘到之前的茅屋里住一段时间。同样要在火塘里烧旺火,以添人气,同样要把茅屋周遭的杂草清理干净,甚至要在院子里种些山花和蔬菜。有时,也把姑娘她爹跟队伍前埋在地里的一坛子酒拿出来把玩一下。她爹说,打下江山后回来一道喝上几天。只是他一去之后就没了音讯。

家里的三个孩子中,干爹那时待滩娘最亲,不是有要紧事,他都把姑娘带在身边。他跟谁都说,姑娘是他亲生的。

当然,干爹为了生计,也经常不在家。他分别跟了两个傩戏班,主要司鼓,协助作法事,用他们自己的话说,是吃阳间饭,做阴间事,去西家,转东家,为事主驱魔镇邪,祈福求平安。有时也有好吃好喝,如遇富户大方人家,还可以拿到一点现钱。干爹出门时,大多带着年幼的滩娘。他司鼓时,手脚利索,威风有如将军,一竿子人都听他的,高亢时激越,轻柔时有如春风,也算得傩戏班中司鼓的名家。很多年后我在思南文化馆工作,在收集整理民间文艺素材时,不少傩戏班里的老艺人都还提起他是司鼓名人。那时滩娘还小,跟着干爹去千家走百家,也学得几鼓槌。每次出门或回家,干爹就让她骑在他肩上,有时她就把他的脑袋当鼓敲。若干年后,滩娘想起幼年时的日子,心头还有一片温情缭绕。

只是好日子不长久。

滩娘十五岁那年,跟了干爹们的傩戏班乘船去沿河一大户人家给老人庆生,船到中途,突遇洪水,人仰船翻,干爹把生的希望留给了少年滩娘,她抱着那只干爹之前敲打的羊皮鼓漂浮到一处江湾,被一大叔救上了岸。此大叔和干爹年纪差不多,不过四十余岁,人住峡谷间窝棚里,在潮砥断航滩边领一帮人帮过往船只搬滩。滩娘虽然被救上岸,但在窝棚里待了十天才回阳过来。回阳过来之后也不吃不喝,白天夜晚都在江边高一声浅一声地呼叫干爹,其凄怆的样子让搬滩工也跟着垂泪。之后,状况稍许好了些,只是到了夜晚,有月亮或是没月亮,她都在滩尾下的江湾沿着沙滩敲着那只羊皮鼓呼叫她干爹。

救她的大叔名叫秦义波,有意收她为养女,见姑娘很是伤心纠结,便在一个月黑风高的夜晚,狠狠抽了姑娘一巴掌,之后下到江中,捞起一块坚硬石头,说:"把你干爹也捞上岸了,姑娘你不用再伤心。"也就在当天晚上,义父秦义波叫上几个搬滩工,挖了坑把她干爹埋了,还砌了个坟茔,树了魂幡,姑娘在坟前叩了头,之后,眼角的泪才不盈眶。只是到了月圆夜间,她还是要到干爹坟前敲一阵羊皮鼓。

之后,姑娘就跟着义父他们一帮子男女在断航滩学着搬滩,义父的婆娘也待她不差。

一直就没有她爹的音讯。也没有大黄狗的身影。新中国成立后不久，人民政府组织航道工程队打通断航滩，滩娘就在岸上绞滩站做了绞滩工，后来还做了站长，领着十余男女在峡谷间滩头绞滩。听她说，她后来还去过山间原先的茅屋，当然，都破损得不成了模样。院子里还残留着一堆白骨——她知道，那是她之前的保爷——那只大黄狗，它还是恋家。她这样跟我说时，我如鲠在喉。但不管怎么说，她退休后，还是一英武老太婆。她一辈子不曾成家。是独自一人过，但有一女，在航道信号台上工作。她生前，大部分工资拿来供穷困孩子上学。她逝去时，身边只有两件遗物，一是她爹跟队伍时留下的画（实为复制品），其次，便是她干爹之前用的那只羊皮鼓。

虚拟的船号

安元奎

如果十多年前来乌江，你还可以在江畔听到那些野性粗犷的船号。那神秘的歌吟，宛如乌江天籁，蕴涵着一种亘古的悲壮与苍凉，总让你悲从中来，欲罢不能。而今，纤道和船帆已定格为永远的历史，那些船号一如历史的余音，正在幽幽远逝。

夏日的早晨，我们十余人按事先计划，去思南县城下游十多公里的大溪口搜集船号。会唱船号的老人，而今已是所剩无几了。

说是采风，结果却招来了雨。两千年前，为了编撰《诗经》，那些搜集各国国风的朝廷采诗官，大约也免不了雨雪之阻，我们便冒雨从码头出发。江面一派迷蒙，机动木船像一只梭子，在茫茫雨帘中穿梭而行。

没多久船就在大溪口靠岸。大溪口位于乌江东岸，不通公路。与之相对的西岸，上有飞珠溅玉的黄龙泉，下有曾发现神秘洞棺的彭家洞和崖下的桶井古渡。因为有一条溪水在此汇入乌江，大溪口由此得名。这里的人家住得较为分散，不是江边那种大寨子。河岸的缓坡上，村长吕仕宣一家正在修建砖楼。

主人的热情都盛在杯盘碗盏里。菜有腊肉等农家菜，乃至价格不菲的乌骨鸡，就是没有乌江鱼，尽管乌江近在咫尺。究其原因，一是处于乌江禁渔期，二是乌江里的鱼恐怕也寥若晨星了。几千年靠水吃水的乌江人，从饮食里也可感受到生存环境的变迁。

吃过饭,邀请的船工陆续到齐,但唱的地点却不好找。想到江边或船上唱,天却一直下着雨;欲找一家宽敞点的堂屋,但吕仕宣说,在堂屋里闹,乡风民俗有点犯忌,于是找了一个货店。唱船号的一共六人,他们是张羽生、袁海桥、吕仕宣、杨秀波、杨胜发、苏畅扬。

人没来齐以前,我们与六十六岁的老驾长张羽生有过简短攀谈。他十四岁开始走船,在乌江上漂泊了几十年。直到20世纪90年代初,思南禁止人工木船航运,才改业上岸。他的外貌颇有特点,鼻梁挺拔,鼻头微钩,有点像篙杆中的那种钩杆,脸上是浅浅的麻点。额头皱纹很深,像凝固的浊浪。身子精瘦,背微微有点驼了,手脚粗大到近于不合比例。身着老式的青色布扣对襟衣,腰上拴一条白带蓝布的围腰,打着赤脚。胡须黑白参半,状如乱草。说话时嗓音粗大,中气十足。面容虽老,神情一看就是个老顽童。

我们问乌江上的船号到底有多少,他感到无法回答:"那就无穷尽呢,多得很。"又补充道,"从龚滩上来十二天,上大乌江六天。每天巴起来①就闹起,一直闹到黑,你说要多少号子?"他习惯于把喊船号称为"闹"。我们请他先哼几句,他随口就哼起来,很有乌江纤夫的那种专业味道,简直未成曲调先有情了。

另一位老驾长袁海桥有七十八岁了。他从民国时期就开始走船,在乌江上的年头比张羽生更长。来时戴着斗笠,也是打着赤脚,可能刚刚犁田回来。他身上也是老式蓝色布扣对襟衣,裤子或许也是白裤腰那种。天庭开阔,面部扁长,甚至有点凹陷。脸上也有些暗淡的麻点,这是天花的遗痕,据说患天花幸存下来的人大都长寿。性格平和内敛,落寞寡言,与张羽生形成有趣的对比。

袁张二人是这些船工中的元老,其余算是少壮派。六人中有五人均曾长年走船,足迹上至余庆回龙场,下至酉阳龚滩。只有年轻的马店主人苏畅扬算是客串。

---

① 方言,即起床。

张羽生显然是那种性急的老船长。我们录音机尚未准备好,他便急切要求"吼起来"。他没把喊船号说成文绉绉的"唱",先说是"闹",后说是"吼",都有点生猛。而话语不多的袁海桥见采风的听众中有三位女性,就特别声明说:"今天娘娘①些在,号子就是乱吼呢。"他说的"乱吼",意思是说有些船号的内容荤素都有,不大雅观。大家笑着说:"不要紧,这些娘娘都是艺术家娘娘,船号一定要原汁原味。"

静默片刻,一种穿云裂石的声浪骤然炸响。它从这些昔日的走船人口中奔涌而出,聚合为一种雄性的力量,荡气回肠。它分明就在眼前,却似乎来自遥远的蛮荒之邦,像受困的雄狮或狼群在旷野上哀号,像霹雳在峡谷或江面炸响。由远而近,由缓而急,由低而高,气势磅礴,苍凉悲壮。它撞击着我们被现代噪音污染而钝化的耳膜,所有人都震慑于这种神秘的力量。低矮的屋瓦,竟然嚓嚓作响。

刹那间,我心中潮涌,热泪盈眶。我久违的乌江船号啊!

眼前这群人,当年他们赤裸着雄性的身躯,在乌江的陡滩、乱石、绝壁纤道间攀爬,从胸腔里迸出的,就是这种摄人心魄的原始交响。这群乌江的民间歌手,古老纤道上的行吟诗人,他们的船号曾经在千里乌江激荡。

那领唱走在纤夫的最前列,独步荒野,迎着凛冽的寒风,顶着火辣辣的毒日,或不期而至的霏霏雨雪,或前瞻,或后顾,或照应,或呼喊。那悠扬的号子,更像一个孤独的灵魂在江畔且行且歌,吟唱着悲怆的宿命。

而驾长的帮腔,音色高亢、粗粝,如同京剧花腔里的二黄,呈现出一种旷世的苍凉。他并不跟着纤夫们的节奏,而是像一个手舞足蹈的精灵,搅和其中,游离其间,来去自由。他有时唱的是优美抒情的地方小曲,有时又直接呐喊、吼叫,甚至谩骂,完全是随兴而起,没有固定程式。他似乎是对领唱的一种呼应,却又若即若离,若断若续。有时似

---

① 方言读第一声,对姑娘的尊称。

在铺垫、帮衬、托举,有时却又猛然跳开,另辟蹊径。更像在插科打诨,夺二闲,唱对台戏。那音腔自由若流水,奔放如滩涛,飘忽不定,卓尔不群,仿佛一个行踪不定的乌江浪子,游离在故乡的边缘;又像一个桀骜不驯的灵魂,张扬着野性的情感。

而纤夫们的和声沉郁、厚重,顿挫有力。

"喂也——,安舍!"

"喂也——,安舍!"

他们反复着这样的咏叹,反复着这种有韵无字的原始乐章。咏叹突破了汉语的规范,只有衬字,只有叹词,却胜过万语千言。像看不见的深塘,翻滚的巨漩;像汹涌的暗流,吞噬一切的回水;像礁石中流击水,发出愤怒的轰鸣。忽而痛苦忧伤,忽而无奈彷徨,忽而又慨然雄起,气冲云霄。

所有的歌吟全部混合在一起,组合为一个雄浑的整体,浑然天成的乐章。你分明可以听到那桀骜不驯的主流裹挟着万千浪涛和漩涡向前奔涌,另一股回水却偏偏执拗地逆向而行,而最终又汇聚到一起,撞击峡谷,澎湃而去。它错综复杂,神秘莫测,像失败英雄的情怀。在船号的歌吟中,你眼中反复幻现的也许是巉岩、绝壁、巨石、暗礁、滔天白浪、险恶的暗漩、断航滩、打烂的船板,是乌江那吞噬一切的神秘伟力。

乌江船号,这雄性的律动,原始的交响;乌江船号,这贯通天地的乐音,天人合一的绝唱。

如果用现代音乐理论来解析,船号至少是由四个以上声部交汇在一起的,是一种自然天成的多声部乐章。唱的时候,六人进行了简单的分工。当然,他们的分工也是根据船上的职能。第一轮由杨秀波喊,也就是担任拉纤人中的领唱;张羽生撑,即帮腔;其余四人跟,即应和与合唱。后来进行了轮唱,第二轮由袁海桥喊,第三轮由张羽生喊,后来吕仕宣也喊了一回。从上滩号唱到紧水号、熬滩号,再到平水号、龙船调。这轮唱像西洋技法里的"卡农",此起彼伏,连绵不断。每个人的音色不同,混合的船号也就有着不同的韵味。

每唱完一轮,就休息片刻。同行的老田、老吕赶紧从我们带来的大塑料壶里,倒出散酒递过去给他们润嗓。他们先老后少地作些推让,然后都很受用地喝了,如是唱了三五轮。他们开初有些拘谨,在酒的作用下才渐渐放开,后来甚至是眯着眼睛唱。也许在这片刻里,他们暂时回到了逝去的岁月,回到了离他们生活航道越来越遥远的乌江。也许只有酒精才能引领人穿越生活的繁重,抵达性灵的本真与诗情。

张羽生本来就最为投入,几杯散酒之后,更是完全进入了状态,富于激情,连我们都受到深深的感染。虽是坐在一条板凳上,摆出的却完全是老驾长的职业姿势,仿佛正在驾驭的是滚滚惊涛中生死悬于一线的一条船。整个身子重心前倾,头向下拽,略驼的背便高耸起来。随着节奏,身子极有弹性地一俯一仰,整个人都陶醉其中。他嗓音高亢,有喊有唱,中气足得如同正当壮年,韵味十分特别。袁海桥年纪大一些,中气就稍逊一筹,但声音醇和,韵味悠远,像陈年的米酒,度数不高,却也醉人。

其实,在不同环境所唱的船号,有着不同的美感。当纤夫们拽着歪屁股船在长长的险滩上逆水而行,陷入欲进不能、欲退不得的困境,生死悬于一线之际,那熬滩号子是无比悲壮凄怆的:

> 造孽莫过弄船人,
>
> 风霜雨雪路上行。
>
> 嗨也唑,安舍!
>
> 嗨也唑,安舍!

而一旦闯过激流险滩的死亡边缘进入平水,他们对生活的苦难又开始调侃:

> 大雨落来我不愁,
>
> 蓑衣斗篷在后头。
>
> 蓑衣还在棕树上,
>
> 斗篷还在竹林头。

乌江古航道上还有一种"另类"的船号,也就是那种内容有点"荤"的号子。我们要求唱一段这种原汁原味的号子,他们最初都不肯。那一直唱得风风火火的张羽生老人也显出几分忸怩,声调竟然柔婉起来,还偏偏地低下头,粗糙的手指极不自然地来回卷弄着围腰角,宛如一个初恋的农家后生,但有几颗麻点的脸上却挂着邪邪的坏笑。最后还是悠悠地唱起来:

> 远望小妹洗衣裳,
> 心中却在想情郎。
> 手里拿着捶衣棒,
> 心头不知想哪样。
> 天一棒来地一棒,
> 一棒打在拇指上。

其实这应当算是一首优美的民间情歌,对女子心态的描摹很传神,并无不雅之处。但后来吕仕宣唱的一首,的确就有点荤了:

> 大河涨水冲小河,
> 钥匙落在回水沱。
> 哪个捡到交还我,
> 脱了衣裳等他摸。

据说这些老一辈驾长、纤夫,在乌江航道上都有一两个关系暧昧的女性"干亲家"。于是在休息的间隙里,我们就试问一些玩笑性的话题。比如:"你们曾经送盐巴给干亲家没有?"因为那时候,盐巴算得上贵重的礼物。他们都不好意思地笑着摇头否定,但那表情却暧昧而有趣。我们于是得寸进尺:"半斤盐巴不够?"张羽生趁着酒劲,抬起头来以问代答:"半斤盐巴你就想上坎喽?"那表情异常生动,目光炯炯逼人,惹得大家哄堂大笑,他自己也快活地笑起来。

但这群最后的纤夫今天的日子也许并不轻松。人工木船的禁航,把这些乌江纤夫逼向生活的边缘,属于他们的时代永远终结了。

乌江做证,当年那些悲凉的祈诉或呐喊,而今却在远离河床与纤道的地方，以一种虚拟的游戏形式重现，就足以让人惊讶于时空的错位与历史的落差。

唱到下午三点多钟的时候，杨秀波看了几次表，显然心里惦记着坡上的农活，有些心不在焉了。袁海桥的兴致也不是很高，他的儿子媳妇已全部"杀广"①，七十八岁高龄还要耕种全家田土并照看孙子，此时他的一头牛还拴在坡上。张羽生的儿子媳妇也全部"杀广"了，家里的情况与袁海桥相似，但已有几分酒意的他一直兴趣很浓，还几次感谢我们今天让他这样快活，我却从他的话里咀嚼出沉重和辛酸。

几人当中，只有吕仕宣完成了纤夫的角色转换，在现实生活的航道上，只有他的纤拉得最远。他现在是村长兼护林员，唱船号时穿一身林业公安制服，臂上有"护林"字样，显出一种半官方色彩。他护林的功劳是有目共睹的。放眼乌江对岸，幼树已经成林，草地上几十只白鹭在那里闲庭信步，显然是这里的常住居民。他自己正临江起楼，江岸还系着一条价值数万的机动船。

我们走的时候，这些昔日的纤夫用粗糙的手和不太习惯的姿势与我们握手告别，一直目送我们上了机动船。细雨之中，张羽生老人站在泥泞的坡地上一直挥着手，眼神里溢出一种失落与惆怅。

酒醒之后，他还会吟唱得那么潇洒和奔放吗？

明天，还有谁来听他的船号？

---

① 杀广：当地土话，指到广东打工。

飘逝的花灯

田　夫

现代音乐已丧失了它的优雅，我之所以这么说，是源于我对故乡花灯调子的独特感受。它没有现代音乐的噪声与花俏，是那般的古朴、欢快、清朗、健康、吉祥，也是那般的优雅。

每每怀想起家乡的花灯戏，一张张消逝的面孔，仿佛从岁月的陈潭中冒出来，一一闪现在眼前，依旧那般鲜活，那般生趣，他们分别是：摆子公张文，廖公孟怀，张公明星，郑公帮其，王公远禄，田公景云。

一班人都已作古，他们与死于怪病的田公景明一起，创建了周家寨花灯班子，是一群真正的文化草根。他们识文断字，但文凭仅限于乡间私塾；他们都是老实巴交的泥腿子，浑身土里吧唧，但歌舞起来照样风情万般，老树一样的粗手摇起扇子来，照样文气十足，老牛般的嗓子唱起曲儿来，照样幽婉抒情……一时找不到很好的词形容我对他们的印象，总之，他们在戏里戏外全然两种人格：平时隐忍，戏里浪荡；平时沉郁，戏里旷达；平时木讷，戏里神气；平时孤僻，戏里开朗。要是没有花灯，我还没法窥见他们百味杂陈的山里人生。

记忆中，最新跳出来的一个面孔，是田公景云——我的老兵大伯。

"呔——"一声阴阳怪气的大叫之后，他不知从哪里一步跳出来，踩着矮子步，来到舞台中央，一串独白随兴而至：

> 叫我跳我就跳，我一步跳上灶；
>
> 茶罐蹬倒了，屁股烫起泡；
>
> 要见幺妹子，急得狗屙尿！

众大笑。老兵大伯平时笨嘴笨舌，不知他哪来的灵气，编出这般好段子。

> 大伯：嗨，我人又新鲜，脚杆又硬邦，
>
> 　　　走路又快当，不觉来到干妹门口，
>
> 　　　打搅一声，干妹子在家没有？
>
> 幺妹：水牯打架？
>
> 大伯：一来不是水牯打架，
>
> 　　　二来不是架子猪拱槽，
>
> 　　　是三十三天未下雨。
>
> 幺妹：那是情哥来了。
>
> 大伯：晓得是你情哥来了，就快来快来呀！
>
> 幺妹：你在门外等着，待奴家打扮收拾就来。

幺妹身着花裙子上台，满脸娇羞，踩小碎步，扭小屁股，打蒲扇，那背影的确是一个妙龄女郎的好身段，可一转身，大家差点笑岔了气，因为幺妹原来是一瘦老汉——张公明星！

在一阵欢快明朗的二胡过门之后，张公尖着嗓子，边舞边唱：

> 门外喜鹊叫喳喳，不知贵客到我家；
>
> 清早起床把床下，象牙梳子手中拿；
>
> 左梳左盘盘龙结，右梳右挽茶花楼；
>
> 盘龙结上戴香草，茶花楼上戴麝香；
>
> 头上包起青丝帕，脚下又穿八宝鞋；
>
> 上身穿起响铃袄，下身又穿柳丝裙；
>
> 左手推开门一扇，右手推开两扇门；
>
> 两扇财门齐打开，顺水飘飘出房门。

伴随着二胡优美的旋律，两个山野老汉，一旦一丑，一文一野，嘻哈打笑，眉目传情。

大伯:呀！花狗崽。

张公:是花妹子。

大伯:那你摇头摆尾?

张公:是摇脚甩手!

大伯:那你尾巴朝天?

张公:礼拜连天!

大伯:那你一脸的尿?

张公:满脸都是笑!

大伯:这两年嘴巴搞滑了,说也说不赢你。

大伯踩着矮子步,像公牛调情一样围着"幺妹"打转,动手动脚的,形象极为猥琐,冷不丁还凑上去猛亲一口,看热闹的妇女们一边笑一边骂,大伯反而更来劲。

张公唱:苏州来的哥,杭州来的郎。

苏杭二州戴的哪几样?

大伯唱:样都没有戴呀,戴张帕子陪伴我小娘。

戴在哪一点?

戴在妹头上,又好看来又高强。

张公:请哥站远点,小心踩到妹小脚。

大伯:偏要拢来点,把我又如何?……

田公景明病逝之后,摆子公成了周家寨花灯班子带头人,俗称灯头。每年正月初五,他就开始组织班子成员进行排练,上述片段,便是我记忆中的一次排练场面。花灯的道具皆为临时手工制作,十二只用竹条和红纸编制的灯笼,里面放着简陋的煤油灯,便称花灯,加上一对铜锣铜钹,两支二胡,就是草台班子的全部家当。

张公当年患肺病去世,第二年,一个十五岁的美少年姚强被训练出来,扮起了幺妹,而众多小孩子的加入,使花灯草台班子的阵容更加强大,小小的我也是从这一年起,成了正式的跟班成员,任务是跟三个少年轮流扛着一盏花灯。

这年正月初八,我们举行了隆重的出灯仪式,焚香烧纸,燃烛祷告,众人一起唱起了《出灯调》:

正月十五正月正,元宵会上玩花灯。

灯从唐朝宫内起,戏从桃园洞内生。

仁宗皇帝坐龙位,国母娘娘痛眼睛。

国母娘娘眼睛痛,许下口愿才玩灯。

许下三千六百盏,万古流传到如今……

花灯队伍一行八十多人,浩浩荡荡地从寨子中开出,伴着清新活泼的锣鼓声,十二盏花灯在夜色中飘舞,将寒冷的正月渲染出一片祥和与温暖。

花灯所到之处,户户开门迎接,并以钱财相送,仁义之家放鞭炮、燃花烛、敬香茶、煮米酒、摆宴席,像招待送亲客。花灯分丝弦灯和锣鼓灯,最排场的是丝弦灯,唐二与"幺妹"变着套路,逗出一串串乐子,让人百看不厌,二胡拉出的旋律时而如山间流水,时而如百鸟和鸣,优美极了。大人们婉转抒情地领唱,小孩们扯开嗓子起劲地和,所有人都参与了一台戏,这便是花灯的好玩之处。比如,主人家奉上了烟酒茶,我们小屁孩也有份,个个被烟酒刺激得精神亢奋,便豪情万丈地扯开嗓子唱:

吃了主人茶呀,道谢了主人茶,

主人家,你请听:

(你)世代儿孙代(呀)代发(舍),

惊动河南陕西太(唉)原灯(舍)鲁班花(呀)灯。

妹呀,这才是,那才是,

谢(呀)主人(舍)财发万事兴呀!

……

如果主家当年牲口养殖不顺,或者家人有疾,就得替人家扫五瘟,众人一起故意提高声音,吓走瘟神:

天瘟扫出天堂去,地瘟扫出地狱门;

牛瘟扫出黄毛岭,马瘟扫出青草坪;

若有伤寒并咳嗽,花灯扫出十方门。

俗话说,到哪山唱哪山的歌,这花灯还真有些讲究,唱什么调子得看主人的喜好,慢慢地,我们小屁孩也看出了一些门道。对一般的人家,我们唱《十二月》《扫花台》《开财门》《谯楼打鼓》;对有学子高考的人家,我们唱《求功名》;对摆出燃烛仪式的人家,就要唱《燃烛》;对桌上摆出神像的人家,要唱《敬四神》;对有茶水敬奉的人家,必唱《采茶调》;而对大摆酒席招待的人家,就得将《采茶调》唱出几多花样来,分别是《观音茶》《姊妹茶》《虫蝗茶》《贤文茶》《古人茶》。几个丑角轮番上阵,各显奇才,让我见识了这些山野草民内心非凡的才情:廖公做过大队支书,斯文高雅,神色温和,活脱脱一个土地公公;郑公年轻时曾有过与草寇不清不楚的传闻,但他戏路纹丝不乱,沉稳得像一个正气凛然的将军;王公含而不露,唱词精准,手法多样,俨然一个世外高人;摆子公外表阴沉凶恶,但他歌声如溪水一般幽婉,内心细腻多情,言行颇具感召力,无疑是整个班子的灵魂人物。

从正月初八到元宵节,周家寨的花灯班子夜夜歌舞,风雨无阻,玩遍了九寨十八弯,收获了不少的赞誉,也收获了不少的银钱。这些银钱在元宵节上也变成了酒肉,供大家尽情享用。

正月十五正月正,元宵会上耍花灯。

召集天下七男子,扬州淑女结为婚。

天仙架河为媒证,日月二星做证盟。

和合二仙来传送,杨四贵九笑盈盈。

三元四柱齐下界,花园姊妹下天庭。

正月十五上元会,元宵会上走一巡。

……

在一寨人的歌舞狂欢中,十二盏花灯化为灰烬,飘向天庭,而正月的欢乐仍在继续着。

直到 20 世纪 80 年代初,摆子公去世,花灯班子缺少了得力的组织者,一年不如一年,到 80 年代末,村中青壮年纷纷加入了"杀广"大军,年轻的幺妹也跟着"杀"出去了,周家寨花灯班子便宣告彻底解体。

　　从此,那一盏盏承载我童年无数欢乐与梦想的花灯飘逝了,一如我山野里五味杂陈的人生,留下的只有无穷无尽的欢乐记忆和长长的感伤。

歌舞正月

田 夫

美好而温馨的童年记忆,从一声爆竹开始。

爆竹声起,代表旧岁除去,新岁来临,生活注定一年胜过一年了。这是每年除夕半夜三更香燃尽的时候,农村不是按零点计算的,守在灶房火塘边的弟兄们立刻蹦跳起来,挑着水桶出门,踏着瑞雪,直奔村里的老井。谁都想着打第一桶"金银水",因此,尽管我们来得早,但还是被别人抢了先。

抢先挑到第一桶金银水的是坎上三娘。她是个苦命的寡母,多年运程不顺。她家的过年猪总也长不肥,长毛瘦腿,疾跑如狗,年前宰杀那天出了怪事,杀猪匠一个人把它提到板凳上,一刀杀进喉咙,那猪却号叫一声翻腾起来跑掉了,一直跑进山林里没了踪影,第二天在一个草丛里面找到它僵硬的尸体。苦命的三娘抢到了第一桶金银水,希望就此转运,大家都说应该。

金银水倒进了水缸里,接着便是开财门。父亲走到中堂屋,把大门嘎的一声打开,我们众兄弟从门外抬着一根木柴鱼贯而入,算是进财了。

天亮后,吃过甜米酒煮花甜粑,上祖坟告慰祖先一番,我们七个兄弟、两个姐妹就换上新衣,专等着家里来客了。初一来干儿(女),初二来女婿,这是传下来的古规。我们家共收了两个干女,自然都要来的;爷爷奶奶早已过世,他们的三个女婿和女儿们会准时来到我们家,我们一边等一边唱：

七娘①，请你，烧起油茶等你！你要来，快快来，前头来，骑花马；后头来，骑白马；白马拴着红腰带，请起七娘来得快！岩上有荙草，七娘来得早；岩上有荙菜，七娘来得快！

来的不是七娘，而是大娘、二娘、满娘和三个姑父，他们的身后跟着一串子女。家里一下子涌进十多口人，父亲陪着姑爷们喝酒，母亲在灶台上一边忙着，一边陪烤火吃瓜子的姑姑们聊天，而我们这些后生天生不怕冻，就在房前屋后的冰天雪地中闹腾开了。

我们二十多个少年儿童一起玩打雪仗，直玩得雪球四处飞滚。大表姐梅子最野，她腿脚麻利，总喜欢冷不丁用锅底墨加猪油抹人大花脸，我的长兄们这个时候就都成了花脸猫。

大表姐性子最野最泼辣，谁也得罪不起她，讲起话来像刀子：

你你你，不讲理，三泡牛屎粪胀死你！你你你，了不起，明年杀猪先杀你！你狠嘛，抱起猪圈板啃嘛……

大表哥牛崽是个眨巴眼，神态特搞笑，人也有些邪性，喜欢喝酒，三杯就醉得不成样，他是我的长兄大姐们捉弄的对象，把他关进猪圈睡了一夜，第二天醒来还抱着猪膀子。于是，我们随口就念出一个童谣：

眨巴眼，癞皮疯，看见羊子喊嘎公。眨巴眼，瞎皮壳，讨个母猪做老婆。

满身猪粪的牛崽表哥狼狈地从猪圈里钻出来，还不忘搞笑，对答道：

屙泡尿，鸡鸡翘，母猪妇人我不要。三年四年谈不到，母猪妇人还是好。

大姑父觉得儿子很丢脸，上去给他一烟杆，把他的帽子打歪了，表哥又说：

帽子歪歪带，媳妇来得快……

---

① 方言读第一声。

大姑父更加生气,扯着儿女们离去了。父亲提着一串鞭炮跟上去,热烈相送,大姑父又很感动。

我们若有所失,又去找寨子里其他伙伴玩,那时候寨子里什么都缺,就是不缺玩伴。我们一起玩起了跳绳,一边跳一边念着跳绳的童谣:

吃菜要吃白菜心,当兵要当解放军;说话要说思南话,嫁人要嫁塘头坝……

塘头坝,离我们家不过十五公里,那里是鱼米之乡,商贸聚集中心,是山里人羡慕的地方,在我们心目中,塘头的地位相当于城市,而塘头人也是狡猾市侩的化身,因此常常成为山里人揶揄的对象。这不,很快就流传了一个新编的童谣:

塘头姑娘大不同,周身穿的灯草绒;洗脚水,揉粑粑;脑壳上的灰灰像芝麻;嘴一张,缺牙巴;眼一闭,像放屁:乒乓——嗒!

这么唱着跳着,两圈跳完,果见一个塘头姑娘来到了我们家院坝里。不是童谣里讲的那个邋遢样,而是个天仙般的姑娘。她是一个隔房婶子改嫁到塘头后生的,才十二岁,可已经发育得像个大姑娘,我们叫她五丫头。她柳眉杏眼,有一对天生的桃花眼,看人很有些意味,我对于女性朦朦胧胧的意识大概就来源于她身上。在我看来,她哪里都生得好,就是小腿上的烤火斑是个瑕疵。我问她:"你的烤火斑怎么这么多?"对于我的发现,她颇感羞涩,慌忙掩好了正在烤火的小腿,解释说她们城里烤火烧的是煤炭,每个城里姑娘都熏出了这种烤火斑。

五丫头表面羞涩文静,内心却也是个野丫头。跟我们一起上坡打鸟,她往树上一指:"快看,麻雀。"

我朝着她手指的方向看去,不见麻雀,回头问:"麻雀在哪?"

"飞下来了,在这。"五丫头说,用手比了个打枪的架势,朝我的裆部开枪,"嘣——"

塘头姑娘真是大不同,捉弄人就是有水平,一天下来我总要被她变着法儿耍弄好几次,比如她念:

哪个脑壳上有渣渣,偷人家黄瓜,黄瓜没偷到,遭人家抓到。

而这时我往头上一摸，就摸到了两根青草或树叶，显然是她偷偷给我放上去的。

后来竟被她逗哭了，她又唱：

小气包儿，吹唢呐儿，妈妈回来喂奶奶儿。

五丫头的见识非我们山里娃可比，我认为她是世界上最漂亮最聪明的人。玩了两天，她走了，我的心情极为惆怅，看着春日映照下逐渐融化的冰雪，心儿也跟着她美丽的倩影飞到了山外，一遍遍在心里念叨着她带来的一首山外的童谣：

月亮走我也走，月亮提壶我打酒，盐菜丁丁下烧酒，开开后门望杨柳，杨柳树上有鸦雀，飞来飞去找嘎婆，嘎婆不吃油炒饭，要吃河边的水鸭蛋。张家的女会打蛋，打到锅头团团转，公一碗，婆一碗，媳妇不得吃，趴在灶头舔锅铲。

好在龙灯、狮子灯、花灯开始闹腾起来，少年的心不会寂寞的。

最好玩的是花灯，我们寨子里就有一个皁台班子，大概是正月初六夜晚的时候，我们就随着这支不下八十人的队伍出发了。因为"乡村地僻少音乐"，故而在我的记忆中，家乡的花灯调子是这个世界上最美好的音乐了。我们三四十个被称作"夜叫花子"的小屁孩轮流举着花灯，跟着大人们走村串寨，大人们忘情地唱，我们起劲地和。

最好看的是丝弦灯，扮丑角的老头称唐二，跳着矮子步出台；扮旦角的后生称幺妹，踏着四方步，两个人都摇着扇子边舞边唱。

幺妹唱：正月里来是新年，劝君苦读圣贤文。

大家和：展开书柜，去读书文。莫贪瞌睡，虚度光阴。

唐二唱：十年寒窗勤苦读，一举成名天下知。

幺妹唱：二月里来是春分，我夫今日进北京。

大家和：粉盒一架，美酒二巡；斟在杯中，我夫且饮。

幺妹唱：三月里来是清明，我夫今日路难行。

旁白：早些进店迟出门，花街柳巷莫乱行。

唐二唱：信得贤妻这些话，皇榜高上点状元。

幺妹唱：四月里来是夏天，我夫今天拢北京。

唐二唱：读得几本书，讲得几篇文。人前会说话，谁个不奉承。

大家唱：高官不用黄金买，只要文章六七篇。

幺妹唱：五月里来是端阳，我夫得官转回程。

大家和：抬起八台轿，戴起乌纱帽。打起九锤锣，放起九大炮……

唱完丝弦灯，还有锣鼓灯，曲子很多，大多是求功名、贺新春、颂吉祥、敬四神、扫五瘟一类。吃了主人茶，要唱采茶歌；收了主人钱，要唱"谢耶主人发呀喂"。唱了一家又一家，翻过一山又一山，体验歌舞欢乐之余，肚子里还收获了不少主家敬奉的酒水和油水，一个通宵下来也不觉得累。

直到元宵节，夜色中飘舞的花灯化为灰烬，歌舞渐息，该回家里睡觉了。睡了不到两晚，村里曾姓人家娶媳妇，我们又半夜三更顶着严寒爬起来，加入了迎亲的队伍，向着山坳那边走去。

爬了二十里山路，到达苦蒿坪，天刚露晓，我们全身湿漉漉的，嫁女的人家为我们烧起篝火烤干，吃过酒席，三声铁炮响起，我们就抬着轿子装着姑娘和她的嫁妆回程了。苦蒿坪是个穷地方，女方陪嫁的东西不多，而我们寨子去了一百多号人，小孩们手里没捞着东西，那不就成了吃干饭的人了？因此，为了争一个尿壶，我与两个伙伴扭打起来，终于抢到手，一路飞奔在前，第一个回到主家门前，将尿壶送进洞房，证明自己是有功劳的人。

主家很高兴，看我头大脸盘圆，人又机灵，邀我去滚婚床，我自然又是满心欢喜。礼官提着一盏灯笼，指导我满床打滚，一边喊出满口文章：

手提红灯进洞房，主家请我来滚床。

滚床滚床，两头鸳鸯，
先生儿子，后生姑娘。

好床垫，多暖和，
新娘睡上板不脱；
新枕头，睡新人，
一夜亲嘴到天明。

在这喜庆的日子里，我们抢鞭炮，抢主家的花生糖果，吃红扣肉，与伙伴们追逐打闹做游戏，最精彩的节目还是闹洞房。

大人们变着法儿用些带荤的词儿戏弄新郎新娘，我们小屁孩只要抢到了座位，也要接受新娘的酒水敬奉。新娘恭恭敬敬给我倒上酒一杯，我得以四言八句相对，或表示礼节或搞笑，对不出就要罚酒。我刚学了个搞笑的独白花灯段子，于是脱口而出：

唐二唐来唐二唐，我唐二接个大婆娘；坐起三抱大，睡起九丈长；屁股下可躲雨，奶子下可歇凉；半夜撒泡尿，把我唐二胡子泡得焦焦黄；要不是我唐二会浮澡，小命差点见阎王。

众人笑，有人说："不算不算，这又不是唱花灯，你得重新来个四言八句。"

我灵机一动，想起去年张老大教给我的一个四句段子，又说道：

新娘斟酒像屙尿，屙得新郎杆杆翘；杆杆翘好事就来到，明年要把娃娃抱。

闹新房不论辈分，新娘子进门三天不分堂公伯叔，谁都可以开些玩笑。其时我尚不明白句中含义，没想博得满堂大笑，把新娘也逗得满脸桃红，于是很有成就感，觉得自己俨然一个大人了，高兴地将新娘的酒一饮而尽，结果醉得一塌糊涂……

整个正月，记忆中神仙般的日子，就这么度过的。这就是年味，简单而刺激，尝一下可记一辈子，可惜都市新一代与它无缘了。

牛缘三题

马仲星

牛　斗

　　故乡没有喂养斗牛,因而当乡民们兴之所至,要看斗牛,都是随便拉上两头牛,干一盘。场地四处皆有,平坝不难觅到。过了春夏农忙时节,农民们的精力还过剩,便是牛斗的好时间。我读到小学四年级那年,我家的水沙牛与队上的一头号壮水牯斗上了,且莫名其妙地赢了。那家主人不服,说是水沙牛搞突然袭击。意思是不算。

　　这水沙牛赢时,人群中有一个叫好的声音特别响,叫好的人是杨老师,人们称他为"疯子"。有一次,我们班上出现反动标语,公社严查无果,责成杨老师代为检讨。他检讨过程中,有一成绩好的学生来承认,没料到杨老师脾气大发,说讲好明明是他写的。这一来,他就成为"现行反革命"。在一次修水库时,发生塌方事故压死一人,其人血肉模糊,杨老师一看,便呆傻了。之后,也就疯了。头发散乱一蓬,身上灰不溜秋的。

　　杨老师任教时有许多独到之处。藏书多,白乐天是他钟情的文人。每当明月西坠之晨,便见他跑到学校操场上摇头晃脑的,什么"野火烧不尽,春风吹又生"啊,"卖炭翁,伐薪烧炭南山中"啊。另外是写稿多,以诗和杂文偏多,全都冠以"自赏"二字。我印象最深的是"未生之初我是谁?我生之后我是谁?长大成人方是我。合眼蒙眬我是谁?费寻猜,白身裸裸归去来。"有时我们上课没有课本,他就自己编,自己刻,自己印。他被打成"反革命"之后,课本还照用。

他为我们家水沙牛叫好,我母亲便认为他不疯,是装疯的。

这年春夏农忙之后,有人又要我们家老沙牛去斗牛了。那一天,是在学校的操场进行的,围观的人多。水沙牛被吆上,二牯跟了去。父亲在不满之中,竟把水沙牛生下的瘫牯也背了去。阵容是庞大的,到场上一望,看到对方的牛趾高气扬,仿佛没有参与今春的忙碌,膘水极好。而我家的水沙牛,则显得瘦小疲沓。众人喝喊,那牛跑到场上,做了角斗的姿势。而水沙牛,慢吞吞地上场,走近了对手用舌头将它舔舔,仿佛已厌倦了角力,在求得歇息安宁。那牛却不领情,将角举了,朝老沙牛击来。老沙牛虽不愿战,却不能不避开锋势,让那牛踢出"空嗒"的蹄声,那牛越加愤怒,在场夹了尾巴,直撵着水沙牛转。突然,人海里蹦出一头牛来,低下头颅,箭一般向那牛奔去。那时,杨老师窜出场子,一个劲地喊着"好"。这是二牯,是给老沙牛——它的妈妈助战的。

牯牛相逢,一场好戏。牛角相抵,摩擦声响亮地发出。忽而,二牯似乎退让了,那牛却也是久经沙场,穷追不舍,使出了浑身解数。不料,二牯退却百米左右却立定了,使劲迎向那牛,将那牛推出十余米之外。

杨老师不听人的劝说,在场上跑来跑去,大声叫好,表现得十分机敏。

稍歇一会,猛然间,我父亲那方传出"哞哞"的叫声。场上,二牯听到这叫声,蹄下的泥土立马被弹出脚印,它疯狂地追逐,旋转,狠劲地将角抵向那牛。极短的时间里,那牛被二牯碰翻倒地,再也没有较劲之力了。

那发出叫声的是我们家瘫牯!我父亲在二牯赢得胜利之时,将瘫牯抚摸了又抚摸。

"好!好啊!"

人山人海里一片叫好声!

回家之后,不知父亲发了什么疯,硬将二牯的右角锯下一截。看来父亲是厌战了,变得懦弱了。那截角不知怎么地到了杨老师手上,他做成了牛角号。

我五年级毕业考试,弄了个全公社第一。学校不知发生了什么病,偏在那样的年头上街搞游行,将我们前五名戴上大红花,全校学生参加,在赶场日到街面上风光风光。杨老师还未能返校,那一天,他把牛角号吹得满街响。

这鼓励学生学习的游行事件很快传到县里,县里来人整顿学校。我也要写检查。整顿组在校那天夜晚,杨老师疯疯癫癫地闯进他们的办公室,将牛角号狠劲地吹。翌日,他们走了,没有任何整顿结果。

1979 年,我初中毕业考入中专。那时杨老师已经得到平反昭雪。我未找到他,却得到他的赠诗:"马背横枪冲向前,忠诚勇敢不变心。仙人已受真心动,快下凡尘会群英。"这诗也有点疯疯癫癫的。

我乘车走了。转过那个山坳时,我听到牛角号的声音,萦回于我的脑际。

卖 牛

俗谚说,家中有头水沙牛,一年种地不用愁。我们家是有水沙牛的,如今却要卖了。这牛不仅是水沙牛,而且是八齿的:七齿切难当,八齿坐田庄,九齿是富豪,十齿是牛王。

水沙牛,顶一个壮劳力,水沙牛和它的牛粪是我们家的依靠。水沙牛的益处还不止这些呢。它是我父亲的恩人。在我刚能记数字的父亲荣升队里保管员时,我们家七姊妹都来人世汇合了。活泼的父亲已经沉默了,他的二胡已经高挂窗下。天旱年岁中,有人要窃夺父亲的职位,于是四处散布父亲利用职权占尽便宜,不然,他如何养得起那么多丁口啊。父亲虽表面上不管这些流言,而私下里却很计较。有一天黄昏,当父亲从新埋的坟前路过的时候,突然间,看到死去的人有如活人般站于道旁,他的腿酸软了,当那幻影像帐篷般向父亲头顶盖下来时,远处我家的水沙牛的吼声传来,四山回应。父亲的心突地一惊,那幻象便不存在了。

公社里吹起"大队过渡"的风时,生产队长找我父亲,说将大件变卖了,存些家私,以免平调走了。我家的水沙牛算是队里的大件,也就在处理之列。

那时,天未黑,我们家就处于寂寂之中,弟兄们早睡了,我在床上怎么也睡不着。仿佛卖水沙牛时,也就将我的童年一道卖去了。

雄鸡啼叫起来,这时母亲轻悄地起了床,开始弄赶路人的饭。父亲听见母亲的吹火声,也起了床。我心里盘算,一定要和父亲去。

"你的眼水硬是多啊。"

"火熏的。"娘说。

"吃白米饭?"

"苞谷没有推嘛。"

我希望父母谈到水沙牛,但他们对牛一个字也不提。

去牛市的路很远,要翻山越岭。老沙牛是一步一逗留,好像意识到将要与它土生土长的山水告别了。父亲问我:"崽,牛卖了,你想它不?"我嗄嚅一阵,眼泪就出来了,父亲见状,笑笑,不言语了。很快我的眼泪就被崎岖起伏的山路拭干了。春天,山里的桃花袭人眼目,红色,粉红色,这里一枝,那里一蓬,使我的眼前朦胧一片。更有山间流水,潺潺清脆,松涛则轰隆阵阵。

父亲说:"山是主,人是过客啊。"走了好久,突然有些色彩亮起来,一瞬间又略过空旷的大地而去,一片深绿的土地上挂着一个圆圆的太阳。田野,山路,河水,山林在我的眼里蒙上一片湿润细密的色调,牛市到了。

到了牛市,父亲放了绳索,让老沙牛走进牛群里逛。他叼着旱烟,点了火,将烟杆嘴含了,静静地打量牛群。老沙牛踱到牛群里,不一会,就有人盯上它了。也就有目光向父亲这边扫来探询,父亲只顾咂烟,烟火熄了,又点上。来人查看它的口子。"啊,八齿的,是好牛,但就是牛口渐老。"一个中人说,"皮面好,脚蹄好,头面好,屁股也齐,还是一铺毯的毛哩,难找!"

买牛人和中人走到父亲蹲着的地方。

"老哥,取个财。"父亲把点旺的烟递给他。

"多少数?"中人与父亲攀谈起,父亲不语。

"这个数,我就牵走了。"买牛人伸出两根手指。父亲摇头。

"再加半根。"中人说,父亲依然摇头。买牛人和中人不解地走了。我问父亲要多少钱才卖,父亲却说:"崽,数了钱,就是别人家的了。"老沙牛在牛群里逛了一圈回来,舔我的手掌。

那两位又旋了回来:"再加半根。"这回可加到300元了,在现今的市上,这个数也是很高的了。父亲迟疑了半响,说:"就是这些,但是要天擦黑时才能牵走。"那两位吃惊不小,但也急忙交了定钱,还邀父亲去喝酒。

天边呈现紫红或黑褐的云翳,天快要黑了。此时,我父亲跟跄着走回,他喝醉了。已到交接的时分,老沙牛一双浑浊的眼睛望着我父亲。父亲望着牛突然扑在牛背上,将它的皮毛按出了个窝儿,他咕噜着一些什么话,像一个母亲对临嫁女儿的叮嘱。中人的手也颤抖着,从父亲的手里拉过了牵绳……

回家后父亲两日默默无语。第三天他拿下二胡,便拉出"嗡尔嗡尔"近乎啜泣的声音。有一天夜晚,我家牛栏有一头牛叫。待我们出去看时,见到老沙牛回来了。它伸长脖子正舔瘫牯的嘴唇,翌日,买主找来我家,说老沙牛不见了。两家大人叙说,原来隔得不远,曲里拐弯两家还是亲戚。

自此,老沙牛常来常往,好似初嫁的女儿常常在娘家与婆家间走动。

金色的殿堂

故乡的牛老死后,屠夫们才敢下刀。把牛脑和牛尾运去北山埋葬后,才肯享受牛肉。北山的坟地上有一口碑,碑上有水牛头像,它与祖宗们的坟地相邻。

瘫牯是老沙牛生的最后一个崽。没料到生下地后双腿不能站立。我娘认为是前世作了孽的人投生的。慈悲之心不用言表。平常间,瘫牯在牛圈里嚼啊嚼的,舌头从左到右从右到左地移动,待嚼够,便"喔"的一声吞了下去,牛颈上便滑动着蛇行一般的波纹,一瞬间就不见了。它的嘴里不仅老是嚼动,而且总是有嗡嗡作响声。它的尾巴摇来摇去,老是扑打苍蝇。如果不是它有尾巴,我娘怕要派我们几姊妹去帮它扑打呢,我有时这样想。当它呼吸感到畅快之时,会淌出口沫来。它住在牛栏中,既无鼻绳束缚,也不用关上栏门。但门栏已被它的颈项和嘴唇磨亮。那是一种想废除牛栏的愿望啊。

我读书分配工作那一年,心里老是琢磨怎么不杀了它呢?我回家去劝说娘,没料到娘的火气立马爆发,骂我道:"你读书读到牛屁眼里去了!丢祖宗,丢良心!"接下来,娘更像做给我看似的,要修整牛圈。我叔侄弟兄们就被分配做修理牛栏的事。

山林真闷热,树林密密丛丛,把我们家挡在外面。地面上有厚厚的松针,还有湿润的芳香气息。幽静中,只听到伐木声和我心跳的"怦怦"声。不两天,树子砍回来了,堆在院子里,由伐木匠们处理。

金色的阳光伴随着温馨的暖意照来,远处的山脉一起一伏,远远地去了。远山尽被白蒙蒙雾气覆盖。屋后田丘里,大哥赤着上身,牵着二牯在踩瓦泥。他和二牯在大片土地上显得那么细小。我走近大哥,说:"我挑水?"大哥说已经够了。我只好在一旁看。大哥不时地用树枝轻拂牛背,转着。土和水在牛蹄下慢慢变成泥,匀了,黏了。二牯的眼睛被蒙上了黑布,鼻里呼呼地喘着气,一脚一脚往前踩去,一圈又一圈,二牯也到了年龄,老了。

炊烟袅袅弥漫在黄昏的山谷中,踩瓦泥停止了,我挑水为二牯洗身上的黄泥,之后,二牯像是疲惫了,走回了牛栏。瘫牯为它舔舔嘴唇,歇下了。牛栏很暗。我在牛栏边磨蹭,听见夜蚊狂舞。又见柳树上夜露顺着朽了的椽子隙漏下来,滴在瘫牯和二牯的身上。

我走入屋里坐在坑边。"你累了?"娘问,我摇摇头。我在想:在那远方抑或是远古时候,牛群雄风大展,有美和力的形体,有友爱,有青春的浪漫和怪诞。娘用瘦削的手抚摸我的脸,拭掉我眼边不知何时溢出的泪水。

……

青灰的瓦片一码一码地顺着,我家的牛栏在秋天建了起来。按五柱四瓜的木房建造,每一个牛栏,都装上了门板。

第一栏,二牯;第二栏,瘫牯;第三栏,空的,老沙牛时常回来住。栏与栏之间有孔道,牛可以互串。

它正面对着北山。其中间偏南边的是观音山。那里一年四季,皆是生机盎然。好美丽的殿堂啊,在我的故乡矗立着,也矗立在我的心上。

穿过岁月的手掌

刘照进

那时候，你乘坐的客船刚刚穿出峡谷，还在江流中劈波斩浪，逆水航行。漫长而孤寂的一段旅程，你已经很疲倦了，有些心力交瘁的感觉，脑子里早就一片空白，失去了方向感和目标感——你只知道船被某种力量推着，一直在慢慢前行。仿佛，你的生命被时间推着，一直在慢慢前行。

天开始高远，视野变得旷阔。那些渐渐向后退隐的高岭、河岸、激流、别着野葱花浅浅微笑的山坡，似乎带走了一些什么，又留下了一些什么。这一切其实都并不重要。重要的是你发现了一棵树。一棵被当地人称为千年乌杨的虬须古树，在生命出发的地方，在你要去的长途中，站着，等待一千年。暗自庆幸一棵树给予你如此不浅的缘分。

你的身边刚好有一位远道而来的客人。他是第一次游乌江，第一次看见大江大河润养的真山真水，一路都很兴奋，举着相机不断地拍摄。特别是船进入乌江山峡，看着那么多的自然之手创造的奇观，总是情不自禁地欢呼。你向他介绍这棵树，介绍它的过去和沧桑，它的经历中你所知道的一切。你身边的人也跟着兴奋起来，一同大喊："千年乌杨！"你看见追着船尾急急长跑的雪白水浪花，阳光在上面闪烁翻滚，露出童真般灿烂的笑容。

这样的情形，你不知经历了多少次。你常年在这条江上行走，你生命的根须紧紧连着这条河流。而这棵树也恰恰站在江边，若干年来,它就不曾移动一步。——事实上你又何曾离开过这条江呢?一条江把你和一棵树连在了一起。当一条江把更多的人和一棵树连在一起的时候,它所包含的就是广博的生活哲理了,譬如缘分,宿命,机遇等等。

据说沙漠中有一种胡杨,站着千年不死,死后千年不倒,倒后千年不朽。你不知道眼前这棵千年乌杨古树是不是胡杨,或者类似于胡杨的一种。但它们顽强的生命力却极其相似。就是这样一棵树,洪水的多次冲刷,使它不得不作某种程度的退让,脚下的土地在一点点减少,苍老的根不断裸露,仿佛要从大地中拔出最后一丝力气。但是每当洪水一退,它又站在了干净的岸边,站在它应当站着的地方,与水保持着恰当的距离。一棵树站着,是对天空和大地负责。一个人站着,又何尝不是如此呢?多少年来,乌杨树就像一个孩子,双脚被母亲关在屋里,身子却保持角度极大的倾斜,一直在和某种习惯的力量进行抗争。

两千多年前,一位大圣人站在黄河边如是慨叹:逝者如斯夫!说的当然不仅仅是流水。身边这棵千年乌杨曾有这样美丽的传说:很久很久以前,乌杨树盘根错节的树影倒映在远方一个美丽的湖泊中,被湖边梳头的少女看见。当地人大感奇怪,以为遇见了神明。于是循着树影找到了乌杨树的踪迹,然后根据树身推测出乌杨树千岁的年龄。如此说来,乌杨树的生命何止一千年!

一棵树是时间的固体,是岁月深处递来的手掌,它让身边的一条大江记住了往事的延长、生命的拓展、死亡的迟到。

事实上,你一直未能够真正地走下船去,面对面地与这棵树作零距离的接触。你们之间隔着一层厚实的水,一段悠远的距离,你所看见的沧桑都是大树的表象。大树的秘密全在树根里潜匿,在年轮的圆圈里微缩,在掌纹的走势里暗藏,它只和土地进行交流。多少次,你曾想利用双休日,邀约几位朋友,带上干粮和相机,沿着乌江徒步慢行,去看看那棵树。或者干脆就是一个人。可是,这样的计划却总是未能成行,总有太多的琐事让你脱不开手脚,或者因为慵懒而找些搪塞的理由。

这么说来，你终究还是俗了。一棵树一生只站在种子落脚的地方，信守最初的诺言。而我们却总喜欢把肤浅的流浪当成行走。

有一次，你的同事拿出了一张乌杨树的照片，那是一张树根特写，盘根错节，沧桑毕显，简直就是被抽去了肌肉只剩下满手筋脉凸露的手掌。当时你就惊呆了，在你浅拙的人生旅途中，你还从来没有见过比这更有震撼力的图像。后来，照片在报纸上刊发出来，你又一次细细端详。似乎，纸质的表面隐藏着生命中某些难以悟透的哲理，值得你去慢慢理解和推敲。

记得那一年，乌江涨大水，你在黄浪涛天中乘船进县城参加中考。一路上，别的同学都在兴奋地大喊大叫，你却沉默无言。你是第一次在乌江上乘船，而且恰好遇上涨大水。不知什么原因，船在波涛中颠簸的情形使你对未来失去信心。你感觉自己就像一只逆行的船，在风浪中颠来簸去，你不知道能不能找到心中的目标。后来，你就见到了一棵树。一棵在洪浪中被淹去了大半截身子的树，在宽阔的江边斜斜地挺立。有人告诉你，那就是千年乌杨树。乌杨树每年都要被洪水冲刷若干次，但它从来没有倒下，在这条江边与洪水恶浪对峙了一千年，或者更长。

一千年有多长？一千年不过是一棵树一生的搏击与坚守，或许还要短暂。生命的力量在此得到无尽的延长，人却抵不过它的一截丫枝。你的心情竟然莫名地好起来。从此，你就记住了这棵树。每一次乘船经过它身边，你都会对着它怀想半天。一棵树，在你的心中种下了敬仰的根须。

一棵树是可敬的，它的坚韧不拔告诉你什么是根深蒂固。这是一种经验的累积，一种力量的展示与蔓延，一种在时光中慢慢聚成的坚实的精神基础。

感受乌江

罗　漠

　　少时对乌江印象并不很深,感情也就淡漠。虽然离家不过七八里路,不算遥远,三年初中也在江边的文家店读过,而且冒死学会了浮水,但那时实在太懵懂,浩浩荡荡千里奔流的气势虽曾常常目睹,却始终没有什么深刻的感受。

　　后来外出求学,间或从文家店坐船下思南,或逆流而返,立身船头,看它烟波浩渺汪洋恣肆,上下茫茫无际无涯,方才觉得乌江毕竟还是不凡的。这百余里江流上,也有所谓"三峡",其间两岸连山,嵯峨崔嵬、雄峻峭拔,陡直如削如斫,航船其中,岸崖有如撞来一般,担心要将你逼夹上天去,让人紧张至极,胸口"咚咚"急跳不住……不时会见到岸脚有一张满风的帆,正逆流缓缓而上。定睛看去,半崖上还有一行人,身子正绷如一张弓,不停地吼着号子:"嗨哟——嗬!""嗨哟——嗬!"竟盖过了轮船的轰鸣和江水的咆哮,直震得江面也似在颤,峡谷上空幽幽的回响绵绵不绝。我们的船转眼就抛开了他们,可那号子声却在心头响个不停。回首望去,那一行人,那一张帆,就简直连蠕动也不能发现了……

　　渐渐就受了乌江的诱惑。读大学四年级时,抑制不住一时激动,邀了两个朋友,说要去磅礴的乌蒙找找江水的源头,然后徒步顺流而下,对乌江作一番细致的考察,以为总要染濡一些灵秀之气。各种所需一应准备俱全,不料突生变故,未成行,愿望却一直藏在心底,强烈至今未减稍许。待得毕业有了工作，羁绊多了，对乌江更是魂牵梦萦。凡是有关于它的文字，都找来读，希望从中能够间接地有所感悟，却颇失望。江左有两位作家，以写乌江系列小说而名噪一时，许是我太过苛刻，总没发现他们笔下的乌江有何特别，离我的想象确乎太远。故事或者也凄婉悲切，也慷慨沉雄，感人是文字入眼时，释卷了也就淡然，不曾觉到心灵的深深震颤。于是感慨良多：激流滚滚，阔浪滔滔的乌江，竟没有一种独特的性格和奇崛的禀赋么？

　　其实不然，乌江也自有它博大恢宏雄浑深沉的境界。乌蒙发源，细流涓涓，蜿蜒东往，沿途纳接百川，终成汹涌之势，狂奔不止。两岸百姓，便多粗犷豪迈，桀骜难羁，有如这江水浩漫激扬。民国时期，运输不便，货物进出却也多靠水路。而其时江面怪滩连连，江流激湍，水路险恶，更有民谣曰："乌江滩连滩，十船九打翻。"文家店上游一带，当时森林茂密，沿岸只见一片浓荫，古木森森，奇山怪岭竟被装饰得宁静平和，木材贩运便成为那时一些船民及临近家破人亡者的谋生手段。作为垂临乌江的边陲小乡场，文家店曾是一个木材集运点，颇为热闹喧嚣，盛极一时。每年的秋冬时节，江水枯涸，落潮几丈，滩头礁屿突出，以致船行不便，船民便多弃船登岸，另图生计。其中就有十来人许，及那近岸末路穷途之人，或赎或买一座山头，将一山成林的树木伐砍，搬运至江边码头，一时间右江一岸木垛成林，钉扎筏子的"叮叮"声，来往人群的吆喝声，上下数里可闻，热火朝天。及至来年春三四月，江水暴涨，河道陡然宽顺，人们就将自己用绳索紧紧系在筏上，砍掉缆绳，那叠架高耸的木筏便顺了激流扬波击澜而去……

　　其时要祈福禳祸保佑平安，焚香化纸念祝祷文的仪式自不必说。那筏子已远得被两岸耸峙的峡谷吞没了，沿江的一排排摆满三牲祭品烟雾迷蒙的香案前还站满着人，泪眼凄凄，唏嘘成泣，久久不散——此去凶多吉少呢。

　　平常的木船，失事就颇多，何况有如房舍般高而宽的木筏子呢？即使木匠巧手，纯钢为钉，也终难抵挡恶浪冲击汹波碰撞，更兼百千里江流上滩礁无数，航道曲折，筏翻人亡乃是常事。提起放筏，老一辈至今谈起来仍要脸色遽变，胆战心惊。当然，那是一种以生命作赌注的搏击，生还者毕竟寥寥，非得有高绝的船技和顽强的意志不行；待吟起那"荔枝峡，潮砥湾，手握红椿放险滩"的激昂慷慨歌谣，又豪情顿生，双目炯炯溢出照人光华，仿佛还操篙立身在那猛浪扑击不住飘摇的木筏上……

说起来，这便是在用生命换取生命。文家店，偏僻辽远，自来穷聊，加上那时盗匪猖獗，剪径作恶，横行乡里，露尸于野，遗骨陈路，屡见不鲜。而放筏，虽难保生还，鱼腹为葬尚不能全身，却也胜于坐以待毙。侥幸成功一回，"搞头"极大。顺利漂至涪陵，更远入长江达武汉，木材卖价就高到了极致，除去买山钱及一路食宿所需，所剩足够余生消受。但要侥幸，实在太难，十堪有一而已，多半止于思南、德江、沿河者，也算得上吉星高照……然后买了盐巴、煤油、肥皂、洋火之类日用什物，再由水路返回。水路比陆路直接，花销便小，又少"棒老二"拦截，不致钱财被劫，但须帮着拉纤。那时纤道少经修凿多很毛糙，逼仄突兀，纤夫失足摔死不少。平平安安回到家来，虽则苦累得变了形，却也让阖家狂喜，几至涕泪滂沱。偶有失算，折本而回，但求无恙，家人亦无所责怨，反呼老天有眼了……但不管何种情形，因无别的生路，或别的生路不如放筏来得痛快，便照例想着要到乌江上闯运气去……

很多年以后，乌江险滩一个个被炸掉了，文家店通了轮船，公路也成了它连通外界的重要线路。只是山林被毫无节制地砍伐，只余下来两岸一片莽莽苍苍光溜溜的山脊，放筏飙滩便成了乌江的历史。但木船却未绝迹，或者正方兴未艾，沿岸的纤道依然日日有号子声喊得人心悸……

乌江自西而东北斜贯黔北，为境内第一大江，亦是长江一重要支流。从高原之巅奔突而下，横冲直撞，切断了无数峻岭雄山，冲出了无数深沟幽壑，也激发了无数雄浑壮烈哀婉凄绝的悲喜故事！

乌江，是那般的充满野性和狂放不羁，它用其激荡千里百折不回的精神滋养铸就的乌江人，更是非凡的顽勇和不屈！

白鹭洲情殇

李光孝

白鹭洲,故乡人俗称沙洲,位于思南县城乌江北段江心之中。"鹭洲泛月",乃故乡八景之一。一个"泛"字,那鲜活的漂浮感,意境深邃,非故乡文化人难以领会,那遣词的睿智,足见先人文字的功力和造诣。

正月十五游沙洲,是县城最闹热壮观的民俗活动,史载最早始于宋代。明嘉靖《思南府志》引郡人安康诗云:"桃花累岁飘红浪,芳草连年长绿茵。"而民间传说沙洲下面原潜伏着两只金鸭子,水大则金鸭驮之上升,水小则金鸭随之下降。后来金鸭子被洋人盗走,所以洪水猛涨时,洲就没入水中,不见踪影。

20世纪50年代末、60年代初,它确是我心中十分向往的游乐园。

一年一度,每逢元宵清晨,便吵着大人尽快弄饭,伙伴们早几天便已约好,迟了便会落单。待吃罢早早饭儿,七八个儿时伙伴便急匆匆赶往江边,抢乘头船上沙洲。

那时眼中的白鹭洲,高出江面一米多,巍然挺立江中,宛如一艘泊驻江心的"航母"。沙洲之上,那浑圆的鹅卵石,大大小小,层层叠叠,奇形怪状,光滑如玉。行走上面,步履蹒跚,稍不留神便仰天一跤,屁股摔得生疼,引来伙伴们一阵哄笑。

沙洲中间,高耸着几堆沙丘,之上青草繁茂,乃鹭鸥栖息之所。跃上沙洲,伙伴们便争先恐后,拼命奔上沙丘,拨开芦苇,吵醒梦中的白鹭,惶恐间蹬直双腿,扑翅高飞,晨空中传出脆响惊恐的哀鸣。

抢先登上沙洲者,循了白鹭展翅踪迹,拨开草丛,常会捡到鹭鸶蛋。拾得者,举蛋于空中,高声惊呼:"看,鹭鸶蛋,还是热的!"于是,用早已备好的布巾包好,慢吞吞地放进衣服外兜里。过后好久,也会逢人炫耀,吹嘘运气,并作为一年间的谈资,让人艳羡。这一举动,常使没有捡到鸟蛋的伙伴心生郁闷,又眼巴巴盼着未来的大年,暗暗发誓,来年一定抢先登上沙丘,拾得鸟蛋炫耀,也让别人羡慕。

其时,游人稀少。偌大的白鹭洲,空旷而静寂。拾罢鸟蛋的伙伴们便以沙丘为界,均分两拨,"好人"打"坏蛋",干起石仗。那一粒粒小小的鹅卵石,横飞空中,不时碰撞,发出清脆声响。双方各显身手,闪转腾挪,惊呼声、欢笑声,久久回荡在乌江之上。那童真、那惬意,深深烙在儿时的记忆之中,一辈子也不会忘怀。

随着时间推移,游人纷纷上洲,"坏蛋"终于投降,"好人"全面胜利。闹得浑身冒汗的小伙伴们偃旗息鼓,一个二个四仰八叉,躺在冰润的鹅卵石上,吹着湿润的江风,交流仗趣的心得,嬉笑着得意忘形。

找寻五彩纹石,是闹够了歇下来必做的功课。那年头,城里各家各户摇桨钵儿的棒杆,无不是游毕沙洲,各人随手捎回去的。白鹭洲,你敞开胸怀,无私奉献,给山城人民的生活里增添了甜蜜的乐音。

有一年,仔细搜寻间,意外发现一颗螺蛳状化石,奔向江边,洗尽泥沙,攥在掌心,如获至宝。大声惊呼,向伙伴们展示,个个惊叹,赞不绝口。邹狗儿靠过来,掏出鸟蛋,眼巴巴盯着我商量道:"我用两个鹭鸶蛋跟你换,干不?"我抿嘴一笑,断然拒绝。之后,在我们那阕街大人细娃儿面前炫耀了好久,比捡到鸟蛋神气许多。

春季开学,我步入思南中学,成了慎之老校长戏称的"秀才"。为庆幸升入中学,我将自己视为珍宝的化石,送给了初一的班主任老师。

时近正午,如同赶场天齐场一般,洲上闹热起来,呼唤声、喧嚷声、零星鞭炮炸响声,整个沙洲顿时变得沸沸扬扬。洲中间,山城有名的小吃竟然群英荟萃,你看,米豆腐、软曲粑、糖麻圆儿、牛打滚儿、油糍粑、酥食儿、芝麻饼儿,应有尽有。此起彼伏的叫卖声,使得这空旷的蓝天碧水间的自由市场越发活跃而极富浓酽的生活气息。

歇下来的我们，总喜欢凑到米豆腐摊前，欣赏身着阴丹布上衣、包着白帕的大娘①表演手艺。只见她左手托了黄灿灿的米豆腐，右手执细薄竹片儿刀，先竖划五六下，再横切五六刀，然后放进白瓷小碗里，麻利地加进盐巴、辣椒、姜、葱、蒜兑好的醋水。筷子将碗中尚未变形的方块一搅，瞬间，均匀的颗粒便散在汤中。啜一口，凉丝丝、酸咪咪、辣乎乎、滑腻腻的混合美味，顿时在舌尖上散开，令人开胃。至今回味，仍掩不住涌上来的清口水。

暑假中的晴日午时，三五个水性极不错的同窗，常中流击水，以能赤膊游上白鹭洲为荣。顶着烈日，争先扑入浪中，顺流击水。游至江心，水流湍急，风大浪高。我们屏住呼吸，全身没入江中，快速挥臂，双腿奋力打水，迅疾靠岸。勇于搏击风浪，穿越湍急江流游上沙洲。我敢说，我辈应是"文革"初期，响应毛主席"到大江大河锻炼成长"最高指示的践行者。白鹭洲，你是我年少胆大轻狂、执着率真的见证。那份征服胆怯与恐惧之后的畅快与满足，不仅考验了精神与意志，同时，也练就了受用一生的体格与胆魄。

人到中年，已是携妻挈子。每逢元宵，再游白鹭洲，少了几分激情与冲动，多了些许老成与世故。但那抹不去的情趣，割不断的情怀，仍使我早去晚归。每一回，背了相机，虽不再急迫找寻鸟蛋，却会领了孩子，迈上光秃的沙丘，追述往事，缅怀记忆，拍几帧照片，以慰情怀。但时过境迁，已分明觉察到，鹭鸥已不知迁徙何方。眼中的白鹭洲，也因鹅卵石的日渐减少，了无昔日原生态的俊美，遑论高大与伟岸。陡然，恍惚之中，我仿佛重见陈纳德的飞虎队员，正在迫降洲中的战斗机。我为之一振，白鹭洲，乡人应以你为抗战做出的鲜为人知的贡献而骄傲。

20世纪90年代初，打算背井离乡，转投外地谋生的我，最后一次去游白鹭洲。有意一个人，寂寞、孤单。天，阴沉沉，江风呼号，偶夹雪花。

---

① 方言读第一声。

眼际寻不见荟萃的小吃,耳畔听不到叫卖与喧嚷。家乡的白鹭洲,似乎显示它青壮年代的鼎盛已然过去。面北立于洲头,目睹其颓败,万千滋味涌上心头,不能自已,不禁潸然。

阔别故乡二十余载,靠近千里之外乌蒙腹地的乌江源头,无时不在梦中畅游白鹭洲。逢年过节,亲朋团聚,所聊话题最多的还是游沙洲。我才知道,离乡越久,思念越深。白鹭洲,你寄托了浓酽的乡情,你是一缕抹不去的淡淡乡愁。

辛卯清明,返乡祭祖。傍晚,独自伫立堂皇华丽的江岸明都脚下,俯瞰乌江,乌杨古树了无身影。但见白鹭洲,一片瘠地,几蓬衰草,鹅卵石也难见一粒。那副破败与苍凉,让人顿生凄楚,悲从中来。听友人云:沙坨电站在建,届时,江水蓄涨,白鹭洲将永沉江底。晚风中,心底荡起辽远波潮。儿时的仗趣,少时中流击水的豪情,历历浮现脑际,禁不住热血澎湃。

癸巳春节,喜闻故乡通了高速,特地驾车返乡。大年初三,特意携妻挈子,伫立乌江一桥上,向北远眺:乌江,没了过往汉子的野性与张狂,但见平静而宽阔的江面,波澜不兴,犹如处子,温温婉婉,羞羞答答。我魂牵梦萦的白鹭洲,确已沉入江底,再没身影。故乡相传千年的"游沙洲",也已伴随白鹭洲的消失而消逝。"鹭洲泛月",这极富文学色彩的隽永形象,只能作为记忆,永远留存乡人们的念想之中了。

是夜,将眠未眠之时,我等儿时的伙伴,腾云驾雾,飞身海外,打翻洋人,抢回"金鸭子",送入江底。只见,白鹭洲即刻浮出水面,又似"航母"般矗立江中。乡人们又如赶场般蜂拥而至。顿时,洲上叫卖声、零星鞭炮脆响声、伙伴们"打仗"的呐喊声,和着拍岸的惊涛,在蓝天白云间久久回荡。

抠 㸍 儿

李光孝

写下这三个字的文题,觉得有必要先作说明。我的故乡思南,在语言交流方面,存在西南方言区的通病,后鼻音、翘舌音均发不出来,但普通话中的儿化音,却发得极好,即使比起北京人来,也有过之而无不及。比如文题,乃典型的儿化音,是不能分开来读的。

所谓"㸍"(bó)儿,其实是一款皮纸做成的字牌。不,它应该是毛笔写就,红黑相间的书法艺术品。一副八十张,一到十,分大小,除二、七、十为红色外,其余均为黑色。而"抠"呢,则是三人玩时,用一架算盘打子儿,一颗子儿为一和(hú)儿,满一百和为一㸍儿。

这一民间娱乐形式,在我老家,十分流行。街头巷尾,大凡上了点儿年纪的男人,三人聚成一桌,恰如而今玩麻将三缺一差角子,打"三丁拐"一般,一抠几乎就是一整天,十分惬意。

这㸍儿抠起来,有数十种名堂,极富趣味,比起打麻将,技术含量高出许多。按约定俗成的规则,哪家先满一百和则为得㸍儿。一般以三㸍为一局,分头㸍儿、二㸍、"尾艄"(第三㸍儿),输的人叫作漏㸍儿,便要接受惩罚。

20世纪60年代中期,我与七八个一阆街的伙伴,在没有小工做,天渐渐下凉,乌江水也跟着凉下来,再不能到江涛上放浪时,便凑到记亨茶馆楼上堂屋里。摆久了龙门阵,都觉得不新鲜。于是,抠㸍儿就成了我们打发光阴的唯一方式。

那时的家境,大家都不好过。但凡漏爽儿被惩罚时,是没有钱输的。不比时下打麻将,几乎都兴挂彩头,输了就得掏钱。像我们那时的干耍,是再也寻不着了。不信? 你听顺口溜:麻将打得大,诱发高血压;彩头挂得小,健手又健脑;打牌不兴钱,就像炒菜不放盐。

起初,以三爽儿为一局,输了的就撕纸条"贴胡子",高喊赢家三声"师傅"。因为漏了爽儿,说明打牌打得差,输家喊"师傅"时一定要心悦诚服,爽声爽气。赢家则摆开师傅架势,正襟危坐,拖长声调,声喊声应,"哎……哎……"而仅得一爽者,不奖不罚,也就陪坐旁边干看,笑个便宜。

后来,贴胡子喊师傅久了,觉得不新鲜,就换了一种惩罚——钻板凳。个个都说三爽儿太慢,半天打不出结果,接下的太难等。若遇着分家爽儿,没有人钻也就没有看头,一点儿都不好耍。于是改成独爽儿钻,中游仍被赦免。但若输家算盘上子儿一样,便一起受罚,呼为"双龙出洞",是要各钻五转的。

开始钻板凳时,大家围在四周,一起大声数数:一、二、哈哈……欢声雀跃,十分开怀。

时间一长,板凳钻烦了,改为钻楼梯。楼梯也钻腻了,钻哪样呢? 似乎哪样惩罚都没趣味,大伙挖空心思,不知怎么才能整出点儿别出心裁的新意来。

终于有一天,烟市巷张二哥想出了惊人的绝招儿。

张二哥,大名张加祥。大人们都喊他张二毛。在我们那阆街,他属于大崽崽,我们都尊称他二哥。此公从小天性聪慧,乐观豁达,极富幽默风趣天赋。有回赶场天,山羊桠覃家坝一老妇背一背牛黄片儿进城卖,刚下烟市巷,正巧他从屋里出来。"牛黄片儿怎么卖?""两分钱一把。""来,我买五把,看到数哈,一把、两把、二把、三把、四把、五把。收好哈,一角钱。"那农妇揣好钱,径直去了下街。他笑眯眯地抱起牛黄片儿,心满意足地进屋去了,嘴里不停地哼着小调儿。

就这样,活生生打了人家一把马虎。

有目击者把他这一"杰作"传为笑谈,不知哪个告到了街道最高领导曾支书那里,她立即命令机干民兵将张二哥五花大绑,以"残酷剥削贫下中农"的罪名,将其押着游街示众,并打成"坏分子"。每天清晨,必须到街公所领扫把,打扫街道,强制劳动改造。

游街那天,在机干民兵押解下的"坏分子"居然昂首挺胸,嬉皮笑脸,还时不时与街边熟人打招呼,生怕别个不晓得他遭游街一样。有熟人开他玩笑:"张二毛,'小青龙爬背'舒服不?"他仍旧笑嘻嘻:"小意思,在下锻炼身体还有保镖,你们没得这种待遇噻。"后来,东风街的所有"十八类人员",都被遣送到农村。可是,作为地、富、反、坏、右"五类分子"的他,居然躲脱了被遣送下乡这一劫,说实话,我到至今也不明白。

果然,那日他得槭儿,正好整了周毛儿、光玉两人"双龙出洞"。大家问他:"你不是吹嘘想到绝招了吗?快点儿说噻,不要吹牛皮。"他把头一偏:"你们跟我走。"嘴角掩不住奸笑。"咄,还卖关子哩,走,看他究竟搞哪样名堂。"于是,六七个伙伴一起跟着他出茶馆,过马路下烟市巷,到他家门口。"你们等一下。"说完他立马进屋去了。

不一会儿,听见他家母猪叫。众人一看,只见他用草绳将母猪牵了出来。那母猪不停地哼哼。二哥却一脸得意地说:"来来来,钻母猪肚皮,算不算绝招?"哈……大家忍不住开怀大笑。

看着他牵出来的母猪,光玉和周毛儿直往后躲,嘴里愤愤念道:"这个啷凯①钻嘛?你也太缺德了,想出这种精怪。""愿赌服输,刚才你俩是认了的哈,这下想玩赖不是?""钻、钻!"我们几个站在旁边,幸灾乐祸,一边笑,一边使劲拍巴掌煽动,生怕这火点不起来。他俩见状,晓得不钻是过不了关的。输了玩赖,不但赢家二哥不依不说,他俩从此在这阕街怕是再无出头之日了,大家吐泡口水都会淹死他。

"双龙出洞",按讲定的游戏规则,每人五转。天,太多了嘛,又不比钻板凳。于是,两人可怜兮兮地乞求:"这个太难钻了,猪奶奶儿都

---

① 啷凯:当地土话,即"怎么"。

挨到地了,只钻一转表示下行不?"众人异口同声:"不行!"又一阵哄笑。二哥是良心人,晓得再认真下去,他两个要硬是傲起不钻,他也无法。"本来就图好耍,算了,一转就一转,钻!"

光玉身材要瘦小些,板凳又钻得好,先站出来。他捏起鼻子,靠近猪身,央求张二哥:"牵好哈。"然后转过头来,央求我:"麻烦你把猪尾巴拉起。"我才不拉,那么脏,我直往后躲。大家又一阵哄笑。实在没有办法,他只好硬起头皮,弯下腰,先用双手捧起擦地的猪肚皮,脑袋极快地一拱,上半身便钻了过去,随即,手往前一撑,双腿也快速从长长的猪奶奶儿下擦过去。惊得母猪一声号叫。

他的整个动作,干净利落,一气呵成,只在瞬间。颇有当年湘剧团文宗法先生饰演"娄阿鼠"的神采。"好!"伙伴们竟情不自禁地鼓掌喝彩。他也没想到,以前翻戏院看《十五贯》,无意中学到的功夫,今日正好派上用场。

周毛儿见大伙为光玉喝彩,似乎也来了精神,跃跃欲试。小心靠近猪身,也学着弯腰捧起猪肚,头刚拱过去,身子便趴在地上,肥硕的猪肚皮完全压在背上,让他动弹不得。见他笨拙,大伙笑得前仰后合,指着还在地上呻吟的他,不停地擦眼泪。笑得最爽的张二哥一不留神,草绳一松,受惊的母猪拔腿就跑,顺着烟市巷往下街奔去。

"快点儿,大家帮忙追哈!"二哥一声召唤,我们争先恐后,一起向下街追去。躺在地上的周毛儿爬起来,见大伙儿跑出去好远,扬起右手,在后边高喊:"等到我!"一直追到中医院下边,才终于把母猪逮住。一路上,二哥在前头牵,大伙在后边吆,费了好大劲,才将那累憨了的畜生赶上圈。

欢喜不知愁来到。天快擦黑了,二哥他妈旷二娘①从旺竹桠娘家回来,听说了他儿带头糟蹋她赚钱的宝贝后,气不打一处来,立马把他揪来跪起,尖声尖气地训斥:"狗球儿报应娃儿些,哪样精怪都想得出!

---

① 方言读第一声。

要是把老子卖钱的猪崽整脱①了,怕你龟儿子些上不到坎!"那恶狠狠的骂声,一阕街都能听见。

那时,我们几个就聚在坎上记亨茶馆门前,悄悄地听,并捂嘴偷笑着说:"二哥肯定会遭他妈扎实捶一顿。"

---

① 整脱:当地土话,即"弄丢"。

远去的山寨

张 进

　　书架上有一本书，叫《根》，摆放了多长时间呢，我自己都有些淡忘了，却始终没有翻看。关于它，我只从其他资料上知道一点。我也有值得回溯的根，那就是我的山寨。

　　山寨离我如此的近，不过一个多小时的车程，我却总是难得回去一次。就是去了，也只在寨子里匆匆转上一圈。走到龙门跟前，停下，张望院子里自家的老屋，喊一声在院坝打盹晒太阳的邻家老人。随后掏出相机，为老人家拍一两张照，随后又赶到下一家，匆匆地，也不进屋，只在院子里张望。有老人家在，便上前问候，三言两语，也是匆匆地。

　　更多的时候，我会从离山寨一两公里远的山腰上的县道经过。隔着车窗，我总是忍不住把身子侧向山寨的方向，寻找山寨一堆堆小竹林，以及竹林里隐约的山寨青瓦。

　　山寨有很多传奇，但这些传奇大多被老人们带进了泥土。就在我进城读师范的第二年，收藏了家族乃至整个山寨许多历史的祖母也安详地去世了。

　　我在山寨度过了少年时代，山寨的许多故事，就是在那个时期从祖母的口中得知的。

　　能够安静地坐着听祖母作一段较长时间的讲述，多半因为雨。下雨的日子，不能和小伙伴们满寨子跑了，我坐在两尺高的堂屋门槛上，晃着脚丫，祖母一边干着针线活，一边给我讲山寨的那些陈年往事。这个时候我太小，对那些故事还缺乏足够的消化能力，往往当天就忘了大半。

祖母口里的山寨，很悠远。

祖母说过，地下分七层，每层分别生活着扁担人、茶罐人……

祖母是被外曾祖用箩筐挑到几里外一块稍平缓点的坡地建房定居的。外曾祖姓安，那个地方就叫作安家。经过近百年的繁衍，现在已是数十户人家的兴旺寨子。后来祖母从安家嫁到了现在这个山寨，在这里生活了六十年。

新中国成立前，伯父被国民党抓了去当兵，他凭着一张地图，硬是逃回了山寨。

寨子周围，当年全是黑压压的柏树林。密匝匝的大树，阴森森的，乡亲们砍柴都只在树林外边转，不敢钻到柏树林深处去。傍晚，收工了，将一蓬刺拖来堵在路口，算是防止土匪进寨的障碍。

但这种御敌方式显然只能用来对付邻近业务能力不怎么强的零星小贼，要是有一大伙土匪在附近出现，那全寨人就只能赶紧转移了。整寨人由三两个德高望重的长者指挥着，带上家什和粮食，一起躲到营盘里。营盘其实就是一座用石头砌成的城堡，就建在一二里远的山坡上。有砌好的水池、房子和关牲畜的石屋。人在营盘上，居高临下，四面尽收眼底。土匪来袭，互相用土炮、石块攻击……

山寨隐藏在竹林里。在竹林的空隙处，两行石墙围拢着石块铺就的小径，弯弯曲曲地扭向各家院门。墙顶覆盖着一束束带有檬子刺的荆棘。一辈又一辈，族人们就在这里平静地生活着，在贫困和疾病里轮回。

我家院子里有两棵杏子树，不大挂果了。大人们就把树干砍开一块，填一些肉和饭进去——据说这样就能果实累累。我原本对自己这土家族的身份够不够"正宗"有些疑虑，后来见资料里说，这就是土家族典型的风俗，那么我们这一寨人就是土家族无疑了。

本寨人姓张，但我家邻居却姓冷，听说从一个叫苗寨的地方迁来。作为外姓，按说冷家在这里是势力单薄，易受排挤，但满寨人对他家当家人却很尊敬。他是寨里少有的文化人之一，他的屋里永远放着毛笔和墨汁。春节快到了，左邻右舍都来到他家，把一两张红纸摊开摆在他家的大桌上，请他帮忙写春联。并不需要过多的礼节，他就可以爽快地拿起笔。除夕那天，大家忙着挑水、扫扬尘、办年夜饭，唯有他老人家端坐在堂屋里写着对联，地上铺成一大片红。除此之外，他似乎还懂些安抚诸神的事。我家要挖苕洞，也请了他来。在堂屋里放一条板凳，摆上几碗茶。他念着咒语焚香烧纸，请各路神仙保佑我家动土平安。我的脖子生了一个疮，也请他来打整。他用手指着疮，念了一通咒语，我只听清一句咒语是"杀你羊公羊母"。念着念着，他将烟杆里掏出的烟屎敷在疮上。就这样，好像也还灵验，疮很快结痂了。

小孩子吃东西常不知饱足。一阵贪吃之后，搪食①了，老人使出绝招，在背部一阵掐捏，只听得啪啪直响，搪食症很快得到解决。

山寨低处，有一条小溪，现在已近干涸，但令我感到不解的是竟然可以看到旧碾坊的遗迹。因为这意味着它曾经是一条不小的溪流，流淌过前人更多的精彩。

我年幼时，恰逢"破四旧"，传统文化受到冲击，结婚连唢呐也不许吹了。但我仍然看到过这块土地上最古老的戏剧——傩戏。那夜是明洪叔请了一班人在他家院坝里还愿，看热闹的人挤满了阶阳坎。

族中老人常说，先祖在江西，我们打江西而来。

小时候，我们常燃着葵花秆去邻寨看电影。山寨似乎有很多忌讳，夜间在屋子里不准吹口哨，说是会招来鬼怪。姑娘出嫁，要用帕掩面，哭诉父母的养育之恩，表达与伙伴们的离别之情。寨中那棵十余人才能合围的黄连树下，有一个"生基"，用石板砌成，听说那是人的葬身之地，但我并没见到过谁在这安放死者。

---

① 搪食：当地土话，指吃多了不消化。

众多忌讳，众多习俗，石巷古树，龙门"生基"，引发我去猜想，山寨到底存在了多少年，竟然有那么多有趣的习俗，有那么多厚重的所在。

它只是一个缺少文字记录的山寨，四下里转，除各家门檐的对联和 20 世纪 60 年代新刷的政治标语外，找不到多少文字。

今天，我再一次走进山寨，倾斜的大石板凿出的长长石阶，已被乡亲的脚板磨得光滑，高高的石墙已被岁月浸润得发黑，一幢幢老屋歪歪斜斜，已经不成样子，有的老房已被拆除，取而代之的是另一些鲜艳的平房。作为一种全新建筑，它们在寨子周围得意地炫耀着自己的降临。

我还记得，当年若是哪家建了新木房，要提两筐泡粑骑到大梁上去，一边唱一边抛撒，下边的人嬉闹着抢成一团，这种风俗叫抛梁粑。今天好像已经没有抛了，大概抛了也没人去疯抢了。山寨里的年轻人已经没有心思去追寻祖先的习俗，他们只对追赶这个时代的现代文明怀有兴趣。老习俗没人乐意传承，新时尚个个津津乐道。家用电器成为每个屋子里的摆设。小伙子长高了，赶紧踏上"杀广"的车，到广东、福建、浙江的都有，只要有活干。

小伙子们正在寻找新的精彩，而老人们正在依次离开。慈祥的老人们，你们带走了多少无言的往事，收藏了多少山寨的秘密？

山寨啊山寨，隐匿在竹林间的山寨，在关上车门离开时，谁还会与我一样扭过头去深情地再望你一眼？

乡场边的牛肉汤锅

张 进

是一二十里外牛肉汤锅的香味,牵引着乡人去赶场的。

那年,沿袭已久的五天一场的场期,被政府改成七天一场。原因是领导认为,生产队的社员们每五天就要赶一次场,不做农活,是劳动力的浪费,不利于农业生产,于是改成七天一场——和干部们的一周工作时间吻合起来。后来还一度改成十天一场。据说甚至酝酿过半月一场,理由仍然是增加劳动时间,这样就能改变农民吃不饱的状态。

话说当年,赶场对于乡下人来说,绝对很重要。那个时候商业网点少,连两分钱一盒的火柴,也只有一二十里外的乡场上供销社才有。此外还要赶场去添置其他生活必需品:点灯用的煤油,炒菜用的盐,还有针头线脑。

每到赶场天,他们就将自家的一点农产品带到场上卖了,再买来家庭生活用品。当然,也有个别的人,做农活累了,有了这天的假期,就到场上去凑个热闹,喝杯摊子酒,吃碗"晌午"。

说起家乡话"晌午",还真不好找到对应的汉字。它既是指时间,也是指中午后的一顿便餐。乡场上的美食,主要有绿豆粉、牛肉汤锅。乡谚说,没得晌午不望路,就是指赶场路边的牛肉汤锅了。因为牛肉汤锅是在路边埋锅制作,要想吃,就得沿路望着,一路寻觅。

每次赶场都是隆重的节日。大人要去,孩子们也盼望跟着。父母要出发了,孩子们在身后抓着父母的衣角不放。父母无奈,于是对孩子说:"你今天望好牛,照料好弟妹,我给你买只粑粑回来!"

父母的话说中了孩子的心思,于是孩子撒开了手。

粑粑是什么?就是一种用米磨成浆再蒸成一个个圆形的胀鼓鼓的粑,蒸好后会用一种红矿粉在上面点成一朵朵梅花。雪白的粑上点缀着红花,既鲜艳好看,又细腻好吃。那个年代,每天都是粗茶淡饭,粑粑称得上是美味。

在太阳偏西的时候,我们这些娃崽们,就守望在寨头的龙门上,远远望着远山路上的人影,那是母亲回来了么?远远地望到一队一队的人流,心里暗暗高兴,近了,却并没有进寨,而是从寨子边过去了,原来是别的寨子的人。

失望多次之后,父母的身影终于出现在寨外的田坎上。我们欢呼着扑上去,跳起来吊住背篼,急切地要从中找出承诺的粑粑,翻了半天也没找到。面对我们的失望表情,父母坦然地引用了一句流行的答复:"没有买到粑粑,因为——卖粑粑的人死了!"

后来我走出山寨后,发现乌江中游好多地方,都是用这句话来搪塞嘴馋的孩子们。

如今再过乡场,看见场边簸箕里堆着的白生生的粑粑,想起小时大人的这句话,不禁失笑。

第一次使用"卖粑粑的人死了"这句遁语的人,绝对是个高人。这种回答有点狠,决然地封堵了孩子进一步探讨这个话题的空间,说得上是干脆利落、果断明快。

当然,这也许是父母无意中给孩子上的重要一课:许多的许诺,是不一定能得到兑现的。如果你对人生中的每个承诺都抱着深切的希望,那你面对的将是一个痛苦的人生。

乡场的吸引力,绝对比一只粑粑要大。大人并不比小孩更有抗拒诱惑的能力,乡场上的"老三样",让他们垂涎三尺:柜台酒、羊肉粉和牛肉汤锅。

对我而言,尤其怀念的是乡场边的牛肉汤锅。

在那个年代,吃不饱,穿不暖,每顿粗茶淡饭,四季难见到一点油荤,青菜剐得肠子疼,嘴里都是清口水。一碗油汪汪的牛肉汤锅,简直是一种极大的奢求。

牛肉汤锅的牛肉从哪里来?

牛是老牛。已不能耕田,或是摔死摔伤的牛,杀掉,剥得一张皮,肉就抬到乡场外一里地,有的离乡场更远些,在三五里外的路口。在大路旁寻一块平地,要么是在土坎上挖一个小锅台,要么是三五块石头垒成一个锅灶,放上一口大锅,往锅里掺上水,将切碎的牛肉投进去,烧上柴火,待锅里汤肉翻滚后,油沫泛出,美味的牛肉汤锅就成了。

牛肉汤锅的做法是简单的,就是各种杂碎放在锅里煮,面上浮起一层油脂,除了椒和盐外,没有什么佐料。

当太阳西斜的时候,在乡场上办了该办的事,买了该买的煤油盐巴,衣兜里还有一点零钱,那就吃一碗牛肉汤锅。

汤锅摊位就在公路边。按今天的说法,卫生条件实难达标。但当时大家都不以为虑,一来,乡下人没那么多讲究;二来,半天也见不到几辆车从旁经过。

早些时候的人流,都是往乡场去的,停下来吃的人比较少,但每个过路的人,都往那里看一眼,心中已有印象。下半天,聚在场上的人开始回流。汤锅边逐渐围满人,没有坐凳也不介意,或蹲或站,心里乐呵呵地端着吃。遇着同寨的人或其他寨上的亲戚路过,赶紧客气地叫一声,请人家也来吃。对方一般会委婉地拒绝。彼此都知道,不是特殊的关系,是不能承受这碗牛肉汤锅的人情之重的。

这碗牛肉汤锅,是乡下人心中一份若隐若现的期待,为乡下人清苦平淡的生活增加了一份亮色。

传说,从我们邻寨走出的县长,就是小时候在乡场边吃了牛肉汤锅,把它当成了美味,后来当了县长也念念不忘。下乡检查工作,正逢乡镇是赶场天,他在乡政府里听着汇报,听着听着,突然打断别人的汇报说:"停一下,我有一点事。"就一人出了门。大家以为他上卫生间,也没在意,哪知等了好一阵不来,这才感觉到不对。乡长便下楼,到大院门口去找他,正好遇到他回来,他笑着解释道,再不去,就砸锅了呀。砸锅不是把锅砸掉,在家乡话中是吃东西结束了的意思。原来,他到场外吃牛肉汤锅去了。乡长不由得也笑。这则轶事,实在是应该载入"乌江美食史"。

一个贵州解放以前去了台湾的乡人,几十年后,回到家乡来探亲,当晚辈们问他想吃什么的时候,他说,最想吃的是牛肉汤锅。他的侄辈没有到乡场的路口去端一碗,而是自己隆重地杀了一头牛,招待久别的叔。在自家院坝里,垒了三块大石搭成灶,洗净了锅,燃起柴火,好一阵忙活,将好牛肉丢进锅,终于煮得热气腾腾。哪知端上来,他吃了一口,在侄子们期待的眼光里,还是摇了摇头:"怎么没有我那时吃的那么香哟。"他的侄子很奇怪。猛一想,明白了,便说:"喔,忘了放一样佐料了,你老人家稍坐,我马上就做好。"又一阵工夫,从牛肠里掏出半消化的牛草,放在汤锅里,搅拌了一阵。果然,一阵清香飘了出来。这一次,老人面露笑容,不住地点着头:"就是这个味,就是这个味!"

现在,公路边的露天牛肉汤锅摊位已经少见了,牛肉汤锅改成了有房有舍的店铺经营。佐料增多了,酱油、花椒粉充足,随手可加,但味道如何,再也不大能成为乡人的话题。

今天,我坐在车上,每次从乡场外那些曾经摆过牛肉汤锅的坝子旁边经过,都不由得冲那里望一眼。那里早已没有了往日熙熙攘攘的场景,但牛肉汤锅的那一缕缕美味,还飘浮在田野间。

竹林下的井

蒙绍华

多年以后，我仍需要不时地走出城市，去看望我的村庄，去看望我们那口竹林下的井，去看望村庄里的人们仍在井边恬淡地过着的时光和岁月。

村中的井坐落在我们那个土家山寨的半坡里，井完全笼罩在一片难以辨认的竹林下。

从洞中流出的水，意欲一泻千里似的，仿佛有磅礴的底蕴从早到晚永无止息地歌唱。

井的外面有无数条土路，这些土路坑坑洼洼的，村中的各家各户保持着单线联系，人们总把通往自家的路踩得坚实僵硬。

每次看着井里的汩汩流水和那片郁郁葱葱的竹林，以及人们门前那些坚硬的土路，我的内心总是汹涌着喜悦。每当泉水沾湿我的衣衫，青春的滋味足以让我记得许多往事，我似乎回到了青春之初，在随波逐流的人群中寻找从前的梦。

小时候，听母亲说过，井中的水是我父亲从山洞中挖引出来的，井边的那一片竹林，也是父亲亲手栽下的。

而我现在回想起的许多往事，似乎都要从那年开始，如果一个人明晰的记忆能力是出生的另一标准的话，那么，以井为背景，我和这些泉水与竹林，就是一起来到这里的。

那时，母亲常把走路还不太稳当的我，放在井边的竹林下。我就抓着一棵棵竹竿,游来游去,怎么也不敢松手。比井里的青蛙强,我眼里的天,是大块的。井边那头的另一棵竹竿是小小的一棵,远远地在我眼里,如同照片上的东西,牵扯别人的手,一路游去,累了就在路边睡下。母亲忙完在井边洗衣洗菜的活儿,总会来找我。晚饭时睁开眼睛,却睡在自家的大木床上。

竹林下的井,这是村中唯一的风景。

每逢雨天,井被雾簇拥。它们在那里若隐若现,"像云像雾又像风",是流动的美丽。雾的流动,比云轻纱,比风潮润。天越冷,井口冒出来的雾直到午间还化不开,远远望去,蒸腾着。这景象,像城市楼廓,让人心思朦胧婉约,云游在繁芜与庞杂之外,随情顺性地勾描着自在与逍遥。而在这幽静闲适的竹林下的井边,雾浓浓的湿润和流畅,溢人鼻息,清晰着奇伟瑰丽的憧憬。

春季,如有大雨降临,井水绕经梯田无休止地流淌。尽管每年有溪水喷涨,浑浊的溪水淹没沿线的田土,而井水还是清澈见底。

尤其是夜晚,在有月亮的时候,月光照在竹叶上,仿佛夜总会那霓虹灯下的地面,在微风的吹拂下,伴着泉水的叮咚声在人的身上柔柔地晃动,那夜色里的音符穿过耳际,规矩的黑色饱餐着看不见的色彩。这时,拨开夜幔,迈过荆棘般的草丛,立即便见一轮清月照进井底。幽幽的井水,深沉得能把人的心勾下去。

记得每年的夏天,母亲总在井周围的空地上种上一些丝爪、葫芦、豆角等,这些植物,顺着竹竿儿爬上井顶,郁郁葱葱,在井边形成一道独特的风景。硕大的葫芦、修长的丝爪、纤细的豆角悬挂在井的上空,夹杂着黄色、白色的花朵,把水井装点得生机盎然。那时,我们这群孩子每天放学回家的第一件事,就是不约而同去到井边。我们坐在石阶上,一边放牛,一边做作业,偶尔抬头看着头上那些戏花的蝶儿在绿叶间穿梭,心情十分惬意。永远不知疲倦的我们,总是忘情地追逐着最后一抹夕阳,才披着星星回家。

那年月,日光最先照亮的是那些挑水的人。

那个固定的时间,如果没有挑水人,这个早晨便很寂寞,不过从未出现过这样的现象。

于是,村人们在这块土地上与这个镶嵌在竹林下的井,一起沐浴着日月,变换的朝朝暮暮也墨守成规地接受洗礼。他们挑着水桶向井边走去,日子便从手指间流进井底。萝卜、青菜、粗布衣衫混合于井边,原来,我们村中的人们,那些闲适的脚步和恬静的笑意,全都自然地写在脸上,生存的需求就这么简单。

那时,挑水大都是男人的活儿。只要听到村庄的庭院里有沉闷的狂吠,就知道挑水的人上路了。他们嘴里叼着烟,边走边吐着烟雾,顺着狭窄的土路,三转两转就到了井边。他们蹲在井旁,先用双手捧起清亮的井水洗把脸,然后把水桶盛满,才慢慢悠悠地挑水回家。

农忙时,当我每晚从床上醒来,夜晚的黑,犹如水流经过茅草覆盖的田野边缘,均匀,细密。窗外的路上依然有挑水的人,他们经过我的窗前,丈量着一棵棵松柏之间的距离,影子扑在地上,像挣扎的梦境。就这样,日复一日,年复一年,阵阵步履的拖沓声,漫长得就像是一个苏醒的过程。在这个过程中,他们的影子一晃就不见了,这些永远都走不到头的路,让人的一辈子变得多么促狭而具体。一个早晨你看见路旁的树绿了,另一个早晨叶子却已黄落,又一个早晨你没有抬头,就已经感觉到季节变换了,村民们的人生就在这无数个早晨的轮回中走到了尽头。

是啊,早晚的影子是残梦,是梦幻与现实,是暧昧与清晰交替。

我们在这影子中长大,并和人们一起咀嚼生活的自足与艰辛。

有一年夏天,日光照得所有东西都很浮躁,连空气也是,整个村庄被晒得干涩、火烫,露出缺水的苍白,眼见地里的庄稼即将遭遇劫难,唯有井中的水流不完,旱不枯,村人们为夺取当年的收成,依靠从井中流出的水,与天斗,与地斗,硬是斗得地里的禾苗长势喜人。

当我们不再是孩子,所有的成年人都像约好了,不再在竹林下的井边嬉戏,我们蒙受了长大成人的损失,渐渐地,我们开始有着成年人的思想。

那年夏天以后，我已经升上了中学，明显长高了，功课变得乏味，每天放学回家，挑水煮饭全成了我的事。

后来无意间我闯入别人的领地，金碧辉煌的建筑，悠悠长流的自来水，全然遮住了我的视线，哪儿还有故乡竹林下的那道风景呀！

几十年过去，曾一起在井边成长的伙伴们在艰苦的劳作中已经老去，曾经挺拔的身躯佝偻着，浑身是盘桓蜷曲的茧，但他们还在扬起苍黄的脸，让每一条皱纹裸露在阳光下，深深浅浅地流动着一腔碧色的血，但人们都明白生命最恒远的境界其实是死亡。于是，他们依然安静地在竹林下的井边，喝一口井中的泉水，在流水的歌吟中，守望归程。

近几年，我曾回过几次故乡，现在的村庄和从前不一样了，平时，村中的年轻人都消失了，只剩下体弱多病的老年人。春节前后，年轻人们把井边的那些土路作为起点，把遥远的地方作为终点，又把遥远的地方作为起点，把那些土路作为终点，年年岁岁，来来回回，挣的钱，硬是把村庄装点成了另一道风景。

而今，冬天的村庄太阳起得晚，鸡也叫得迟，不知是鸡叫得迟，还是晚睡的人起不来，听不到？因为晚睡的人零零散散聚在不同人家的屋子里，吹牛，抽烟，喝茶，打麻将。夜深了，星星睡了，他们才拖着疲惫的身体回家去。

时代的变迁，阳光的沐浴，历史的远去，竹林下的井已被岁月淘洗，也淘洗岁月。和城里人一样，家家户户的自来水管顺着那些坚硬的土路通往井中，水流进自家的屋檐下，和着云雨潮汐，诉说时光。那些僵硬的泥土上也生长出一些草丛，我们的记忆便从这里重新开始，因为我们呼吸的空气早已更替。

春　雨

许义阳

　　一天又一天，一年又一年，在黔东北这片土家族、苗族世居的土地上，乌江一如既往地默默流淌着。大山间的一个个坝子上，已经发生过的故事正在慢慢湮没，尚未展开的故事，也正在慢慢地发生着。

　　在沉沉深夜里，男人那抑扬顿挫的鼾声，如同一支悠扬婉转的曲子，伴着这支曲子的旋律，女人才能够香甜地进入梦乡。

　　女人今夜又做了一个好梦，梦中回到了自己尚未出嫁的时候。那是春上的一天吧，那天，母亲对她说，三姑婆今天要带隔山的那个年轻人来。母亲不像村里翠娥呀、新娥呀等姑娘的母亲那样专断。母亲说："大人也不勉强你，到时候你自个儿要看清楚，别过后了又反悔。"说来便真的来了，自己忙躲进厢房里，凑近窗缝、瞪大眼睛，仔细打量那个自己将要托付终身的人。听不清母亲与三姑婆在嘀咕些什么，只看见那年轻人的脸膛红一阵来白一阵，站也不是坐也不是，一副手足无措的样子。真是活脱脱一个憨女婿！自己的心犹如一只活蹦乱跳的小兔，正突突地乱跳着为他着急时，男人在醺睡中翻过身来，一只粗壮的胳膊压在了女人的胸上，便将女人从自己的少女时代拉回到了今夜。

　　醒来后，女人的心还在激烈地跳着，脸上一阵热潮滚过。女人幸福地笑了，却又意犹未尽。女人便一动不动地躺着，竭力将思绪沉浸在梦境里，生怕动一动就会将春梦惊走了。就在这时候，细心的女人，似乎听见屋外有一种不易觉察的声音。那声音,若隐若现,注意听吧,似乎一点声音也没有,不经意间,那声音又十分清晰地飘进了自己的耳里。女人便将男人的胳膊轻轻挪开,披袄起床,趿上鞋,开门出屋。

哟,原来是下雨了!这可是今年的第一场春雨啊,就在这个黑沉沉的夜晚,就在人们都不经意间,就在男人酣畅的鼾声中,就在女人香甜的春梦里,就在万籁俱寂时,它不事张扬,无声无息,悄然而至了!当然,只要是有心人,还是能够发现它来时的踪影,也能够听到它沙沙而下的声音的,比如,今夜那个幸福地享受了一场春梦的女人,她便听见了这场春雨的脚步声。那,就是天籁。

天慢慢就亮了。在这南方高原上的一个个山间坝子上,总是勤快的家庭主妇们先早早起床,家家屋顶的烟囱里,随之便冒出了袅袅炊烟,女人们呼儿上学、唤郎上山的声音此起彼伏。狗们也醒来了,这些黑宝儿、灰三儿,为了向主人表白自己一夜的警惕,便慵懒地立起,伸伸懒腰,再夸张地大声吠几声。日头还未升起,勤劳的山民们,便赶着水牛黄牛、黑白山羊,穿行在缭绕的云雾间了,吆喝声划破了沉寂的高原。

"老哥子,春雨下来了呢。"

"可不是,这可是今年的第一场春雨呢。"

"看田土润成这个样子哟,都捏得出油了呢。今年收成不晓得如何?"

"人勤春早,老天总不会辜负勤快人吧。"

山民们的问候声,洒落在山间坝子里的山路上,引得鸟们也兴奋地在屋舍田边的枝头上跳跃鸣叫,叽叽啾啾,欢快不已。

枝头上虽然还不见绿色,却已经有一颗颗鹅黄的芽苞悄然显现,俨然绿气逼人。草们则不如枝们那样招摇,呈现在人们眼前的,依然是遍地枯黄,一派衰败景象,而草根却已被昨夜一场春雨唤醒了,正怯怯地想将脑袋探出地面。

中午时分,日头暖暖地挂在中天,南高原上的山间坝子里,缕缕暖气从一畦畦油菜地里升起,从一块块麦田里升起,油菜花儿快开了,麦田里传出来一阵阵拔节声。这时候,农舍旁、小溪边的鸡们、鸭们、鹅们,是最为高兴的,不为吃食,只为这开春后的第一场春雨。

在下午或是傍晚,天气又慢慢凉了下来,毕竟,这才开春嘛。那么,在掌灯的时候,就有在正月间里没唱尽兴的花灯小调,在不经意间飘荡起来。"二月里采花,花呀未开哎……""昨呀夜晚呀上,月呀么月下山,哎呀我的妹妹呀……"情歌如风,吹遍整个南高原,一个个山间坝子,都浸染在这种温暖的情调里。

第一场春雨下后,那么自然,春天随后就要来了。这是毋庸置疑的。乌江水开始慢慢上涨的时候,船夫们开始叫喊号子的时候,便是这南高原的春天真的来了。

江风徐来

周狄生

摊子酒

不知从何时起,"酒文化"就已经在乌江两岸浇灌出这朵别具特色的山花了,朴素而实惠的"摊子酒"以及饶有情趣的酒客们早已被融进了万古不绝的乌江,把乡风点缀得那么情长意绵,引人牵念。

这里的大小集镇,一般都不设"坐堂酒",喝酒的人大多习惯于在摊前站着喝"寡酒",酒摊店多不备下酒菜,人们自然很难领略得到江南水乡那种稳坐店堂跷腿捧壶、嚼着茴香豆哼哼唧唧优哉游哉的意境了。这里流传着一句谐语:"天下数喝酒的人最苦。"其来由大概就是常见那些立在摊前喝寡酒的人呷酒时那一瘪嘴一皱眉的神态显得特别愁苦。

逢场天,进集镇的"场口"以及通往集镇的"乡脚",到处都有临时酒摊,赶场的人们往来集镇无须"借问酒家何处有",尽可随性酣饮去。这些临时酒摊大多很简朴:一人、一桌、一盘、一酒坛,盘内置几个小碗(或杯子)和一个酒"提子"。那种花花绿绿的瓶子酒很少有客光顾,摊主摆上几瓶也意在陪衬。

那些小酒摊店必有盛散白酒的圆柱形玻璃坛,堪称当今乌江集市的特有景观。即便是酒类品种齐全、货架上琳琅满目的大店也不得不把这"打门槌"放在柜台最突出的位置上,颇能使人联想到景阳冈下酒舍那迎风飘展的"三碗不过冈"的招幡。逢场期的集镇,烟酒摊店前俨然是各种社会情态的舞台和社交场。求酒助兴、添神、解愁、驱寒、过瘾、邀友小聚者，背背篼、挟口袋、挑担子、"打空手"赶转转场者，总是络绎不绝。那独自闷饮、端起酒杯一仰脖喝下即匆匆而去的，是有点酒瘾，喝上两杯后赶去办事的人；那提着塑料酒桶，让摊主灌满后挑抬着走的，是家有"红白"喜事的人。而更多的则是呼朋拉友喝摊子酒的人，他们往往能在集市上造出一种热闹、活跃的气氛。

请人喝摊子酒，是乌江畔的男人们表示热情和豪爽的一种最普遍的形式。街上遇到了熟人、朋友，总要拉上"搞"一杯。做东者笑吟吟呼呼喝喝地劝，被请者半推半就客客气气地喝，那呼喝中的豪气、推搡间的盛情，溢出一缕粗犷的浓浓的乡情，常常使得不擅、不愿或不便喝酒的人都觉得难以违拗。这一拉、一推、捧碗、呷饮之间，杂以许多寒暄问好的话，有的还拉上几句家常，发几句感慨，说几句"行市"。也有端着酒碗，挪开几步，蹲下说悄悄话的。这种略带醉意的伙伴一旦进入"角色"，摊主的酒碗就要被他多占些时候了。

喝摊子酒的人，一般都能克制自己，不豪喝狂饮，很少有飘飘若仙的醉汉。多数人喝了酒并不在摊前久留，只顺手抹抹嘴，道声别，便又汇入摩肩接踵赶场的人流。但是倘若你遇到邀约而至的三三两两的酒客，你会观赏到一幕争付酒资的令人快活不已的谐剧：酒酣之后，醉态可掬的酒客们吵闹着、推搡着，争先恐后地掏摸着自己的荷包，都迫不及待地要显示自己男子汉的阳刚之气，而不听使唤的手往往又摸不着衣袋捏不住钱，生怕别人占了先的那笨拙的动作，肯定的语气和含混的口齿，常常弄得收钱的摊主无所适从，这一幕活剧颇具"君子国"风貌。

就像乌江不息的奔流，喝摊子酒的习俗也在乌江两岸这么世世代代沿袭下来，造就着一批批气质相近的酒客、一群群心中流淌着乌江的男子汉，这是乌江文化形态的一尊雕塑。

乌江边上砍头匠

据说,翼王石达开曾为理发师写过一副对联:磨砺以须,问天下头颅有几;及锋而试,看老夫手段如何。如果你走进乌江两岸的大小集市,便会惊异地发现,他简直就像乌江风俗画家,竟把集市上临时理发摊的理发师们的神态描绘得惟妙惟肖。

理发,这里的农民们戏称"砍脑壳"。集市的摊主们大多有"问天下头颅有几"的胸怀,又有"看老夫手段如何"的谐趣。你看,摊主们一只脚踏在理发条凳上,手里比画着推子、剃刀,吆喝着"来来来,砍个脑壳去",招揽着生意,笑容可掬。于是,那些摸摸头动了心的人,便停下脚步,放下肩上的背篓,一屁股坐在长凳上,把习惯于系在腰间的"围腰"解下来,搭上肩,任摊主"砍头"。

这里,发式是固定的:光头、半头或"一块瓦"。没有现代新潮发廊的那种慢工细活,当然,顾客们对发式也不提什么要求,他们只求速度快。而速度,正是摊主们所见长的,几分钟就"砍"出一个脑壳。摊主往往忙中偷闲,不时同顾客讪笑打趣:"今天理了发,刮了胡子,光光生生地回去,妇人对你……"脑壳往往在笑声中被"砍"完,顾客大多满意而去。常见小媳妇、大嫂子、老太婆在理发摊边候着,待汉子或老伴理完发,便走上前去,用围腰为他们拍打拍打留在颈子和衣服上的发屑,此景是这幅风俗画中最富人情味的一笔。还可见少妇们哄逗着惊惶地坐在理发摊凳上的小儿,让他手上拿着糖果或粑粑,自己则微笑着紧张地注视凳上小儿神情的变化:"毛不哭""毛最乖""毛剃完头就能娶个好看的媳妇"……在摊主和母亲你一言我一语的叽叽喳喳中,剃头匠凑准机会大胆下刀,三下五除二就麻利地完成了规定动作。此景透出的泥土气息和淳厚乡土风情,让人回味无穷。

这些理发师们在集市摆摊很能随遇而安。大树下、坳口上、闹市中、水沟边、猪牛市,随处可见。一把推子、一把剃刀、一把梳子、一条供顾客坐着理发的长凳和捆在长凳一头挂有刀布的小竹竿,便是摊主的全部设备。那些备有脸盆、围布或小圆镜的,就算是很考究的摊了。有的摊点并无洗头这道工序,有要洗头的,只在放在地上盛有水的脸盆里"哗哗"几下就算清理完毕。遇到摊主应接不暇的时候,顾客还有可能被打发到路边水沟里用"自来水"冲冲就了事。

摊主们的手艺大都算不得什么理发的"师",只能称为剃头的"匠"。一般都是乡间善抓钱的能人。逢场设摊,散场撤凳,一个场天"砍"二三十个脑壳,便人利己,各得其所。这种生财之道在大割"资本主义尾巴"的年代竟也无人非议,可见理发摊解了社会需求之渴,也说明其民间渊源之深。

随着人们审美情趣的不断发展,临时摊主们开始注意起发型发式,特别是近几年来出现的年轻"砍头匠",看来会领导这个角落的新潮流。

赵家坝赶场船

赵家坝人乘下水船赶思南场,曾经是乌江上最有风情、风味、风趣的片断。在时过境迁的今天,从乌江的记忆里,轻轻地翻开这一页,让浓浓的乡情扑面而来,会让你念起乌江先前的模样。

20 世纪 60～70 年代,赵家坝到思南县城没有通公路,如果走陆路,要翻越镇江阁下面鲇鱼峡头上的一座山,然后从德胜关下到轮渡码头或河东酒厂渡口过河进城,至少得要两个小时。而赶船下思南就方便和省时多了。船从街头的"码头"出发,顺流行个三四百米就入峡。在峡中四张桡片奋力划,半个小时就可以出峡到思南轮渡码头,再往前行个两三百米,就可以靠卢家码头上岸,全程最多就个把小时,能赶个早场从容办事。乌江两岸的其他乡镇和村寨,要么是要行上水船费时费力,要么是离思南远,没这么快,都没有赵家坝这么便捷的水路。所以赵家坝人即使不负重赶个"甩手"场,也会选择赶船,这也是赵家坝赶场船的优势与独特之处。

在集镇交易是农村唯一的商品流通手段的年月，赵家坝赶场船的"热闹"，还在于它有自己颇具规模的大宗商品——红苕秧。人多地少、长期缺粮的赵家坝，让生活倒逼出了他们的强项，这就是驰名全县的红苕秧"品牌"。赵家坝育出的红苕秧，以苗壮苗齐、季节早、品种全、产量高、品质好著称，是春夏之交思南城集市上的抢手货。那年月，几乎家家户户都会把自家不多的自留地办成红苕苗床，然后贩苗换点盐巴钱、晌午钱，多的还能攒点衣料钱、零花钱。有的生产队也用集体土地育点苗挣一点副业钱。公社也会网开一面，不把它视为投机倒把。所以赵家坝赶场船最有特色的时节是红苕秧上市的场期。

每年三四月间，一到逢农历二、七的思南城赶场日，便是赵家坝人的节日，说是万人空寨也一点不过分。峡口的清晨，乍暖还寒，塞窣江风中，一个个背着背篼的男女，呼儿唤女、呼朋唤友地从村寨中走上通往江边"码头"的大路，急匆匆往船边走。不论背上的是大板背、花篮背，个个背篼里都是码得高高的用绳子捆牢了的苕秧。年轻的姑娘们，在这个日子大多脱掉了平时下地时穿的土布衣、补巴衣，换上那些年乡间流行的阴丹士林布衣裳或黑、蓝、红、绿等色的灯草绒布衣裳，边走还边习惯性地拢拢头发，或拍打着衣裤，意在清理忙出门时沾在背篼带或身上的草屑和灰尘。中年的大妈们不那么讲究，只是头上多了一张洗得干干净净的白帕或黑色丝帕。汉子们呢，几乎都要在腰间系上一块齐膝盖的"围腰"，颜色倒不怎么鲜亮，年岁大一点的老汉也会在头上包一条白帕抵御江风。所有赶船的人，都不会空手，而且大多喜形于色。

岸边的临时码头，早已泊着一溜有篷的船，大小不等，都不备风帆。每只船都有船工早早用篙钩钩住船头，或是用手拉住缆绳，招呼着人们上船。

赶场船其实都是集体所有的运输副业船，不会有专门用来赶场的"赶场船"，大多是生产队的。经济条件好点的队，船也会大一点好一点。赶场的人大多乘自己队上的船,队上会给船工记工分,本队社员乘船赶场也是享受一份福利。当然也有人上熟识驾长或船工的船,乡里乡亲的,一般没人计较。

那些捷足先登者,会走进船舱,稳稳地放好背篼,然后坐上船工的床铺,也有就势躺下的。或是径直走出船舱,到船尾翘起处占个位置坐下,这是整条船最清静之处。船后面尾稍(舵)位置的对面,是平时跑船时船工煮饭的灶台位置,因赶场船行船时间短不用做饭,所以也成了堆放背篼的最佳位置,有时背篼就放在大锅上。那些来得晚的人,就有点争先恐后了。但是乡风礼仪,还是很讲究妇孺为先。那些护着扶着老人、女人、小孩上船的汉子们都还很"绅士"。间或有人背上两只猪娃,或是牵上头小猪上船的,大家也是七脚八手帮着把这些畜生弄上船,让个空处安顿下来。有时一阵杂乱,背篼或人跌下船头落在水中,也只是一阵叫骂、一阵哄笑,大家帮忙把背篼捞上来,把人拉上船了事,绝少有打架斗殴的事发生。

待船头塞得没有多少空隙,就临近开船了。下水船的舵(拔艄)是架在船头的,等船一离岸,两丈多长的拔艄,连同掌舵的驾长,瞬间便显得威风凛凛,先前拥挤的船头,不知何时已自动"亮开",足够驾长自如操作。待船快到镇江阁峡口,只听得驾长威严的两声警示性号子,船头便对准滩头主流"槽口",箭一般射下滩去。这时,站着的人,都会惯性地前仰后合,水大时倾的角度会大一点,随即人群会有一阵嘻嘻哈哈的骚动。下得滩来,就入峡了,人群也就由动逐渐转静,就像行驶在公路上的客车,再拥挤的车厢,只要车关上门启动,一阵摇晃之后,车上的人都会找着自己该坐该站的位置。赶场船也一样,再拥挤的船,一入峡,也会秩序井然,而且在船头的驾长掌舵位置的后面,还会空出划桨的空间,方便水手们操作。

这时船上舱里舱外的人,都松弛了下来,三三两两地开始了闲聊。有相互寒暄道好的,拉家常的;有评说年景营生的,预测今日苕秧价钱的;有相约喝酒吃"晌午"的,打情骂俏哼小调的,反正荤的素的言语,喜的愁的表情，一船的社会情态"大杂烩"，和着船桨有节奏的划水声，都在船行至鲇鱼峡这一段水路时登场"表演"，叽叽喳喳又温情脉脉，热闹而有味。

有人说今年入春雨水不错，今天米价会降到二块五十斤，而有人反驳说现今青黄不接，一定会涨到二块八，接着又打赌。有老婆婆羡慕地看着旁边小伙子脚上穿着的解放鞋，不停地夸，又打听在哪个店买的，多少价钱，说要去给自己的儿子买一双，小伙子也炫耀般伸伸脚应声作答。有人聊着聊着会突然提高嗓门不指名地叫骂或诅咒某个损害他利益的人，乌江人管这叫"骂花鸡公"。这时，相互挤着的一群人中有的会心地笑笑，更多的人则有点莫名其妙。有时突然传来一位中年妇女带笑的嗔骂："砍脑壳的，站稳点嘛！你咋个要撞老子的腰杆唷？"接着会引爆船上的气氛，导致七嘴八舌的打趣，哄哄闹闹的讪笑……

船上的人都看惯了十里长峡危崖耸峙泉水叮咚的风景，大多不怎么在意。船悠然地在如诗如画的幽峡里行进，笃然一看，会发觉水面相对平缓的峡中会出现一个赶场船的"编队"，前前后后，相距不远，有点浩浩荡荡的阵仗。船客们差不多都相识相熟，沾亲带故，两船之间的人间或大声打个招呼，也是山呼水应，生出一阵余音缭绕的喧嚣，显得别样的空灵。这时，一脸严肃的掌舵人也仿佛受到了感染，放松下来，让旁边的人也给他烧上一杆草烟，再把短烟杆咬在嘴上，手把着舵，加入船客们的聊天中来。

由于起航早和水路近，又是下水船，所以思南的卢家码头，赵家坝赶场船总是到得最早的。随着峡中"编队"的船一只只接踵而至，码头上便摆满了装着红苕秧的背篼。不一会，整个码头台阶上便是蚂蚁出巢般背着背篼的男男女女。从江边往上看，满眼形形色色的背篼，"驮"着点点绿色蠕动，渐次汇入街上赶场的人流，煞是壮观。这是那年代那时节的一道风景，而且这道风景只属于赵家坝和它附近的村寨。这倒不是完全因为那地所产的红苕秧多，而是它得天独厚的地理位置。上游再往上的村寨,赶场船和赶场人当天逆水难回,而下游的船和人赶场,则只方便散场回家,不可能有成群结队挤逆水赶场船的场面,所以,这船上船下场景的主角,便只能是赵家坝人了。

"青山遮不住,毕竟东流去。"乌江正在不可逆转地改变着面貌。虽然人性中追求温饱与浮华的动力远比向往生态与低碳强烈得多,但是,当温饱不再成为压力,人们回头寻觅"自然"时,它已一去不返,成了文化的记忆。而乌江的儿女们是否意识到,那种"自然"里,有丰富的乌江人的"基因",这是我们应当刻骨铭心的。

背篼里的乌江

乌江从远古走来,始终雄浑豪迈,深邃幽秘。沧桑巨变,斗转星移,世世代代,物是人非。当人们感慨浪淘尽千古风情风物风流人物之时,往往惊奇地发现,那桀骜不驯、千回百转的乌江,其实一直在乌江人的"背篼"里奔流。

君不见,曾经的古纤道,因现代航运的通达和梯级电站的开发,或沉寂于水下,或孤独于江崖;曾经激越而苍凉地回响在乌江两岸的船号,也已无奈地销声匿迹。那曾是世界奇观的歪屁股船,也了无踪影。温暖的疙篼火塘,喧嚣的江边野渡,江寨的吊脚楼,土家族的头帕罗裙,也早已渐行渐远,在现代人的视野里变得模糊起来。唯有"背篼"仍伴着乌江流淌,对乌江不离不弃,情有独钟。它至今仍与乌江人亲密无间,在乌江人的生活中扮演着不可或缺的角色。乌江昨天和今天的故事,似乎理当由"背篼"来诉说。从这个意义上讲,"背篼"当是现今物象最为清晰,内涵较为丰富的乌江文化符号。

千百年来,"背篼"在乌江两岸这块地域上几乎无处不在。乡场上、摆渡口、车船里、堂屋中、灶头边、圈舍旁、阶沿坎、田地头,都能见到"背篼"。大姑娘、小媳妇、老婆婆、男子汉、老头子、小娃娃,个个都在用背篼。收苞谷、打谷子、挖红苕的时节,"背篼"络绎不绝;赶乡场的日子，"背篼"摩肩接踵；婚丧嫁娶中"背篼"担当重任；走亲访友时"背篼"不负重望。"背篼"年复一年地承载着劳动的艰辛、丰歉的喜忧、生活的苦乐，与乌江人相濡以沫。"背篼"里装满了古往今来的爱恨情仇，装满了乌江两岸的风俗风情。

作为载物器具，"背篼"是在乌江人与大自然的互动中应运而生的。它是地域性的特殊产物。乌江中下游地域的"背篼"大致有三类。一类是宽口宽底的"板背"，编织密匝，不留空隙，可以装米而不漏，所以也有称米背的。背带较宽，多为棕丝，有的还加缝布带，负重而不勒肩。此类背篼最为实用也最为常见。另一类是窄底宽口的"花篮背"，编织讲究，疏密有致，造型美观，容积不大，多用竹丝编背带，篼形稍长的可以背小孩，为女性所钟爱。还有一类是大口小底，篼身呈长筒形的"桶背"。编织紧密扎实，有的甚至可以装水，一般配备有丁字形木撑，便于负重人随时站立着歇气，是专门载物行走于陡峭山路的工具。由于交通的日益发达，此类背篼现今已较为少见了。

编织背篼等竹器的手艺人，乡间称为篾匠，遍及乌江两岸村寨。因其"独具匠心"，所以各类背篼的大小、形态、细节，乃至工艺水准也形形色色，使乌江背篼的海洋并不显得单调，还别有一番争奇斗艳的景观。

"背篼"见证了乌江的古往今来，参与了乌江文化的积淀与繁衍。历经岁月的沧桑与洗礼，乌江人背背篼的习俗代代传承，生生不息。它已扎根于这方水土，成为乌江两岸最为直观的地域文化现象。你从"背篼"里可以看到乌江，并且会强烈地感受到乌江文化气息扑面而来。

"不废江河万古流"，乌江的"背篼"和背背篼的习俗，会随着乌江不息地奔流，直到永远。

峡口素描

乌江中下游最有名的三个险滩是龚滩、新滩和镇江阁。龚滩在川黔交界处,新滩在德江的潮砥镇。大凡载货的木船行到这两个滩下,由于落差大江水急,都要先卸货下船,轻船上滩,然后再费人力将货盘运到滩上再上船。乌江流域的俚语中有"盘滩"一词,意即"费周折""麻烦"。这词大概就是从船家的艰辛中提炼出来的。镇江阁是三大险滩中唯一不用"盘滩"的,但是这里的山形水势看起来最险。据说很久以前有高人在峡口处建有一"阁"以神力"镇江",于是乎上滩有如神助,相对轻松。其实乌江人从来没有在这里看到过什么"镇江"的"阁"。20世纪60~70年代,我就在峡口生活过不短的时日,也不曾见过"阁"的遗址之类,峡口人也从未深究过,反正这地名古已有之。不过,这地名着实有一点神秘的色彩和文化的意蕴,不像"龚滩""新滩"那么直白。峡口钟灵毓秀的气质也佐证了这里曾经是乌江风情最为浓郁、最具乌江文化特质的所在,哪怕现在已显得那么鸡零狗碎,仍是尚未被现代文明完全淹没的片断。

近年来,目光敏锐的战略家们已瞄上了峡口之上乌江东岸长约十里的"辽阔",把它画在了县城扩容的规划图上。于是,便"狼烟"四起。

抵近观察峡口旁的赵家坝,眼目下恰似一幅光怪陆离、斑驳抽象的印象派油画:那水泥的灌木林与空巢了的老老少少,涂抹出一汪汪惨淡的色块,勾勒出一簇簇凌乱的空间。荒荒的田土,遮掩了潺潺小河的妩媚,没有牛儿的"哞哞"声与江岸的船号,乌江水似乎也失去了昔日的欢快,让我们这些曾经得到这方水土哺育的儿女感到一种别样的苦楚、愕然与无奈。那幅浑然天成、浓淡相宜的传统水墨画和浣女捣衣、渔家撒网的和谐田园图,瞬间便在心中泛起,挥之不去。

赵家坝坐落在峡口的东岸,一个典型的乌江流域人多地少的小坝子。一条小河涓涓淙淙从大山深处淌进乌江,把个不大的坝子分成两半,靠峡口的一面是60~70年代的公社所在地,村寨密集。有条小街,很短,供销社的三五间门市部一字排开,便占了街长的三分之一,一两百步就能从街头走到街尾。这里也兴赶场,但因大江上游十来里和往山里走几里分别有邵家桥和孙家坝两个大乡场，下游二十里又有思南县城中心集镇，所以乡脚不宽，属于那种晚齐早散的"尿泡场"。场期里从来没出现过人声鼎沸、熙熙攘攘的景观。供销社偶尔搞一两次"物资交流会"，也就布匹花色多一点，胶鞋、斗笠、盆瓢、农具等日用品的品种多一点，由于这里没有山货可收，也烘托不起场面。只是但凡赶场日，街头拐弯处，门头稍显"洋气"的公社卫生所里扶老携幼来问诊取药、扎银针的人多一点，牧童牵牛过街，浣女背衣下河，照样不会遭遇拥堵。

赵家坝的经典与独特之处在于兼有峡口、坝子、大江和小河，所以便兼具了依崖傍峡、大气洒脱的大家闺秀风范和小桥流水、玲珑贤淑的小家碧玉靓色，包罗着乌江的滋味，使它在千里乌江之上生成了一种独特的风韵。

小街离峡口就是一望之遥，距闯峡口下思南的"码头"也很近，从街头沿"人路"直走就到。整个坝上各村寨下思南的赶场船就在这里"集合"启航。这"码头"没什么江堤、梯步、趸船之类，就几个桩。当然，也是"渡口"，但却没有专门摆渡的船。这不是江面宽阔的原因，而是几乎没人从这里过江。对岸的三角坝是陆路的死角，人户也稀疏。那边只是上水船行船或拉纤的道，陆路到思南还得走小道翻大山，比岸这边费力多了，没人这么走。

坝上小河汇入乌江的河口要从赶场船码头往上游走几百米河坡地才能到。河坡都是些软软的潮泥，那些年月一般都稀稀疏疏地栽有些红苕秧，虽不是正儿八经的自留地，但遇上年岁好，涨水不多，淹不了几次，苕地也不至于被毁，多少还能挖出几个红苕，这叫得点算点。这对于粮食紧缺的峡口人还是有点意思的，何况苕藤也是上好的猪饲料。由于收获甚少，"集体"自然也没把在这里栽几根苕秧当成"资本主义尾巴"。后来有几年，上级统一要求栽上桑树苗养蚕，河坡也壮观过一时，后来蚕业一衰，又故态复萌。小河口外的大江里有一个相当大的涸水坨，是大河涨水时浪渣最易积聚之处，还经常有无名尸体从这里浮起,乌江边的人叫"水打棒",所以此地也是让坝上孩童们惊恐的地方。

小河的渡口就在河口上边不远处。这里的水流不急不涌,清澈见底。河滩也没有潮泥,全是卵石,脚下比大河那边利索得多。虽没有能让人幽幽爽爽的深涧飞瀑,但确是少了大河那种恣意纵横的野性,显得温顺可人。春日和风里,寨脚那些桃李飞红落白、典雅缤纷,水边萋萋芳草也沁人心脾。夏日里戏水的孩童,散落河滩的书本,无人自横的渡船,让人怡然。两岸的村寨,都互有许多插花地,每天出工下地都少不了渡船往来。渡口的渡船不大、河面不宽,水也不怎么深,把人的举止也映衬得轻松自在。打田时节,扛犁牵牛的男人,只把铧犁弄上船,任牛蹚过河去,自己则悠悠地上船下船;挑着粪筐的男子则要费些气力,得重重地把担子放上船,又大呼一声举上肩,再稳稳地跨上岸;妇女们则是在任何时节,大都背上一个背篼出工上船,收工后会割些草禾,或是打些猪草捎带回家。若是在秋天打谷子的季节,箩筐背篼里金灿灿的稻谷,会让渡船上生出许多喜色。当然,过渡也是一个"男女搭配"的时空,荤素言语的交锋、家长里短的碰撞、柴米油盐的诉说,在这个空间里都能找到它的位置,无论是长吁短叹还是嘻嘻哈哈,都拉近了人们的距离。那年月,这也是人际间的温情与慰藉,让人暖暖的。许许多多很人间的场景,把个小河渡口烘托得比小街上热闹得多。与大河那厢平日里的空旷与寂寥相比,也是两个世界。

无风的清晨,轻纱般的河罩浮在宽阔的大河江面,似动非动。雄浑与滔滔完全被温情所覆盖。混沌的天空中透出白晃晃的光曦,把河罩衬托得那样从容与悠闲。村寨上空升起的淡淡的炊烟里,夹着几声鸡鸣、犬吠和"出工了"的吆喝,有时还依稀可闻峡口传来的上水船奋力上滩的船号……

从镇江阁峡口一直上溯到龙底江与乌江的交汇口,大概有十多里长的江面,应该是千里乌江最宽阔的水路。那洋洋洒洒的气度,堪比长江。等到晨雾散尽,金光满江之时,你能尽赏大江东去的豪迈。如果遇上江面起逆水风,船家叫"起上风",还能看到出峡的上水船扯起白帆,在江心款款而行。此时船家歇号,白鹭低飞,江风飒飒,岸景渺渺,浩瀚江面生成一幅淡雅的水墨画,清丽而隽永,让人沉醉。这场景需天时、地利与行船的缘分,极其难得,我在乌江厮混数十年,也仅见到过两三次,而且全在这段江面。

作为资深乌江人,峡口上大江边的小街、小河、小坝的鲜明风貌,已经深深地镌刻在我的心底。高亢与低吟的音色,豪放与婉约的气质,都能在这里的山水间、眉宇里寻觅得到。这里应当也有乌江人既坚韧、奋进,又精明、圆融的性格踪影。

但愿与时俱进的现代人,在造物质的城堡时,别忘了这峡口旁曾经的本色与精神。

上塘头

乌江流域山高水长,对地理方位的判断、定位与表达,主要讲"上"或"下"。逆水为"上",顺流为"下",很直观。比如到贵阳,乌江人都会说成"上贵阳",因为贵阳是在乌江上游的方向。

从思南到塘头,也叫"上塘头"。我第一次与乌江亲密接触,就是乘船"上塘头"。在 20 世纪 60 年代末,从思南到塘头只有两种选择,就是"打山"(步行)或乘木船。不论哪种选择,现今只需一二十分钟的车程,那时却要耗上一整天。如果乘上水船遇上涨水,那还不好说。乌江人从来管乘船搭船叫"赶船"。我揣度,可能是因为行船不易,需尽量赶早的意思。

记得这趟乌江"首航"是在初秋时节。天还没有放亮,我就同一位刚结识的同事大哥从思南山城的一幢吊脚木楼里出门赶船,顶着蒙蒙细雨,打着手电,沿着官井巷、南门巷的石板梯步,直下到卢家码头上船。

上得船来,天已大亮。只听得在船尾掌舵的驾长喊一声"夺开",

船便缓缓地离岸了。那时我还从来没有见过乌江这么大的河流,也没见过这类木船,一切都很好奇,充满期待。这一声亮亮的"夺开",也在冥冥中开启了我数十年的乌江生涯。

我们乘坐的这只船,应当属乌江上的中等大小运输船。竹编船篷,船身有三个船隔。船头部位的左右大概有四个侧桡(划桨)位。船头的顶端有一个安放拨桡的位置。船尾收窄高高翘起。舱后右侧有一个尾梢(尾舵)。船工说,船能装载两万来斤货物,不过,上水行船一般不会满载。船型和容积,与我先前在锦江上看到的低篷、小巧,被沈从文描述为"精妙绝伦"的船大相径庭,显得大气而粗犷。乌江要比锦江险得多,一看船形便会了然。

乌江上的木船没有专门的客船,都是人货混载。塘头第二天正逢场期,所以赶这趟船的人还不少,有二十来人,船费每人七角。有经验的船客知道行程遥遥,便早早地钻进船舱,上了船工们的床铺,搭上被子,或坐或躺地挤着。七八个船工铺位,分布在船舱里船身的两侧,分上、下铺。当时大多数船都是生产队的副业船,或交队上副业款,或由队上按约定的规矩记工分,各有不同。但跑运输泊码头时断不会破费让船工去宿客栈,都设个铺在船上凑合。赶船的人占铺,船工也不会计较,更不会加船费。这是惯例。我则因为有点兴奋,就一直在船头、船舱、船尾往来穿梭、转悠,看看问问,没去挤铺。

船从码头启航时,我在船头看到,那只在行下水船时才安放在船头掌握航向的拨桡,已经被卸在船舱顶部。由于这家伙足有两丈多长,梢部直伸到舱外,像关云长的大刀悬在空间。连同一起束之舱顶的,还有行下水船才有用的桡桨,也是足有一丈多长的大物件。船头的"地界"是船工们"制造"木船动力的空间。五六个人握着一丈五左右的篙杆,不间断地跑动着钩、拉、撑,看似忙乱,实则是七手八脚、有条不紊。一阵的低声船号,只十多分钟,就把城下宽阔的江面,以及卢家码头和车轮渡口甩在了船后,行到鲇鱼峡峡口。

鲇鱼峡全长约十公里。是乌江中下游有名的长峡与险峡。明代贵州巡按御史王杏曾有诗句："鲇鱼峡深隐环山,扼控乌江最险关。"当时我并不清楚这些缘由,只听船工说入峡谷后会费力得多。果然,入峡后船工们喊的船号变得比先前急而短促,回声在悬崖峭壁和急流间回荡,阵阵山呼水应,鸣奏出我从来没听到过的清亮高亢的声响。掌着尾舵的驾长透过尾舱上的一个"小窗口",密切地注视着船头的动向,在时而"挖住",时而"勒住"的号令下,把握着船头的航向,也变换着船工们或钩或撑的节奏。通过观察,但凡喊"挖住"时,驾长就会将"舵把"往船身之外推,喊"勒住"时,会将"舵把"往船身内拉,以调整船头向左或向右转向。船工们对我说:"挖"和"勒"不是随意喊的,要凭驾长对航道的熟识,还要随时观察水势和岸边的地势。

因为是秋水,船上行的险象还不是很多,水稍缓时,驾长或船工们会松一口气,替换着烧一锅草烟,或把烟杆叼在嘴上。当然,整个峡中的航行,都手脚不停,不可松懈。就这样张弛着驶过有细瀑飞溅的嵇公泉,抵达了必须经历"大考"的镇江阁峡口。这是自古乌江船家闻之色变的鬼门关,鲇鱼峡就是因为这里的山形水势而得名。明嘉靖《思南府志》记载:"乌江之流至此,顿发奔涌澎湃,险不可言。旁即大崖,崖有一孔,若鲇鱼口然,故名之。"

船工们一阵奋力,"吭唷、吭唷"地将船行到峡口下方,来到一个水势较平稳的崖湾处。确实,船头方向就好似有一个"鲇鱼口"。这时,浪涛之声已轰轰然然,盖住了船上有些躁动的人声,峡口上方开阔的江面已驱散了先前峡中的幽暗,映得船上亮色了许多。五六个船工放下了手中的长篙,拿起了纤绳,在驾长的指挥下跳下船,攀上岸边的礁石,一个接一个向崖边的纤道上走去。待到纤夫们都把纤绳的布背挎上肩,驾长就吆喝着"背纤"上滩了。后来听说,这里是上塘头最让人揪心的两个关口之一,如果水稍大,一不小心,船就会倒退,甚至导致船头调转,冲回到思南城,或会发生意想不到的事故,所以船家到此必须严阵以待。

开始闯滩后,我看到驾长和船头那个拿钩杆的船工神色严峻了许多,清一色青壮汉子的纤夫们肩手一齐使力,身影成了"弓"形,船号中那种"吭唷吭唷"的短音也减少了许多,夹着许多"使把力唷""稳住起唷"等长音和拖声。完全没有后来风行荧屏的"妹妹你坐船头,哥哥在岸上走"和"纤绳荡悠悠"的那种浪漫,而是奋力拼搏争上游的顽强与坚韧。我们在船上感觉得到,有多少次船与急流相持不下,然后是"咬住牙,加把劲"的胜利。待船头驶近峡口主流"槽口"的时候,就意味着这场人与江流的"短兵相接"到了决胜时刻。此时江涛声已盖住了崖下纤道上纤夫们的船号声,而纤绳在船头与纤夫肩头之间绷成了一条直线,船头握篙杆的船工撑杆的身姿也成了双脚与夹板30°夹角的倒地状,力度几近极限,猛然发力领喊的船号声高亢而雄壮,瞬间盖过涛声,在峡口激荡。我站在前舱舱口,面对船头,注视着这平生未曾见过的场面,有一种深深的震撼。而且它至今还是我乌江记忆中最珍贵的美好。

船身过了"槽口",就真闯过了滩,水势一下子缓了许多,船上的气氛也松弛下来。在船从"槽口"主流处往岸边靠的过程中,又遭遇了一次搁浅。由撑篙杆的船工跳下水"背船"。这是一种用背部贴着船身使力的操作。在屡试不成的情况下,已经解下了纤绳的纤夫们也跳下水一起"背",三下五除二便解除了"搁浅"。比起上滩,这是小菜一碟。

出了鲇鱼峡,直到岔上塘头、石阡的龙底江江口,是乌江上江面最为宽阔的江段。纤夫们都收绳上船,然后轮流着使用钩杆、篙杆,放松着先前绷紧了的筋骨。时间快到中午,船上开始架锅煮饭。"灶台"设在舱后,尾梢(舵)"操作台"的对面一侧。一个较大较粗的铁三角支撑起铁锅,就可以淘米下锅了。燃料是柴火。水是就船取"材"。火钳、菜刀、水瓢、菜板、汤盒、碗筷、笆箕、锅铲等厨具餐具似乎一应俱全。锅盖是乌江人家常用的竹编圆锥形"茅盖"。煮饭时虽然满船烟雾弥漫,但却是船上全天最为轻松温情的时刻。这时船工们都呵呵着与船客打着招呼,或含着烟杆,忙不迭地张罗柴米油盐。没来得及交船钱的船客,也都在这个时段数钱相奉。米下锅前会有船工逐个询问船客是否要在船上吃饭。有要吃的,就收三角饭钱。还会客气地说上一句:"菜不好,将就点哈。"一直在舱里或铺上的人,这时也会走上船头或船尾,活动一下筋骨,扯上两句闲谈。想小便的男人,就在锅灶边上的位置趁着烟熏火燎向船外撒,这叫"河边卵无人管"。司空见惯,也只能如此。

那天我和我的同事大哥也都交了三角钱,吃了一餐船饭。开饭时,拿上一个青花碗,伸到江水中浸一下,算是洗碗。然后挤进人堆盛饭,再用筷子穿上一个红苕,舀一瓢米汤和油炒牛皮菜,来点辣椒,找个稀朗一点的地方站着就开始扒饭了。这时,船已经泊岸。对岸赵家坝、邵家桥两个小街,由于江面开阔,绵雨天看起来有些渺茫,行船岸这边离房舍土头也远,显得空旷旷的。只是江面偶见下思南的船只在江心逐流而过,也偶见水鸟贴江面掠飞,显得冷清。但是那餐饭却是吃得热乎乎暖洋洋的。

饭后是一段沉闷的航程。河面一宽,速度看起来就较慢,行船和乘船的人看来都有些疲惫。大概四点过钟,才赶到龙底江与乌江交汇的两河口。

上水木船都是靠乌江右(西)岸航行,而龙底江的河口则在左岸,上塘头就要把船从乌江上横渡到龙底江去。船家俗语叫"盖渡"。我领会的意思,就是要在两江交汇的惊涛骇浪中占得"上风",驭波冲渡过去。这里无疑是上塘头的又一个关键点。

两江口正处在乌江中游红圈峡的峡口,礁石密布,江流湍急。"盖渡"必须先上滩入峡,而且要航行到河口的上游,再从乌江右岸以顺流的优势强渡进龙底江。

红圈峡口是从江面看不到顶的绝壁。绝壁上是一段古老的人工开凿的纤道。与镇江阁乱石中的纤道不同,它"雕刻"得较为"规整",离江面十多米高,十分瞩目。在江口雄浑江流的映衬下,显得威严与苍凉。船在峡口泊下来,经过一番准备,纤夫们便拿着纤绳开始登崖上纤道。然后开始上滩入峡。接下来的场景,是重复着镇江阁奋力拼搏出峡的那一幕幕,所不同的是,由于纤道的狭窄,"高高在上"的纤夫们,看上去队列整齐,动作架势基本一致,在船号的山呼水应间有如雕塑一般,让人直看得慨叹不已,肃然起敬。

船艰难缓慢地上行,渐渐地横亘在龙底江口的大礁盘、乱礁石已历历在目。两江交汇处的巨大漩涡和激流卷起的雪浪也仿佛在向这一叶孤舟示威。但是,我们的船暂时没理会它,继续沿着右岸上行。待纤道已到尽头,船已越过了两江口。这时驾长选了一个停泊处,让纤夫们都上了船,然后对拿着钩杆、篙杆的船工们吩咐了几句,就准备搏击中流,"盖渡"过江了。待一声号令,船一掉头,眨眼工夫,便快速冲到了先前看到的最为险恶的激流处,眼看着有随波逐流冲向下游的危险,只听到一声几乎是声嘶力竭的船号,接着是一阵"挖住""勒住""稳起"的呼喊,船头已越过乌江主流,转向龙底江的方向。又是一阵船与激流的相持,才一步步稳稳地向龙底江江口的右岸靠拢。

这次上塘头初读乌江,我观察到,如果说上滩入峡或出峡,靠的是力量与顽强的话,那么"盖渡"则靠的是自信与"审时度势"。乌江人的内心被乌江锻造得极其强大与宽广。

沿龙底江上塘头还有十里水路,这时天已擦黑。船客们大多选择上岸步行到塘头。这只木船就是离江口不远的尧民公社坝上一个生产队的副业船,船工们可能也要回家,所以"盖渡"过江,就到了终点。那晚,我们又花了一个多小时,打着手电沿着塘头尧民坝上泥泞的田埂路到了塘头。很累,但很快乐。两江口对岸悬崖上的那段古纤道,现今已是整个乌江上唯一未被淹没的人工纤道,成为乌江的一座丰碑。它见证了我们"上塘头"的行程。

乡　思

梁祖江

半路上的苦丁茶

身居低处的河流,仿佛随时光倒流到了高处,硬是将山里的乡亲与山外的世界隔离开来。这条河,就是乡亲们不知不觉已将其纳入故土范畴的岩头河。现今他们说起自己的出处,总是一句时新的口头禅"岩头河大桥上面的"。

幼时,我曾无数次跟着大人下坡、上坎,到河对岸附近的许家坝赶集。其情其景大多不复记忆,唯一忘不了的是,酷暑时节的场天,半路上总有人烧了开水,放上一些苦丁茶叶,以几分钱一杯的价格出售,让人解渴。因家穷,我上街大多是"赶望望",或者就是卖一些五贝子、桃仁之类筹学费。那时,我肯定没喝过这冰凉的苦丁茶。

一桥飞架,原路荒草萋萋。那不知其味的苦丁茶,如今是融入了城市的开水,还是沉浮于山野的冷风?

院坝篱笆

老屋背靠一山,前面是宽宽的坝子。在被水泥硬化之前,一条篱笆将其一分为二,里边是名副其实的院坝,外边则是菜园。

如果时间倒溯20多年,我或许正站在矮矮的阶沿坎上或空空的坝子里,与一棵另类的菜苗,共享着头顶的一片阳光。空中当然有麻雀之类的鸟儿飞过,笑看坠落在一池阳光深处的物事。也许,它们怎么也不会知道,实际上并不需要篱笆阻拦的我,只因眼前的菜园,被排斥在了一片生机之外。

后来,菜园退到后山,篱笆变成一缕缕炊烟老去,流逝在现实的背后,所有的泥土也隐藏在目光的背后,整个坝子敞亮起来。我多次置身其中,虽然仍靠近大自然,但我和老屋明显又多出了一些距离。曾整天游玩其中的小女儿,越想翻找出过往,尘埃却越是剧烈起飞。

葵花秆的隐秘

村子的路没有灯,夜间就像一根根小小的面条,被黑暗一口吃掉。

此背景下的母亲,自然成了盲人,需要一线光做拐杖,才能稳住行走的身子。而她的这线光,不是来自街上出售的电筒,只是一根根葵花秆。秋收过后,她首先将生葵花秆成捆地深埋于烂泥中浸泡,一段时间后,又取出来一根根分列于田埂让烈日暴晒。重现天光的这些葵花秆,仿佛被黑暗压抑得太久了,一旦着火,就光芒四射,不易熄灭。

有了它,母亲夜里走东串西,整个村子,来去自如。这照亮夜空的火把,也照亮葵花秆当初在地里的姿势,顺便也照亮了它一生隐藏的秘密:夜晚,它是母亲的拐杖;白天,它其实是太阳的拐杖。要不,从早到晚,太阳怎么老是沿着它指引的方向行走?

父老乡亲·故园

大水井

许义明

一

老家许家坝有口井,名大水井。说它大,方圆几百里,乃至思南地界,还真没有这般大的井。井口长约两丈,宽约六尺。满满当当,青蓝青蓝,深不可测。我犯疑,为何谓之井而不谓之潭?或不谓之泉?估摸是生在市井场坝,不在山野之故吧。

昔时的大水井,水汩汩地冒,又汩汩地流。几乎永旺场中人(许家坝旧名永旺场)都吃这口井里的水,井水好像永不干涸,永不枯竭。猜想,永旺场这名儿是否与这井有关,从古至今,把场定在这里,也是因了这口井吧。

听年岁大的祖公说,发现这口井的是孔老夫子,当然绝不是孔圣人孔夫子。这孔老夫子是从外乡迁徙过来的,也不知哪朝哪代的事儿。记得井边曾有小碑,碑文简单而富有深意,大约是汲井者可富可贫,善用则富,滥用则贫之类。那字体,正宗的曹全碑的味儿,秀雅端严,古朴自然。后来便是半边街胡姓祖先出银两改造,配以石梯、石围。再后来则是共产党来了,又整修了三次,便见方正,便见规模了。

二

那时,潺潺流水,在稍微凹陷之地,流出一汪平湖,湖塘里,有莲藕荷叶,有金鲤白鲫,还有泥鳅甲鱼。

及夏,深蓝的井中还可钓鱼。偷着钓的,因怕弄脏了井水。望着深蓝的井水,望着漂动的浮子,神秘莫测的感觉便在心中荡起。猛地,浮子沉了,手往空中一甩,一尾鲜灵灵的鱼儿便弹蹦在空中。神秘莫测的感觉烟消云散了。接下来是一溜烟地小跑,回家的路上那鱼儿仍在钩上,无非向行人显示今日之人成就。这一刻,满腔的喜悦竟把其他忘却,弹蹦的不是鱼儿,竟是我们自己。

先前,这儿除了井之外,随水流方向,有一小一大两个用石头做的池子,洗菜在前,浣衣在后。整日熙熙攘攘,一群去了,一群来了,尤其那姨娘们骂骂咧咧,嘻嘻哈哈,在这儿聚合,在这儿宣泄,在这儿言情。捶衣声不断,笑语声不断。东山月上,夜凉清静,仍听见那捶衣声,时断时续,撞碎儿时的梦境。

三

也有水患的时候。严格地说,是"井患",每当春夏交替,暴雨倾盆,大水井便发大水。这时,偌大的消水坑不够用,水便急速地上涨,淹了一汪平湖。井在水下十多米,仍在发狂撒欢。直至水漫街头。凉厅、坨街便遭了殃,成了一条河,于是人们在惊慌中以戽斗为船,以扁担为桨,抢救财物家什,运转妻儿老小。也就在这个时候,人水井超乎寻常的热闹。小声议论的、大声惊叫的、呼亲唤儿的、抢救接应的,嘈杂鼎沸,响彻云空。围观者中,猎奇的,看把戏的,舍身救险的,各种人等都在这一刻表演,并且淋漓尽致。赤脚在浅水边玩耍的、用石片在水上打漂的、在人群里窜来窜去的小儿小女们,全然不顾大人的形色,他们在寻他们的乐趣,他们有他们自家的主题。只有当朦胧中听见人们的传说,这井的最深处有犀牛、有蛟龙,才表现出一点惊讶。

四

石梯被岁月磨得光滑如镜,井栏也因岁月流逝而矮了一截。井脑壳上那几株杨柳,仍千条万条,飘柔婀娜。在这里挑水歇凉、浣衣、抹脸洗脚,只觉心似垂杨,爽朗飘逸……

谁知大水井一夜间,变成了"死"井。这是 2005 年之事。回老家的次数还是多的,每当我看见熟悉的大水井,便想起月光下我挑水荡荡悠悠、两只水桶盛满了粼粼月光的情形。而今爽朗飘逸不成了,大水井也不见了。现代文明的脚步将它踩在了脚下,隆隆的机鸣,横飞的砂石,将它逼到了一隅。它龟缩到了不能再小的地步,它面目全非,任由脏水污泥融进身躯,它已经被人为淘汰了。有一天,我问及乡人,大水井葬在哪边?乡人说就在我脚下。真不敢相信,青蓝蓝、一片生机的大水井就葬在这里。顺陡梯向下走去,只觉身在洞窟中,再看那井壁之上,挂满了水珠。心里不是滋味儿,只觉那水珠如泪珠儿似的。鼻子一酸,泪珠儿竟从自家眼眶里流了出来。

五

这不是虚构的情感。虚构的是那些像木头式的砖房,虚构的是那些门可罗雀的商业街。一方水土养一方人。我又想起了那块小碑上的文字:善用则富、滥用则贫。如果把大水井比喻成一棵参天的大树,现在是树干全无了,只剩下个桩,这桩摆在横街中间,公不公,母不母,荤不荤,素不素,极不成体统的。极具规模、规整的大水井,变成了极不成体统的井,善用、滥用都不成了。

大水井可说是风月宝井,是文物一件,许家坝无论是祖先还是今人,都得到它的恩泽。

又回老家去,瞅一眼沧桑变态的老井,又一次摇头。那天,祖公又来了，言谈中又提到了大水井。他竟背出一首诗来：

> 天然古井大水井，与民同生四百年。
>
> 水养人民民爱井，井吐泉水水鉴人。
>
> 不按科学来治理，同流合污不顾民。

诗耶？顺口溜耶？四百年？五百年？一千年？不管它，内容无疑是赞大水井，批判眼下的。继而，祖公还说，许家坝人有百分之七十反对把大水井整成这个样子。百分之七十？如何统计的？即或真有，又有几人敢于反对？绝大多数的人都会保持缄默的，这是时下的通病。

心，有几分沉。为何不实施保护性开发？留住那井，留住那古老的历史，那如烟的岁月？穿过大水井的一条街，如果从这头到那头，空中架一座小桥连接，桥上雕栏玉砌，桥下一井清泉，一汪平湖，一湖新荷，小桥流水顿生多少意味。如今的人，为何不思考这一节呢？

呜呼！大水井，死了。

生得伟大，死得怆然。

乌江游品三题

喻子涵

1995 年秋去沿河,恰逢周末,县民委的同志邀我去乌江岸上看一个洞,说是要开发,又不知开发价值怎样。主任说,反正已挖了好深,不宣传出去,可惜。于是我便去,花一日工夫,得游品三则,一则写洞,另两则却是洞外之事。

珍珠洞

在沿河县城码头坐上机动船,沿乌江下行,半个多小时后再走十多公里,就到了人称乌江"五峡之冠"的黎志峡口。

据说这黎志峡有大小溶洞百余个,这组天然溶洞群,构成乌江独特而原始的山峡奇观。所谓"五峡之冠",峡中石壁一律如削,夹江高耸,且奇形怪状,如人似兽。有时石骨锁江,波涛汹涌;有时峰回路转,如入迷宫。除了奇峰怪石、急浪险滩外,这里还多了一种原生而自然的喀斯特地貌,使这黎志峡增添了古朴的神韵和传奇的色彩。

我们去看的洞属乌江上第二大洞,当地人取了一个华丽的名字叫"珍珠洞"。下了船,攀藤附石,向上爬行。小径在崖上,时而没在深草丛中,让你格外小心,脚不敢乱踩;时而突然断绝,不得不从石壁扶梯而上,眼睛也不敢乱斜。七转八拐,才到洞口。

洞口不算宽,但原来还要小,仅容一人进出。此前,人们也根本不知道这里就是一个大洞。一个姓田的老人,在附近小穿洞里筑屋而居,经常出没此山,发现此洞。我们进洞的六人,每人一把手电筒,一个当地人在前引路,最后一人负责点蜡烛,走一段在地上留一支蜡烛,以免回来时迷路。而这蜡光,辉映着洞壁,正好观看那些神奇的"珍珠"。

洞深至少两公里,有四组景观,分布于四个宽阔的洞厅里。"珍珠"就在第一洞厅。

我们用电筒照射,一颗颗小水晶立即反射银白的光,闪闪烁烁,像深秋夜空的繁星。点上一圈蜡烛,整个洞厅就像银河系,人在其中不知所措,有缥缈入虚之感。走近,伸手摸,很平滑,也很干燥,不是水在流。用指甲抠那闪光的"珍珠",很硬,镶在岩石里;手移开,依然闪光。怪哉!方圆几百公里地方,我去过织金的打鸡洞、湘西的奇梁洞、安顺的龙宫和铜仁的九龙洞,这些洞名气虽大,但珍奇不足。可惜这珍珠洞久处深闺,外人未所闻也未所见矣!

叹羡之时,引路人又对我们说,这"珍珠",不是一年四季都能看到的,也不仅是这种银白的光。秋天开始发亮,银白色,像碎镜;入冬变成深绿,像猫眼;次年春转红,如红宝石。这一说,就更让人不可捉摸了,也不知道它的形成原因。但没有谁去深究它。待慢慢醒过神来,又寻找进入第二洞厅的路口。

路口很窄,人必须屈膝躬身方能爬入。此洞独特的是,每个洞厅都有各自的主题景观。第二洞厅最宽阔,"珍珠"没有了,而是满厅生动的山水风物。洞壁镶一层天然浮雕,刻着层峦叠嶂的群山和蜿蜒崎岖的山路,很远处仿佛还有小河,有沙滩,有村庄和田园。但没有人,没有马牛猪狗。当我们进入第三厅,才发觉人和动物全在另一处。有马,驮着倒骑的张果老;猪八戒则骑牛,两扇耳朵飞舞着,很得意;前面是一顶轿子,抬着一个新娘,原来是猪八戒娶回的媳妇;七仙女正翩翩下凡,地上人皆举手欢呼。有天桥、走廊、花园、庭院、戏台,富贵人家的太太小姐摇着团扇在游园观戏。唯不见平民百姓,大概这里面人人都过上了幸福日子吧!

第四洞厅全是花鸟。菊花、莲花、牡丹、月季,大团大团的,开满四壁,顿生一洞馨香。一群群仙鹤展翅其上,更添优美景致。这里完全是一个吉祥、圆满的世界。观音菩萨坐的莲花瓣或许就从这里采去;人死后脱离苦海回归西天乐园,引路的仙鹤或许也从这里差遣。洞中还有无数洁白的玉树琼花,简直就是天府之物、龙宫之宝,十分富丽而华贵。此前没有见识过的,这时也已欣赏到了。人游至此,一切欲望皆已满足,烦恼的人生变得十分安宁,沉重的生命变得十分轻松,暗浊的灵魂变得十分明净。这洞中世界确乎远非人间所能相比。

但我们还是要回到人间去。如果天色不早,我们还得抓紧赶路。

出了洞,天色近晚。一路上想着一个问题:大自然对待人类,毕竟还是公平的。贵州西部有个威宁,地势高,不产稻,人很穷,但偏偏有一片五十来平方公里的天然草海,每年旅游收入就可滋养这里的百姓。沿河亦如此,山多田少土瘦,而乌江苦心周折两千余里,奔来沿河境内鬼斧神工雕凿出一段长达两百多里的山峡艺术长廊。只可惜醒悟迟,开发晚,还没有充分利用。但大自然留给人类的财富还依然在那里等着他们呢!

江之恋

或许你不知道,乌江山峡有个"三重岩"。三重岩就是黎志峡突入云霄的三座大山。乌江进入沿河,北上黑獭,突然西转折进峡谷,第一个锁关的就是三重岩。

三重岩很美。气派,威严,又很壮丽。三座雄峰肩并肩,挺立着,像哨所上的军人。江对岸是绝壁一幅,钢铸一般。乌江奔腾至此,十分勇猛,从逼仄的大山间咆哮而过,怒吼之声,震山撼峡。几千几万年,山坚挺,水激烈,互相抗衡,难分高下。只是苦了历代乌江人,船上船下,在那悬崖峭壁间勒下深深纤道和血痕,留下许多悲壮深沉的故事。

尽管山险峻,江暴虐,但它们毕竟滋养着这方百姓,孕育着这方文化,让人们世代眷恋,世代传颂。

三重岩上有三个洞,左为小穿洞,右为珠珠洞,中为大穿洞。大穿洞我没有去过,据说洞内景观比珍珠洞还要美,还要奇特。水瀑由上往下在一层层钟乳岩上漫流,一台台"梯田"便泛着波光,呈现一派富庶景象,因此人们十分形象地称之为"万亩农田"。传说这三座大山上的三个洞,分别有三个神仙居住,所以当地人又称它们"三仙洞"。

三仙洞,像三只巨眼,仰观深邃的蓝天,俯瞰激荡的江流,山之魂,江之魄,世事沧桑,全都卷进它的心宇,涌于它的胸间。难怪乌江人不投降世俗,不同流合污,而始终保持着一身清正之气、豪放之气、锐勇之气、刚毅之气,大概皆因这雄山急水长期陶冶成性了吧!

乌江上有一个姓田的老翁,他就栖居在这三重岩的小穿洞里,快到古稀之年了。这位土家族老翁的一身,不就是由山的骨气、水的血肉构成的吗?

那天从珍珠洞出来,已是黄昏。秋天的黄昏,江上白雾漫漫,而远远近近的峰峦也隐隐约约在夜雾的包裹里。

来到小穿洞,老人站在洞口石崖上,两眼平视,目光越过群山;乌江在他脚下,哗哗的江流声一阵阵传来,就像他的血液在全身流淌。他红光满面,目送着一天的落日归山。黄昏的乌江在这庄严的时刻显得更雄奇,更俊美。

没有人说话。大家也都凝望着西山,聆听着江流。心里清新如洗,毫无一丝杂念存在,十分空灵明朗。

人总有许多秘密,让人们不可理解。或许这秘密,是由一个念头、一个梦想形成的。他的人生选择这山、这水、这石、这洞为依托;他的生命,他的情感和信念,也就倾注在对这山、这水、这石、这洞的崇敬和眷恋上。而这一切,又有多少人能够理解呢?

其实,他灵魂中的这个念头、这个梦想,正是人类怀念自然、回报自然的表现;他那莫名其妙的行为方式,更接近人的本质,更体现人的灵性和血肉之情。假如是我,同样也不需要谁来理解我。

他的石屋在洞的一隅,依壁而筑,看样子也有些年代了,石缝里长满杂草蓬蒿。洞厅里有十多个大锅台,四五口石水缸,还有石碓石磨。但这像是一片废墟,早没有人用了。他说,年轻时带着一帮人在这里熬硝,后来又烤酒做生意,现在人老了,做不得了,只能闲居在这里。

他讲话的语气带有几分遗憾,但没有丝毫伤感。他回味起年轻时创造的辉煌业绩,似乎很自豪。他说:"那时好繁华啊! 这里是关马大道,三村六店的人都要从这里经过,大船小船停在山下的江边,上的货下的货都屯在这洞里。我这人很大方,烧酒多的是,人来人往,一碗碗倒给人家喝,喝醉了就在这里睡上几天。夏天风大凉快,冬天大炉大炉疙蔸火,经常是一大屋人,闲时就打牌、对歌、说书、唱戏,高兴了,又喝酒……"

从这些摩擦得十分光滑的石桌石凳、灶台水缸,就可以想象得到这洞中当年热闹非凡的景象。可如今已人去洞空了。

我问他:"你怎么一人守在这里呢?""唉! 我喜欢这里,习惯了,舍不得离开。"

不用再去问了,再问似乎就显得多余和愚蠢。这山之谜,江之谜,洞之谜,人之谜,全都包含在这"喜欢"和"习惯"两个词里。

人与人有缘,人与这江、这山、这洞、这石就无缘吗? 他只有每天看到这条江,心里才踏实,活着才有精神。生命之于自然,自然之于生命,已然无法分隔,互为需要了。

洞外有半亩菜地,是老人自己开垦种植的。他手指两边山岩上,对我们说:"那坡杉树、红椿,这些雪梨和柑橘都是我栽的,已得七八年了,有十来万棵。上个月,有人来问,拿二十万元卖给他,我不肯。卖个哪样啊,我又不需要用钱!"

"那你栽那么多树干哪样?"我觉得我又问了一句傻话。他果然回答说:"我喜欢这样干。"又一个"喜欢"二字,仍然是他那个人生哲学的命题。

老人晚年一贫如洗,其实他是一个最阔气、最富裕的人。

我们走了。我回头望望这洞、这石屋和这站在洞口的老人，我真想也在这里住上一夜、两夜……

夜行乌江

从三重岩下到乌江边，天色全暗了。

找到一个码头，可江边没有船只。当一天的快活沉静在这乌江的夜里时，才知道脚已走软，肚子也饿了。

等了一会儿，仍没有船。乌江两岸，豆大的灯光一点点亮了起来，从灯光的布局，可以分清一座座村落。

一条狗叫起来，所有的狗都在村子里叫起来；这岸娃娃开始哭，那岸的娃娃也哭起来。大人捉鸡赶鸭唤孩子的声音更是此起彼伏，没有一刻停息。这是农村入夜特有的景象，只有在夜里，这些村庄才显得热闹和欢快。我知道，乌江两岸勤劳的人们，把所有的白天都用在坡上干活，天黑尽了，他们才肯收工，带回一天的充实和喜悦。

"有船上没——"

声音回荡在两岸。可等了许久，没有人应我们。

我们去一个村子找了一个年轻人，恰好是老船工的儿子。他父亲一早把船开进城了。乌江两岸不管上下他都熟悉，答应去江边找船送我们进城。

跟着小伙子，我们沿着乌江岸边上行。夜行乌江也就这样开始了。

十八九的月亮，晚些时候才起来，却又被裹进深秋的浓云厚雾里。地上的小路朦朦胧胧，不大分得清平坦与坑洼。岸边每到该靠船的地方却都没有发现船。看来，河这边已无坐船的希望。

小伙子站住，放大声音朝对岸喊一个人的名字。那人就在远远的地方应答。听说有人回城，那声音回答说，要一吊钱（一百元）才走。

我说，钱是小事，只要他肯开船。可那小伙子说，他不是要高价，而是不肯晚上行船才高高喊起。

"乌江可怕得很吗?"我说。小伙子郑重地回答:"乌江不是好玩的!"

"乌江才好玩呢,我们又走!"于是,一段沙滩,一段草地,一段土坡,一段乱石,一截一截往上走去。

一个多小时后,乌江在身后隐隐地转了个大弯。天空突然明亮起来,我以为到县城了。小伙子说,才到黑獭堡呢!

噢哟,那拐火①了。坐下休息一会儿吧。在一户人家院坝边坐下,谁知一坐,就起不来了。坐了好久,一个女人在屋里问我们是谁,然后起床开门。看我们又累又饿的窘况,便端出水来给我们喝。我们喝了水,眼睛又朝人家屋里东张西望,她就叫我们去地里扯萝卜来吃。这一吃,肚子更加吼了起来,有点招架不住了。

不知小伙子几时离开我们去找了船,叫我们下河去。上了船,慌乱的心才定了下来。

一条好好的江,取名"乌江",不是说它黑,而是说它险,不好对付。船工加大马力,机动船就驶向江心。开了一会儿又靠岸边行驶,颇费周折。乌江滩多浪急,乱石丛生,就像一条巨蟒张着嘴巴打盹,时时都有可能醒来吞噬我们。

在五门滩,横石锁江,波涛汹涌,机动船大声号叫着,弓着身子向上猛冲。发动机都快吼炸了,才爬过险滩。

据《思南府志》载,明代有个叫王藩的沿河诗人,作《五门滩》诗,前四句是:"清江一带去如奔,激石分流作五门。雷在地中常殷殷,雪浮水面乱翻翻。"十分形象地描绘了五门滩江流如奔、石起如门、水翻如雪、滩哮如雷的惊险情状。

而乌江天险,哪又只有一个五门滩呢?

乌江凶险,两岸山崖陡峻而贫瘠,可是乌江两岸人民世世代代生

---

① 当地土话,即糟糕的意思。

于此，长于此，自适自得，真让人敬佩，让人感动。大山培育着勇毅的山民，乌江孕育着古老的文化，乌江夜行，是我人生中十分难得也十分珍贵的体验。或许就因这次冒险行动，才让我真正读懂乌江，真正认识乌江人民与穷山恶水卓绝斗争的精神风采和乐观旷达的生命境界。

眼前是一段平水。灰蒙蒙的山梦幻般一座座移来又一座座隐去；江面也是混茫茫一片，被雾罩着，显得很宽。我们的船就像在海里轻快地航行。

深夜十一点半，船爬过最后一道险滩就到了沿河县城。冬天的县城，灯盏早已稀疏，街道十分寂静。我们见一家小店未关门，五人闯入，点了羊肉火锅下苦荞酒。恰要醉时，便回宾馆，一觉睡到天明。

牧羊山

梁国赋

我的原产地是在牧羊山。出生时,除了娘的阵痛之外,似乎就没有其他异样。因此我特适合做草民。时至今年癸巳年,日子已过去六十年,我还是喜欢穿草鞋,穿对襟布衣,喝炒制土茶,走老路。说了不怕你笑话,我少年时就光着两片脚丫子走出大山,也算在现代城市中混迹了这么些年,身上没揣过钱夹和银行卡,也不曾摸过自行车和方向盘,更不用说玩微博发微信之类了。我写的狗屁文章,如想见诸报刊,只得花钱打印。跟人多村民一样,我也用手机,但只是接听,不会存别人电话,不会发短信,能记得清的,也只有家人的三个电话号码。因此有人说,我是十足的老农,是手工作业者。这其实是大实话。当然,我也曾努力过,现代科技,把偌大个地球都变成了小小的村落,你梁某人也应该变得时尚些才对。也不过是想想而已,并没付诸行动。想起来,这是山里人之秉性。性格即命运。实话实说,我一辈子散淡,写过也发表过不少东西,至今也不曾想出个什么集子,更不用说获什么奖之类。只是这样,倒也不妨碍我过日子,闲暇时,想写点狗屁文字还是要写一点。

现在,我生活在观山湖边之草棚居。

说是草棚居,还是显得有点矫情。其实是在屋顶搭建一处木屋,大致有八十余平方米。有卫生间,有院落,有鱼池,还从老家牧羊山弄来几块奇异石头安放其间,没事时,听水流过的声音,也不过是为了一

份念想而已。有一天突发奇想,写下一句顺口溜,以总结大半辈子之况味:

偶读点书,涂鸦一点文字,弄一点油盐柴米,妄想一点天下事。

时喝点酒,种点草,做些糊涂事,且过一份日子,以慰春花秋月。

事实上也是这样,人生四季,草木一春,行走在江湖,有那么"一点"就已足够。不这样,你梁某人还能咋的?

还是说说牧羊山。

站在山梁子之制高点,北面山根处就是思南石林和乌江粗实的段面。石林已建成国家地质公园,其景物景观倒也精致壮观,天晴的早晨或雨后,有雾岚缭绕其间。乌江粗实的段面,贴着山根或石壁逶迤流过,或宽或窄,或平缓或激流,有时也见木船鼓满风帆。它的相邻处,分别是原先的合朋溪、文家店和塘头区。较之而言,地处乌江与龙底江交汇处的塘头区要显丰满富庶一些,其中的万亩良田大坝,抗日战争时还建过军用机场,后来则成为西南较有名气的油料科研所和种植基地。因为农事和商贸都较为发达,塘头有"小南京"之称谓。由塘头往文家店,在三道水与长信老店子之间,突兀一关隘,大名"荆竹园",与其东南面四十余公里处绿池河畔之白号军起义所建之都城"岑头盖"互为犄角,两地作为号军重要遗址,现均为国家级文物保护单位。

秋日气清,天高云淡,身处山之制高点,可以遥看梵净山。如若运气光临,还可模糊看见其金顶和蘑菇石。我曾六次登临,三次上山。有一次大雪封山,枝头挂满冰凌冰花,四面雪白一片,我还险些滑下深涧。如就梵净山水而言,华夏大地已难得一见。我曾给三弟说过,花点银子,在山里或水边置一小片地,搭处茅屋,以求平安。反正这里去老家也近。老三似乎没多大不同意见。二十年前,老三去了上海滩,几经沉浮,多少也混出了模样,我曾吓唬他说,如发生战事,敌方肯定首选上海滩。他说,事情不妙,首选逃进牧羊山。

其实,梵净山跟周边印江、松桃、秀山等地,咸同年间都是红、黄、白号军起义腾挪之地，清军几次围剿，有几万人躲进梵净山密林间，到硝烟稍事平息时，有的才走出深山。

老家牧羊山，也是号军起义主战场，四面都置营盘。较为有名的有纱帽顶营盘、马脑壳营盘以及大崖腔、猫鼻梁营盘。年少时，我喜欢去水边，也喜欢钻营盘。营盘间，还残存刀枪剑戟、土枪土炮，以及还没掩埋掉的白骨。我的祖上梁子元、梁子安两兄弟那时是白号军中的著名元帅，在十余年的拉锯战中丢了老命。至今，我闲居的草棚里还留存祖上使用过的大刀，尽管已锈迹斑斑，但似乎还锋利，月光下，还有些许寒光，让人胆寒。老父亲说，家里有它，可以辟邪。有一年，乌江博物馆曾向我征集这件文物，我婉言谢绝，留下它，是为了一份念想，当然，在适当时候，还是要捐给博物馆。

山的东南面，是国家地质公园四野屯和白号军起义所创建的都城岑头盖。群山绵延，石壁耸峙，往西北是大山云光顶，雷火顶，再往北，是张家寨之日头崖。乌江由东南往北逶迤在峡谷间。山苍莽，水如练，既喧嚣，也寂寞。旧时从府城思南乘船，过桶口老渡，往右，就抵牧羊山山根。山根有河名绿池河，水清澈，同样有急流险滩，两岸石壁，水从黔北凤冈流来，经邵家渡、岩头河、石板滩，在桶口老渡口中注入乌江。这样说起来，老家牧羊山，也算得是山环水抱之地。它有个古旧名，叫"木摇桑"。山中人长得剽悍，甚至有些个野蛮，遇到不平事，喜欢下山闹腾，且下手狠，周遭集市上的人听说"木摇桑"人来了，都有些胆寒，想法子躲避。我不止一次听人说过，周遭窝火的人，常常骂出一句极为难听的话：挖了他家的马桑圪苳。这话无异于挖他的祖坟。我猜想，这里原先的居住者，一定尊奉马桑树。也听说，这里的马桑树与枫树都长得极为高大。

山根前面是石板滩老渡口。一色的青石板路，石块被岁月的脚步踩得溜光。渡口有专人摆渡，雨天头戴斗笠身披蓑衣，常过渡的人要给"河粮"，给得不多，每年多则二十斤苞米，少则十斤稻谷。有生人过，船老板有时还管茶管饭。年少时，我就没少过渡，周日背了少许粮食,去二十里地外的许家坝镇上读小学,胡乱读了初中,然后去思南中学上高中,然后上贵州大学。之后回望故乡,牧羊山似乎已显荒凉。

但那里毕竟还有我一处老屋。

人都有其柔软处,那里毕竟也有我无知的少年时光。弟妹都先后去了城镇,分别在上海、贵阳。后来三弟在金阳给父母买了房,前后住了六年,老爹还是忍受不了城市的拥挤与张狂,在 2008 年初全省大凝冻时节,还是让三弟从上海驾车与我一道送回香坝镇上与二弟同住。每年年节,三弟必回故乡。我大多一同前往。或许命运决定了我们要远离故土,远离家园。城市越变越大,全是钢筋混凝土筑就的森林,尽管也灯红酒绿,虽然也身不由己,但时常还是梦回故乡。不过,我好歹做满了文化单位的全部工作日。老三也承诺过,想回牧羊山,就划我一点银子,在大崖腔里搭个茅屋,半壁间溢出的水也清冽;养几只羊,养几只鸡,想写作时可以写一点狗屁文字,不想写作时,可以抬头看看牧羊山上的月……

我想,那就是很好的啦。

在牧羊山要活下来,其实不难。按节令耕种,田里就有稻谷,土里也有苞米。当然也有瓜豆薯类。都极新鲜,四季轮换,吃了不容易得病。旧时的牧羊山人,都长得康健剽悍。男人长到十多岁时,就要想法子娶一房媳妇,日出而作,日落而息,不知不觉就有了孩子,不想他上学,就叫他放牛去。没有农事时,就上山捕猎,或到山根河边弄鱼。上辈人大凡都是这样过来的。周遭方圆三十里地之内都有场镇,逢了场期,就弄了些粮食或牲畜去交易。好交往或好酒贪杯的乡民大都要在集镇上喝歪了身子才摸黑回到山里去。细想起来,这份日子也还安逸。当身子落在板床上时,也做好梦,便是拥有一女子溜滑的身子,不时生些孩子,住不下时,再添一木屋或茅房。只是这样,原先茂密的山林,就渐次光了。当然,这样也有好处,人们去山里不再恐惧。之前,可是有老虎有豹子有野牛的。

我晓事时,全国正大炼钢铁。那时提倡"大跃进",举"三面红旗",学习苏联老大哥,要"超英赶美",要"解放全人类"。之后就建全村大食堂,山里人都集中在大食堂一道吃饭。一时间,四面炉火冲天,山中的大树,大部分是这样投进火炉的。其次,是深翻土地,要"亩产万斤粮"。人们还不曾缓过气来,又被卷入一场"文化大革命"。20世纪70年代后生的人,或许弄不清"大跃进"和"文化大革命",但这两场运动对于他们的前辈,则是刻骨铭心的。当然,那一时期快速地增加了人口。否则,之后的改革开放,就没有那么多人涌进城里打工。

但那时,也还是有些许兴奋。父辈们去了白号军起义的营盘,寻觅到遗留下的土枪土炮,加上家里不能再用的铁锅,一并投进土炉,多少也炼成几坨铁,举着红旗,抬到乡里区里去报喜,还领回来奖状,张贴在大食堂的厅堂里。只是牧羊山高,土地薄,如遇持续天旱,几乎绝收。因此我后来在乡里念了初小,去到二十里地外的许家坝念高小或上初中,每周日去,只能带少许米和红薯。在那里住读,星期六又才徒步回家。不过那时,家人对我外出念书似乎多少还有一点信心。父亲私下里鼓励我:"只要肯读,读到哪里都供你,哪怕砸锅卖铁。"也许为了他这一句话,之后我胡乱地读了些书。

事实上,父亲那时境遇很差。富裕中农的家庭成分,是新中国成立初期土改时定的。后来有人检举,如按之前的田产,至少应定为地主或富农,因此,理应列入"漏划地主"系列,让人监督看管。那些个年代,"以阶级斗争为纲"这根弦绷得紧,父亲尽管过去在私塾里读了些书,也算得上是村里一"秀才",但日子过得极为孤独,甚至很恐惧。后来又因为倒卖耕牛,被定为"投机倒把分子",被叫去区公所那座碉楼进管制班。我的一个堂伯,因为受不了折磨,从碉楼上跳将下来跌破脑袋把命弄没了。父亲能活下来,的确也是万幸。过了很多年,我还经常做噩梦,醒来时还是极为恐惧,全身冒汗。不为别的,我曾下过狠心,要把张狂的民兵连长一脚踢下崖去。父亲听说后,私自把我关了好些天的禁闭。夹着尾巴做人,是我青少年时期基本的生存状态。当然,后来好坏弄了个岗位工作后,我也曾张扬过,甚至张狂过。

只是忘不了的，还是牧羊山。

尽管它给了我和父亲不少的苦难，从某种意义上说，那或许也是一种历史的必然，是渺小人生的必修课。人生真如梦幻。有人高唱大风歌，比如伟人，比如大款。我们是草民，则坐山靠山，傍水靠水。祖辈和父辈似乎一直都这么过。那时出门得村里开证明，盖红印。手里还得有盘缠，有粮票，否则就吃不上饭。

或许因为这样，父辈一直耕植牧羊山。只是这样，山空了，土薄了。青壮年带着孩子涌进了城市，带不走的孩子留在老屋由老父老母看管。整座大山，除了老人就是小孩。是喜？还是悲？我的老家牧羊山，似乎也真的老了。

从某种意义上说，我也是随农民大军进的城，只不过比其他人早一些而已，甚至在城市里娶妻生子，日子似乎还过得不错。用别人的话说，是在体制里。应该感谢苍天感谢日子才对。只是老之将至，我其实过得并不安生，也不知是哪条神经出了毛病。不时有信息传来，牧羊山里人走进城市，某人被抓了，又有某人犯了事……他们毕竟是我的父老兄弟，也不知他们走得快了还是走得慢了？

历史的流转，历朝历代似乎都有过辉煌。

梦想并不虚幻，得靠我们不紧不慢地坚持。即便多灾多难，我们也得把日子一如既往地过下去。

牧羊山有大山梁子。雨天或晴朗的清晨，有浓雾，有风花雪月。从旅游者的角度说，倒也是不错。有山有水。山苍莽，水碧蓝，四时有花开。乌江和绿池河在山根流转，既付出，也流失，长此以往，都不曾离去。轮换的其实是岁月，是人生。如以景观看，要数马脑壳山和纱帽顶山最美，其次要数大崖腔、猫鼻梁和水桶沟。马脑壳山在绿池河东岸，其山形如马首，原先是白号军起义时的营盘，是一天然屏障，年少时我没少在这里流连。之前有卡门，有倾塌掉的木楼和土枪以及还没来得及掩埋的号军白骨。山的右手下面是老渡口石板滩。有专人摆渡，往来坐木船。渡口后面就是大崖腔，一溜石壁，左面毗邻马脑壳山，原先也是号军起义时建的营盘，从整体来看，要显精致一些，也神秘一些，两端同样有卡门，腔体大，少说有两千余平方米。头上石壁前倾，能遮风避雨，腔体前面有石墙，十分坚固。我祖上梁子元、梁子安那时都是号军大元帅，我猜想，他们那时或许就驻守在牧羊山周边大小十多处营盘。当然，那时铁马金戈，烽烟四起，随着岁月的流转，一切都已冰凉。不过，每次去老家，都不自觉地要到这些地方转转。大崖腔的右面，也是一溜石壁，抬头见不了多大一块天，或直立，或前倾。腔体顶端就是纱帽顶山，山体奇特，有如桂冠，雨后或清晨，云蒸雾罩，久久不肯散去。

野渡后面之大崖腔，大雪天的确给人以壮观之感。四面白花花一片，腔体上挂满冰柱冰花，天暖时，要十来天才能化掉。崖腔右面半壁间，有泉水流出，大旱不枯，供上百人饮用。崖顶垂树倒挂，腔体冬暖夏凉，实为一修身养性之地。因此老三说："大哥你退了休，应该去那地方陪陪牧羊山。"

我自然心动。

猫鼻梁和水桶沟那地方也不差。猫鼻梁下方就是绿池河下游，其中，香坝河就在鼻梁下方交汇，之后在桶口老渡注入乌江。夏日雨大，河水暴涨，秋季风清，河水清澈。野生鱼肥，岸上野花。不时见野鸡扑棱棱飞过。老父亲的私塾老师曾送给他一联："江风轻拂杨柳岸，山青水碧牧羊山。"

山里人家养羊多。前些年，老父老母来贵阳度晚年，二弟和三弟孝敬他们，在牧羊山根弄了些鱼，我突发奇想炖羊肉，还邀了好友共进晚餐。老父突然蹦出一句顺口溜："半边鳞甲半边毛，半面腥味半面骚；半边山上去吃草，半边河里弄波涛。"

友人粟才全击掌叫好。此老弟为一国企老总，业余时间爱写诗，他为"弄波涛"的弄字叫好。事实上，鱼和羊的搭配，如火候掌握得好，的确味鲜。何况鱼之美味，来自牧羊山根。

牧羊山其实也有一点零星的文化痕迹。比如万寿寺，建于清末，规制也不差,琉璃瓦顶,有庭院,有建制碑,书法和镌刻都属上乘,建在半山平地间。老父亲年少时就在寺院中念的书。寺院下方还兴场集,名坳田场,前方交叉路口立有指路碑,名方碑。只可惜"文化大革命"时期造反派看了不顺眼,毁了寺庙,也砸了指路碑。那段时间,我父亲也过得胆战心惊,家里有不少古旧书,偷偷藏进山洞,才免遭一劫。至今在我书房里,只保留其中一套十二册木刻本绣像《三国》和祖上遗存的那柄大刀。在牧羊山老屋里,还保留有两条长凳,各有两尺余宽,六尺余长,摆放在中堂两面,还红亮如新,除了凳面,均有雕花。之前有人出高价,我说不卖,留着。那时有红卫兵一干人进家,要求父亲把凳子上的雕花劈了。父亲不干,来人要亲自动手,父亲气得动粗,提了斧头,说:"谁个要使坏,我手里的开山(斧头)就吃谁个的肉。"之后便不欢而散。全今的老屋,除了两张宽大的雕花条凳,似乎就没有让人念想的东西。年少的时光,酷暑难耐的夏日,我大多数时间是把雕花长凳当床的。我的长篇《雕花奶床》的构思,其实也来源于它的启发。我发表的《白杨岭风情》《妹、干三、羊子》《牧羊山纪事》等,都源于故乡牧羊山。

梦里牧羊山,有时近,有时远。

不敢保证,也说不准之后的某一天,我就彻底地回到了牧羊山。那里还有我的一处老屋,还有大崖腔,有老渡石板滩。

我的童年或少年,大抵过得还算不错。因为是长子长孙,家里供我胡乱念了些书。也放牛放羊,砍柴割草。记得养过一匹马,后来卖了,全是二角一沓的钱。去二十里地外的许家坝镇上读小学,每日里还用一角钱吃早餐。大多是吃糯米圆子或油饼,招得同学羡慕。小学毕业那年,父亲还牵了一头一百四十斤重的羊以二角三分钱一斤的低价卖给教师食堂,条件是我能在教师食堂搭一学期的伙。老实说,至今我都感恩我父亲,有好吃的都会想到他。那时,学校只管蒸饭,一只缸里,你放进什么就蒸什么,蒸熟而已,没有菜,带去的菜要吃一个星期。为便于保存,只带酸性的东西,更多的是带酸性的薯粒和麦麸,正是长身体的年纪，在教师食堂，至少可以吃到蔬菜和油星。星期六放学回家。走二十里地，回到家里大多天黑。第二天吃了早饭不去学校。每次出门或回到家里，祖母都要抹一阵眼泪。

少年不知愁滋味，也淘，犯事，有时也与顽劣的同学斗嘴打架。在家时，大多嬉闹于水里河滩，也潜水，弄鱼。夜间，则喜欢住山间土边的窝棚，谨防野猪或其他的兽类夜里来糟蹋快成熟的庄稼。住的窝棚，大多简易，在树杈间搭一支架，披了树枝或茅草，好一点的，有一床破棉絮，更多的，只有破棉衣。当然，风不大时，汗臭味则很重。住窝棚时，更多的是在野物们常出没的山间下套，如果逮着了，就有一顿好的吃。当然，那时也没少吃这些野东西。父亲是捕猎高手。我就分享过虎肉和豹肉、山猫、穿山甲，以及野羊、刺猪，吃得较多的是鱼、斑鸠。夏日里为了消暑，父亲不时还用麝香裹了烟叶吸。从某种程度上说，山里人有时把日子过得极为奢侈。其实也是没法子的事，他们不是伟人，能君临天下，更不是大款，往来坐头等舱。他们只信奉自然，遇上什么就吃什么。年岁不好时，也跟着闹饥荒。后来我猜想，牧羊山的荒芜，其实与我们过度的索取有关，但似乎也是没法了的事，之前，我们总是沾沾自喜于五千年文明、地大物博，它的萎靡不过是在当代几十年之间。

长江防护林工程实施后，牧羊山才开始有了些许生机。现在也同样热闹。乡村公路已修通，挖掘机、切割机开了进去，说发现了什么好看的石头，能提振经济，村民也能跟着致富。因此，不时能听到炮声，能看见硝烟。这不禁使我想起号军起义那十余年时间，这里也是烽烟四起，杀声震天。当然，有序的发展也很重要，但更要紧的，是理性与自重。之前"大跃进"时期、"文革"十年，我们闹了多少笑话？所谓的"速度"，留下的其实都是浓疮。人过日子，慢一点是境界，也是质量。我们不能把后辈子孙的奶水都喝光。所谓改革，应该抓住体制、机制及理念这根筋，不可一味地提振物欲，追逐表面光鲜。伟人和领袖终将寿终正寝，他们离去时，不可留下大地一片白茫茫。以我一草民眼光,人的坚持与坚守,应该是大地一线光。吸之有氧,呼之有气。这样做,人就有了海量。

我少年的逍遥时光,其实在河边的水碾房。那些日子,至今还很留恋。其形其意,堪比老庄。那年我十三岁,刚念初中。仿佛在一夜之间,"文革"开始了,大一点的学生,甚至比我还小的同学,都当了"红卫兵",各立队伍。之后就是"大串联"坐火车去北京。在天安门等候领袖接见。我不曾见过火车,也心动,脚板也痒痒。父亲安慰我:"你人小,去那么远,祖母担心。"这倒是实话。其次,父亲是为他自己担心,他头上"漏划地主"的帽子还在晃动,何况我也不是"红卫兵",哪能跟人去北京?之后他让我帮他在河边看碾房,帮村人碾米磨面。尽管有些不情愿,但能帮大人做点事,也算尽孝心。

之后近三年时间,我多在河边,帮村人碾米磨面,夜里睡在水碾房边的窝棚里。这活其实不累。第一是编顺序,讲究个先来后到,村人都有远近亲疏,讲顺序,就公平。第二,活计多时,碾米安排在白天,磨面在夜间。其报酬,每百十斤稻谷下槽,碾好后给两斤糠米,磨面,要费时费力一点,多给一斤,每百斤给三斤。也有折换成钱的。当然都是零碎,有给五角的,多的也有给一元的。每半年要向生产队交副业费,记得每月交二十元,全年就交二百四十元。那时父亲干这些活,有他的优势,一是精细,碾米或磨面,成色好,粮食不浪费,二是有一些闲暇时间,找个空当,可以下河弄鱼,上山捕猎。再则,别人给多给少他不计较,做事让乡亲放心。

有我做帮手以后,父亲似乎就轻松了些。当然,就多了另外一分收获,时常会弄到鱼,有时也捕到野兔或野鸡。为了另外一分收获,我与父亲大致有分工。我多值白天,他工作在夜间。这样说起来,父亲比我辛苦一些。活多时,要夜里两点才睡。冬天北风吹得紧,有时也冰天雪地,父亲怕我冻着,就把窝棚用稻草或茅草铺得密一些,也烧柴火,夜里睡下时,他会不自觉地把我的双脚贴在他怀里。

在碾房,吃得简单,但吃得舒心。一直用一只陶罐焖饭。当然都是当年的新米,一只陶罐放在火边,放进清冽的水,只需把面上的泡沫轻轻吹掉就成。煮沸以后,就把罐拉离火边,让它脱一阵火,在口下盖上瓜叶或芭蕉叶,再慢慢细烤,这样做成的饭喷香。有时也用少量油,在祖上留下的那只破铜罐里煎一条酸鱼或鲜鱼。碾房边上种有少量青菜和蒜苗,堰塘也有不少水芹菜,就着麦酱吃一些,夏日也倍觉清凉。

在水碾房近三年的日子,是我人生最为逍遥的时光。之后,复又上学,进城,从此就吃不知出自哪里的陈粮。那地方叫"凉水真",我不知怎会取这样一个名,或许泉水真的很凉,夏日里喝,也的确冰牙。碾房在绿池河下游东岸,两面石壁,抬头只见一线天,对面还有一条小河,也是从石壁间流来在那里交汇。推动水车的水流大,也十分的清冽,从牧羊山山体里流来,因此建了享誉四方的水碾房。只是而今已不复存在,在 20 世纪 70 年代,在下游建了一座名叫"东方红"的发电站,筑高堤,将泉水和碾房一并淹没。而今两壁间河面平缓,去凭吊或造访它,只能摇木船。

我有些老庄情结,多少来源于这座已经消失了的水碾房和岸边的泉水。

牧羊山山根的老渡石板滩已渐显落寞。上游的岩头河与下游的河坡渡分别建了大桥,人乘车,可以呼啸而过。因此,往来石板滩渡的人逐渐减少,不过,老渡还在,木船还在,摆渡的老板也还在。去年,我去造访,船主换了新人,年纪与我差不多,只是因为劳作,已显老相。不摆渡时,他就钓鱼,养鸡养羊,还养了一头牛。此人单身,之前死了婆娘。我去造访,免不了说些家常。他说,之前外出打工,没挣多少钱,回来过个安静,过个平常。我说,我退休后也要回来,家就安在大崖腔,搭处茅房。他听了后高兴异常。

渡口往后五百步就是大崖腔。我之前说过腔体前倾,石壁有一千余米长,原先是号军一营盘,前面有石墙,两端有卡门,半壁间有泉水,四季不涸,流量大时,还形成一帘飞瀑。如遇冰天雪地时,崖沿处,四面倒挂冰柱冰花,很是壮观。如果我真在此处过晚年,就有了烟火。崖体上方是"纱冒顶",清晨和雨后有云雾,左首有山名曰"马脑壳"。

渡口之前则很热闹。

牧羊山山体中上千户去许家坝镇上赶场,必经石板滩渡。赶场回家,大多要在渡口歇歇脚,讨口水喝,或坐下吸几口旱烟。而之前,这里也是不可多得的商贸要冲,从下游的乌江桶口老渡上岸,转运的食盐,或人背,或马驮,翻岩垭口,去凤冈,往黔北,走旱路或水路,往来也愿意在渡口歇歇脚。我行走江湖,一辈子好水,其根源也出自石板滩,出自乌江支流绿池河。

我人生最初的社会交好,就是船老板。船老板夸我书念得好,水游得好,我自是高兴,有时潜水能潜到对岸,不是功夫好,主要是为讨他表扬,有时也帮他摆渡,讨他家里的吃喝。船老板那时五十岁左右,按梁姓辈分,他是我祖辈,年轻时被抓壮丁出远门当兵,到过福建、江西,后来给一团长当勤务兵。他人长得标致强悍,新中国成立前两年辗转回到老家,身边跟着一女人,也漂亮,他私下里给我祖父说过,是那团长的小老婆,来时还带着一个两岁女孩,因为生病,夭折在途中。那女孩也不知是那团长的还是他亲生的。后来就一直没生育,之后经人介绍,才收养了一男孩。

船老板那时还算壮年,但他更多的时候是在河里弄鱼,或上山捕野兽。因此,大多时候,是他婆娘当家。他婆娘眼神好,嗓子亮,不管是在屋里还是茅厕,只要是听见响动或见人影,就亮出声音:"我来哩!"之后就见她亮着两片光脚板,手执长篙上了船,到了河中心,才使用双桨。她说她是江西人。年轻时长得高挑,一年中很少见她穿鞋,似乎哪时都是两片光脚板,走路一阵风,手脚都利索,待人极友善,从没说过要回一次老家。有时也去山寨中走走看看,有酒喝酒,有肉大块吃肉。她男人六十多岁时走在她前面,她似乎是七十多岁时才走完她的人生。有时我梦里还在渡口那段河里弄鱼,梦醒后也想过我自己的人生,与船老板一样,我在大学时也骗得一姑娘的芳心,之后相濡以沫,她也没少跟我回牧羊山。

牧羊山,是我灵魂的栖息地。

哪怕漂泊,哪怕日子有时过得也艰难。

渡口上方八百米,也就是马脑壳山脚的石板滩上也有一水碾房,之前是我祖上花了银两买下的一处财产,供两岸乡民碾米磨面。只不过下游"凉水真"水碾房用的是岸上的泉水,而石板滩水碾房则引用的是河水。这样各自都有好处也有其短处。引用河水,遇大雨时节,大多要把堰堤冲毁,要修复,既花人工也花时间。"凉水真"则没有这短处,插水板一抽,水车随时能转动,只是地处两壁间岸边,往来极不方便,肩挑背扛,既费力也花时间。如果水车能转动,碾米或磨面,大家都去石板滩。

石板滩就是一长滩,滩头滩尾河床全是滑石板,白日夜晚白花花一片。水清时,有鱼全都看得见。其渡口就在滩尾子下端。浅水用篙,深水区才用桨。有一年发几次大水,把滩头堰堤冲得溜光,碾房从此废弃。乡人碾米磨面,只得去峡谷间的"凉水真",在那一处水碾房,抬头只见一线天。不过,那时我还是喜欢去石板滩滩头上玩,伙同了少年伙伴,在那里冲滩。冲滩的确要讲些功夫,从上到下,滩头水急,要鱼跃,肚腹掠过水面,不能擦着礁石。我的水上功夫,大概就是这样练成的。其次,我还喜欢钓"葵花鱼"。这办法其实也太过简单,便是寻一僻静江湾,四下无人烟,极静,在岸上用树枝或草搭一简易棚隐身,挑一瞭望孔能把水面全看得见。之后把葵花子不时投进水里,过不了好久,鲤鱼或鲭鱼便浮出水面,寻寻觅觅就游到你隐蔽之处,在那里争抢你奉献的葵花子。当然你也不能急,静观其态,浮出水面的鱼有大有小,你尽可能挑大的挑肥的。葵花子做钓饵的鱼钩最好离水面在一公分之间,大一些的鱼会跳起来咬钩。人在暗处鱼在明处,这时,鱼们正争抢得欢,猛一咬钩时你顺势往岸上一挑,或大或小的鱼就滚进岸上你事先铺陈的草窝里。你其实也用不着管它,不时瞄准了下钩,鱼们嗑了葵花子,你则收获草窝里不少的鱼。只是你得适可而止,那时鱼多,鱼们是不易察觉少了它们几条伙伴的。这种钓法,听父亲说,是我大祖父发明的,因此不外传。哪时想吃鱼,就如法炮制。这样,其实也多少影响了我的人生观。想想也是,只要多少给人生一点智慧,哪地哪山哪水不养人?适可而止,索取有度,拥有一草一木都是天地,何必灯红酒绿,去大潮里撒欢?

我光着脚丫子走出牧羊山,之后进城,也曾想过去官场里溜达。父亲说,电影放过了以后,留在场地上还是一张白布。我一直弄不清,他老人家说的对还是不对。但他那句不经意的话,我有时想起,还是有些震撼。

思南人物素描

梁国赋

文五爷和他的羊肉粉

五爷卖了一辈子的羊肉粉。他父辈便是卖羊肉粉的,如果说是卖羊肉粉的世家,也大抵不会错。当然,五爷卖羊肉粉,是一种求生的手段,但似乎又不尽是这样,因为你实在看不出他攒了多少钱,住的和原来没有两样,穿的吃的和原来也没两样,似乎五爷也不过就是原来的五爷,五爷的羊肉粉似乎也不过就是五爷的羊肉粉。也许正因了这样,五爷才成其为五爷,五爷的羊肉粉才成其为五爷的羊肉粉。

然而五爷的羊肉粉有名,绝不是因为出于世家,也不是五爷经营的时间最长而资格最老,当然,这自然也是一个原因,但更主要的,还是五爷的羊肉粉卖得本味,或者说,五爷的羊肉粉,是因为质量地道才出名的。

为了求好质和求好量,从采购原羊(活羊),到宰杀,到烹饪,到掌勺,五爷都亲自做,原则上,是一头羊一锅汤,卖完即封锅。选购的羊,讲究膘肥,体重也要求达到一定的量,否则不开杀戒。因此,五爷的羊肉粉,口感好,汤鲜,粉有量,羊肉有量,食之值得,食之不冤枉,时时想去光顾,如果一段时间因故吃不到,怪叫人想念,也怪叫人思念。

先前,我在县文化馆做事,得近水楼台之便,如果去得早,还能吃到羊脑和羊杂碎。五爷做的羊杂羊脑,我认为比原汤的羊肉还要漂亮,因此,往往还要喝上一杯以助食之快慰。

但要吃上五爷的原汤羊肉粉,也不很容易。他一般只卖早晨那段时间,春夏和秋初那段长长的几个月时间,他也不怎样经营。因为羊肉是冬令食品,冬天的羊才肥美,如买不到上好的原羊,他老人家宁愿闲着不做。又要讲质量,又有那么几月间不经营,怪不得五爷发不了财,这就是五爷还是原来的五爷,而五爷的羊肉粉还是五爷的羊肉粉的根本原因。

我认识五爷已经有十五年,如今五爷已经七十七岁。人生七十古来稀,而五爷还很硬朗。他老人家一辈子淡泊,既淡泊仕途也淡泊钱财。如果说他这一生有所看重,似乎就是他卖出的羊肉粉。那么一年间或者一辈子的其他时间,他除了在江上打鱼,就是养牛养猪养马养羊,也养鸡养鸭,有时也养鸟。他说和畜禽打交道心里不烦。或许,他是看到了听到了上下左右的人世间为人处事不地道不本味的一面?

独脚黄方能

如果要做严格的资格审查,方能说不上是思南人,不过,真要说他是思南人也不会错。只是他成为思南人,是以一条腿作为代价的。倘若不是这样,即便说他有两条腿,也走不到我这支贱笔头下面来的。

当然,他先是以两条腿走进思南这片神奇的土地上来的。那时他还是少年,只是还不曾走进思南腹地,就在边地的合朋溪丢失了一条腿——是不是呢,你小子以为思南这片土地是好立足的?……不过,方能那时并没什么大的企求,只是因为离思南边地近,逢了赶集,随大人弄几个土陶器到边地换几个钱,好回土璜读完初中,再到作家何士光曾任教的琊川中学上高中,如果上不了大学,也得念个中专。这是他的少年梦,他长了两颗小虎牙,有理由做这个金色的少年梦。

只是他的梦和他的腿一样还很稚嫩,受不了车轮的重压,破碎后,几经疗治,保了命,然而失却一条腿。从此,便见思南街头,有一位陌生的英俊少年,依了拐杖在默默地行走……

原先,我当然不认识他。大概是 1981 年春夏那段时间,他挂了拐杖来请我给他看一篇他自己写的稿子我才认识了他。稿子的内容现在已全然记不得,如果说还有什么印象就是错别字特多,倘从语法上看,几乎全是病句,哪像他现在写得一手好文章。如果说要挑刺,现在只有他挑我的刺的份,因此在思南的作者群中,也有不少人写了稿子还乐意请他斧正请他提修改意见。

当然,方能以他的一条腿,以他一个少年的病弱之躯,能这样坚强地走过来实在不容易。有人说我曾经在某些方面辅导过他,其实,从某种意义上讲,是他辅导了我。我因此不敢怠惰,有闲时要好好读一点书,并争取读懂,多积累一点知识,于人生于社会多做一点有益的工作。比起方能来,我个人的条件要比他好得多,至少,我要比他多一条腿,另外,我有一个虽然贫穷但毕竟还温暖的家——他尽管也有一个家,可的确也还寒酸,那是一间废弃的锅炉房,冬天寒冷,夏天酷热,没在《思南报》做事前,每月只有二十五元。他孤独一人,只有在农闲时,他父亲才从土璜老家来看看他,当然也给他一点补贴,不过要积攒着用,除了买书读,也买笔纸学习写作,也因为这样,上下周遭的人,才乐意扶持他,才愿意帮助他。

现在,他住在那间破旧的锅炉房附近,每天便从那里出发,到《思南报》上班,下班后也还要回到那锅炉房附近的两间屋里去,除却吃和住,更多的时候还是读书,还是学习写作,也接待各方面的朋友,有时甚至还简单弄上一个菜,陪朋友喝两盅。方能,我愿你那一条腿在人生的路上再少些坎坷。

理发师田维新

当今女士们理发,要花工夫得多,要花时间得多,自然也比先生们破费得多。倘认为这是坏事,将是一大错误。要说花时间,现在有的是时间花,要说破费,现在的男人或女士都有钱可以破费,如果说这是改革开放好的标志之一,大抵也不算牵强附会。你总得承认,流行于街市的女士们的发型和服饰,有的越来越比女士们本身还要漂亮,使你感觉生活在走向多元,在走向立体,倘若还不习惯,那是因为你心理上一时间还不适应。

维新老不理女性的发,他专门修理男人的头。我本人在每月的月底要请他修理一次头发。其间,还要请他修两次面。先前,我当然也瞧不起他,听他自己说,是从青杠坡退休回城的,以前更多的是修理贫下中农的发。回城了,他说整天里没事干——我猜想:这老人为了生存,和我们父辈的很多人一样,一生劳累惯了,闲不下来,一方面找点事做,一方面找点香烟钱,如此而已,才在他的家门口挂出一块不起眼的招牌"维新理发"。

不知道别的男性公民是不是和我一样,或者的确是因了遗传基因,头发和胡子的确比我本人的脑子要发育得好,用句不客气的话说:此人的头难剃、胡子难刮。因此苦了不少剃头匠,我自己也因此吃了不少亏。年近四十,当然进过不少理发店,人家一见我一副难修理的嘴脸,便说下午来吧,下班啦,或者让你坐冷板凳,把好修理的修了才不情愿地叫你。你坐上去了,也是悻悻的,一副生死两由之的模样,在别人的刀下,修理是修理过了,但更多的时候,是好端端地进去,血淋淋地出来,已是面目全非了。接着有好些天,血是不流了,但脸面奇痒奇痛,处理不好便化脓。一个人倘是面部流脓,就更没好嘴脸,更不是好人了。

个人的嘴脸好坏自不必说,但理发修面,的确是一项综合的审美艺术和美的创造性工作。倘若一个人不修理头面,走在街市上,会破坏市容。倘若大家都不修理头面,整个儿蓬头垢面的,也会让人觉着,这世界整个儿的都荒芜了。当然,我们都是和维新老一样的小人物。不必去操心地球在哪天毁灭,不必担心海湾战争在哪天打起来,也不必操心是不是因此要引发第三次世界大战。我们该理发修面的时候则认真把头修理好,把面目修理好,这样,即便地球在哪天毁灭了,或者海湾战争在哪天打得血淋淋的了,我们东方、我们亚洲、我们中国的男人以及女士,都是美好的,都是漂亮的,是不是呢?

维新老是个小人物。我不敢说他哪里很伟大,就是他那个理发室也显得很偏狭,不在街面上,没几个人知道他。因为他一去青杠坡就是大半个人生,回得城来,也不大出门,在家给人理发,他一辈子都是在给人理发。他的发理得好,首推刀功,这是中国传统技法,他理的发,有传统美的典雅,又因为肯学习,能审时度势,便在传统美的基础上,平添了不少现代的风度,而产生一种综合效应,因此我去他那偏狭的店理发,往往得排队……其实,当代人都是这样:不管你是在哪里工作或者是在哪里生活,都在追求一个综合效应,都在追求一个可人的形象,就看你是不是有幸遇上一个好的理发师。

维新老,我该修理头面的时候要来请你修理头面,我不怕你那里偏狭,该排队的时候,我当然得排队。

沧桑古镇

刘照进

师范的安老师要写一组有关乌江文化的散文,约我到淇滩古镇去采风。据说那是一个有着四百多年历史的文化古镇,曾经得乌江之便,上达贵阳,下抵长江,商来贾往,兴儒促教,积淀了深厚的文化底蕴。

心,就有些遥遥向往了。

那时候,刚刚过完羊年,春光还有些慵散,季节也并不婆娑,从冬季过渡而来的太阳,纸板似地贴着低矮而略显苍黄的天空。

眼前的镇子,隐约有些灰暗,旧衣衫一般晾在早春的阳光中。从江边的荒滩靠近古镇,我们的目光只能切开它神秘的一个侧面。这里曾经是古镇集市的一部分,当年的繁华自是可以想象。临江的一排木楼,窗棂上依稀还挂着旧时的风景。但今天的情形,一切都显得很落寞。枯竭的江水,浓缩在命运的河湾里,说出许多鲜为人知的秘密。空空的码头,像一位掏光了思想的老人,圆寂在时间的细纹里,消止了远航的希望,也看不见一丝归来的慰藉。只有涛声依旧。偌大的荒滩,将沉寂的古镇与经年的江水一张白纸似地隔离着。

沿着一溜向上的石阶,缓缓寻找历史停留古镇的落脚点。便看见新年的余韵中,古朴的吊脚楼占据了临江的一面,翘起的檐角下,大红灯笼高挂,鲜红的春联掩住古旧板壁的斑驳。沿着这条古老沧桑的石板路,你会发现,走进淇滩古镇,就是走进一段悠久的历史。一律的旧式建筑,木质板壁上落着厚厚的尘埃。几家保存较好的四合天井,依稀遥见当年风韵,雕花镂窗,石墙石础,雕龙刻凤,密质的细纹显出时间深处的匠心独运。

在淇滩的老街上穿行,阳光和空中的尘埃落下来,仿如古老的时间砸在我们的头顶。这样的时刻,你便在那些纵横交错的巷道,听到了一两声历史的陈述。仿佛生命中有过的时日,也似这古老的街巷,扑面而来,在娓娓地向你讲述一般。古镇带着历史暗香的往事,袅绕着穿过那些陈旧的木质和石墙拐弯的角度,附依着你的每一脚叩问。一颗心就那么轻飘飘地被悬提着,追抚中自是感到了落花流水一般的伤怀。恍惚中,你就情不自禁要伸出你那一双沾满红尘的手,盖住那些见证着古老岁月的木雕石刻,轻轻地摩挲,试图让一颗心远远地离别现实,在回望中,穿过岁月深处……

当然,你得回到你的现实,这毕竟只是一个虚幻的世界。仿佛就在你迷醉的时候,你听到了一声同伴的催促,抑或只是一两声过路人踩响的脚步声。这古巷中空荡荡的寂静,将你怀古的情思忽然打断。猛一抬头,你有一丝惊诧,也因为落后而隐隐起了几分愧悔。于是,匆匆地追着前去的几抹背影,向着另一道幽深的巷子穿去……

所有逝去的岁月,便如这转身时的每一次惊鸿一瞥;而即将要到来的日子,又是那么贴近并且漫长。那么,你惊诧什么呢? 又犹疑什么呢? 况且,匆匆也是枉然。失去的正在以它们的方式离开——这固然有些令人沮丧,但未来也正在迎面而来,洞开新的希望。

在这样的时刻,你就走进了一间破旧的四合院子。临街的一面已几乎完全垮塌,歪斜的板壁上挂着残缺的窗群,雕刻精致的神龛,烟熏火燎,黑乎乎地被一截绳子吊着。窗群上,飞鸟残缺了翅膀,游鱼挂断了尾巴,全被厚厚的烟尘覆盖,一片黯黑。伸手在上面擦拭,想看清历史嵌在时间深处的刻度。除了生涩的烟尘,眼前依旧模糊一片。灶壁的老墙上,曾经挂着一幅清代著名书法家严寅亮先生题写的匾额,可惜不久前被窘迫的主人贱卖了,留下一片历史的空白和遗憾。

主人在一边始终不冷不热,对我们寻找的历史和文化一点也不感兴趣,而对我们提倡的保护和开发古镇的话题也露出了几分无奈,仿佛那是与他们毫不相干的事情。当然,说他们无奈,也未尝不是事实。或者身居这样的环境,天天与所谓的"历史"接触,一颗凡俗之心早就麻木了,熟视无睹。那么,在如许的一双眼睛看来,淇滩依旧只是一个破烂的所在,远远地脱离现实,落寞着,似乎一转瞬就要烟消云散。

　　当我们以造访者的姿态,站在上面的公路上俯视,古镇在春日的昏黄中,独自坚守沉默,与不远处喧闹的新街隔膜着,虽近在咫尺,却仿佛昨天与今天,中间有着那么一段长长的距离。

　　依旧是青砖灰瓦,翘角的房顶,白色的线条像书的脊线,一面面的瓦檐铺陈开去,仿佛一部翻开的线装古书,在阳光下散发出历史的幽香。

庄子的背影

田 夫

在乡村,有的人一生清贫,却生活得很快乐,他们日出而作,日落而息,逍遥于天地之间。有的人表面上愚顽疯癫,内心却无比澄明,让人联想起千古智者庄子。

他们都是些什么人呢？在记忆里,我去寻找村中的庄子,首先浮现在眼前的,是一个远去的背影——钩子公。

钩子公只上过几年私塾,文凭不高,可远近乡邻都把他当成个文人,因为他说话诙谐幽默,诗词典故顺手拈来,且是个地地道道的乐天派。比如他跟人下棋,连输三盘,人家看他还乐呵呵的,问他战绩如何,他这样回答:"第一盘人家赢了,第二盘我不曾赢,第三盘我想求和,人家不干。"

钩子公其人,有趣的事情可多了。他内心通达,待人友善,可一张嘴吐出的话却有些尖刻,喜欢挖苦人,且挖苦得很巧妙,常常令人浑然不觉。"文革"中,有两个造反派来到我们村,请钩子公去公社帮忙写标语。他见不惯两人的做派,当场给大家讲了一个故事,大意是:阎王叫两个小鬼去阳间捉拿一个教书先生,先生躲在屋里不出来,小鬼心生一计,道:"别怕,我们是来请先生的。"先生中计,出门一看,后悔道:"看你二人鬼头鬼脑,就不是真心来请先生的!"两个造反派悻悻离去,众人醒悟过来,大笑。

村里有个民办教师,是个白字先生,小时候这样教我们念课文:

"一拉(粒)米,要爱惜……"钩子公听了,就又摆出一个典故,说的是古时有个先生将《赤壁赋》念成了《赤壁贼》,刚巧有贼人摸进隔壁房内准备偷东西,先生念道"听清楚了——赤壁贼!……"贼人以为败露,慌忙逃窜。于是,钩子公总结道:"村里请了这样的先生,今后都不用养狗了!"

　　劁猪匠袁麻子声称自己会医人,常常玩一些小把戏骗吃骗喝,比如用蘸了辣椒水的帕子将别人家婴儿弄哭,然后给人家"医治"。一次,袁麻子又被请到我们寨子医人,一只恶狗追着他咬。钩子公喝止了恶狗,袁麻子说这狗还是听话,钩子公便故意对着恶狗夸奖道:"你这畜生,也会依(医)人!"袁麻子三天之后才醒悟过来,大骂:"周家寨那个老东西,硬是成精了!"

　　在我看来,有文凭的人不一定有文化,不一定配称文人,而既无文凭也无文人之名的钩子公,堪称一个大文人!他身居乡野,头脑里装着人自然的智慧,高深莫测,能够将所学不多的文字活学活用,水平就比他人高了很多,看问题也比人深刻几分,不是一般的凡夫俗子,因此有些特立独行。

　　山里人家送人情,往往不惜倾尽自家财力,图个仁德重礼的好名声,可知书识礼的钩子公送礼不分远近亲疏,一律是一毛钱,全然不在乎人家怎么看。讲礼节,而不受制于俗世之礼,这就是钩子公为人的洒脱。

　　因为与世俗不合作,钩子公的人缘既不好也不坏,没有很贴心的朋友,也没有过不去的仇人,他仿佛活在云端,常常以世外人的姿态嘲笑他人,也嘲笑自己。我想大凡这样的智慧之人,内心应该是孤独的,可现实中的他,活得是那样的快乐。

　　他家穷,两个儿子早已分家,老两口除了坡上亲手栽种的油桐树每年春天可换回一些零花钱外,再无其他经济来源,可他真是穷快活,七十多岁还能挑着粪唱着歌上山,凡是他经过的地方,就会有欢乐的歌声。有人问他何以如此穷快乐,他说:"怎么是穷快乐?地是我的床,天是我的铺盖,满山的树木是我的资产,我穷吗？我为何要不快活？"

钩子公的快乐是天生的。可见,快乐其实很简单,不快乐,是因为欲求太多,被功利与欲望迷惑了心智。

钩子公说话太直,得罪了两个儿媳,儿媳对他不孝敬,人们以此来调侃他,试探他是真快活还是假快活。他说:"孝道算啥子东西!儿子小时是父母的,长大了是媳妇的,他们都长大了,孝不孝敬与我无关。"孝道二字,在他的眼里,也变成了世俗的东西,他不认同这一规则,便没有人能够挡住他的快活。

记得有一次回乡,无意中谈到沿海城市的文明程度,引发了钩子公与我之间关于文明与野蛮问题的探讨。我的大意是,城市化使人们受到了良好的教育,城里人的智商普遍提高了,他们在经历了物质的满足之后,也越来越绅士了,越来越文明了。钩子公闻言,予以驳斥,他的观点是:

城里人的智商越来越高？——要是真的话,就不该养那么多饭桶!过去的衙门办不好事,可能是因为养的官差少,现在的城里衙门,养了那么多的官,可一样没把事情办好,老百姓的意见越来越大,不见得他们比古人聪明到哪里去。

城里人越来越文明？——电视里,天天是偷抢杀人的,算是文明？听"杀广"的人说,城里人生吃猴脑,生剐活驴肉,这就是你看到的文明？哪个乡下人下得了手吃得下口？不把牲口当牲口,没人味,只有城里人才下得了手,这是文明人干的事？是野蛮人干的事!

钩子公对于城里人的偏见,自然有着其眼界的局限,可他提出的问题,细细思量起来又不无道理,很有些老庄哲学的高度。历史证明,现代科技带来的不一定是真正的文明,真正的文明社会不应该有那么多人为的灾难,而当今很多聪明人看不到这一点,还自以为文明并津津乐道。

钩子公这样的人,有些不合时宜,对世俗的力量,采取不合作也不抗拒的态度;他懂政治,经常评说历史人物、帝王将相,可他不愿为官,中年时放弃过为官的机会。钩子公为别人唱了一辈子的孝歌,可老伴死时,他不安排唱孝歌,也不学庄子鼓盆而歌,省去了很多繁文缛节;他在八十三岁高龄上无疾而终,下半天还在坡上挑着牛粪唱着歌,傍晚就去世了,死前还吩咐家人不准摆排场,冷冷清清地上山了,显然把自己当成这个世界的匆匆过客。

钩子公去了,他原先捐资在村寨古井旁打造的洗衣槽,被一户人家拉回家做了喂猪槽,而后古井水被引上山坡,改造成了自来水。最近一次回乡,几个妇女为收自来水费的事与队长扯了皮,抽水机已停止运作两个月,村寨里又再现儿时人工打水的景象。

钩子公去了,去得那般无声无息,只留下家园后山满坡的油桐,在每年清明的时节开放出灿烂的花朵,一如生生不息的生命。

钩子公之后,我的脑海里闪现出另一张落寞的面孔,他是我的疯六叔。

包产到户之后,周家寨经历了大炼钢铁之后的第二次森林大砍伐,大家都想着在集体森林分包到户之前,占一份私利,这下,山里的大树遭殃了!记得那是20世纪70年代中期一个秋天,周家寨的山坡上响起了密集的伐木声,疯狂的人们像蝗虫一样啃食着翠绿的山野,短短一周时间,参天大树被砍伐一光,山野被剃成了癞子头。我的父亲也是这场生态大破坏的干将,因为家中劳力多,哥哥们都被父亲拉上山去,不分白天夜晚地干活,三天之后,家门前的院子里,木材堆积如山。

大树历来被山里人视作山中的风水,大砍伐会使这一方土地失去神灵的庇佑,无异于自我毁灭,这一点大家都心知肚明,可整个村寨的人争先恐后地加入这一场自我毁灭的行动,仿佛与心中的魔鬼达成了默契——如果不是有一个人勇敢地站出来阻止,那么整个山野将陷入万劫不复的境地!

站出来的是疯六叔,一个精神不正常的人。

疯六叔因为心智不正常，寨中人往往将他的言行当作笑话来对待，无视他的存在。因为常被婶娘毒打，他变得很胆小，自私的婶娘对大砍伐自然是一马当先，疯六叔被她逼迫着上山砍树，他一边砍树一边流泪，终于有一天，他号啕大哭，扛着斧头一路向山外奔去，去了公社书记的办公室。

大砍伐被制止，私自砍伐的木材被没收归公，全部运往三湾水库工地。

公社书记吴顺尧召集全大队人员召开现场会，大批乱砍滥伐歪风，我的父亲被当作典型受到批判，连家里以前私藏的旧木材也被充公。父母恨六叔，全寨人都恨六叔，谴责他不该胳膊肘子向外拐，害了大家白辛苦一场不说，还将满坡的木材白白送给了外村人修水库。六叔更加孤独，他知道自己犯了众怒，从此有意躲着大家，寨里红白喜事的场合，也很少看见着他的影子，人们也从此更不把他当人看。

这段三十年前的旧事冒出来，却让我对疯六叔肃然起敬。一个行为和心智都不正常的人，一个不被当成人对待的人，恰恰是我们周家寨子子孙孙都应该记住并感激的人，世间的事情就这么荒诞！

六叔被人们当成另类。"文革"中，县里工作组和下乡知青来我们村里组织跳忠字舞，他怎么也学不会，还说这是跳猴戏，他只知道跳舞不会跳出粮食来。家家户户将毛主席像贴在神龛上，可他不干，原因很简单，他说毛主席是活人，你们把他贴上神龛，就把他当成了死人，有罪——现在看来，他这话简直是一句伟大的真理！他是那个年代里我们村寨少有的正常人，是那个时代疯了。有人说他装疯撒野，要批斗他，他发起狂来，吓坏了众人。

当一个时代充满疯子的时候，真正的智者必将被视为另类。

六叔喝酒必疯，偶尔举止怪异，平时能干活，大部分时间表现也算正常。包产到户之后，村人常为争田边地角吵嘴，甚至为此大动干戈，可疯六叔不争，他说："你们不要争，土地争来争去，到头来都不是农民的。"

农民以土地为生,土地是农民的命根子,明明是包产到户了,算是耕者有其田了,可他还在说疯话:"你们看,我们周家寨没有周家人,肖家大土今天不姓肖,何家大湾不见何家人……"六叔一连串数出村里很多与姓氏有关的地名,证明当初曾经拥有土地的主人,后代都与这些土地无关。

清醒时的六叔真是看得远看得清,改革开放几十年来,农民始终没成为土地的主人。他说他不相信政府,只相信老天,因为老天总得给人活路。他真有些老庄的大智慧,深信"天之道,利而不害,人之道,为而不争"。

六叔的一生过得很清苦,因为无为,因为不争,更因为老婆无道,家庭生活不幸福,子女们都没有大出息,老来仍旧是衣衫单薄,还得下地干活。但我不能说他过得没有他人幸福。他年近八旬,骨瘦如柴,可他是我们寨子里屈指可数的健康老人,一生没进过医院,不知病痛为何物,这就是他人求之不得的幸福!关键的一点是,他比别人活得明白,尽管人们视他为疯人。

活得明白,就算没白活。

遗憾的是,人们至今还是不愿意接纳他,从心底里把他当成另类。

六叔就那么活着,看不出他心里是幸福,还是不幸福。但我敢肯定他心里是快乐的,因为他拥有凡人没有的觉知与智慧,只是我们浑然不觉,所谓至人无己,神人无功,圣人无名,我把他与神圣的老庄先生联系在一起,不知可否?

把疯六叔与老庄联系在一起,本已有些大逆不道,而如今我有了一个更荒诞的联想,他是我们村里又一个奇人——杨傻子。

杨傻子是村中一个著名的老光棍汉,之所以将他与智慧人生联系到一起,是因为他拒绝了政府的一份低保福利。

在世俗的眼光里,这人是傻到家了,但在智慧人看来,他并不傻!

村里有人长期"杀广",在街道上建起了豪华楼房,可还因为一份低保待遇与政府闹得不可开交,而杨傻子作为"鳏寡孤独"中的一员,兼为残障人士,却拒绝了自己应有的待遇。其陈述的理由有二:一是自己未给国家做贡献,无功不受禄;二是他杨家祖祖辈辈没吃过低保,他本人也不想给祖宗丢这个脸。

傻得正气,傻得有骨气!这样的傻子,天下有几个?人们笑他傻,可拒绝施舍,活得硬气,原本是我们乡村最古老的气节。对于骨子里还保存着乡村古老精神气节的人,我们本该肃然起敬!

这是一个智慧横行的时代,最不缺少的就是聪明人和投机取巧的人,可唯独缺少如此有骨气、重名节的人。

我觉得有趣,不光因为这是一个傻子的人生观,而且因为他道出了一个常识。而这个常识,是人人都应该遵从和明了的常识,如今只有一个傻子把它当成一种人生准则,死死捍卫它。

杨傻子大半生与老牛为伴,他为人温和,终日乐呵呵地笑着,也挺有人缘。他最喜欢看热闹,也喜欢跟人搭话,但人们把他的话当成傻话,回报他的也是些没正经的玩笑。天长日久,他便与大家有了距离感,总是远远地打量人,默默观察着村中的日月变迁,然后喋喋不休地跟身旁的老牛说些知心话。人们不关注他说了什么,也不在乎傻子对自己有何评价,但傻子对村中每个人家的情况了如指掌,对每个村民的德行,他心里都有一本明细账。

偶尔,他也会垂头丧气地叹息。人们问他是不是想老婆了,他回答,可能今年要大旱,牛没有草吃了;或者,半夜里听见了老牛哭,可能湾里人家要死人了……事后证明,他的话往往灵验,甚至有一回他预言不久有人要挨雷打,结果不幸言中!有人认为他是一时神魂附体,其实不然,他的话语多跟牛有关,他跟老牛的感情很深,或许,他在不觉中把自己也当成了一头牛,习惯于用牛眼看人世,傻子就是牛,牛就是傻子,这生灵共通的智慧,使他能看见世人所不能看见的东西。

我发现,他不但有着有一颗纯洁的心,还有着一双单纯透明的眼睛,在那双眼睛里,看不见利欲,看不见色欲,天真如初生之婴儿,新鲜如不染之晨露。澄明的眼睛不会被知识和利欲所蒙蔽,当然能够看清楚最真实的东西。可见,他不是凡人,而是一个生命的观照者,能够洞悉尘世的一切。

老子说,除了我,每个人看着都很智慧,每个人看着都很聪明——只有我是傻子。

正所谓绝圣弃智。

不是吗?得道者,往往是凡人。当我满心沧桑,回首人生往事,试图寻找村中的庄子和人生幸福真谛的时候,竟然将世间的大智慧与一个穷老汉、一个疯癫者、一个呆傻者联系到一起,我确信,庄子就是他们三人的混合体。这是一个偶然的发现,我欣喜自己有着哲学的眼光,从另一个角度看见了钩子公的逍遥,六叔的深刻,杨傻子的纯净,看见了圣人远去的背影。他们活得清苦,但活得健康,内心深处一定有着深深的幸福感,尽管我们或许对他们心生怜悯。

他们存在,他们之所以与众不同,仿佛是为了提醒我们,在物欲横流的时代要保持一份觉知。他们的身上带着神性,保存着自然的本真,也保留着最原始、最质朴、最野性的山村人文精神,这正是我苦苦寻求的故乡的灵魂。

背时的刨汤肉

张春阳

暮霭徐徐在江面上浮动,两岸山寨人家炊烟袅袅。已经收割的田野里还搭着一蓬蓬稻草。手执长竹竿的牧鸭女,赤脚走在田埂上,赶着一群鸭子,沐浴着晚霞,渐渐消失在竹木掩映的山寨。

与青山乡政府隔着一湾稻田的青龙嘴村,此时正响起猪的号叫声。这是老冯家在杀猪,他家这头猪喂了大半年,养得膘肥体壮,准备杀了明天抬到县城肉市去卖。

老冯和几个请来帮忙的青年同杀猪匠一起扯猪毛,无意间抬起头来,正好看见白衬衫上汗渍白一块黑一块的王乡长领着五六个乡干部,从院坝坎下歪东倒西地路过,便顺口打了声招呼:"王乡长,下村回来啦?"王乡长瞟了一眼院坝头,听到老冯的招呼声,脚步停了下来,笑眯眯地说:"咦? 杀猪啦! 今晚搞好生活啰。"老冯答道:"猪喂不起了,明天弄到县城去卖,找几个盐巴灯油钱。"说完,又埋下头拔猪毛。王乡长却还站着,后面几个干部一会看院坝头,一会看王乡长,走也不是,不走也不是。王乡长突然反应过来,打了几声哈哈,说:"老冯,我们走了。"老冯抬头应道:"你们慢走。"

王乡长走拢乡政府大院,见食堂冷火清烟,就径直走进自己的宿舍,打开门,累得鞋都懒得脱就一头瘫在床上。早上,他在食堂吃过早饭,便领着乡干部们下村去征收公余粮。征粮是得罪人的苦差事,村干部们不敢留他们吃饭,生怕村民怀疑他们之间搞名堂。王乡长们跑了一天,肚子早饿得咕咕叫了。

王乡长躺在床上发了一会儿呆,便想起老冯家杀猪的事。想来平时没为难过老冯,他肯定是要过来请吃刨汤肉的。我一乡之长,在这块地盘上踢两脚,地皮都要抖三抖,不说今天撞到他杀猪,就是没撞到,他巴结都来不及哩。本乡长在哪家吃饭,就是给哪家面子,谅他老冯不敢不把本乡长放在眼头。再说,老冯曾在县上一家工厂干过,比一般人见的世面要广,这些礼数他不会懂不起。一想到喝着酒,吃着香喷喷的刨汤肉,他陡地提起了精神,搭在床沿上的一双脚杆不由自主地晃悠起来。

这时,一个乡干部推开王乡长的门,说食堂没有什么菜了,就简单吃一点。王乡长不耐烦地舞舞手,说再等一会。

过了半个钟头,王乡长爬起来,推开隔壁的房门,问今天一同下村、此刻正瘫在床上的文书:"青龙嘴老冯来过政府没有?"文书丈二和尚摸不着头脑:"他来这里做哪样?"王乡长便自言自语起来:"老冯太懂不起啦!刨汤肉都舍不得请吃一顿。"文书似有所悟,赶忙讨好:"别人他可以不请,你乡长大人他会不请?"

王乡长对文书说:"你马上过去,借收屠宰税的名义,搞火力侦察,看他是哪样态度。"文书连忙溜下床,屁颠屁颠往老冯家走去。

老冯家堂屋方桌上摆着热气腾腾的饭菜,屠夫和帮忙的几个人正准备端起酒杯喝酒。乡文书跨进门槛,深吸了一气,说好香呀!老冯见状,赶忙招呼乡文书:"来!一起喝杯酒!"文书迟疑地站着:"我咋个敢喝?王乡长下了一天村,饭都还没吃。"老冯没接文书的嘴,只是叫老伴快点上菜。文书尴尬地咳了两声,说:"老冯你猪杀了,刨汤肉也正在吃,屠宰税该交了吧?"老冯说:"明天把肉卖了就交,现在硬是拿不出一分钱。"文书见状,招呼都没打就走了。

杀猪匠喝了一口酒说:"你还听不出那个干部的口气?你该请王乡长来吃刨汤肉,不就是多摆双碗筷的事情?"老冯一听就来了气:"宁愿喂狗都不请他吃!你不晓得,他平时对人一凶二恶。吃饭?好多人还想捶他一顿哩。"杀猪匠又咽下一口酒,摇了摇头:"老冯,以后他要卡拿你呀。"老冯举起酒杯说:"喝喝!莫非他敢咬我两口?"

文书回去向王乡长叽叽咕咕说了一通,王乡长火冒三丈,命令文书和驻乡民警去收钱,不交就弄到乡政府来说清楚。说罢转头懒洋洋地招呼文书说:"就通知食堂准备夜饭吧。"

乡文书和民警走拢冯家,民警冲上去擂门板,高声武气地把正在吃饭的老冯们吓得一跳:"老冯,今天不交就是抗税!走!到乡政府去。"老冯说:"等我把饭刨完了就走。"民警几大步跨过去,准备夺老冯的饭碗。杀猪匠说:"杀头嘛,也要让人家吃顿饱饭。"民警狠狠地剐了杀猪匠一眼:"再啰哩八嗦,连你一起弄!"

老伴怕把事情闹大,劝老冯去说清楚再回来吃饭。老冯搁下碗筷,就随两人去了乡政府。

王乡长坐在办公室等候,见民警带着老冯进来,便傲慢地盯了老冯两眼,说:"刨汤肉吃起是香,但税也还是要交吧?"老冯分辩说:"好多人家杀了猪都还没交税,咋个就要我马上交?"王乡长忍不住就一掌拍在办公桌上:"皇粮国税,天王老子都跑不脱!其他人我不管,就从你开始!"老冯又争辩了两句,王乡长捶着桌子:"你想抗税不是?给我捆起来!"

民警和乡干部们扑上去揪住老冯。老冯一边拼命挣扎,一边破口大骂,终究还是被五花大绑了起来,乡干部们也扑腾得满头大汗。王乡长露出一丝不易觉察的冷笑,让人把老冯吊到楼上去,然后背着手离开了办公室。

老伴左等右等不见老冯回来,就急忙往乡政府赶去。她刚走进大院,就听到老冯在一声接一声地叫骂。顺着声音走上二楼,从窗子里看见老冯被吊在房梁上,立即大哭起来,埋怨说:"一顿刨汤肉算哪样?惹来这么大的祸,值得不嘛?"老冯扯起嗓子:"老子就是不请他,嫌他把老子的碗啃脏啦!他要不是那身皮皮披起,他连狗都不如,鬼老二张眯他!"

埋怨了半天,老伴觉得不是办法,还是要找王乡长求情放人。王乡长们正在食堂吃饭,看见她,边吞饭边瓮声瓮气地说:"交钱放人!"

老伴马上又往寨子跑,挨家挨户借钱,走了十多家,才把要罚的五块钱凑齐。她捏着一把零票跑到乡政府,民警收下后,说人暂时还不能放,要放,就得再交一块钱滞纳金。老伴顿时就蒙了,说这五块钱借了满坡坡人才借得,哪里还凑得到?民警不耐烦地说:"罚一块钱是给他面子,像他这样,态度十分恶劣,罚他十块钱都不算多——快点去找钱来!"

她实在打不起主意了,坐在院子的一个黑角角抹着一把把泪。王乡长一伙说说笑笑从食堂出来,嬉笑着说起老冯。王乡长打着饱嗝,说:"他跳!能跳得起几尺高?不拿点虎威出来,他不晓得锅儿是铁倒的!"老伴听着他们的谈话,后悔当时没留王乡长们吃饭。

直到半夜,整个大院的灯光熄灭,她才万般无奈地摸回家去。

第二天清早,老冯从窗子眼里模模糊糊看见王乡长双手抓着裤腰带从寝室冲出来,一路小跑穿过院坝,准备去坎下的厕所,便马上直呼其名臭骂:"你个烂杂种!你不得好死!老子就是不请你吃刨汤肉,你要咋个?有本事,就把老子整死!"王乡长大为光火,也不顾面子了,一手抓着裤腰带,一手指着老冯回骂:"你个老不死的!你家的刨汤肉老子看都不看一眼,八抬大轿请老子去,老子还嫌脏哩!你等着瞧!"就一头钻进厕所。

王乡长洗漱完毕,派民警和一名乡干部押送老冯去县拘留所。

走到半路,老冯实在走不动了。民警和乡干部又拉又拖,累得上气不接下气,也没耐心了,朝他屁股上踢了几脚后,骂骂咧咧扬长而去。

老冯回到家中睡了三天三夜,就再也没在寨子口露面。

后来,听说他打工去了广东。

峡谷深处的夹石

田茂松

一

我寻找的夹石,位于乌江的淇滩和新滩之间。清道光《思南府志》记载:"夹石:城北一百六十里,铺民七十余户,场期三八日。"

车在山坳中停下,乡下车少,故没有站,车长期停靠之地就是车站。站在夹石的街坊,下车,行走,没有目的,没有询问,突然想到刘伶,穷途末路,长歌当哭,我是否应打上半碗老酒一饮而醉?我在寻找渡口古镇和川盐上岸时的停留记忆。"古镇人家"几个楷书大字让我眼前一亮,一看是水泥房屋,我的意识中突然现出不伦不类这个词。乌江清水鱼、阳朗鸡、息烽狗肉、土家风味、黔东风味,家常小炒、各类火锅、各种宴席,我揉了揉眼,穿行在海尔、创维、太阳能、联想、雪花等大大小小的广告牌中,索然无味。

一座孤零零的吊脚楼让我加快了脚步。

吊脚楼左边拆迁了,工人正绑着钢筋,右边的建筑已不见,变成了绿色的菜地,这幢两层的吊脚楼在空中顾影自怜,头顶上覆盖十来行稀薄的青瓦,二层楼房的空中挂着花环状的风干萝卜,风中,萝卜荡着秋千,晾晒的土布衣服,色彩灰蒙蒙的,一楼的柱子上歪歪扭扭地堆放几块门板,一个土罐子和五个玻璃罐平行分布在木柜台上。几个花白胡子的人站在边上低语,每人手拿一个酒杯,头上缠绕着青丝线帕子的老女人在打酒,取酒的提子里涟漪不断。说一大通话,五个酒杯端起碰在一起,喝一口,每个人的手指都伸向玻璃罐子中,从罐子中取来了水果糖,陈年的酸蒜瓣,偶尔还有酸火葱。过一会,众人又抿一口,情形倒像在喝茶。

旁边的孩子拉扯着一个老人的衣服,口中嚷嚷。叹息中,老人又抿一口,慢慢伸手向怀中摸去,冲着孩子说:"拿去,再要就没得了。"转身又同酒友说话,"这是老二家的,每天就只晓得要钱。"

长方形接着长方形,菱形勾着菱形,圆套着圆,冬瓜紧挨着冬瓜。这些街坊的木雕花,冬瓜是镂空的,还有的窗子是八卦图,雕花的记忆论证夹石古镇人曾经悠闲、还有一点钱的生活,这就是夹石老街。两边的木屋一幢接一幢,黑不溜秋的,有点炭化的色彩,立着的柱子,都有不少黄豆大的孔。蜂子从洞中慢慢地伸出头,各自游玩,体弱的在青石板大街上跳舞,年轻的伏在菜花上接吻,热血沸腾的嗡嗡地飞向半空。我用相机记录着木房上的图案,五米宽的临街房,左边五根圆形木柱,被三根横向的扁平木穿着,右边的五根柱子也是同样的命运,五根平行线将两边的柱子强行拉在一起,就组成了一个土家人的家,五条平行线铺上木板,顶上覆盖青瓦,吊脚楼就可入住,楼下做饭,楼上睡觉。为了采光好和外形漂亮,每家每户有节余时,都会请土家木匠来雕琢自己的窗户,钱少的人家雕长方形、大方格、圆形、八卦图,富裕的人家雕花鸟虫鱼、喜鹊闹梅、龙凤呈祥、百鸟朝凤。有的木房窗子雕花,土家匠人要在主人家待上两年才完工。二楼支出的脚确实是吊脚,左右各一,脚掌悬空,脚的根部都雕着相同的南瓜图形,模样憨厚,吊出的部分和城里人的阳台相仿,夏天里,老街人常在上面同客人喝茶,歇凉。

我站在不同的地方,用不同的方式闪动我的相机,引来不同的人围观。

"你是哪里的? 照这房子做哪样?"

"活了几十岁,你这个都看不懂? 上面来的记者,了解我们镇上困难的。"

"不是,你们晓得个哪样呀!是民政部门的,评低保来了。"听说是评低保的,一下子就围了一大群人。

"去把我们那里照一下,我们那比这烂多了。"有的人已经在拉扯我……

逃离老街时,一个白胡须的老头坐在吊脚楼下的藤椅中小睡,眼睛眯成一条缝,头仰起,垂下,仰起,又垂下,阳光照在沟壑上,旁边的一只小花狗伏在地上,用力地舔着老人的棉布鞋。

二

夹石夹的不是石,夹的是水,一江春水。

照得见人的水在乌江中赛跑,后面嫌前面的慢,借着下行的水势用力撞击前面的伙伴,欢呼雀跃地向前,被撞的浪花像站立不稳的人,跟跄地旋转着身躯,一圈圈地转动到岸边的角落。下行的水有时会在江中突然发出"咕嘟"的呻吟,一团白色的花凭空高出江面尺余,那是欢乐者忘情飞奔时撞到江中隐藏的丑陋巨石的缘故。从夹石的高处观江水,水中有几十个坑,大大小小地分布在江面上,每个坑都有几个同心圆,每个圆都在不停地旋转,浪花到此被热情的坑留下,加入旋转的舞蹈队列,水中的舞蹈和着新疆姑娘的节奏,似大唐的胡姬,一圈一圈地转,更似篝火边土家人的摆手舞。浪花在此做客,一段枯枝,一片落叶也会在此逗留,落叶像小孩子削尖的脑袋,不停地挤向内部的圆圈看热闹,挤到最小的圈子里,倏地钻入水底,面对这一个个坑,江边常年嬉水的少年总要退避三舍,这是乌江中的百慕大,真正的黑洞,吞下一个个大自然的造访者,夹石人亲切地叫它"漩涡"。

除了五天一次的赶场,平时夹石渡口来往的人不多,早已没有当年川盐入黔时集散地的喧闹。野渡无人舟自横,舟已不是舟,是船,冷冰冰的铁壳船,这都是血泪故事后改进工作的结果,安全是安全了,可在我心中却像失去了点什么。到岸边,渡船却不知到哪里去了。我朝江对面看，野花野草一直蔓延到森林的边缘，一条钻入草丛的石径或隐或现。向江上游看，眼里的，只有流水，没有孤舟，几只野鸭在水边，还有点生灵的气息。向下，没有人家，没有炊烟，数声鸦叫，我突然有了恐惧感，忙转身向古镇的路跑去，气喘吁吁地，见到古镇的房屋，我的心才安宁。我在高处坐下，看着夹石渡口，忽然理解石达开在大渡河边的投降，渡不了江，上游和下游都是绝境，面对居高临下的拿着明晃晃屠刀的清军，为了太平军兄弟减少无谓牺牲，除了委屈还能做什么呢？

三

划船过江的人打鱼去了。

行人在这里不是上帝，划船的才是真正的上帝。叹气的我，忽然想到沈从文先生南行时，每到一地都要给妻子写信说途中见闻。闲着也是闲着，我用数学知识细细地解读从镇上到江边的路，我也想和妻说说夹石的河边，镇上下行到渡口要五分钟，从江边到镇上十五分钟，由一条直线和八道"Z"字形的石径组成。路的主要成分是碎石、毛石、条形石、鹅卵石、江边的沙子、黄土。路边的狗尾巴草点头哈腰地迎接久违的贵宾。第一道石阶，阴暗，阶上有青苔，临水的几阶有泥沙，石阶转换处，有一块平坦的巨石，这是当年堆放川盐的地方。第二道石阶上，右手边的石壁上有几个石洞，有天然形成的，有人工穿凿的，这是当年系盐船的地方，人造的一个三尺见方的神位，是当地人祭祀水神的。三米宽的石阶一直跟踪着曲折而上的石护栏，石阶上还散发着当年的盐味，还能感受到弯腰扛盐人的喘息，石阶旁边是梯级开发的土，土里的条石可见，灰蒙蒙的，黄、白相间，阳光下，有些亮晶晶的发光体，那是铜钱在土地中炫耀曾经的风光。临江一边的护栏下全用大石垒成坚固耐用的路基，时间久了，石头开始发黄，老树边，有一壁垒高高耸立，是最佳的观景台，我怀疑这里当年有酒馆，江上舟摇，岸上帘招,土家女子在此卖酒,胜过秋娘渡与泰娘桥。

江边第五道石阶边,一棵树孤零零的,老得站不直身体。为最大限度地看走江的汉子从远方的船上来,它紧紧地贴近石壁俯瞰远方,努力地把头伸展到江面,枝条在风中不停地颤动,江中的渔夫也常向它行注目礼,像是江边的灯塔。老树将自己所知的血和泪的故事都写在身边的石碑中,高五尺、宽三尺的警戒碑原文如下:2000 年 6 月 11 日,德江县桶井乡乌江村人载人乘船赶场,至夹石渡口处,风大浪急,木船倾覆,获救 37 人,死亡 42 人,失踪 17 人。旁边还有几块字迹模糊的古代石碑上写着许多的寡妇和孤儿的名字。

四

打鱼的来了,一叶轻舟上装了个发动机。

"你打鱼了来?"

"嗯,现在江上的鱼不好打了,我今天忙了一早上,才得了两三条,还不够油钱。"

"鱼多少钱一斤?"

"乌江鲤鱼卖馆子里边 60 元。"

"角角鱼呢?"

"80 元。"

"乌江鲇鱼呢?"

"没有人吃得起,都是用来送礼的,150 元一斤。"

边说边晃了晃他的脑壳,标准的"磨碗"头式。头发呈一个圆周状紧紧扣在头顶,极具观赏性。他捞起衣服来抠了抠,最后手停留在肚脐眼,手一掏,粉末在手,一捻,食指在大拇指上一弹,江中飞溅起了一个小圆点。

我不好说我曾经也常吃,只不过吃的人都不买,也不知价格,我递烟给他,他拿起烟反复地看。

"这黑杆杆是哪样烟?"

"你是哪里的?"

"和你们夹石一样,都是铜仁管。"

听我这样回答,年轻人脸上多了点笑容。

"我们夹石这地方可热闹了,到了赶场天,其他地方卖不完的东西在这都可卖完,在其他地方买不到的东西在这都可买到。"

我用欣赏的目光看着他说话。

"夹石这地方,教学质量可好了,每年都要考起好多好多的学生,周边的学生都到这里来读,淇滩的、桶井的、板场的、沿河城里的、德江城里的都有,学校装都装不下。"见我盯着他不说话,他又道,"你不信,去学校看看吧,又在修了,中央把所有的钱都放到这里来了。"边说边用脚在船舷上起舞,和着音乐的节拍。他的脚是白的,手是白的,牙齿是白的,其余全是黑黝黝的。

"你说当国家主席安逸不?"

"安逸,要吃什么东西都有,想到哪里去耍就到哪里去。"

我只好静静地听他说。

"怕也有点不安逸,要管几多的人,要管几多的事。怕还是有点累。"

"是的。"我随口应承到。

"主要是怕那些人不服管,安排不动就不好了。"我看着他,笑了笑。

"我有钱了,就去买个相机,把这江边的好看的拍下来。沙坨电站修好了,这里要被淹,要淹到那上边去。"他用手指了指对面的绝壁。

过了江,上了山,回望峡谷里的划船人,他的船小成了一片黄桷树叶,漂在幽绿的江面上。

凉晨散记

刘照进

到洪渡采访的第二天,因为有一些空闲,便约了电视台的一位同行到江边闲走。今年的气候相对比较暖和,尽管已是晚秋,冬天依然好像未做一丝准备,慵慵懒懒隔得很遥远的样子。这对禁不起太多风雨的我是再好不过,我当然乐意在不遭到任何侵袭和困扰的情势下去看风景。

洪渡是水陆交并的集镇,也是乌江河段贵州境内的最后一个码头,白唐武德二年(619年)至宋嘉祐八年(1063年)置县,有400多年的建县历史,历来文化、交通都十分发达,各方商贾云集,沿乌江吹上来的长江气息更使这条街多了一些繁华与灵气。

还是清晨,街上早就人声鼎沸了。而街角的码头却似刚刚醒来,没有喧闹是另外一回事,你日日熟悉的乌江也似乎忘却了行走,自上而下静止成一绢翠绿的飘带,定格在晚秋的凉晨里。

早行得船,或顺水,或逆水,带走了一些人的匆忙和旅程的辛劳,同样,也留下另一些人的抵达和归宿。但此刻,一切都静默着。

在平坦的河滩上一路慢慢穿行,你的心毫无目的,也没有一丝负载,去留都十分坦然。本是无欲而来,当然也能够无欲而去。漫不经心地闲行,使你忘却世俗对卵石的评判,圆滑也罢,沧桑也罢,它们都铺成了一条真实的路,守候着你的到来。

你倾听到一种声音,一种生命在暗处涌动最终泄漏的秘密,仿佛雨夜远涉的脚步面对大地的叩问。惊诧间,你猛然醒悟,你所面临的这条江原本就是鲜活的,感性的,它只是失去了表面的喧哗,而内心一直奔腾不止。就是这样一江绿水,将你的生命带进了感动。你迫不及待要去寻找点什么。

赶到岸边,你看见浪花在它的圈子里清唱,自悦自乐,展示一生的欢腾。你突然觉得,那高于浪花的岸,远远地伸出去,像冥冥之中隐形的一只手。

于是想象,若自己也变成一滴水,也跃进掐住命运的岸中,你会有多长的流程?岸之于浪花恰如远方之于我们,都是那么遥不可及而又充满无限诱惑。此时,彼此有所不同的,仅是我们的最近成了它们的最远。那么有一天,错过这场缘分,谁又能够肯定,它们的近处不会是我们的远处呢?

总有些朝前走的欲望,便和同伴抛弃了对清浪的眷恋,沿着河岸继续往上行。转过一道弯,前面已失去了平坦,山摆出道路的坎坷,两岸峭壁悬崖,乌江穿峡而出。在江边的悬壁上,古纤道站成一段举足轻重的历史,长满苔藓的岁月和悲壮的号子一起嵌入了石壁。

置身于远涉之外,心被路口照亮。于是想到,自己不知多少次从这条江坐船上上下下,虽然也曾无数次地接近那条道路,感受过山峡里的险滩、恶浪、暗礁;也曾无数次体味过闯滩时有惊无险的快慰,但那毕竟是在一种力量的托举之上,隔着咫尺的遥远,自己并不曾跋涉半步,少了些探险和行走的乐趣。而对于这样一条江,你几乎一直忽视了它的行走、穿越、漩涡的深度以及潮涨潮落。

就在你的南面,不经意间,一条河又穿越而来。这时你才想起,洪渡原本是被两条河同时滋润着的,除了乌江,它还拥有洪渡河。看着洪渡河在你的身边汇入乌江,你似乎觉察到生命的必然走势,百川归海,世间追求的境界也当止于斯吧?

相对来讲,洪渡河比乌江要祖露得多,尤其是枯竭季节,一切泛涨和泡沫都消失殆尽。它几乎不带任何抑止和包藏,随心所欲高高跃下,一颗心在岩石上撞得洁白无瑕。它告诉你哪里是浅滩,哪里是礁岩,哪里可以涉水而过。

山在你的对面,并不十分遥远,也并不十分高峻,似乎仅仅只是隔了这么一道水,隔了清晨这么一道紫霭。在它的矮处,或者说接近它的高处,不时冒出一两片房舍,三几株老树,相衬着宁静;有时也是星罗棋布的村庄,炊烟在房顶冉冉升起,与你身后的小镇遥遥相对。

我们不是说,一个地方有了山,有了水,山又不是颓废的穷山,水又不是污浊的恶水,此处就堪称山清水秀了。如果再看淡几分俗世,多几分退守和自然的本真,简直就是世外桃源。那么,此时你眼中的洪渡算不算得一个完美的所在呢?

答案自在你心中。

抗美叔　荞子叔

田　夫

抗美叔

抗美叔是村里第一号邋遢大王。他的名字虽然与抗美援朝联系在一起,但我无论如何也难从他身上找出一点军人的影子。

印象中,他一生没刷过牙,衣衫单薄,脖子炭黑,冬天也常打赤脚,有一双荆棘难穿的铁脚板。有一年下雪天,他打赤脚上山砍柴,母亲问他:"你那脚是熊爪子么?这样经得冷。"

抗美叔说:"这算得了冷?那些年在朝鲜,雪花子比这里厚十倍,部队吹冲锋号,我们光起脚照样冲锋。"

我好奇地问:"冲锋搞哪样?"

他说:"打美国鬼子呢。"

"那打到了没有?"

"没打到,看到我们光脚冲过去,他们吓得哇哇叫。"

"干吗要吓得哇哇叫?"

"以为我们是神仙。"

我十分向往并惋惜,说:"要是我也早点出生去朝鲜打鬼子,那才好耍呢。"

"打仗不好耍,要死人的,一点都不好耍。"

"那你打死过人吗?"

面对我的追问,抗美叔骤然收起了笑容,兀自踩着冰雪上山去。我十分疑惑。村里好些人问过他同样的问题,他好像对此讳莫如深,最后大家都相信某人的总结:"你看他那个熊样子,像杀过人的样子吗?应该是当火头军的。"火头军就是做饭送饭的。那时我少不更事,也不知道抗美援朝的事,而抗美叔也是唯——次向我们提起他的军旅生涯。他这人活得沉闷,闷得像一块木头。

抗美叔未老先衰,长相里没有一点男人气质,眼眶里断不了眼屎,见风就流泪,加之经常包裹着一块肮脏的黑头帕,活脱脱一个老太婆。不过他有一件宝贝——黄呢子军大衣,是特别高级的那种,也特别新,上面还挂着一个纪念章,每年只拿出来穿一次,依旧光着脚,想来那天应该是个纪念性的日子。即便看他穿着威风的军大衣,你也很难把他的过去跟志愿军同志的威武形象联系在一起。有个古董贩子看上了他的军大衣和纪念章,出了大价钱,他不肯卖。

抗美叔活得很苦,因为抗美娘早早地离去,留给他六个子女独自一人抚养。抗美娘是自己吊颈死的,在我的印象中,她是十分勤劳和疼爱子女的,为何舍得下子女们独自离去呢?大人们说是中邪了,在枫林崖一个洞子里撞了鬼,回家后头疼不止,说有人在天国召唤她。抗美叔姓陈,家住另外一座山,属另外一个生产队。抗美娘死了,我们一家人去帮着打理了三天,她的后家族人质问抗美叔是不是对老婆怎么了,抗美叔依旧闷声不响,眼眶里依旧是眼屎,依旧是见风流泪,看不出他是否悲伤。抗美叔有个好脾气,从不跟人争论,谁也不会相信他虐待老婆,后家人出了一通气,也便罢了。

抗美叔闷声不响地拉扯着五男一女长大,子女们互相扯皮他不言语,子女们一个个弃学出门打工他不阻拦,到底去哪里打工了他也说不清。政府给老军人的补贴发放了多年,他未收到一文,听说是被乡里武装部长给吞了,他也没去查。后来武装部长倒不好意思地找上门了,要他去领补贴,末了说:"你的大衣不错,借给我穿一阵子好不好?"

他不回答，就是不答应。

印象中，抗美叔也有过天真外向的时候。那一回，周家人挑粮去妻舅家送贺礼，请了一个三人的锣鼓队，敲铜锣和打铜钹的都是生手，锣鼓敲得不成调，抗美叔实在听不下去了，气冲冲地将二人的乐器抢过手，不但一个人敲打得有板有眼，还故意将铜钹抛得老高，做出一个个脱手打击的杂技动作，身手灵活得与平日判若两人，把大家都看呆了。

抗美叔边打边唱开了：

> 十七八岁不唱歌，二十四五娃娃多。
> 背一个来抱一个，哪有心思唱山歌。
>
> 太阳出来喜洋洋，唱着山歌去搭梁。
> 唱歌想着干妹子，夜夜等着入洞房。

他的嗓音尖细高亢，像阿宝他爹，他边走边唱，边唱边敲，过了一山又一山，直唱到日头当午。

> 太阳大了难做活，月亮大了难睡着。
> 一眼看到窗子眼，看到看到月亮落。
>
> 吃了晌午得半天，过了六月得半年。
> 人到三十得半老，再不风流枉为人。
> ……

抗美叔一路忘情地唱到主家去，忘情得裤带都唱松了，关键时刻裤子掉到腿跟上，他连忙边唱边提裤子，在众目睽睽之下演了一大出喜剧，那滑稽样把主家亲朋老少都笑翻了。

这事被当作大笑话传出去很远，人们都议论说，原来抗美叔还有边打边唱边捞裤子的好本事，是个人才。后来又有人上门请他充当乐手去贺喜，抗美叔偶尔会应承一回，就是再也不见他开声唱，或许是他一家人的事太忙，六个子女的生计问题压迫得他失去了唱歌的雅兴。

一个失去女人的家庭实在很凄惶,更要命的是他缺少算计与收拾的本事。

我毕业工作后,再也没见到抗美叔,十年前一次回乡才知道他去世了,当时听说他是肚子疼死的,直到最近才知道他是自杀的。大概情况是:子女们一个个离他而去,长年在外打工,一人独居的他很少生火煮饭,习惯于用冷酸菜泡饭吃,不幸得了直肠癌。子女们将他送去县医院治疗一段时间,不见好转,院方建议转去遵义的专科医院手术治疗,虽说老军人可以报销大部分医疗费,但家里哪里还有钱去大医院,抗美叔坚持要回家,回家后不到十天,他吞服了敌敌畏。

服药自杀在我们村里并不稀奇,但当我听说了他临终时刻服药的细节,我的心被一种巨大的震撼笼罩了。

那些天,他不吃不喝还好,关键是还不能拉,躺在床上动弹不得,肚子鼓胀得骇人,连连呼叫:“遭不住了,去请坎下二狗哥来,快点。”

二狗哥来了,他是个杀猪匠,抗美叔哀求他说:“二狗,行行好,把你的杀猪刀拿来,把我肚子剖了,二辈子我还你的恩。”

二狗当然不答应,他又叫:“拿药来,我要吃药,求你们,娃儿些,不怪你们……老祖公些,快拿药来……疼上半天云了。”

子女们自然不答应。见哀求无效,一辈子未骂过人的抗美叔狂暴地咒骂开了:“杂种儿些,不听话,今后断子绝孙……你们是在害我……不得好死……”

子女们眼泪汪汪地挨骂,骂得心理防线也快崩溃了,小儿子提出依了他算了,但兄长们不答应。这样,抗美叔从天亮咒骂到天黑,从晚上咒骂到半夜,直骂得子女们的道德伦理底线也彻底崩溃了,于是,小儿子起身去拿药,其他兄长一起跪在床前……

临走,抗美叔祝福子女们:“娃儿些,你们今后样样都好哈,不要像我这样哈……我去了。”

大儿子问:“爹,你还有话要说不?”

抗美叔又哀哀地说:“这是报应……我认了……我杀了人……那

个美国大兵,被俘虏的,本来不该死……我杀了他……今后不要作恶,你们……"

一辈子没跟人红过脸的抗美叔竟得了这样的报应。为了国家去杀死一个美国鬼子,何罪之有? 他的子女们想不通,一村人都想不通,可抗美叔为何认了这个报应?

抗美叔去了,还带去了那件威风凛凛的军大衣,足以抵御阴间的寒冷了,而那个用青春热血换来的纪念章,留给了子女们,后来听说卖给了小贩,卖了五十元人民币。

荞子叔

一个弱女子要杀死一头牛,并不那么容易。荞子娘想了个办法,半夜将黄牛牵到厢房内,把牛绳子挂在屋梁上,将牛鼻子用衣服蒙住,然后用菜刀生生将黄牛的喉管割断,干得悄无声息。

有了牛肉吃,荞子叔的病就不药而愈了。但牛肉还没吃完,大队的民兵找上门来了,剩下的牛肉藏在猪圈板下面,民兵没搜到,但脸上的肉就是证据,不等索子套上身,荞子叔为了保护女人,主动承认是自己干的。

荞子叔被押走,吊在公社的黑屋里,荞子娘背着女儿跟踪而至,苦苦哀求,没用,就趴在地上弓着身子,扛着丈夫,为他减轻痛苦。民兵呵斥她,她歇斯底里,把民兵也吓退了。

荞子叔说:"赶快带竹芝回家,我是活不了啦,你们这样,我死也不安心。"

荞子娘说:"要死我陪你一起死。能撑一天算一天,你忍住。"

看着女儿竹芝在一边哭,荞子叔急火攻心,吐出一口血,哀求道:"把竹芝带回去,不要让她看见我这样子。"

荞子娘眼里也哭出了血,说:"都是命,老汉受苦,姑娘也躲不脱,我们一起陪着你。"

荞子叔被吊了两天两夜，荞子娘就这样弓着身子驮了他两天两夜，那是何等深厚的感情啊！女儿在一边哭累了，睡着了，荞子娘也撑不住，晕倒了。民兵们的铁石心肠终于软下来，就将荞子叔放下。

荞子叔暂时捡回了一条命，被派往乌江边上的羊恩坝修拦河坝，进行劳动改造。在现在看来，在乌江的支流修一个堤坝，是一项小小的工程，可是当年要了百多号人的命，是真正的血泪工程。当时羊恩坝就集中了两百多号劳改犯，大多是荞子叔这样的偷牛贼，他们的任务是从河底淘沙，劳动强度极大，许多人扛不住，往往不到半月就倒在河中。荞子叔算是撑得最久的人，整整干了两年。是荞子娘的真爱帮助他多撑了两年。

这两年里，荞子娘每天要拖着女儿走二十里山路，将家里能够分到或收获的粮食送给他，有时是一碗稀饭，有时是一个烧红苕，吃得荞子叔涕泪横流，工友们也跟着感动。看着荞子娘母女为自己奔波劳累，还挨饥受饿，荞子叔把心一横，从此拒绝接受任何吃食，最后终于倒在羊恩坝的浅水滩中。

据说荞子叔死的那天，荞子娘刚端着一罐土豆汤赶来。时值雪天，看见丈夫硬邦邦地死在沙滩上，荞子娘一声哀号，吐出一口血，一罐汤洒在丈夫的身上。

荞子娘对荞子叔的感情深厚，还体现在一个月之后的一个夜晚。那天是除夕，她带着一瓦罐白米饭和一瓶水酒来到羊恩坝，祭奠了丈夫，然后把米饭、水酒和女儿交给了丈夫的好友老憨，这样说的："老憨，你帮我照顾竹芝，来世我报答你。"

荞子娘转身就投了河。老憨人很笨，喝过了两杯酒，听得夜色中小姑娘的哭叫，才回过神来，急忙赶出去，将河中的荞子娘救起来。

一年后，荞子娘就嫁去了塘头岩门口，成了老憨的老婆。

荞子娘再嫁多年之后，才带着竹芝姐回周寨看望夫家的人。每一次回来，都要去后山哭坟。哭得天昏地暗，把整个周家寨人的心都揪紧了。

因为哭坟，荞子娘的形象才得以保存在我的记忆中，她在何时去世不得而知，是她的女儿竹芝姐延续了我们两辈人的亲情。

出现在我视野中的竹芝姐，刚结婚，有几分姿色，可年复一年地回来，代替荞子娘去哭坟，使她未老先衰。这些年竹芝姐长得越来越像荞子娘，眼泡浮肿，神情忧郁。当初以为是上一辈留给她心灵的阴影，以致情感如此脆弱，后来了解到，她的不幸全是来自于儿女们。

每一次回周家寨哭坟，都因为儿女们。她嫁了一个老实巴交的庄稼汉，生育一儿三女。三个女儿没有一个命好。尤其是二女儿被一个城市里的小流氓拐走，被毒打之后逃回娘家，小流氓还跟上门威胁他们，要烧她家的房子。唯一的儿子失学后，跟一帮流氓混社会，给她带来的伤害更是无穷无尽。每一次受了委屈，她都要回来向黄土中的父亲哭诉，先是缠缠绵绵、哀哀切切地诉说，动情的词语一串串诉出来，感情也像流泻的山水一般，从沟沟壑壑的小溪渐变成泛滥的山洪，爆发出一泻千里的气势，哭着哭着就有些责备父亲的味道，责怪父亲为何不保佑外孙们。

她这样哭："爹爹耶——早晓得这样苦，你为何要生我在人间？你为何要跑去苦蒿坪勾引我娘？自己没得一天好过，还要拖累娘和女儿受这般苦？爹爹耶——你外孙一个个不争气，我没得一天好过啊，是不是你上辈子造孽，祸害了你的儿孙？爹爹耶——你在这里一躺，倒没事了，女儿的事你就不管了？外孙们你就不管了？你保佑不到儿孙，也不知道去阎王殿里闯一闯，为他们讨个公道？……"

竹芝姐哭坟的艺术，比起她母亲更是炉火纯青，更能激起我们族人心中的波澜，为荞子叔的后代们感慨不已。常常是，娘家的女人们三番五次去劝，不到两个小时拉不回来。

于是，竹芝姐就成了荞子叔与荞子娘这一对苦命鸳鸯留给人间最后的印象，苦涩的印象。

城南老屋

裘茂炎

  我常常在心里想,作为一个地方而言,她的存在与消亡已经不仅仅是一个难以抹去的影像和牵挂那么简单,她所交织的矛盾在心里早已形成一个结,总让你想解开它而又解不开,最终却成了一个死结。对于老屋,那几乎就是一个梦,一个历经几代人精心编织的既让你感到十分熟悉,似乎又让你觉得异常陌生的美丽之梦,当我试图再次触摸她的时候,她却悄然远去,且永不回头,这个梦在我心里就是一个死结。

  我的乳名连同那些稚幼的行为都与一个叫"阁老寨"的地方紧密地联系在一起,我与她共同经历的年代虽然被贫瘠和饥饿的脐带紧紧相缠,但生命的活力却在这里得到了顽强地充分展现,可以说,那些最为宝贵的童年记忆及青少年时期的放浪恣意都在这里深深地打下了烙印。

  远在半个多世纪以前,阁老寨在我幼小的心灵中就是思南山城的一块风水宝地,甚至可以说是我心中的一块圣地。她背靠白虎山,前傍乌江河,二十多家古老院落顺着一条光滑锃亮的石板路依次而建,错落参差,格局壮观。古院前树木成林,修竹成荫,乌江在枝叶婆娑间泛着波光逶迤北去,微浪拍打着沙岸发出的声音如同轻吟细语,仿佛在慢慢地诉说一段苍老的历史。沿着石板路穿行,耳畔鸟语声声,花香清郁,犹如进入一个如诗如画的梦幻之境。

斑驳高大的院墙在二百多年漫长的时空中始终坚守着它护院的职责,将每一个院落都忠实地怀抱在自己胸前。它护卫着院内的一砖一瓦、一草一木,以及每个生命个体的酸甜苦涩和艰难思索。当龙门洞开的时候,它舒展地打开自己的胸怀,倾听着里边的欢笑和哭泣,见证着主人们的生活情趣。虽说院里的木房在二百多年风雨侵蚀中终归是有些陈旧了,但木窗上的花草鸟虫却栩栩生动,镂空了的身形还在框架中活跃,那些坚硬的石梯、滑板、石阶沿、石地板被院主人们不断地踩踏,反而赋予了它们灵动的生命。每当春天来临,剪刀风掠过所有庭院,满园的桃花、李花、杏花灼灼开放,蜂花相逗成趣,彩蝶飞舞,实在令人心旷神怡。当桃花李花将谢的时候,橙子花和柑子花又开了,顿时棵棵树上银花点点,满园飘荡着扑鼻的浓郁气息,让人移步流连,不忍离去。这里的闲适和安宁,无不透出居民们对美的激情追求和乐观进取的生存理念。

古郡的老屋赋予我太多的美感,使幼小的心灵得到了丰实的滋润。在每一年夏秋的两个季节里,这里完全变成了我们孩提生活的欢乐场。夏天,我们经常在门前的乌江里游泳、捉小鱼,或者爬上大树掏鸟抓蝉,用竹编成圈网些蛛丝然后去捉蜻蜓;晚上,我们在石板院里铺上竹席,把疲累的身子摊在席子上,看着满天的星斗闪烁着幽幽的蓝光,任思绪在浩瀚的天空中遨游,抑或同长辈们坐在院坝,听他们说关于鬼怪的恐怖故事,而且还时不时向龙门走去,看大门是否关牢,生怕自己也被鬼怪抓去而背脊觉得凉飕飕的。秋天,我们爬上门前的马鞍树,攀折红灯笼花,甚至把一朵朵花用麻线小心地串起来,然后,挂在龙门两边以示吉祥。当秋月刚刚从万圣山升起,路上的行人开始稀少,我们便悄悄出门,去张家和汪家的院外偷摘橙子。因为这两家各有一棵非常好的橙子树,它的果实不但个大,而且皮薄肉红,口味香甜,我们叫它"红梳橙"。这样的行为虽然有点恶作剧的成分,但成熟的红梳橙却每每显示极大的吸引力(尽管我们每家每院都有自己的橙子树)。如果能彻底抗拒这种吸引力的牵引,那么就完全可以躲避那些飞旋的石块和难听的辱骂，但是这帮秋天的小孩怎么也不会看着累累果实而坐视不理，何况其中还有不可抵御的乐趣。

阁老寨的美，不仅仅美在她那群古色古香的院落建筑，更多的美在于她的自然。乌江从山峡倾泻而来，流经此处则汇成了一股回流，让江水带来的泥沙聚积在一起，形成了一片沙滩，泥沙轻柔细软，踩在上面感觉非常舒适，成了山城天然的游泳场所。躺在沙滩上晒着太阳，用细沙覆盖着自己刚从水里爬起来的身子，与朋友慢慢地细说交谈，或紧闭双眼嗅着太阳的味道浅浅地歇息，那种感觉是何等惬意。沙滩岸边是一排高大茂密的古树，老人们则在这个季节里摇着大蒲扇坐在树下乘凉，看着年轻人在江面上悠然浮游，脸上挂着羡慕的神色遐想。沙滩上面还有一片没有被江水冲刷的土地，上面长满了爬地草，透着青色，在阳光下放出晃眼的光泽。草丛中开满了蒲公英的小黄花和一些不知名的野菜花朵，小孩子们就在其间嬉耍或捕捉小虫子……这是一幅天然大美之图。整个山城还没有任何一个地方能像这里一样让人心生宠爱。她是山城独一无二的美景。

就在这片熟悉的土地上，我依偎着老屋渐渐成长，古旧的房板上留下我恣意涂鸦的童年美梦，也曾在这里感悟和体验过青年时期的热血涌动与青涩初恋，甚至还不止一次地把我对人生的多种选择在这里作过大胆的推演。一平方公里的土地，我足足用了二十年时间来丈量，她的每一处弯道和拐点都烂熟于心。多少次，我站在院墙下面对着墙体的青苔凝望，守着每道龙门檐下的斗拱遐想；多少次，我穿行在巷道的石板间，望着那些刻有"宝光""和昶"和"接晖"的牌匾喃喃揣测，历史仿佛在这里凝固，我好像已置身于那些朝代，总在憧憬着她未来的灿烂与辉煌。

然而，20世纪50年代初，因铜思公路的扩建，阁老寨所有院落的外围墙和龙门通通都被拆掉，墙外的树木也所剩无几。原本古朴优美的环境变成了残缺不全的伤痛，居民们心里开始有流血的感觉。也许这些感觉只是大人们的伤心，它并不影响我们天生的稚气。我和小伙伴们依然每天从东院窜到西院，依然去江边抠稀泥"打仗"或在沙滩的草坪上撒尿泡"屎壳虫"。总之，我们似乎对阁老寨的美不能形成一个统一的审视，更不知道什么是惋惜和遗憾，大抵只能呆呆地傻看着她与印象中产生的反差一点点增大。60年代中期，思南迎来了第一次工业革命，造船厂的选址就落在阁老寨。这或许是宿命，阁老寨必须要在二百多年的幸存中别无选择地迎接这一次毁灭性的灾难。于是，高大的院墙被推倒，木房被拆掉，所有的花草树木被砍去，那些沉睡的料石和石板成了新厂房的奠基石，一切都在短短几年时间里完成了。从此，阁老寨再没有鸡鸣犬吠的气息，再没有炊烟缭绕的景象，没有了树的呼吸，没有了花的芬芳，连沙滩和草坪也没有了，构成美的一切元素都消失得无影无踪。

有哲人说，世界上没有永恒的美，对这样的说法先前我并不理解，认为这是不假思索的随便一说，可是当我认真地把世间的万事万物与之对照的时候，才真正地感觉到它的深邃和精辟。人的生老病死，山川的运动变化，人类的愚蠢行为足以让一切美的东西彻底消失。美，又何来永恒呢？

如今，阁老寨已成为历史，连那充满传奇和神秘色彩的名称也不复存在，她，已经永远地淡出了人们的视线。我所不能释怀的，还是那些古老的建筑、优美的自然风光以及那些难以忘却的童年记忆，常常在痛惜中无奈地梳理着脑海里的思念和牵挂，心里却是苦苦的，酸酸的……

我那命途多舛的城南老屋！

瓦窑记忆

张羽琴

瓦窑是一个地名。

瓦窑已经故去,现葬于白鹭湖底,在漾漾碧波之下,再不见昔日的吊脚楼,再不见河岸高大的蓖麻丛,再不见卵石遍卧的杂草滩,再不见河边摆渡的大木船,再不见四方涌来赶集的人潮,再不见供销社里忙得直骂粗话的大个子……

忆起瓦窑,莫名联想起沈从文先生的《边城》。那幽幽发亮的石板街,那临江而建的吊脚楼,那乡场上的芸芸众生,无不惊人的相似。记忆里,瓦窑是一个安宁闲适的富庶之地,是一张被岁月压扁的书签,永远停留在了那一页。

瓦窑曾是方圆数里最繁华的集镇,一条街道横贯南北,分老街和新街,而新街仅是老街的延伸而已。

八岁前,我家住在一个离集市三里左右的小村子里。每逢赶场,都会软磨硬泡撒娇要赖,希望父母带我们前往。一旦得到应允,准会快活得像只小兔子,伙同村里一帮半大孩子,沿着山路一溜小跑,脚下如同装了风火轮,巴不得插翅飞到场上。

新街口有个专门炸酸鱼粑粑的小脚老太太,满脸的皱纹看起来像颗核桃,但她的手极灵巧。每见她拴了青布围腰坐在小凳上,把腌制好的酸鱼在米浆里裹一裹,沿着锅边轻轻放进翻滚的油锅里,一阵吱吱炸响。待向下的一面炸到金黄时,用火钳翻个面继续炸,瞬间,一股酸酸的香味弥漫四周。从她的摊边路过，我们都情不自禁慢下脚步，盯着那色泽金黄、诱人至极的美食丢脸地咽下清口水。但也只能眼巴巴地看看，因为大人已被我们远远地甩在了后面，那时的小孩子，兜里是没有一分钱的。

老太太的小摊正对着一家粮食加工坊，每逢赶场天，各村寨的乡亲都把稻谷或麦子担来排队加工，机器喧嚣，人声鼎沸，整条街都被罩在一片嗡嗡的声响里。隔壁一家裁缝店，女店主脖子上挂着软尺，拿着尺子和画粉，或是拿着大剪刀在裁剪。小孩子总是好奇，故意在店前晃悠，希望看到她是怎么将一块布变成漂亮衣服或裤子的。但她总不坐下来制作，老是不停地给人量衣裤或是表情夸张地与人谈话大笑，小孩子等了会儿也就失了兴致。

再往前走就是先前的公社办公楼和供销社了。从供销社旁边五尺来宽的小巷子穿过去是公社医院，上几级石阶，映入眼帘的那排砖木结构的房了就是医院的治疗室和住院部。凡是穿着白大褂的，乡亲们一律唤作医生，个个都会拿着大针筒给人打针。小孩子对此地都心存畏惧，一般不愿踏足。

新街的两旁挤满了卖蔬菜果子的乡民。那时候的蔬菜和果子异常的便宜，李子论碗卖，大多是五分钱一碗，只要你有技巧，堆成金字塔也只收五分钱；桃子论个，一毛钱五六个，若是夸其个大味甜买得多，卖果子的老农还会眉开眼笑送你两个。

卖蔬菜果子的几乎都是老年人，未婚的年轻人都打扮得漂漂亮亮的。姑娘们挎着花布小包，小伙子则喜欢把双手插在喇叭裤袋里，故意做出一副吊儿郎当的样子，三三两两地邀约到徐家的小电影院看场电影。

徐家的电影院就设在他家堂屋，并不宽大，安放几排长木凳，大约能容三四十人。门口搭了一个凉棚，棚檐下挂一块木牌子，写着今日上演某某电影。一块大黑布，衬得屋里分外神秘。徐家的人就站在大门口收钱，交了钱才能进去。我们自然是没钱的，但熟识徐家的小女儿，所以总能蛊惑她带着我们从侧门悄悄溜进去。

电影院里漆黑一片，影片正式上演之前，看到放映机射出碗口大的一束白光，照射到几米外一块宽大的白布上，白布便显出雪花般的点点来，有时会放一些和影片毫无关联的影像或者动画片。直到座无虚席，有人等得不耐烦开始大声抱怨叫骂时，徐家的人才会来换上胶片。当悠扬的乐声响起，荧幕上出现某某制片厂出品的字样，全场就会霎时安静下来。那年月一部影片可要放几十上百场才罢休。记得《刘三姐》和《地道战》，我就看了不下五回，但每次都看得津津有味，也就理解为什么我姑姑她们总能完整地哼唱《刘三姐》里所有的唱段了。

电影院斜对面就是每逢赶场都会挤破了门的供销社。那时候虽然已经有小摊贩在贩卖各种商品了，但老百姓总是习惯到供销社购买商品，总觉在这里买的格外放心。供销社店员不多，记得只有三个，一个满脸雀斑的女店员总坐在一个破旧的桌子边写着什么，一个精瘦的中年男子和一个高大的青年男子负责在柜台售卖。买东西的人太多，密密的，挤成一堵堵人墙，总有急性子的人不停在后面挤，前面的偏又不让，人墙像被风拂过的麦浪一般倒来伏去，却少有人能够从后面挤得进去。中年人总笑眯眯地和相熟的人打招呼，一边麻利地收钱拿货。那个脾气很爆的高个子则整天阴着脸，如果有人擅自把柜台上的货物拿在手里翻看，他就一把夺过去后开骂。也有人会与他理论，结果大多是以他胜利收场，憨厚的乡亲们只能赔着笑脸等他一个个收钱取货。

新街和老街的衔接处是一个九十度的拐角，直角的尖正好对着卖羊肉粉的卢家，没有悬挂招牌，但浓酽的羊肉汤能香出半里地去。虽然那时吃一碗两角钱的羊肉粉是一种小小的奢侈，但是这个店里总是宾客如云，吃完了粉连汤都喝得干干净净。妈妈曾经带我和弟弟吃过一回，那种从未品尝过的鲜美滋味，留在记忆里，一直不曾忘却。

粉馆门前是一条巷子，直通乌江边。只要站在巷子口俯瞰，就可以看到哑巴家的渡船在江面上来回穿梭,刚靠上这边岸,对岸就已经聚集了一群人在等着,一刻不能停歇。哑巴大多时候都裸露着上半身,打着赤脚,黝黑粗壮的胳膊鼓起饱满的肌肉,双手紧握长长的竹篙,用装着铁尖的一头抵住河岸的卵石,双腿一前一后作马步半蹲,身子微微后仰,竹竿猛然一使劲,大木船便悠悠荡荡掉头离岸。撑至水深处,则由他父亲在船尾摇橹。左一下右一下,像鱼儿在水里摆尾,很有节奏和韵律感,撩起的水声伴着船橹发出的吱吱呀呀,仿佛演奏一曲古老的天籁。那辽阔悠远的画面,深深烙在了瓦窑人的记忆里,永远不会褪色。

新街和老街的临江面其实只隔着这一条小巷子,然后就是一溜儿的吊脚楼。房子与房子之间没有什么间隙,柱子挤着柱子,墙壁挨着墙壁。如果有多年未曾走动的亲戚住在老街,来探亲的外乡人一般是不敢贸然进门的,须得打探清楚才行。这里家家户户的门庭都惊人的相似,都是吊脚楼,木地板,临街一面没有墙壁,用一块块木板镶嵌做成活动的板壁,卸下木板就成了门面。门前屋檐下大多有一灶台。老街街道更窄,家家门前摆着货摊,吃的喝的,穿的用的,五花八门的商品一应俱全。没有人放开嗓门大肆招揽,也没有扩音器喧嚣叫卖,买的卖的都愉悦而自在。妇女们三三两两聚集在货摊前挑选货物或和摊主砍价。男人们却喜欢聚集在杂货铺前站着喝摊子酒,摊主用锡酒提子打一两酒倒在酒碗里,他们总是仰脖一口吞下,然后咧开大嘴,倒吸一口长气再吧嗒几下嘴,一脸的满足。如果遇到了熟人或是亲戚,又会生拉活扯上酒摊来再喝上一碗。如此一天下来,多数人散场回家时都有些步履蹒跚,甚至有人行至半道就歪倒在路边沉沉睡去。偶然听到父亲和朋友闲聊,说他最英勇的一次,一天之内居然喝了四十八碗,还蛮自豪地说,最后还自己走回了家。

老街口是牲畜市场,来此买卖牲畜的,多是能够当家做主的男人,有时也带着女人一起来。买一头猪娃,两口子得在家计划好多天,左拼右凑,就算下定决心来到集市,也会攥紧了钱袋挑挑选选好半天,最后往往由男人拍板成交,从裤腰带处一个隐形的小口袋里掏出一卷裹得紧紧的烂兮兮的票子来,蘸着口水一张张反复点数,确认无误才交给卖主。卖主也毫无顾忌地把手指伸进嘴里蘸上唾沫,仍要仔细点上一遍,确认后都会说上几句"一年长八百斤"之类的封赠话,双方都满意且微微有些得意起来。

每次赶场,如果我们不能随行,父母会给我们买一些油炸粑回来,用棕叶子穿成一串提在手里。平时只能偶尔摘取野果当作零食的我们,总是吃得意犹未尽,反复将手指头舔吮。如果再有几颗水果糖,那简直成了可供炫耀的资本了,一般舍不得立马吃掉,待得在手里握的时间太长,有些化了,才会万分不舍地剥开糖纸放进嘴里慢慢含化。吃完糖总要把糖纸仔细地舔干净,再收藏起来。那时候经常和村里的小伙伴攀比的,就是糖纸的数量和花色的多样。

而今瓦窑静静地躺在水底,将洒在这块土地上的喜怒哀乐一并埋葬。自新街和老街搬迁到牛角岩的瓦窑人,从此迎来了一片崭新的天地。出于对故土的眷恋,他们称牛角岩为新瓦窑,官方称为瓦窑社区。新瓦窑像个新嫁娘,从头到脚都是簇新的,那么明艳,那么端庄,依然恋着那一江碧水,守着那一弯新月,在乌江边继续演绎生活的精彩。

兴隆老街

安元昌

  兴隆老街不老,要追溯其历史,在兴隆境内随便去问一个拄拐杖的,或胡子花白的老人,大致都能说出一些关于老街的粗略的时间记忆。

  "兴隆老街嘛,原来是在河对门的河沙坝嘛。民国?……好多年?……都还是赶河沙坝,现在,底下修了长滩电站,那河沙坝看不到了。那个时候的人,每场一到下半天,喝了酒就爱打架,一打架随手就捡起河沙坝上的鹅卵石乱砸嘛,一砸嘛,人家有些生意人摆的摊子也跟着遭殃。再有一个就是河沙坝地理位置太低,一旦涨水,集就没法赶,又修不起来房子,后来河这边的人就自己修起了房子,不去赶对门河沙坝了,渐渐地,这边竟然就旺相了起来……"

  无疑,这是关于兴隆老街起源的通俗版本。

  当然,其中也不乏传奇。

  "兴隆这场是怎么赶起来的嘛?是有一年,来了一帮耍'眼法儿'的人。那些人厉害,我当时还小,亲眼看到他们能把自己的手砍下来,然后又接上。他们是会'藏身'的,那次来,他们就把原身藏在迎水寺的一个洞里,所以,他们的身子刀都砍不坏。那次,他们还把太阳吊起来了,那吊起来就落不下去了么,看的人一直没觉得时间已经是晚上了,后来一散场,耍'眼法儿'的人一把太阳放下,天马上就黑透了,满场上都是喊娃儿呼妈娘的声音……后来嘛,这场就这样赶起来了。"

现在,在兴隆的老街上,能绘声绘色地讲出以上内容的老人多已作古,曾经在这块土地上聚族而居的先民们所历经的岁月轨迹已经成为模糊的记忆片断,兴隆的历史因此而带了几许神秘。

今天看到的兴隆,和所有在市场经济大潮中发展起来的乡镇一样,跟历史的兴隆已然不可同日而语。

2009年,随着大坝场至石阡香树园这一截公路的油路改造工程的竣工,随着水厂的建立,随着新街路灯工程的实施,兴隆的发展可谓日新月异。

只有老街仍然枯守在那里,一片静寂。

木房,青瓦,石阶,窄巷。

残破,古旧,凋敝,苍凉。

整个老街的瓦房,倘若鸟瞰,映入眼帘的,确乎像一块块打在龙川河上的补丁。

一条独街,不管以哪一头作为街头,只需半支烟的工夫,便走到了街尾。

这么小的街,我曾经想,不赶也罢,为何竟然一路热热闹闹地穿越历史,旺旺相相地走到了今天?

于是想到水运发达的年代,从龙川河下去的船只,在思南城的周家盐号里,满载了盐巴,然后逆流而上,历时十天半月,途经三个乡镇,方可抵达兴隆。生活,就是永远的柴米油盐酱醋茶,而这永恒的七个字中,除盐以外,其余皆是兴隆的土特产。天长日久,舟楫往来,于是她的兴旺便自在情理之中。

相伴而生,便有了代家的牛肉粉,敖家的甜酒曲,白家的灯草呢,陈家的四合院;便有了永远的古渡口和嗜酒成性的船夫;便有了巫婆与神汉、小偷与地痞;便有了敲打马锣的割猪匠和别着钢笔的代销员。

80年代,有一年端阳,老街面前的龙川河暴涨,洪水裹挟着一堆堆的"渣浪"(河岸草木累积的残枝败叶)而来。有人在打捞这些"渣浪"的时候,竟然一并打捞起来一条娃娃鱼。但是那个年代里,丰饶的龙川河并未使人觉得这东西就是什么山珍海味。打捞者把它拖到了街上,让未曾见过的娃娃们看看稀奇。未曾见过的娃娃们自然对此物心怀畏惧,也就只当作一个稀奇的怪物来看。有认得这东西的人,自己不喜欢,便恶作剧般地怂恿街上一个寡妇拿去弄了吃。哪知这寡妇却说:"莫把我的锅打脏了。"

这不是传言与演义,如今在思南新华书店工作的安世和就是亲历者,他说,他当时还用耙谷耙把这条鱼在街上拖了一个来回。

我想,这大概就是兴隆老街曾经最值得人们炫耀的一件事,他反证了老街的人们曾经拥有过多少不为人知的幸福。

如今,老街确实老了,一条宽阔的油路从老街的后面经过,把新街的新与老街的老泾渭分明地区分开来,以至于走在新街的人们倘不是必须,已然不愿到老街来走走。

只有这永远的青瓦和永远错落的木板房,见证着岁月的流逝,让每一个走过她身边的敏锐的心灵突然感到一种人世的苍凉,一种生命的沉重,并在其中感到一种源自心底的力量——珍惜今天,好好生活。

我的母亲

许义阳

　　凌晨六点过，床头的电话突然响起，一阵裂帛般的铃声，在黎明前的寂静中显得异常响亮。联想起老家病危的母亲，我下意识地料到，这定是不祥之铃声，我颤抖的双手几乎无力握住轻轻的话筒，而五弟在电话里已经泣不成声。在黎明前的黑暗中，我顿时放声恸哭，我的亲爱的母亲啊，就这样与我惨别而去了！

　　母亲出生在贫苦人家，其生母早逝，自小便失却母爱关怀。或许正是因为有着这段苦难经历，母亲对儿女的爱不仅没有一丝一毫的缺损，反而更加丰富和深沉。60年代初，许家坝尚未设初中，大哥小学毕业后，考上了塘头中学，母亲隔三岔五便要给大哥送一次钱粮。不要说那时没有公路，即便是修了公路通了车，母亲也断断舍不得花钱享受乘车的奢侈。从许家坝去塘头，经枫芸，过望山，渡滔滔乌江后，再上风清，翻麻坨，下马勒子，这六七十里山路，全是山高林密的荒踪野径，曾是土匪出没之地。多少次跋山涉水，多少次晓行夜宿，母亲心中只牵挂着读书的儿子，哪顾得上山高水险、长路崎岖？哪顾得上野兽出没、毒蛇当道？若干年后的一天，年老的母亲在与我们闲谈家常时，说到有一年夏天，她给大哥送伙食去塘头，身上还背着大约是三哥吧，一路急走，赶到乌江河边时，正遇乌江涨洪水，滔滔浊浪，排山而至。母亲心急如焚，央求艄公渡她过河，艄公不敢，连声吼她："你不要命了！"母亲平静地说："想到在学校断了炊的孩儿，我要命来干什么？"艄公被母亲震撼了,沉默半响,说:"今天我豁出老命也要撑你两娘母过去!"母亲跳上船,紧紧抓住船舷,任艄公将船搏到江中,江流急湍,渡船在波峰浪谷间起伏跌宕,也不知用了多长时间,渡船在被冲到下游几里远的地方后,才终于靠到了对岸。这时艄公已经筋疲力尽了。母亲谢过艄公,立马又往塘头中学赶去。那段时间,家中正处于极其困难的境地,大姐、二姐均退学回了家,父母仍勉力支撑着让大哥继续完成学业。眼见得母亲冒如此天险送来钱粮,身为长子的大哥泣不成声,坚决要求退学回家,帮父母分担一份艰难。但是,大哥的要求被母亲厉声喝止,母亲说:"家中纵有天大的困难,你小小年纪,回家又帮得上多少呢?你只管好好地将书读出来,就是对父母最大的帮助!"母亲这话,大哥牢记了一辈子,在此后几十年里,他一直默默地实践着母亲的愿望,努力将书读了出来,并竭尽全力地承担着身为长子的责任,帮助父母拉扯众多弟妹。

穷人的孩子早当家,母亲十六岁便嫁到我们许家,与同是孤儿的父亲相濡以沫,白手起家,共同撑起了一片天,将九个儿女一一抚育成人。为了一家人能够体面地活着,母亲几乎学会了她所能掌握的一切谋生手段。家务自不待言,柴米油盐酱醋茶,煮饭喂猪浆洗,全由母亲一人承担;干农活也堪称好手,上山下田,背沉负重,样样都拿得起放得下;开饮食杂货店,赶城乡转转场;纺纱织布、扎花印染、裁剪缝纫、纳鞋底、刺绣等等,心灵手巧的母亲几乎无所不能。吃大苦受大累,不惜身体,呕心沥血。

在大姐的记忆中,年轻时的母亲,似乎从来就不曾有过休息的时候。每天晚上,母亲都要纺纱或是织布,嗡嗡的纺车声、咔嚓的织机声,如催眠的小曲,无休无止地响着。大姐替母亲背着弟弟,双手抱着织机打瞌睡。母亲的棉团纺不完,或是一匹布没织好,大姐也就得不到休息。夜已经很深了,浓浓的睡意一阵阵袭来,极度困倦的大姐,便故意摇摇背上的弟弟,或者跺跺脚,向母亲表达她的不满和怨恨,而母亲似乎一点睡意也没有,照样聚精会神地纺她的纱、织她的布,对大姐的小聪明视而不见、听而不闻。大姐说："那时候哪能体会母亲的艰辛哟？想到自己第二天还要上学，就只盼着母亲早点儿收工，自己也能够早点睡觉，还一门心思地巴不得纺车和织机坏掉才好呢。"

由于长期劳累，父亲的身体累垮之后，母亲的身体也累垮了。但是母亲是一个不向命运低头的人，她热爱生命，更深爱着自己的丈夫和孩子们，因此，她四处求医，以坚强的意志和信念，强行支撑着自己的身体，支撑着这个风雨飘摇的穷苦之家、快乐之家。母亲常说，久病成良医。这虽是一句戏言，却也是实话。在为父亲和自己求医问药的过程中，一字不识的母亲，居然懂得了许多医药常识和农村偏方单方。孩子隔食拉肚子，母亲能自己动手给孩子推拿"提隔食筋"，手到病除，立竿见影；劳动中手脚受伤划了个小口子，母亲在房前屋后寻一块蜘蛛膜①，贴上便好，绝不感染。母亲的常备药主要是头痛粉和止痛片，母亲经常在上山劳动之前服一包头痛粉，从山上回来后再服一包，病情严重时，若一时没有开水，母亲即便是干咽也要将药服下，由此可见母亲病情之严重。到后来母亲的病越来越多，也更加严重的时候，母亲的常用药便多了起来，多到整天药不离手的地步。有时候，母亲也对自己的身体绝望了，她说："我这身体呀，是靠药物养着的，要不是还有几道坡坎没上完，倒不如一口气上不来死了安逸。"母亲所讲的坡坎，是指儿女们的婚姻大事。

我们家弟兄五人，姐妹四个，共九姊妹。都说儿多母苦，我们自然是深知这句话的分量的。要生存下去，要维持十一口人的大家庭的生存，不要说是在20世纪末，即便是在今天，也是难以想象的啊。不仅要活着，还要体面地生存于世，最后是成家立业，也就是母亲所说的上坡坎。母亲一生，都是在为儿女们上坡坎，直到小妹结婚，亦即父母的最后一道坡坎终于上完之后，母亲的身体便彻底垮了，或许可以说，母亲紧绷一生的神经，也随着最后一道坡坎的上完而松弛了下来。而这

①　即蜘蛛网。

时候，母亲的生命也步入了最后的岁月。

母亲是一名平凡的农家妇女，她不识字，当然也不懂得什么教育学、心理学，在对儿女的教育上，她凭的便是自己执着的母爱。身教重于言教，她与父亲在一些问题上若是有了分歧，也从不在儿女面前争执。倘若孩子们做错了什么，她也是君子动口不动手，用批评与道理，代替体罚和责骂。若是孩子们惹下了祸，大到用和风细雨的批评已经解决不了问题的地步，母亲也顶多是挥舞着一根捶衣棒或是吆牛的荆竹条，东敲一下风簸，西敲一下戽斗，乒乒乓乓，吓唬一阵了事。1983年，我从塘头中学高中毕业，高考落榜而狼狈回家，母亲劝我去许家坝中学复读："你才十六岁呢，读书又不丢丑。"我便听了母亲的劝说，补习了一年。孰料，第二年高考，再次名落孙山。我便发誓不再读书了，拖上一把锄头便上山下了地。母亲追到山上说："前些年生活困难，你大姐、二姐想读书都没读成，如今我一想起来就心痛。现在条件好点了，你有条件读书却不去读，你说你对得起哪个？我不识字，晓得不识字的造孽之处，你不晓得，你父亲就是吃了不识字的亏。"一席话，说得我无话可说，终于又一次走进了课堂。

母亲手巧在团转是出了名的。花甜粑、甜米酒、绿豆粉、面饺、苕干、烧腊，一应吃食自不待言。纺纱、织布、裁剪、缝补、挑花、刺绣，一应女红也不在话下。其实，母亲的绝技，乃是一手青花扎染！一段白布，机织的淹浆布亦可，手织的土布更佳，母亲拿在手中，略加打量，心里便有了底，无须借助任何工具，也不用专门地勾画设计，只用双手十指，依次将白布折成一个个小疙瘩，用白线绳一一缠紧，入染房、下染缸，蓝靛煮染上色，捞起控浆，以清水漂净后，拆开捆扎的棉线，展开晒干，顿时，一幅青花扎染便呈现于眼前，蓝底深蓝，白花雪白，青花有形，排列有序，洗晒不褪色，搓揉不变形，抓起来闻一闻，土布香、蓝靛香，混合而成为青花之香！一块块普通白布，经过母亲的巧手扎染后，仿佛便有了灵气，成为各家床上的垫单，成为妇女们头上的帕子。20世纪60~70年代，我们国家的纺织厂里生产出来的机织布，多为单色,或蓝,或红,或黄,或绿,或白,鲜有各色杂陈的花布。因此,母亲的青花扎染,便为我们的许家坝小镇增添了与其他地方不一样的风韵。二十多年后,国家恢复了湘鄂渝黔边武陵山区部分群众的土家族身份,我也依从母亲更改了民族成分,成了土家族的一分子。也是从这之后,我才从理性上认识了母亲的扎染手艺,乃是与布依族蜡染齐名的土家族扎染艺术。而这个时候,由于五彩缤纷的印花布已充斥了城乡的每一个角落,母亲也就不再纺织扎染了,而当我真正意识到母亲青花扎染的艺术价值时,我从家中却再也找不到一块母亲的青花扎染了,这真是我天大的遗憾。

作为一名平凡的农家妇女,母亲的姓名几乎湮没于世。父亲自然是从不直呼其名的,在长期共同的劳动和生活中,两人十分默契,彼此需要呼叫时,多是哎、哎地轻声招呼,便能够意会。在母亲后家的田氏族人中,人家大多尊称她大娘①,而在许氏族人中,多据辈分称呼,非田、许两族人,亦多尊称。因而,与许许多多普通的中国农村妇女一样,母亲的名字几乎不为人知。那么,在这篇短文即将结束之际,谨将我母亲的名字敬录于此,以为对她老人家的纪念:母亲姓田名茂英,公元 1930 年古历正月二十五日生于思南县许家坝镇舟水村湾里,公元 2001 年古历二月初四日病逝于思南县许家坝镇街联村大坪,安息于本村铧尖坳,享寿七十一年。

---

① 方言读第一声。

老辈子些

李光孝

保　爷

拜保爷是乌江人的习俗,说是娃儿拜个保爷,能保佑一生平安。有我的保爷呵护着,我的童年增添了许多快乐,那些场景,至今历历在目。

保爷将我打起"马马肩儿"①,从思南城里的杜家巷子隔壁香炉桥老屋出来,转过弯,刚到原区政府门口,就被一群从半边街过来,举着牌子的学生娃儿拦住。一老师模样的青年人招呼学生们围成一圈,保爷见状,将我从肩上放下来,眼睛直直地看着他们,不知怎么回事,古铜色的脸上露出惊诧的表情。"同志,我们是扫盲队,请你认完这些字再走。"老师说完,用"使牛刷儿"做的教鞭指着牌子依次念:"鼓足干劲,力争上游,多快好省地建设社会主义。"开始,保爷耐心地跟着一字一字地读。

三遍过后,老师用"使牛刷儿"指着牌子,要保爷认。保爷确是文盲,正是扫盲对象,但保爷是在乌江上跑船的水手,在他看来,作为汉子,能识水性、撑篙、拉纤、划桡才算本事,认字有什么用? 于是,漫不经心、瓮声瓮气地答:"认不到。"老师说,那可不行,今天必须全部认到才能走,这是他们的政治任务,要用心学。然后,老师又依次念起来。

---

① 打"马马肩儿"指小孩子骑在大人肩上。

又过了三遍,照前样又指着牌子叫保爷认,保爷还是三个字,认不到。老师声调开始提高了,有点儿不耐烦:"同志,你这样的态度要不得,认不到字,怎么去建设社会主义?"保爷见对方冒火,本来就耐着的性子终于忍不住:"学个卵!又不能当饭吃。我就是认不到,你要啷凯嘛!"冒完火,牵着我,准备离开。老师哪里允许,一声令下,学生们扯的扯衣服,抱的抱大腿,硬要把保爷拖住。脾气本来就暴躁的保爷哪还忍得住,放开我,两腿一用力,将几个抱腿的学生摔得四仰八叉,右手指着老师大声道:"小子,你去访一下,老子打架当过神仙日子,讲动粗,你娃儿还嫩了点。"说完,又将我打起"马马肩儿"下三层楼(地名),沿下街,再下船管站,径直去到乌江边。

路上,保爷语重心长地嘱咐我:"以后长大了,要好好认字,不要学保爷,没得文化。"

保爷对抗扫盲这件事,当即被老师告到了区政府。后来真有人查过,但保爷是船老板,相当于工人阶级,祖上几代贫雇农,根正苗红,于是不了了之。

船是保爷的家,乌江是保爷的游乐场。我对县城一段乌江的熟悉,保爷便是启蒙老师。峡里头、嵇公泉、上渡口、上沙坝、麻柳林、卢家码头、航管站、月亮台、小石盘、大石盘、唐家河坝、江村乡、乌杨树、白鹭洲,按而今时髦的称谓,这些乌江西岸的景点,打小就让保爷给我烙上深深的印记。

随着时代变迁,尽管它们要么不复存在,要么面目全非,但我心底,依然留存着它们清晰的模样。

尤其是月亮台、上沙坝,它们是我幼年时期的两大乐园。月亮台紧邻小石盘,头十步状如半边月亮的石梯,宽且平,直铺入江中。因为水浅,确是一个学游泳的好场所。每逢入夏,只要保爷一歇下来,就带我下河,脱掉衣裳裤儿,光胴叮当,扑入江中。

保爷则站在齐胸深的水中,叫我向他大胆游去,不管哪样姿势,只要能浮在水上就行。用他的话说,不要怕,大胆板(游),黄猫黑猫,只要咬老鼠就是好猫。刚开始学，只能是两只手在身体两侧一齐向后划，我们谓之"狗刨"。只要一沉入水中，保爷便一步上前，揪起我的几根头发，提了起来。呛了几多回，吞了多少江水，终于，我能勉强浮在水上，狗刨一样游向保爷。我抱住保爷颈项，高声尖叫，我会浮澡了！保爷也得意地笑得很灿烂，一脸的成就感。

乌江，我们的母亲河。但她并非像母亲一样关爱她的儿子。每年夏季，总会带走几个不听招呼的娃儿。说不准某一天，江边突然听到撕心裂肺的号啕：我的幺呀，我的儿呀！于是，每逢七月半，月亮台上，会烧起一堆堆纸钱，泼洒一碗碗水饭，那是阳间人祭奠江水淹死的亡灵。

因此，乌江边上的大人们，无论父母还是老师，均严厉禁止孩子独自下河游泳。河边淹死水鸭子，被家长作为阻止我等下河的理由，时常挂在嘴边。

学校严令禁止，我想恐怕是不想承担责任；而父母，当然是怕那不敢想象的后果。这样联手的严令，如若胆敢越雷池半步，定然遭受"灭顶之灾"。

然而乌江的涛声，无时不在诱惑，总有打不死的程咬金，敢于以身犯险，比如我。有一次我与同班同学开老二偷偷下河，被同学告密，班主任德谈老师不但在全班点名批评，责令写出深刻检查，并且还罚放学后打扫厕所。

那日，我端起石灰刚往茅司板上撒完，还未打扫时，安校长进了厕所，见我问道："你是哪班的，叫什么名字？""报告校长，我是六年级的。"殊不知第二日放学后，全校集中，校长在会上当众表扬："六年级李光孝同学，昨天放学后一个人悄悄打扫厕所，做好事还不留名，全校同学都要向他学习。"哗……一片热烈的掌声。此后，我竟突然如愿以偿，在毕业前夕奇迹般加入了少先队。

但这事，还没完，班主任又告到了家里，说我伙起其他同学偷偷下河浮澡，差点淹死，要家长配合学校严加管教。这一告不得了，放学刚进家门，母亲便厉声吆喝着跑过来，不由分说，用早已备好的"使牛刷儿"使劲朝我背上抽，嘴里一个劲念叨："叫你胆子大，伙起往河底下跑！"这一顿我们少时戏称的"小青龙爬背"，直使我皮开肉绽，半个多月才得以恢复。黄金棍下出好人，这是那个年代我父母恪守的信条。因此，遭打，是早已习以为常的事，何况有老师告到家里。一顿打后，才让起来，写保证书，并且贴在大门上，好日日反省。

保证书内容为：保证今后再不偷偷下河浮澡，如再敢下河，敲断脚杆。但敲字不会写，又不敢说，只好小声叫二弟问："娘，哥说敲断脚杆的敲字不会写。"正在做饭的娘亲高声训斥："不会写敲就写打。"斩钉截铁。

每当这样的时候，尤其想念保爷。

会浮水后，保爷便带我到水深的上沙坝，教我如何踩假水，如何蹬仰水，如何运用呼吸躺在水面上一动不动，如何闭气，将猛子扎得又快又远。保爷的好水性，说实话，我这一生再未见第二人。两百来米的江面，他能背起手，轻松游两三个来回；一个猛子，能扎到河中心。大点以后读《水浒传》，看到"浪里白条"张顺一节，我时常以为，那分明写的是保爷，他就是张顺转世。据保爷船上的人说，一次他们的船从涪陵上来，在潮砥正遇江中翻船，保爷一口气救了去赶场的三个女人，其中一个还是青头姑娘（未婚女子），为报救命之恩，愿意跟保爷走，说要服侍他一辈子。但保爷没有应承，说如果娶了她，便是乘人之危，非正人君子所为。

为练我胆子，一次保爷叫我趴在他背上，带我游对河。跟着保爷，我从不害怕，于是按他吩咐，双手抓住他肩膀，双脚跟着他的节奏一蹬一缩。游到江心，浪大了，我腿也蹬软了，吓得尖叫。保爷要我搂住他脖子，闭上眼睛，不一会儿便游到了对面鹭鸶岩。过了河，回望对岸上沙坝，惊悸的心方才平静，居然感慨，游对河也不过如此。未休息多久，再往回游时，胆子大了许多，也不太感觉累了。过了江心，居然独立跟着保爷游到了岸边。上得岸来，躺在滚烫的细沙里，十分暖和惬意。

为练我臂力，保爷教我双手撑地，立起"羊角桩"，他在旁边将我双脚扶住，练得浑身是汗；或者，练鹞子翻叉，要求手、脚伸直，直翻得脚酸手软方才罢休。上沙坝，给了我少时几多欢愉，那滚烫的金沙，那湿润的江风，那一群晒得黑不溜秋的伙伴儿，至今依旧怀念。

偶尔逢赶场天，保爷会带着浮完了澡饿极了的我沿江边回到下渡过河码头，吃一碗汤酽味鲜、一辈子也难以忘怀的牛肉汤锅。

江边的一片乱石滩上堆砌的几块不规则的鹅卵石上，安放着一口大铁锅，里面翻滚着牛肉和杂碎，那升腾迷漫的香气，诱人馋得直吞清口水，盯着锅里，目不转睛，丝毫不掩饰渴望和贪婪。不用说，保爷吆喝着每人一碗。

正吃长饭的年纪，又刚在江里泡了半天，我狼吞虎咽，未及仔细品尝味道，一碗早已下肚，犹如猪八戒吞食人参果，还欠得舔口舔嘴，舍不得将碗放下。保爷心疼，又叫舀了一碗，分了大半给我，嘴里念："毛儿吃长饭，多吃点儿，保爷不饿。"我盯着保爷，噙着泪想：保爷风里来，浪里往，日夜辛劳在乌江上，这一顿花的血汗钱，不知要攒好久哟！

这样的待遇，虽不常有，却使我刻骨铭心。回到家里，总会同爹娘提起。父亲会说："保爷对你好，你长大以后要好生孝敬保爷。"这话，我一直记着。

保爷的家在船上，可保爷的船却不见了。保爷不来看我，已经好久了，而我又找不着他，不知他去了何方。

有几次，我独自孤零零地坐在卢家码头，幻想着保爷的歪屁股船正鼓足风帆，迎面驶来，保爷站在船头，正向我招手。定睛一看，江面一片茫茫。

保爷虽不见了踪影，但我坚信，保爷那一身水性，是为乌江而生，他断不会离开乌江，一定逍遥在千里乌江的某处港湾。

咪　叔

　　1970 年过完国庆节，我便随家人下到了亭子坝公社幸福大队茶园生产队。这地方小地名叫烧溪。因系族亲，时任大队贫协主任的咪叔将他五柱四瓜小楼的一头让给我们居住，算安顿了下来。那年代，凡城里的十八类人员，全部遣送下乡。与我一条街长大的发小孙老二，孤苦伶仃，只好与我一起下到烧溪。但因先前没来联系，以致无生产队接收。中午同我一车到的几件家什还在寨子后面的公路边，没人帮忙搬下来。天都擦黑了，又饥又渴又害怕的他大声哭起来，一边哭，一边呼唤我的名字，直埋怨说我不管他，声调好凄凉。

　　其实我不是不管。刚安顿下来，先前本就求过咪叔，要他让队里一起接收。可咪叔却说："他与你不一样，你是一家人，且事先你们来联系过，队上也开过会同意接收的。他算哪样，一无亲二无戚，接收了住哪家？"于是他便去大队忙事情去了，直到天擦黑了才回来。孙老二的哭诉声在寂静的山村里显得异常凄惨，刺得我心里十分凄惶。无奈，我只得再次鼓起勇气，又去找咪叔，央求他想办法，总不能让他在路边过夜吧。咪叔拗不过我，也出于同情，于是领我去隔壁四堡生产队，找到邵二队长，做了半天工作，最后代表大队表态，少交半年提成，邵二队长才同意接收，安顿在队上粮仓侧边，安排几个壮劳力去巴塘山砍茅花秆来扎起住人。之后，又马上叫了四个小伙子，由我带着上到后面公路边，将孙老二的家什搬到队上，总算没让他在路边过夜。这过程，我摆给孙老二听，要他记着人家的好。后来，他专门请咪叔去县城玩了几天，吃住全包，说是还人情。

　　咪叔的干练，在烧溪上下两寨是无人可比的。比如弄柴，不仅快，而且好。他选柴的标准，一要好烧，不黑火；二要经烧。他只要一出门，便腰缠拇指粗的麻绳，对门巴塘山上的岩柏、岩青冈等杂木，便是他的首选。腰间拴好绳子的他，吊在半山腰，一口气就砍下两挑，扔到山脚。尔后,攀到山顶,解下麻绳,空手下山,将柴捆好挑回家。农闲时,一天两到三挑柴。一个冬天,将他屋后阳沟堆得满满当当。烧溪柴方水圆,有他款嘴的资本:"你们烧的那些柴,送我都不要。"

"凉风悠悠天要晴,老鸹叫唤要死人。死人就死本丈夫,不死山那边野男人。"开春时节,一耙秧田,咪叔便会唱起山歌。那高亢嘹亮的男高音,着实让人佩服。为显示能力,偶尔也来一段从广播中学来的革命样板戏。"朝霞映在阳澄湖上……""穿林海,跨雪原……""这个女人不寻常……"这最爱的三曲,虽然常不在调或板上,但他总唱得津津有味。与他时常唱的山歌相比,实在不敢恭维。因他有这本事,所以大队就由他负责,组织了幸福大队毛泽东思想宣传队,每天晚上在大队部排练节目。赶场天不做活路,到亭子坝公社门前的坝子上演出。晚上排练记工分五分,演出记十分。

一日,因收工后现做饭,我一同学晚到了半小时,身为大队贫协主任兼宣传队队长的咪叔便批评起来。同学一再解释,收工晚了,且做饭时生柴不好烧,才耽误了,下次注意。"晓得收工晚了,就不能先来排练,结束后再回去慢慢煮饭? 是宣传重要,还是吃饭重要?"咪叔念叨完,非要同学做出深刻检查,并保证今后不再迟到。同学一生气,回了一句"不可理喻!"说完转身便走。"站住! 你个地主崽子,居然敢与大队宣传队对着干,胆子搞大了!"见没理他,咪叔恼羞成怒,"好,你走! 有你不多无你不少,看老子哪天不开你的批斗会!"

宣传队排练节目,既松活,又能评工分,但不是哪个都能进宣传队的。可就有人不信邪,不但不稀罕,敢不把贫协主任放在眼里,竟还是成分不好的知青,这还了得。后来两天,咪叔真去了公社反映,准备收拾他。据说侯书记指示:年轻人嘛,多加强教育,不要一棍子打死。所以咪叔放出的狠话才没有兑现。

我在烧溪的几年,每到冬季,最喜欢跟咪叔去追山。吃过早饭,各家便带上绳网,唤上自家的追山狗,沿对门巴塘山上坡,进入长岭子。各自分散将绳网铺在山羊子、弯狗们出没的林间小道。完毕,追山人便从林边往林子中间赶,用手中的砍刀或棍棒拍打树丛。哦嗬……哦嗬……边赶边大声吆喝。七八只追山狗也起劲狂吠。顿时,人声、狗吠声响彻整个山林,树尖的鸟儿扑闪着翅子疾飞远方,密林深处的动物们惊慌失措,四散奔逃。运气不好的,便一头扎进网中,不能动弹,成了猎物。每到下午收网,或獐子,或山羊,均有收获。下山路上,扛着猎物与绳网的族人们说说笑笑,满怀喜悦。"凉风悠悠天要晴……"每当这时,咪叔那高亢的原生态山歌便会从山顶飘下,山脚下寨子里的人们也听得真真切切,他们知道,追山的男人们又满载而归了。

夏天的夜晚,与咪叔背上火药枪出去打斑鸠,更是一种刺激的享受。行前,先将枪膛擦干净。三节手电筒,要将电池换新的,用咪娘专门织的毛线套子装好背起。火药、砂子用葫芦装好,要够用。引火的一板子弹放在贴身处,不能回潮,否则开枪容易哑火。一切准备停当,时间差不多九点,天黑尽了,该出门了。我问为什么不早点儿走,好选地方。咪叔说,去早了不行,斑鸠还没有完全归巢歇息。至于地方,都在我心里。于是,跟着他,往大湾、张村、葫芦岩方向一路走去。

路上我又问,为啥要跑那么远,不在近处打呢?"附近的斑鸠都遭打怕了,已经打不着了。"凭咪叔的身手,这话我信。

到大湾了,走下公路,跟在咪叔后面向一丛柏树摸去。第一次出来,既新奇又兴奋,忍不住问这问那。"嘘!小声点儿,尽量不要说话。"他呵斥我。选了三四株紧靠一起的柏树,站在树中间,打亮三节电筒,只见枝丫上,一对斑鸠挨在一起,电筒光一照,只是身子动一动,挨得更紧,半天不再动弹。锁定目标,咪叔将电筒递给我,他则迅速将枪从肩上摘下,装上火药、砂子,扳开枪机,撕下一颗土红色的火药弹装上。我对准那对斑鸠,手一动不动。他立即端起枪,并不见他瞄准,扳机一扣,呼……只见一束火光散开。扑通……两只斑鸠跌落脚下。

打着了,打着了!我兴奋不已,急忙掏出麻绳,结一活扣,套住斑鸠的脚杆。看着手中肥实的猎物,想起咪叔说过的"天上斑(斑鸠)、地下弯(弯狗)",这是说飞禽走兽中的极品美味。像这样的月夜,只要出去三四个小时,总能打上个十来只。归家时,咪叔将挽了猎物的枪扛在肩上,哼着小曲,轻松而惬意。我知道,咪叔家灶门前又新添了下酒的佳肴了。

咪叔也有他的烦心事,最要命的,是咪娘总生不出儿子。没有儿子,这在山那边的烧溪,是被人认为无后的。咪叔两代单传,20世纪60年代中期,因为是贫雇农出身,属于根正苗红、苦大仇深的子弟,被贵阳玻璃厂招为工人,已经上了半个月班了。可是他老爹硬是追上省城,将他活生生拽了回来。十六岁出头就给他娶了媳妇,就是为了延续香火。没想到这么些年过去了,生了四个,尽是姑娘。为这,他老觉得在族亲面前抬不起头。说实话,在烧溪上下两寨,不管做哪样,咪叔都算站得出来的狠角色,唯独生不出儿子,让他撑不起硬头船。眼看计划生育政策越来越严了,咪叔也似乎没了信心。闲时,自编小曲哼道:"命里有时终须有,命里无时莫强求。"还好,前些时候,我无意中注意到咪娘好像没有出工了,仔细一看,已经显怀了,原来是在家里养胎。大队干部一再违反计划生育政策,不知被谁反映到了公社。有一天,公社妇联主任带着计划生育干部来到家里,要咪娘去引产,还要咪叔去结扎。"婆娘走人户出远门了,等她回来我动员她去。"咪叔这一答,我才想起,是有一段时间没见咪娘了。我知道,咪叔肯定又是将咪娘支到外地亲戚家去了。这一去,一定又是抱起娃儿才回来。他生四姑娘金维,就是使的这一招。为这,被罚了款,还在全大队通报批评,撤了他的贫协主任。

咪叔确实狡猾,知道计划生育是国策,不能硬顶。所以,但凡上边来人,他都和颜悦色,尽说告饶话,还准备酒肉,殷勤招待。他本来人缘就好,又会来事。再说,像他这种境遇,还确实让人同情。总之,来做工作要他结扎的人都说对他恨不起来,也就没人站出来硬要执行。这一拖,给了咪娘生产时间。

终于有一天,有亲戚带信来,咪娘生儿子了,要他去接。

咪叔特意去了一趟亭子坝街上,买了火炮,打了散酒,整天都笑得合不拢嘴。"不到长城非好汉,屈指行程二万……"他又哼起了不知何时学会的革命歌曲。临出门接咪娘时,嘱咐我赶去甘溪,一定要将电影队接过来,他要放电影庆贺。

第三天,咪叔接回了有功之臣咪娘。他们是坐车回来的。一下车,就听见火炮炸响,一直从公路上放到寨子里。入夜,生产队大仓门前的坝子上,坐满了四乡八寨的乡民。靠着粮仓挂起的银幕十分显眼。电影开演前,咪叔拿起话筒,声音颤抖着:"各位堂公伯叔,亲朋好友,我终于有儿子了!今天,我代儿子金宝儿请大家看电影……"

金宝儿满月那天,咪娘满面春风地抱着,同始终笑眯眯的咪叔一道热情迎客。也是在大仓门前坝子上,摆起了酒席。席面十二道菜,比平时其他人家整的九大碗硬是多了三道,尤其中间那碗染了粑粑红的鲊肉特别显眼。吃过席的亲朋都说,这席面办得有排场,分量足,味道好。

马二队长

队长虽叫马二,但并不姓马。他是我房东咪叔的堂兄,他俩祖上是兄弟。论起来,我也应喊他咪叔才对。但在公开场合,他宁愿我叫他队长。他说,喊咪叔是亲戚,而队长是官称,听起来比咪叔有排场。所以,下放烧溪那几年,我多半都叫他队长,或者叫队长咪叔,这既满足了他的官瘾,也不显生分,毕竟他是长辈。而马二,则是他小名,就如寨上其他的邵二、操二、德二等名一样。寨子上比他辈分高或同辈年纪比他大的,都这么叫。

马二队长是高音喇叭。他的家,正好住在寨子最高处,就在土地坳下面几步。每日清晨安排活路,他那男高音便会准时响起,语速特慢,拖腔拖调:"今天,男工,就在当门,薅头道秧。要薅细点儿,不要敷衍了事。妇女些,去对门巴塘山,薅苞谷。哪个薅不干净,不记工分……"

日复一日,不管天晴下雨,队长就是这样亮他的原生态男高音。可惜那时没有"星光大道",要不然,他那高亢嘹亮的嗓音,完全可以去与西北歌王阿宝媲美。

生产队的男工妇女,也早已习惯了他的高音喇叭。忽一日,太阳都升起一竿子高了,咋高音喇叭还不响?大家都很诧异。一问,才知道队长病倒了,起不来床。没有人安排活路,全队只好休息。有的上坡弄柴,有的去走人户,有的甩手去亭子坝街上称盐巴、打煤油,各家干各家的事情。有好心的社员,特意去公社卫生所为队长抓药,希望他过几天就好起来。大家长年累月习惯了这台高音喇叭,突然不响,就不知所措。

他们担心,活路耽搁久了,是会影响收成的。

队长咪叔的另一特点是鼻子灵。寨子上不管哪家,只要炒点好吃的,他准会第一时间赶到,一进门准会说:"炒的哪样?好香哟。"于是坐下来,管你主人家愿不愿意,不吃过饭,他是绝不会走的。

在我家,他是常客了。下到烧溪的第一天,作为队长,他安排人手搬东西,还专门为我家做了一盏防风灯。我接过一看,一圆形罐头玻璃瓶,上边圆口处用粗铁丝拴了提把,中间一铁皮管中穿进灯芯,细铁丝将管固定后两边挂在瓶口。黑夜里,像马灯一样提着在野外行走,不会被风吹灭。

多少次,我提着它从三里外的溪边碾房挑米回家,觉得非常好用。这简单的马灯,做得十分精巧,我从未在别处见过,很是佩服队长咪叔的智慧与巧手。就从这送灯起,一个月至少十天,尤其是中午,只要我家菜一炒好,他便会准时跨进屋。

住在另一头的咪叔实在看不过,常说他:"马二哥,你鼻子比狗还灵,一到炒菜就进来了,硬是搁个碗在他们家哟!"

他这混吃的习惯,我虽然也反感,但想到他平时的关照和他的家境,又不好说,还得装出很大方的模样。只要他一进屋,便给他把饭盛上,很热情地喊:"吃饭了,咪叔。"

实际上我知道，他儿女拖得多，自己身体又不是太好，多年来除了一门心思安排好队上的活路外，又不会出去做副业找钱，所以家里穷，差吃的。那时，他不过四十来岁，已拖了五个娃儿，大的三个儿子，小的两个姑娘。

烧溪上下两寨，就数他娃儿最多，我房东咪叔他爹就曾说过他："马二，已经三个儿子了，晓你还要生个哪样嘞？拖得皮塌嘴歪的，一家人吃不像吃，穿不像穿，安逸了嗄？"

不知是他沉湎床笫之欢，还是咪娘怀孕力强。总之，五个儿女，不经意间便牵成了一串，大的带小的，也总算长起来了。但付出了极大心血的马二队长，由于长期营养不良，身体犹如烧干了油的灯芯一般。一次去公社粮站完粮途中，不过一百三十来斤的担子，见他挑得汗水直淌，脸色苍白，气喘吁吁。发觉不对，我急忙招呼他放下担子，问他哪儿不舒服，他直说腰痛，已经不能硬撑了。大家分担了他箩筐中的谷子，让他打空手一起去粮站。

过完秤，比规定的公粮任务多出了二百多斤。问队长，挑不挑回去？他说："算了嘛，难得挑，就是挑回去，每家也分不到几颗，就当余粮卖了得了。"结完账，我们便陪他去公社卫生所看腰杆。

1973年夏，我作为知青，为上学到县城参加考试，记得作文题目是《广阔天地锻炼成长》，我写的就是完粮这件事。不过给马二队长专加了个小标题——"不老松"。这篇小小说，让我考了个全县第一名。当然，这是后话。

那个年代，由于随父母被遣送下乡，我虽然初中毕业，且在县知青办登了记的，但属于十八类人员子女，最苦恼的，不是因做农活身体疲惫，而是不知何年何月能够返城，得个工作。眼见或闻听某某知青点又走了某人，那心里的苦痛煎熬，无法表述。在无人倾诉的日子里，倒是队长咪叔，常在我家吃饭时宽慰我："不要焦，要等得。想饿饭那年，你们城头人不是也下过乡，没多久都回去了吗？再说，你读了那么多书，政府不会忘记你们，以后肯定会有工作的。只要有机会，我们队上一定会极力推荐你。"

队长说的绝不是客套话。1972年春天征兵，队上接到通知后，他便带上我去公社武装部报名，说要推荐我去当兵。我知道自己不是当兵的料，不想去。但他说："不怕，我是队长，我去给你说，公社武装部长我熟，我看得行。"拗不过他的好意，自己也想碰碰运气，也就跟着他去了。

走进公社武装部，队长大声嚷："谭部长，我侄儿来报名当兵。"下到亭子坝公社两年了，时不时在公社附近晃荡，比如宣传队演出，逢场天在公社土操场上打球，飞扬的尘土常把我等弄得灰头土脸；与何文书下棋，时常争得面红耳赤。公社干部，从书记到底下文书，哪个不认识我？知道来意，部长把队长拉进他办公室，细声细气对他说："李队长，你是装不懂政策？他那成分能当兵？""唧凯不行嘞？他是我侄儿，我不是贫农吗？"部长哭笑不得，不再跟他啰唆，出来对我说："你回去吧，以后有别样机会，我们让你报名。"

我灰溜溜地往回走，一路上，队长咪叔一直安慰我："怪你咪叔没本事，不能把你弄走。想开点，你还年轻，以后有的是机会。将来回城了，我也好跟你去走一趟，看下县城是哪个样子。"

入秋后的一天，队上壮劳力到河坎上摘桲子。那日，霜风较大，队长咪叔爬上树不久，只听见啪的一声脆响，便见他从高高的树上摔下来，掉在河坎上还滚了几转，不见动弹。大伙急忙从树上下来，跑到他身边，见已不省人事，口里吐着殷红的鲜血。众人轮流将他背起，直奔公社卫生所。经抢救，半夜苏醒了过来，但已说不出完整的话。他眼里噙着泪，吃力地对房东咪叔说："咪儿，不要……花钱医了……抬我……回去……我……死也要……死在屋头。"房东咪叔借来卫生所担架，大伙又立即将他抬回了家。天刚开豁口，马二队长终于等不到天大亮，就撒手人寰，驾鹤归西了。

由于走得突然，没有棺材。他堂叔可怜他，将自己置备的柏木棺捐出来。咪娘和他的五个子女哭了两天两夜，第三天一早，队上的壮劳力全体出动,交替抬起"独龙杠",吆喝着将棺材抬到三里外的青杠林安葬。他的坟头,正对着去亭子坝街上的赶场大路,坟后的几棵松柏郁郁葱葱。

大家都散去了,公社刘文书主持召开了追悼会,感情十分真挚地追述了马二队长的生平,评价了他勤恳为社员奉献的大半生。参加追悼会的人员,就我和他大点的两个儿子。

队上的高音喇叭永远歇火了,大家很不习惯了一阵子,终于选出了新队长。新队长安排活路的方式,是叫他儿子挨户通知,各家代表去队上大仓集中开会分配。由于没有马二队长广播那么直接,因此每天出工都晚了不少时间。

一年后,马二队长生前在我家宽慰我的话应验了,我终于得上了县城的师范学校。临行前,我独自去到他长满青草的坟前,与他拜别。

人生一世,草木一秋。他的一秋,似乎过于简单潦草,尤其是当生产队长的十多年,日出而作,日落而息,全身心就为生产队大家和五个儿女的小家,除了去区上开过一次会以外,就连百里之外的县城也没有去过。

我这一去,不知何时再回来。队长咪叔,魂灵随我走吧,我这就请你去县城玩耍。

我们队里的老知青

蒙绍华

继胡兄

要忘记和他一起生活的日子是很难的,就像不可能忘记蓝天、翠峦、碧水和阳光一样。他比我大四岁,我习惯称他为继胡兄。

他是最先到我们生产队落户的知青。

说实在的,对于这些到农村的城里人,当时,无论他们的内心怎样的不平,我们这些农村孩子在心里都产生过几分嫉妒。他们从小吃国家粮,见多识广。到农村锻炼,县里还发给了他们榻花被条。他们拥有牙膏牙刷,劳动布、的确良做成的衣裤,夏天防蚊用的"万金油",冬天御寒用的"蛋壳油",连屁股周围和两腿膝盖上的补巴都是用机器扎得圆溜圆溜的。特别是他们吃了我们的粮食,还夺走了我们的爱情,农村姑娘首先看中的是他们,他们毕竟是城市人,最终要回城工作,尽管这些"小白脸"在时代中落难。

我对继胡兄的崇拜之情,始于一个晚秋的上午。生产队长安排我俩上山找木料做犁具,我们走进了那一片森林。秋后的森林像一个老者,平静、沉稳、处处是枯叶,一些隐藏的东西也被暴露,只能偶尔听到几声鸟鸣。我们沿着林间小道穿行,我在前边,他在后边,我一路上挑挑选选,他一路上问这问那,我在厌烦中想摆脱他,觉得不能输给这个从未干过农活的城里人,我轻车熟路,两腿利索,把他落得远远的。我把木料挑选好后,才回头去喊他,可他早没有了踪影。森林里只剩下了我和那一群鸟儿。我只好一个人扛着木料往回走。回到村庄，发现继胡兄手持斧头，正在他砍来的木料上巧工细做，兴高采烈。

没有想到，继胡兄不但会木工活，还会雕龙刻凤。他做的犁像一件根雕，雕刻了一条龙和一只虎，我问他："你为什么要画龙画虎？"他答："龙虎不争斗，好汉无着落。"说完后，开心地笑了笑，我在沉默中也点了点头。听说他的木工和雕刻技巧是初中时从一位农村木匠那里学来的。

打那以后，这些城里人的聪明才智，渐渐在我心里留下痕迹。特别是他那幽默的性格，让人容易接近。他喜欢与人开玩笑，即使有人把玩笑开得过火，他也总是笑笑，从不计较，只是习惯性地摸着后脑勺，那笑声温柔而敦厚。

从此，我们成了好朋友。

那是一个"瓜菜代"的年头，除了饥肠辘辘，似乎一切都没有。在农村，他没做过惊心动魄的事情，很普通，人们对他的看法也很平常，只知道村里有一个很老实，很听话的知青，而他的内心深处却有许多难言之苦。因为政治运动，当第一轮明月挂上他梦中的天空时，他却发出了低微的叹声，从下乡那天开始，他的期望就只有寄托在这个小村庄了。那年月，这个村庄的天虽然是明净的，但夜幕拉开时，却没有月亮，只有满天的星斗。当初，每逢夜晚，只有我伴着他，常伫立在窗前，或走上山冈陪他数着黑色夜空中那密集的群星。

尽管我们的接触颇令我周围的人们感觉几分惊奇，但我时常在为他的前途寻找着希望，特别是他那一头黑发过早地脱落，就像大规模的水土流失，显得如此荒凉。

后来我才知道，他父亲曾担任过国民党军队某部营长，很早就死了，他从小跟着姐姐长大，初中刚毕业，县知青办第一个登记了他的名字。当时，像他这一类人，在白昼越来越强烈的阳光下，自然没有其他知青下乡时的待遇，没戴大红花，没有锣鼓送上车的动人场面。

他的住房独自立在村中的半山腰上，紧守路边。那时，虽然生产队也很贫穷,却把他的房舍做得门面新颖明亮,不遮不掩,真像一户农家。后来我看他太孤独了,每到夏天的晚上,收完工,除了看公社电影队在村中轮流放映的电影外,其余时间我便领着一群年轻人常聚在他的家里吹牛。天长日久,我们的年龄虽然参差不齐,却成了一个无形的整体。不知从什么时候起,大家开始听他讲故事,他讲的大都是城里发生的人和事,还有从书本上看来的,有些故事很动人,深深吸引着我们。那时,我们这群年轻人,都把自己蜷缩为一支香烟,整日地吞吐着那段时光,他是我们唯一的知己,我们只要一天没有和他在一起,心里总是痒痒的。他对人热情,家里无粮,也设法招待我们。他的锅里差不多每天都弥漫着红苕的味道。记得有一次,他讲《水浒传》中的宋江,嘴里滔滔不绝,就像老师给学生上课,一讲就是一个时辰,把"宋老革命"歌颂得要死。讲者无意,听者有心,那年月又恰逢"批林批孔批宋江",不知是哪个该死的家伙到公社团委书记面前打了小报告。后来公社开全体团员会,他挨了批斗,还把他父亲的历史联系起来批,团委书记说:"宋江在日本鬼子面前投了降,毛主席劝他多次,他都死不悔改。这个大汉奸,连毛主席他老人家都看不起,你这个小小知青还去歌颂他,莫非是你父亲与他有往来?"弄得台下一阵哄堂大笑。可他却缩在一个角落里一点也不敢吭声。那次要不是一位区委副书记保他,恐怕至少要把他押送到全区范围内的批斗台上。

此后,他门前的年轻人渐渐少了,只有我俩相依为命。他在孤独中淡泊人生,争取做一个实实在在的农民。为了真正能在那片广阔天地里"脱胎换骨",他像淤泥中的荷花,选择在枯草丛里,从冬天的瘦枝败叶中间俏拔而出。他很快学会了犁田、插秧和一些精耕细作的农活,和贫下中农拉近了距离,每天像"愚公"一样地劳动。生产队要修大寨路,造大寨田,我俩理所当然地加入其中。一天,我们提前到了工地,我将盛满的一挑泥巴,大约二百斤,摆在他的面前,嘲笑他没有力气挑起来。他不服,定了定决心,弯腰用力,由于他把它想得过重,劲使大了,腰部猛一颤动,我听见了他那骨节的响声,这一声响,让他在医院整整待了一个月。伤愈后，为了加强锻炼，每天天还不亮，他就早早起床，肩担两只水桶，从山腰的水渠担起一挑水，来回三百米坡地，右肩膀担不住了，试试左肩膀，日复一日地磨炼。后来他全身增加了不少力气，挑担也自如了，还成了生产队的强劳动力。他的这一事迹，还得到了区委副书记的口头表扬，领导的亲自表扬使他激动了好一阵子。

1977年，那些历史清白的知青大都回城了，有的参了军，有的上了大学，有的分在自己想去的单位，我也离开了农村。继胡兄是最后一个回城的。他被分配在一家快要倒闭的集体所有制单位。而今他虽然下了岗，日子清贫，但他常提起那段往事。去年春节，我俩还专门去了他曾住过的地方。可当年的住地已成了废墟，藏在一片杂乱的草丛中。听说是在一个暴风雨的夜晚整体坍塌的，断裂后的梁柱和破碎的砖瓦已被人捡拾净尽，在后来没人住的岁月中，运往别处派上了用场，只留下了一堆仅有脚背高的黄土屋基。残垣断壁之间，尚能寻见当年的痕迹。

德　贵

我们是同龄人，我常叫他的小名——德贵。

那时，刚踏出校门，我就任大队团支部书记，在那间并不宽敞的队部办公室里，第一次参加组织生活，就是讨论知青德贵的入团问题。

初上任，不太了解情况，只知道他是随父母下乡的，在审核他的入团申请时，似乎一切都较顺利，可就在政审一栏卡了壳。其实，早先我就想到，凡是全家从城镇下放到农村的，政治上或多或少都有些问题。果然，他的表上这样填着：1945年父亲任过两个月的伪保长。母亲的兄弟1960年在某大学被划为"右派"……尽管一些人根据他的一贯表现努力争取，但始终意见不一，最后还是把他入团的事又一次搁了下来。

此后,我和德贵渐渐熟悉起来。他说不能入团,是一件很伤心的事,有时我还开导他几句。再后来,我们相处的日日夜夜里,他总是把我当成知己,说他有什么缺点,叫我当面指出,他这句话,好似在我身上生出许多先前未有过的感想来,总觉得他虽然政治上有问题,但为人诚恳,谦虚上进,大队部成立"毛泽东思想宣传队",我第一个推荐了他。

乡村的夜格外宁静,到了黄昏四周就静得近乎苍凉。那时,我们排练节目多半是在晚上,刚刚脱去一身的泥浆,就马不停蹄地打着火把晃晃悠悠地向大队部走去。

我们的宣传队以样板戏为主,每次排练,门前都聚起一群人,观众对样板戏内行的忒多,唱腔念白一招一式都烂熟于心,出不得一点差错,德贵唱功好,唱京剧,细声柔腔,庄重动听,是队里的台柱,观众们都喜欢他,说他是足智多谋的"杨子荣",又像血气方刚的"李玉和",总之,演什么像什么,地地道道的正面人物材料。

那阵子,每排一台戏,大都是走马灯似地在本大队各村寨巡回演出。

一天,我们正在村里演出,队里突然接到公社通知,区里要举行文艺比赛,要求节目精干,政治色彩强,要我们抓紧赶排。为争夺名次,我们加班加点,不分昼夜,人人都尽最大努力把节目练好,大队干部看了我们的排练,满意得脸上一片笑容。群众夸我们,比赛不是第一就是第二,总之,一片赞许声。可是,就在临近比赛的前一天,公社管宣传的干部来了,首先找到我,谈话的主要内容,一是节目中主角重新安排,二是比赛必须要获得名次,为全社人民添光彩。我问他为什么,他说,上午接到上级通知,演革命样板戏,凡是家庭政治面貌不清的,不能演正面人物。听了他的话,当时我真的抓瞎了。队里只有德贵政治上有问题,怎么办,如果顶撞,不但拿不到名次,反而要挨批评,如果执行,节目质量又达不到要求。左思右想,最后还是把他从"杨子荣"换成"座山雕",从"李玉和"换成"鸠山",这样匆匆地参加了比赛。

虽然那次得了全区倒数第二,全队人员并不后悔,可德贵的心灵承受的痛苦和精神压力,是不堪言说的,他凭白受那些辛苦与委屈,越想越恨,他没有哭,泪被怒火截住。那晚,区里集中总结,他也没有权利在那里逗留,为了陪他回家,我也请了假,一路上,他的脚步不断踏进泥里,水花、泥浆溅满了鞋袜,他却一点也没有感觉出来,回到家里,已是深夜两点,像往常一样,他妈妈还在那盏孤独的煤油灯下缝补衣裤,等候儿子归来。老人看到我们进屋,打开锅盖,拿出红薯做成的夜宵递给我们,问道:"你们演出拿到名次了吗?"此时,他无法拒绝妈妈的问话,强忍着内心的痛苦,只是微微点点头,一副笑脸迎向妈妈……

　　吃完夜宵,我们和衣一头倒在床上,准备休息,我一上床,就欲闭眼,可德贵又坐起来,在床沿边点着一根香烟,并不吸,呆呆地看着烟头上那点蓝烟,忽然一串串的泪终于流了下来,这时,我也不知道该向他说些什么。

　　那一年,部队征兵,一位首长满意地亲自把我接到部队。

　　分别,使我和德贵的相聚成为遥远的事。

　　那个夜晚,月白风清,香飘四野,我们宣传队的一大伙人,在我家里挤得满满当当,吹拉弹唱、笙歌齐鸣,气氛热烈欢畅,在这快活的时刻,我左寻右看,全队到齐,可唯有德贵没来庆贺。

　　第二天,我胸戴大红花,在一阵鞭炮声中起程,在村口与乡亲们一一握别,回头难舍地向村中张望,忽然在村后的垭口处,德贵直愣愣地站在那里,右手举得高高的,此刻,我猛地推开人群,径直地向他的方向跑去,我们紧紧拥抱在一起,都没有更多的嘱咐,但他好像有什么话要说,许是难以张口。我望着他,用眼睛鼓励他,他才压低声音告诉我:"我想报考学校,因为当兵没有我的份。"我肯定地点点头。

　　他笑了,笑得泪光闪闪。

　　后来,他以优异的成绩考进了一所师范学校,再后来,他又以优异的成绩留校做了一名教师。

　　岁月流逝,往事悠悠,二十二个风风雨雨的春秋,每当我们在一起回首这段往事,德贵总是一笑了之。

其实,他又有什么可说的?

小李姑娘

初识小李姑娘,是在当年全区一次知青会议上,我作为回乡青年特邀代表参加。

那是一个夏日炎炎的上午,开完会,我和一群女知青在小溪边乘凉闲聊,只见小李姑娘远远坐在一边默默地倾听大家谈论着什么,她不像别人那样表现出分外的惊喜,只是面带沉静的微笑望着我们。她给人的第一印象是衣着朴素,微黑而透红的脸蛋上显出几分腼腆,一米六几的个子,一条黑油油的长辫拖在背后,真像一个地地道道的农家闺女。

此后,每逢乡场,我总会在街中碰见她,每次她都是身背背篼,手拎竹篮,为她们知青点上承办伙食方面的事务。我对这些城里来的姑娘总是怀着一种既崇拜又嫉妒的复杂心态。一天,雨后的街心泥泞满地,人群拥挤,我领着一伙回乡青年走近她,故意在小水塘里猛一踩脚,水花、泥浆溅满了她的全身,逗得我周围的几个弟兄一阵开心大笑,站在旁边的老太婆见这情景,指着我们破口大骂。然而小李姑娘却一声未吭,只是转过脸来淡淡地看了我们一眼。

打那起,我反而以一种惭愧的心态崇拜着她,最初当然是些漫无边际的想法,只觉得她是一个颇有教养、内涵的姑娘。她的懂事成熟,是与她的家庭背景有关的。她父母都是地主出身,她初中还未毕业就因家庭问题辍了学。

尽管她的家庭历史有问题,我知道我已经暗恋上她了,我也明白我和她绝不会有什么结果,也许她根本就看不上我,而我们在政治上的不同身份,也不能容许我们走在一起。我只觉得每次碰见她,就莫名地精神亢奋,马上极自然地凑上去与她搭话。她们这些城里姑娘,虽让我们这些农村孩子望而生畏,但我们却心仪已久,我似乎正在走向她,走向真正的爱情和向往的人生归宿。为了使她对我感兴趣,我开始学起城里人来,不再蓄学生头,定期或不定期把自己那一绺浓浓的长发用钳子烧热烫卷,去缝纫社用一块新布把破烂的裤子屁股两边补上两个圆溜溜的巴,衬衣的口袋里也挂上了崭新的钢笔,母亲为我做的锁裤也改成了西裤,大热天衬衣也往裤裆里扎。公社每次放电影,我一进场,没去打听片名或找座位,首先去寻她的身影。只要发现她在哪里露面,我就一股劲地往那里插,挨在她和另一个人的中间坐下或站着。拥挤时,我又使劲地往她身边靠,用半个身子去感觉她,顿时半个身子的血管全都活跃起来,脸涨得通红,心跳得"咚咚"响。通常一场电影看完,仍不知片名和内容。

一个偶然的机会,区里成立"毛泽东思想宣传队"参加县里会演,我和她同时被抽去队里,我们便有了较多接触的机会。在《红灯记》第三场戏中,我饰演"李玉和",她饰演"李铁梅",我们"父女"俩配合默契,居然成了队里的台柱,有人说我俩是天生的一对搭档。每次排练间隙,我们常聚在一起说说笑笑。在那段日子里,我也知道她已经喜欢上了我,在我面前也越来越大方,有时开玩笑把她惹急了,她握了双拳在我身上轻轻地乱捶,每次都捶得我全身痒痒的。在公众场合,我们都没有更多的表现,只是从对方的眼神中读懂了彼此的密码。我们的那些微妙,像一幅油画,明中有暗,暗中有明,她的心如初放的花蕾,等待着我去采撷。

一个深秋的下午,我们走进了森林边的那块草地,里面长满了半人高的茅草,茅草的茎叶已经风干,变得枯焦,脚踩进去,咯吱咯吱地响。草丛里偶尔见着一些山菊花,小李姑娘最喜欢采摘那些星星点点的菊花,不一会儿就采了一大把。她拿着手里的花朵兴奋地对我说,她从小就喜欢农村,说乡下有淳朴的乡俗,忠实憨厚的乡亲,生动活泼的乡趣,醇醇浓烈的乡情。她要像山菊一样扎根在农村。我问:"你爱我吗?"她点了点头。我看得真切,她羞了,两腮映出了一片红晕。一阵笑声散落在那花丛中，像种子散落在黝黑的土地上，犹如山菊一般娇媚可爱。那天，我们快乐得像一对小鸟，展开羽翎唱着歌，陶醉了山野，陶醉了山野的小路，也陶醉了柔美的晚霞。

可是，就在我们的爱情正含苞欲放之时，悲哀和喜悦同时降临在我的头上。那年应征入伍，我样样合格，就是和小李姑娘的恋爱关系不能过关。政审时，公社武装部长走进了我的家，他说："小李姑娘家庭成分不好，你不解除婚约就不能参军。"武装部长的话，如霹雳一声，把我震得头昏脑涨，我徘徊在选择的十字路口，与她解除婚约我心疼难忍，不解除我将失去前途。左思右想，最终我还是选择了分手参军。

临行的前一天傍晚，她在我常挑水返家的路口挡住我，眼角噙着热泪对我说："我的心慢慢会好的，你安心去部队吧。"然后递给我一条亲手钩织的白纱线衣领，说一个人在外洗衣方便些，说完便转身离去。我无言以对，呆呆地立在路口，目送她似乎抽搐的背影渐渐消失在远方。回到家里，我在灯下细看那饱含深情的一针一线，泪禁不住流了下来……

在部队上，我异常苦闷彷徨，像一只孤雁，往于春夏，返于秋冬。我恨她家的历史为什么不像《红灯记》中的李铁梅的爹爹和奶奶那么清白、闪光。我给她写了几次请求谅解的信，但她一直未回。大约她已注定了天涯四处漂泊，后来听说，她与一位家庭成分不好的上海知青结了婚，去了很远很远的地方。

过往经历，犹如风雨落花，悄然凋零，飘飘逝去。很多年以后，她回过一次老家，她的儿子亲自驾着"奔驰"车回乡祭祖。她穿戴很华贵，但神态仍像当年地地道道的农家闺女。

不绝如缕·往事

梨花哭嫁

田　夫

　　梨花是村寨里张四娘家的闺女,提起她,全寨人都竖起大拇指。她的优点可多了:人漂亮、能说会道,孝顺、勤快,尤其是爱唱歌、会唱歌。

　　梨花是我们小时候一起望牛的伙伴,她父亲死得早,跟着母亲和兄嫂过活,懂事早,身体发育也较早。她的美丽形象也曾出现在我少年时期懵懵懂懂的幻境中,因此当我知道她要嫁人的消息后,心中涌起一阵莫名的失落。

　　于是,我记住了那一年正月间梨花出嫁的日子:那个雪天,那个山野世界的歌哭声使我体味到其中的亲情,体味到人生的美好与无奈,仿佛重新经历了一场爱的教育。

　　梨花哭嫁,哭得美,哭得真。梨花哭嫁,为她的家人争了不少的光,被视为守规矩、有教养、知书识礼的典型,让全寨的老人们争相传诵:唱歌要学百灵鸟,哭嫁要学张梨花。

　　按老辈人留下的规矩,姑娘出嫁要哭嫁三天三夜,或许因为这一点,村里年长一点的妇女无不会哭会诉。到我们这一辈,姑娘们就野多了,不肯花工夫去学,会哭嫁的不多了,大多是蒙着帕子勉强挤出几滴泪,做做样子,没有真情实感,不是真哭,有的甚至是假哭真笑。到这几年,连假哭也消失了。梨花传承了我们村寨里的古规,会唱歌的她在这方面也特别有天赋,因此,在出嫁前三天的晚上,她家的青瓦木屋里就传出了动人的歌哭声——

橘子开花叶子青，阳雀开声我开声。

新打铜盆才装水，新打剪刀两面青。

娘不开口我开口，娘不开声我开声。

当门一根木莲树，木莲树上挂卷经。

……

　　除夕的团圆喜庆气氛还未化开，梨花的歌哭声犹如一种远古的呼唤，唤醒了一寨人心底古老的情结，于是，人们不约而同地乘着雪光朝寨子中心涌去，见她家大门口的两盏花灯已经点亮，梨花一人独坐闺房，脸上蒙着帕子，鸡啄米似的一上一下地哭诉。梨花娘正在猪圈喂猪，好像是有意躲避女儿的哭诉，她久久地在那里磨蹭，表面上关心的是自家的猪，内心一定翻江倒海。

花灯点点照华堂，女儿开言叫亲娘。

二十六岁就守寡，养个女儿空指望。

您为女儿办嫁妆，十天赶了三回场。

红红绿绿几大宗，被子办了六大床。

我的妈呀我的娘，韭菜开花九匹黄。

姊妹伢儿悲声叫，我娘怀我爹已亡。

……

　　别的姑娘哭嫁念的是歌书，梨花哭诉的是实情，早已超越了歌书，一上来就动真情，让赶来陪伴的妇女和姑娘们渐入佳境。梨花娘更是满心酸楚，从猪圈回来时，已是两眼红肿。这个苦命的妇女，年纪轻轻就守寡，硬是靠着自己的顽强与勤劳，拉扯着一对儿女长大，度过了大饥荒年月，并让儿女接受了中等教育，如今儿子成家生子，女儿的嫁妆也办得很有排场，单是缎面绣花被子，就是我们寨子里少有的"六大床"。按照古规，现在应该轮到她与女儿对哭，但看得出，此时的她在极力控制着自己的情感，不让它爆发出来。她热情地招呼着看热闹的人到屋里坐，烧米酒茶，忙得没心思哭。

我的哥呀我的嫂,听我妹子把情表。

一个柑子十二瓣,哥嫂妹妹要分散;

一根竹子十二节,逢年过节要来接;

一个鸡蛋没散黄,你家姊妹日子长;

一口水缸三道箍,你我姊妹莫生疏。

……

梨花哭完母亲哭兄嫂。嫂子连忙放下手里的活,掏出早已准备好的手帕,仰头,蒙面,低头,陪着小姑哭,词就比梨花逊色多了,哭声也听不出真情。当哭到"我想留你也不成,心肝寸断口难争"的时候,一旁的闺蜜们就彼此用怪怪的眼神交流,露出意味深长的笑容。

大家知道,梨花的嫂子心肠有些毒,自从她进门,梨花的日子没几天好过。梨花读书成绩好,本来可成为我们寨子里第一个女高中生,但她被迫辍学,在乡场上跟师傅学成了裁缝手艺后,全寨人的衣服大都由她加工,赚钱不少,但大多进了哥嫂的腰包。这次家里急着将她嫁出去,也是这个狠毒女人打的小算盘,为的是得到丰厚的彩礼:夫家家底殷实,但男人是个挖煤汉,脸黑得像火炭,相貌显然不般配。梨花最初也强烈地反抗,但最终屈服了,因为她是个很懂事的乖乖女,从小知道为母亲和哥哥分担忧愁,更不会制造麻烦,为了家庭的和睦,面对嫂子的百般刁难,她总是选择隐忍。

眼下,她哭哥嫂,也是发自内心地哭,哭出了哥哥作为家庭长子的艰难付出,也肯定了嫂子这些年养育张家下一代的辛苦操劳,唯独对她自己的苦楚只字未提。

梨花哥哥是个老实木讷的庄稼汉,在老婆面前是软蛋一个,他对姑嫂二人的哭诉似乎毫不动情,还有些反感地说:"有哪样哭场哟?又不是去受苦……让人家看笑话,快莫哭了。"

姑嫂二人便很快收起哭声,喝茶,嗑瓜子,与来看热闹的姑娘们说笑。梨花因为感情太投入,已哭得眼睛肿了,把几个要好的闺蜜看得心疼,而看热闹的大多数女人觉得不过瘾,又起哄鼓动梨花再哭一场。

于是,梨花的歌哭声像草原上的长调,再次悠扬地飘出木屋,传向夜空,哭的是一起长大的村里好姊妹:

> 同喝一口水井水,同踩岩板路一根;
> 同村同寨十八年,同玩同耍长成人。
> 日同板凳坐啊,夜同油灯过;
> 绩麻同麻篮啊,磨坊同推磨。
> ……

喜宴当日,男方吹吹打打挑来聘礼,最显眼的是绸缎布料,有九大匹,惹得妇女们都眼红,纷纷伸手去摸,嘴里啧啧不停。这种仪式叫过礼,男方派出的过礼先生也派头十足,有礼有节,确实为梨花家争了很大的面子。

正午,亲朋往来穿梭最密集的时候,梨花的哭嫁歌一个接着一个,她哭至亲的叔伯婶子、三姑六婆与堂姐妹表姐妹,还有朋友与乡邻中的贵客。

被哭的人得有所表示,才不算失礼,或者丢下一两毛"哭钱",并祝福一声"不要哭,笑笑呵呵去富贵人家,一生享福";或者以陪哭表示回礼。这下,喜宴也成了三姑六婆和堂姐们抒发感情的舞台,她们早已经历过哭嫁出阁,个个历练出非凡的哭功。于是长辈与晚辈对哭,堂姐妹对哭,表姐妹对哭,展开了一场盛大的歌哭大戏,各有各的出彩,各有各的创新……此情此景,悲喜交加:她们为各自作为女人离家的命运而哭,为各自生活的委屈与艰难而哭,而更多是为表达亲情与祝福,喜极而泣。

哭嫁场面越热烈,男人们的兴致也越高,喝酒也越多,主家也越有面子。在喝酒的男人中,有一个叫卯生的青年闷闷不乐,他不断猛喝,很快喝醉了,当场涕泪横流,哽哽噎噎,语不成句,很快被知情的人们架走。

据我所知,卯生与梨花自小玩过家家时,扮演的多是新郎新娘的角色,卯生暗恋梨花,梨花也有些喜欢卯生,但卯生自卑,一直不敢表白。梨花初中毕业辍学回家后，卯生才有勇气袒露心迹，二人偷偷往来过一段日子。卯生家穷，梨花娘嫌弃他，梨花嫂子暗中请了媒人上门提亲，破坏了这桩姻缘。可以想见，卯生此刻的心情，是何等的痛苦与彷徨！他依旧不会表达，更不会用歌词对哭，只有打落牙齿和水吞。卯生一路哭着离去，闺蜜告诉了梨花，梨花哭：

> 枫香坡上一对雀，跟着牛尾叫唧唧。
> 三岁就说成年事，许你长大做夫妻。
> 莫料恶人打一铳，一个东来一个西。
> 情哥今日莫怨我，来世与你做夫妻。

　　哭完卯生，梨花收声，独自伤心，闺蜜们知道她的心事，都陪着暗暗流泪。

　　喜宴上的哭嫁仪式至此结束，客人们也大多散去。

　　次日鸡叫时分，三姑六婆和闺蜜们都早早起床，围聚拢来，按规矩，梨花这个时候得作出阁前的最后一次告白，可大家左等右等，没有等来梨花的歌哭声，相反却等来了梨花娘的第一次真情表白：

> 米筛花，乖女天亮要离家。
> 小时睡在娘身上，长大就要随人家。
> 十月怀胎把你养，两年奶水给你哑。
> 乖呀乖，带你带到三五岁，会哭会笑会招人。
> 细皮粉面泛桃红，跟前跟后喊得亲。
> 知冷知热懂事早，哪个老娘不赏心！
>
> 米筛花，你今嫁到好人家。
> 莫怪你娘心肠狠，不让你身嫁卯生。
> 十里街头挂肠子，连着肝肺连着心。
> ……

　　梨花娘开头的歌词完全是为自己辩白，让梨花明白嫁个殷实人家才是硬道理，理由是一串一串的，并用寨中妇女的婚姻经历现身说法。按说梨花完全可以用歌词来驳斥母亲，最后表达一下对包办婚姻的反抗，但她没有，她选择了沉默与哭泣，最后哭得越来越伤心，引得姐妹们也大放悲声。

梨花娘接着教育女儿到婆家做媳妇的规矩，都是些《女儿经》中的大道理，是古规。梨花无疑是个孔夫子教导出的好女子，但为娘的还得最后训导一次："做人媳妇莫多嘴，公婆面前要低眉，姐娌之间要团结，为妇要心细，茶饭要均匀，明火要小心，炒菜要洁净，装烟又递茶，拣个石榴平半分……"末了，梨花娘大诉苦情，诉出了这么多年养儿育女的苦难遭遇，直哭到东方露出鱼肚白，让我第一次发现这个苦命寡妇的才华：简直是一代乡土文学的抒情大师，梨花的天赋原来完全来自于她的传承！

天刚亮不久，村口隐隐传来唢呐声，迎亲的队伍早早地来了。众宾客一个个好奇地出门张望，梨花好像受到了强烈刺激，一下子跪倒在中堂的神龛面前，撕心裂肺地哭开来，这次她哭的是死去的父亲，字字悲情，声声血泪。亲人们怀着一种复杂的心情赶忙上来劝慰，怕她伤心过度，最后生拉硬扯将她拉回闺房。

迎亲的队伍有一百多人，抬着花轿，放着鞭炮，吹吹打打、浩浩荡荡开进梨花家院坝里，一时间烟雾缭绕、鸡飞狗跳。闺房里的梨花与闺蜜们抱成一团，直哭得浑身发颤。

媒婆是一个利落干净的中年女子，她拿着一把红纸伞刚跨入门槛，梨花的哭声由哀转厉：

都怪她，牛屎吹成牡丹花！

肚里几多毛毛虫，拆散鸳鸯不怕挨雷打！

不怕野狗咬裤脚，不怕死了过不去河！

花言巧语嘴喳喳，不怕房屋遭火化？不怕后园水推沙？

媒婆显然见识过太多咒骂，早练就了一副嬉皮笑脸的应对功夫，她嘻嘻一笑，兰花指一亮，唱戏一般道："骂得好，妹子骂得太好了！都怪我，害你嫁个好人家！都怪我，害你早生贵子早发家！当家为妇才晓得，原来恩人就是她！"接着打出一个红包，三言两语就化解了现场尴尬紧张的气氛。

按古规,新娘一旦骂开,接下来还将分别骂过礼先生、唢呐客、打锣鼓的、女宾等,但懂事又贤惠的梨花做到了适可而止,没有骂。自古以来,不哭嫁的人在村里被视为不守规矩,甚至是想男人的骚女,骂媒人骂得越凶,表明新娘的心地越纯洁,所以大多数哭嫁不是真哭,骂媒人也不是真骂,而梨花不同,她是真哭真骂,相信有不少真爱被拆散的长辈们也如此。

招呼完迎亲的队伍吃过宴席,梨花就该出阁了。她一身红装,被母亲和哥嫂牵到中堂香案前,在一对流泪的花烛面前,她跪下,最后一次哭:

> 娘啊娘,
> 可惜我是个女儿身,
> 不能替娘操家业。
> 我走后,
> 家中田园慢慢翻,
> 头痛耳热你要歇。
> ……

这情景真有些生离死别的感觉。梨花娘拉起女儿,泪水交流。

临别,梨花又跪下,交代兄嫂:

> 桫椤树上十二桠,我们同根又同桠。
> 今朝老妹要离去,全靠哥嫂看后家。
> 妈妈风湿少下水,妈妈牙痛少吃辣。
> 我的哥呀我的嫂……

木讷的哥哥这时也亲切地牵起妹妹,双眼潮红。嫂子也控制不住自己的感情,一把抱住梨花,姑嫂二人任感情的潮水流泻飞奔。面对如此懂事孝顺的小姑,或许狠心的梨花嫂此刻内心的良知被唤醒了。

送嫁的三声铁炮鸣响之后,梨花告别了一个少女的青春岁月,开始了另一段生儿育女的人生旅程。

在喜气欢快的唢呐声中,有一个悲伤的青年一直远远地跟着迎亲的队伍,送过了碾坊弯,又送出了李山沟,最后在一个叫鹅根茎的石山上伫立……

桂花哭坟

田　夫

　　哭坟是土家族的风俗,前年回家,听母亲说起家族女人中有一个桂花大娘①,就是哭坟哭死的。

　　桂花大娘是我做民团团长的大公认养的女儿,家住石溪寨,早年守寡,带着一个儿子过活。记忆中,她的那个儿子——我的云表哥,模样清瘦,老是一副病快快的样子,说话都接不上气。他结婚那年,我们去贺喜,桂花大娘满面春风迎接四方来客,而云表哥像木头一样站在中堂,满身披红挂彩,依然神气全无。他拉着媳妇给母亲磕头,头着地,许久起不来,且眼里饱含泪水,惹得桂花大娘心疼地大叫:"幺儿呀,快起来! 今天是喜事,来年早生贵子,夫妻幸福百年,我等着享你们的福!"

　　我们兴致勃勃地等着闹新房,哪知刚开场,他就对大家说:"各位亲朋好友,承蒙大家看得起,请饮薄酒三杯……我身体不好,瞌睡也来了,就不陪大家耍闹了。"

　　有人笑话他这么猴急等着睡新娘,没人附和。大概是实在不忍心折腾他这个病秧子,众人喝酒三杯,俱各分散,一夜无话。

　　别看云表哥如此了无生趣,他可是个远近闻名的大孝子。据说饿饭那年,他才五岁,母亲把自己的口粮匀给他,他不吃,说"娘不吃我也

_____

　　① 方言读第一声。

不吃。"当时许多带娃仔的母亲就是饿死的,但桂花大娘能够活下来,真多亏了云表哥的孝顺。人们说,云表哥的孝顺,是天生的。

结婚前,云表哥被抽调去外地修三星水库,一去两年不得归家,他常常星夜兼程赶回来,后半夜便往回赶,来回一趟要走五十里山路,就为看一眼母亲。对于一个身患痨病的人来讲,何其不易!他每次也不会空手回来,有时带一根甘蔗,有时是半截莲藕,有时是一只干鱼。

云表哥婚后生育一男一女,每次做满月酒,他都要拉着妻儿给母亲磕头,长跪不起,起身时满眼泪花。桂花大娘这时便显得自豪和满足,每次都亲手扶起儿孙们,郑重其事地封话:"样样都好,小的易长易成人,大的满福满寿,一家孝孝和和,我等着享你们的福!"

但她没有等到儿子满福满寿,也没有享到孙子更多的福。

云表哥越来越忧郁,越来越清瘦,很快就走不起路,到医院一查——肺癌晚期。

他隐瞒了这个病情,至死没吭一声,要知道,这种病要忍受巨大的疼痛!去世前一天晚上,他给母亲端了一盆热水,要亲自给母亲洗脚。他说:"妈,你这辈子没得享几天福,全怪当儿子的不争气,没本事……今后我也只能给你洗洗脚了。"

桂花大娘没看出儿子的生命已到灯残油尽之时,还说:"乖儿,有你这句话,妈就满意了,二天还有享不尽的福。"

云表哥去世,受打击最大的是桂花大娘,因为她性格脆弱,一直把孝顺儿子视为宝贝。白发人送黑发人,心中悲苦无以言表。

她对儿子的无尽的爱,表达的方式便是哭坟。儿子刚下葬的那一个月,她每日必去哭坟,一会是深情款款地呼唤幺儿,一会是对无道苍天愤怒的指控——即便是白天,那哭声也像是从阴森恐怖的地狱深处发出来的,听来感觉生活毫无希望,给山村明净的天空蒙上一层阴霾……

桂花大娘本来个子高挑,这以后,她的身形日渐萎缩,背也越来越驼了。她跟着媳妇和两个孙子过活,一家人也还孝孝和和的。媳妇模样稍差,头脑也有些笨拙,但她是懂得孝敬老人的,仅一个细节就可说明这一点:每逢传统大小节日,她都要亲自给婆婆洗脚,聊表寸心。云表哥地下有知,也该含笑了。

乡村有无穷无尽的苦难,多因疾病造成。几年后,桂花大娘心头的伤痛刚愈合,媳妇患了乳腺增生之类的病,肿块不化,夜夜叫疼。求神不灵,找到乡里一个土医生,既没进过学堂,又没祖上传授,仅仅做过几年劁猪匠,就敢给人开刀——他家里那间由牛圈改装的手术室,实施过大小外科手术上百例,其中包括癌症手术,仅收费二百元,可见求上门来的都是家贫无奈的乡亲,死马当作活马医,偶有奇效,就被封为何神医。

我曾经亲眼见过何神医为乡间妇女做乳房肿瘤切除手术,只听得何家牛棚里患者"妈呀老子呀"地叫,好像疼到半天云去了,而何神医镇定自若地指挥徒弟说:"她实在经不住疼,你去给她拿两颗止疼药来。"这么大的手术,竟没有打麻醉药! 足见何神医浪得虚名,只配做劁猪匠。

何神医收下两百斤苞谷,就答应给云表嫂做乳房肿瘤切除手术。云表嫂术后两个月死亡! 如此轻视生命,何神医早就犯下多起罪行,可那个年代竟没人将他送进监牢。这就是当时农村医疗卫生的状况! 有学者谈及此,多将悲剧归因于农民的愚昧和迷信,他们哪知道其中最简单的一个事实:农村人看病难,治病难,手术更难;乡下人往往是一家人卖掉一头耕牛,也做不起一台大医院的手术,如之奈何!

有人动员桂花大娘去打官司,可她说:"人都死了,再打官司有哪样用? 本乡本土的人,上辈子还沾亲带故,两百斤苞谷退了,还主动赔了三百块钱。都是命,乖媳妇哟,哪晓得她只有这点寿元? ……"

桂花大娘对儿媳的疼爱与愧疚,又化作新坟上絮絮叨叨、凄凄切切的哭诉。她是真心把她当成了亲生女,曾经到处张罗和铺排着给她重新招个丈夫上门,但没有找着合意的。

十年前的夏天,我在回乡探望老同学的路上,见着一个驼背老太婆四肢着地,拖着一袋刚摘下的苞谷棒子,艰难地爬行着;她的身后跟着两个十岁左右的孙儿,都背着满背篼的苞谷棒子。好久我才认出,她是我的桂花大娘!我叫了一声大娘,她没有反应,两个孙儿在身后提醒她,依旧没有反应。我便无语,默默地走远了。

这是最后一次见着桂花大娘。前年才得知她去世了,是哭死的——两个孙儿都去"杀广"了,她一人太孤单,就去坟上哭,哭了儿子哭媳妇,活活哭死了。

家族女人哭坟的经历伴随着我的成长,让我在不觉中受到了浓浓的亲情教育。能在爱意浓浓的环境中长大,即便这爱是那般苦涩和辛酸,对人生,也是幸事。

村庄的葬礼

田　夫

　　我们村里称红白喜事造屋立碑的庆典为"过事务"。山里人家将这一仪式看得很神圣，一方面它是展示自己家庭实力的排场，另一方面又是沟通亲情与乡情的重要渠道。因此，即便是缺衣少食的苦寒岁月，我们的寨子里过事务的次数也不少，人们的参与热情也最高，因为那同样是一次大吃大喝的机会。

　　过事务，哪怕是丧事，也给我的童年带来了很多欢乐，留给我们舌尖上的记忆也特别甜美。而记忆最深的除了摆子婆的葬礼，还有一次是曾三的葬礼。

　　懒蛇曾三自杀而死，留下一个有些弱智的老婆和一对儿女。自从曾三的婶娘前年过世，曾家的族人在我们寨子里已不复存在。这样，曾三家的事就成了一个问题。

　　首先就是曾三的安葬问题。家里只剩下老婆刚借来的三斤苞谷面，一对儿女已饿成了大眼眶，轻度弱智的老婆经不起这突如其来的变故，吓成了一个真正的痴呆，只知道一个劲地念叨老公："曾三他还没吃饭呢，曾三他还没吃饭呢……"

　　记得那是70年代末的一个夏天，豌豆花开的时节，一个中午。曾三一米八的个子直挺挺地躺在堂屋的木板上，屋子没有装修，就用稀疏的木板围成，好像一个大猪圈。寨子里的人们围聚在曾三家的堂前屋后，叹息声一个接着一个："造孽啊，儿女们以后怎么活？""太硬气的人,过不下去了,就说一声嘛,哎——""他死得倒痛快,就不心疼儿女了?"

叹息归叹息,眼下得想出办法来。

有人说:"田队长,你看怎么办?"

队长大伯说:"怎么办?……你们大家都想想办法,看看怎么办?"

想办法得花钱花米,都没人肯轻易吱声了。

队长大伯也想不出好办法,就说:"所有壮劳力,都去帮助曾三家把麦子割了,会木匠的帮忙割个盒子……明天就把人埋了,大家说好不好?"

有妇女说:"好是好,就是一个大男人,就这样去了,好歹得有三尺白布啊……"

队长大伯犹豫一阵,说:"那也得要钱啊,要不,每家出两毛钱,要得不……"

没有人反对,不少人点头。

"哎——田队长,一个生产队用三尺白布埋个人,亏你也说得出口!传出去怕是要骂我们周家寨人的祖先了!"

大家寻声望去,是王满娘!曾三老婆就是去她家借的粮,此刻,她泪流满面,悔恨不已地说:"早知道,我就该多借给他家几升……曾三太懒是真,他的懒队里也有责任,他是个厚道人,哪家过事务他没到场帮忙?你们就忍心看着他这么去阴间?太凄惨了吧?姚三叔,你是过事务的总管,你得站出来说话。"

四十年来,我们寨子里曾先后出过三任过事务总管。这个总管的头衔来自民间认可,必须具备三个条件:一是办事精明干练,有领导能力;二是有民间威望;三是要有热心肠。姚三叔是第二任事务总管,他的能力显然非队长大伯可比,在这种场合的威望也比队长还高。姚三叔忙完了曾三的净身和换衣,终于站出来讲话了。

"曾三是个懒蛇,刚才王满娘说了,他也是个好人。且不管他家祖上对我们有没有恩德,但他生是我们周家寨的人,死是周家寨的鬼!

他生前我们没有照顾好他,但他死了,他的后事我们不得不管!大家说对不对?队长,你说对不对?"

"说得好,我们都该管!"张三爷说。

"说得是对……就是看啷个管……"队长大伯说。

众人连声附和,姚三叔也找到了角色的感觉,接着说:"既然该管,我们就要正儿八经地管,不能糊弄人家,死者为大,该有的礼数一个不能少,要让曾三走得舒心,走得体面!大家说是不是?"

众人被鼓动起来,姚三叔便越说越激动:"现在又不是五九年,死者得有具大棺材。按礼数,得找阴阳先生看下葬的吉日,得大摆酒席,得唱孝歌、得安魂、哭丧、做道场,也得披麻戴孝,出殡也得有个望山旗,也得有只大鸡公。依我看,粮食大家凑,反正也是大家吃,就当打平伙;礼炮、寿衣、白布、大山羊、鸡公、酒水、香烟都要花钱,大家一起凑,不够的由队里出。田队长,好不好?"

队长大伯迟疑,说:"队里没钱……你晓得的。"

"记在账上,秋后交完公粮,再兑现,行不?……大家说行不?"

大家说行,逼得队长大伯表态同意。

说干就干,立即现场认捐钱粮,登记。王满娘带头捐出五十斤大米、十块钱,做出表率,其他人便纷纷加入,有三户人家实在拿不出粮食和钱财,但表示愿意出力。只有一个人偷偷开溜了,他是杨昌怀,寨里有名的守财奴,家底很厚,但要从他家里掏出一文,便如要了他的命,人们连谴责他的兴趣都没有了。还有就是富贵叔自愿捐三斤苞谷和一毛钱,被闻讯而来的富贵娘当场一顿臭骂,自然他家的没法兑现了。

钱粮认捐结果超出了预想,一共筹集到三百多斤大米、六百多斤苞谷、一百二十元钱。

阴阳先生当场根据曾三的生辰八字与死去时辰推算出下葬日子,定在三日之后。姚总管当场分配任务,并张榜公布:姚老华管阴阳,包括道场、下葬地场看风水等;钩子公管文书,包括对联、祭文等;摆子公管礼乐,包括孝歌、哭丧、唢呐、锣鼓、铁炮、火炮等;三木匠负责伐木打造棺材;张三娘负责缝制寿衣与孝衣孝帕;王满娘负责酒菜、香烟采购与财务登记;永财哥负责厨房;杨三负责宴席与接待;田队长负责出殡与下葬……被分配任务的人选,大多是经过多次训练出来,并受大家认可的。总管雷厉风行,大家各司其职,很快进入角色,一场盛大的丧礼,便在乡邻互助的组织结构中高效运作起来。

记忆犹新的是哭丧,这是葬礼上少不了的一种仪式。曾三老婆不会哭,一对儿女更不会哭,老婆的后家人只有一个瞎眼老太婆,曾氏家族再无他人,谁来哭丧呢?在礼乐总管摆子公的安排下,梨花娘等六名妇女自愿承担起义务哭丧的任务,她们都是我们寨子里最会哭的女人。阴阳先生一边念念有词地给亡魂开路,梨花娘就带头先哭起了《开路歌》:

> 乌鹊飞来站门边,我弟死了一整天。
> 懒懒散散过日子,硬气之人命归天。
> 全寨老少来帮忙,接来先生起道场。
> 五方大路齐开出,出离地狱少受苦。
> 解脱菩萨来吩咐,吩咐我弟走西方。
> 西方路上搭金桥,引魂童子把魂招。
> ……

那年月寨子里啥都缺,就不缺能歌会哭的女人,她们不用调教就能自然地入戏,哭得凄凄切切,好像就在哭自己的亲人,而曾三的笨老婆倒像成了局外人。整整三天三夜,六个女人轮流哭丧,每进行一项仪式就得换一种哭法,换一种声调,分别是哭裁衣做鞋、哭入棺、哭苦情、哭承孝、哭接亡、哭接祭、哭朝幡、哭开馆、哭合木、哭血河、哭上路……

这六个天生的悲剧演员兼抒情大师,把丧礼的哀愁气氛一幕幕推向高潮,搞得人们心头愁云惨雾,眼泪直落,这日子便不好过了——别急,乡人自有诗酒解愁的法子,那就是唱孝歌!

如女人会哭一样,唱孝歌是男人们的拿手好戏,我们寨子里更是天生出歌手。孝歌要唱三个晚上,目的是为守灵的人们助兴,一边打鼓一边唱,声调也比较明快,少有哀愁感。摆子公拖起他那圆润抒情的长调,率先起了歌头:

> 日吉时良,
> 天地开张,
> 亡者升故,
> 停在中堂。
> 打扫堂前地,
> 宝香炉内装,
> 各位师尊两旁坐,
> 中间停黄丧。
> 天上听到神鼓响,
> 风吹玉炉香。
> 引魂童子穿身黄,
> 手执华幡到孝堂,
> 童子为何到此处?
> 接引亡者到天堂。
> 亡者撒手飘飘去,
> 随着童子见玉皇。
> 玉皇大帝开金口,
> 尊声亡者听端详:
> 自从今日归天界,
> 永世不落凡尘乡,
> 在天上天有八卦,
> 在地下地有五方;
> 春有桃花三月放,
> 夏有荷花满池塘。
> ……

全寨男女老少几百人围聚在篝火旁,聚精会神地听,唱歌人来了兴致。钩子公接过鼓槌,一顿猛敲之后,为了缓和一下气氛,唱起了《扯谎歌》,声音依旧粗粝干涩,但喜剧效果奇好。

> 金鼓打得二三更,
> 黄鹤楼中听鸡鸣。
> 哑巴会说亲热话,
> 聋子一听笑哈哈。
> 和尚捉到尼姑打,
> 辫子揪掉一大把。
> 癫子头上没头发,
> 骂声和尚胆子大。
> 尼姑胎儿都打掉,
> 堕胎人命要抵杀。
> ……

　　当民办教师的本家二哥不甘落后,早已按捺不住,抓住机会抢过鼓槌,异常兴奋地唱起了《十八匠》:

> 各位仁兄听端详,
> 钻磨(石匠)师傅手段强。
> 小小磨儿生八方,
> 一方大小十条岗。
> 可磨五谷与杂粮,
> 做的馒头香又香。
> 我今说的是哪个?
> 他是后山杨二强,
> 为人喜欢钻磨眼,
> 说个老婆比人胖。
> ……

　　十八匠是我们山里人对民间手艺人的一个统称。歌里提到的我们后山的杨二强是十八匠中的石匠。十八匠在我们村子里就占了十四匠,分别是打油匠、弹花匠、石匠、补锅匠、劁猪匠、杀猪匠、打卦匠(阴阳先生)、唢呐匠、木匠、皮匠、鼓匠、染匠、瓦匠、篾匠。家兄二哥虽身为半个公家人,但对唱孝歌很入迷,他从钩子公那里借了一本歌书来学习,第一次就唱得八九不离十,且临场发挥出色,将我们寨子里的众多匠人们的个性与趣事用唱词调侃出来,言语幽默,第一次显示了他非凡的歌才,一个人单独表演了大半个小时,让现场的匠人和老少们笑得前仰后合。

接下去又有人唱《天地玄黄》《观花》《十唱古人》,直唱到天亮,人群已散去大半,剩下的人也没精打采,但有一个人还特别来劲,他是村中著名酒鬼杨三皇。

唱歌者虽然都是尽义务,但每唱一段就可以免费享受一杯烧酒,杨三皇的一双牛卵眼一直盯着祭祀台上的酒瓶,苦于胸无点墨,不得沾酒,眼看孝歌就将收场,他竟急中生智,抢过鼓槌,就现学现编唱起来,唱的是《美酒敬亡人》:

> 一杯酒,敬亡人,不敬亡人敬谁人?
> 亡人坐下宽饮杯,快快吃来不用推。
>
> 二杯酒,敬亡人,不敬亡人敬谁人?
> 亡人快快端起杯,我陪兄弟饮两杯。
>
> 我敬亡人三杯酒,外搭古人歌一首。
> 东方色色古日新,飘飘世界远无踪。
> 亡人吃得哈哈笑,酒吃三杯通大道。
> ……

杨三皇一连敬了十杯,祭祀桌上剩下的美酒全进了他的肚子。唱词虽然是简单的重复,但总算也发挥得到位。众人知道他的鬼把戏,又无可奈何,要知道这是丧礼上唯一的两瓶好酒——大关酒,是招待歌师们的,歌师们个个谦让,舍不得喝,这下大多数被酒鬼杨三皇给糟蹋了,大家心里又气又好笑。

喝过十杯酒,怪事发生了:杨三皇鼓槌还未放下,忽然往后一仰,重重地栽倒在地。

众人扶起他,只见他面色铁青,没了鼻息——休克了!场面大乱。

有人大叫:"快请阴阳先生,杨三皇被鬼打了!"

阴阳先生从睡梦中被人请来,一边命人掐住杨三皇的人中,一边烧香,对着曾三的棺木鞠躬作揖三下,嘴里念念有词,又一个奇迹出现了——杨三皇苏醒,呕出一股污物!

一场虚惊之后,摆子公唱了一段《酒色财气》收场,算是用杨三皇的事举例,劝大家切莫贪酒过度,听得大家频频点头,也哈欠连声。

闹白当日,曾三家门庭若市,经幡飞舞,白衣飘飘,鞭炮声此起彼伏。礼乐总管规定,凡是年岁比曾三小的,一律为曾三披麻戴孝,因此村寨里头一回见到这么多人身披白衣白帕,曾三可谓生得窝囊,死得辉煌!外村也有不少人赶来吊唁,都是曾三参加民兵组织和乡场市管会结识的朋友,特别是市管会的几个人,已混成了戴大盖帽的国家干部,很是威风,给曾三的葬礼增光不少。大家一起谈论起曾三的为人,都称赞他是个老实厚道的人,尤其是他本来入了党、入了市管会,成了半个公家人,很有前途的,可为了良知与公平正义,擅自放掉投机倒把分子任永章,自毁前程,这是一种什么精神?这是一种毫不利己、专门利人的精神,这是一种心怀良知、勇于牺牲自己的精神!这种精神说来容易,做起来谈何容易?平时,大家心中的曾三就是懒蛇的形象,都瞧不起他,甚至取笑他、挖苦他,曾三也背负着懒蛇的形象堕落下去,而今他死了,回过头去看看他短暂的一生,其实也有闪光点……于是,大家都摇头叹息。

酒宴正席上的劣质苕干酒管够,大家便放开肚子尽情地喝,猜拳行令,好不痛快,直喝得天昏地暗,直喝得儿不认母!曾三的丧礼,真正成了全寨人宣泄感情的大好机会。

次日清晨,山野里大雾弥漫,一杆高高的望山旗刺破苍穹,直往山上去,后面跟着长长的送葬队伍。那场面壮观、热烈、悲情,在锣鼓声

与鞭炮声中,哭丧的妇女们如此诉说着一个山野生命的离去:

天亮起来雾沉沉,要抬我弟上山林。

三撮泥巴撒大路,三堆石头砌个坟。

山中树木陪伴你,永远不得转回程。

自从今日两分手,要想相逢梦里寻。

苦瓜牵藤苦茵茵,孤儿寡母过光阴。

一对儿女未长大,大家帮你养成人。

乡邻平时有得罪,今日赔罪来送行。

活在世间无指望,你去阴间享清闲。

地狱门前两盏灯,一条血河浑沉沉。

……

镇江阁一夜

覃智扬

白日西沉。天上暮云由玫红转至青黛。

与父亲坐了一麻雀尾小渔船,去雷坪下面的镇江阁边程良家吃鱼。其实,并不是在程良家里吃鱼,而是在程良的船上吃鱼。

程良是重庆人,在乌江上专事打鱼。1950年秋天,娶了寡妇余二娘。余二娘有一儿子,原名余孝孝。后跟了程良姓,改名程孝孝。程孝孝六岁起就跟继父在乌江上打鱼,打了鱼就赶旱路进思南城里去卖,赚得钱后交由母亲保管,一家三口日子过得殷实,快活而又浪漫。

程良在乌江上打鱼是个行家。无论拦网、撒网、扳罾、垂钓,无人能及。程良对生活要求不高,只要每餐有二两烧酒,咸咸辣辣的几个小菜,晚上和余二娘颠上几次床,也就心满意足了。

船进鲇鱼峡。前方一列悬崖,五色斑驳,如锦如绣。

江水深而碧蓝。流水似动非动,江底岩石清晰可见。有白头鹭鸶列着整齐的队伍贴着水面飞舞。点点白色,渐次消失在微茫烟波里。

去镇江阁是上水。只听摇橹声嘎嘎作响,却不见小渔船有几许进展。小渔船是杨昌洪家的。杨昌洪也是个乌江上的打鱼人,全家吃穿用度靠的就是这条船。杨昌洪与程良是乌江上的同事也是朋友,程良在乌江上救过杨昌洪的儿子大杨娃的命。所以两人成了莫逆之交。两家人之间,谁家有好吃的,都要邀请对方。今天是程良请客,说是昨夜在乌江上网得一尾六十多斤重的大鲢鱼,在邵家桥小镇上卖后余下一块,十来斤重,要杨昌洪约上我的父亲,带点酒精去兑水当酒喝,弟兄几个快活一夜。

时值1960年的冬季,国家正是最困难的时期。家家户户断了烟火,都在大食堂里就餐。二两米饭,经食堂人员打折扣,能进肚子的大概只有一两二钱左右。所以,大路小径上,常常有倒毙的年轻人或浮肿衰弱的老人。吃鱼喝酒,在这样的年代,是一种奢侈的享受。

我坐在船头的小木凳上,想到晚上能吃到香喷喷的鱼肉鱼汤,口水情不自禁地顺嘴角流下。眼睛呢,只望着两岸的青石壁发呆。

石壁半腰,在上不沾天、下不及水,无路无梯的地方,悬空张开一大洞,洞口安放有隐约可见的悬棺。三五只绿头水鸟在洞口掠过,叫声凄厉。

眼前风景静美而忧郁,带了些惆怅,带了些伤感。尾舱里,大杨娃开始架锅做饭。因是事前讲好的,程良在他的船上负责把鱼煎煮好,杨昌洪则负责煮好饭。待两船汇合后,立马就可用餐了。说是煮饭,其实差点没有米。杨昌洪说:"好不容易弄了两斤干苕颗,半斤苞谷面,准备熬上一大锅,不图味美,图个肚儿饱。"父亲说:"不用了,我带了两斤大米来,掺上点苕颗、苞谷面,蒸一甑子,大家吃个饱。"杨昌洪问:"你在哪里搞到的米?"父亲说:"在塘头黑市上托人买的。"于是,今晚可以吃一顿真正的饱饭了。

柴是湿柴,炊烟便带了些湿气,在江面上如丧幕一匹缓缓游荡。大杨娃被湿烟熏得两眼红红的,泪水成线。

时近薄暮,落日已入西山山坳。余晖浸染的远山,化作一片淡紫。江上有清脆的橹声,也有打鱼人嚯嚯的吆鱼声传入耳畔。夜,已渐渐来临。于是,岸边竹林里便有了雌鸠唤夫,大路上也有了母狗思春的声音。

冬月初七的夜晚,弯弯的月牙挂在东山边。船在朦胧的月色里缓缓上行,两岸景色如诗如画。可能,除了我这个爱做梦的少年以外,父亲以及杨家父子俩,关注得更多的大约是即将到来的那美味大餐。

船至镇江阁，远远便能望见程良的渔船。渔船笼罩在乳白的烟雾里。月光是乳白的，烟雾在乳白的月光里也变得乳白了。

"大杨娃，快划几桡，靠拢来！老子酒虫都爬出喉咙管来了！"

程良在十几米的上游扯着嗓子吆喝。

这时，船上的几个人都已嗅到了上游渔船上飘荡下来的香味了。

两条船刚刚并在一起，程良一个箭步就跳上杨家的船来，从后舱抱了竹甀回到自己的船上。因是隆冬时节，船头船尾皆寒冷异常。程良在船舱两头挂了布帘子，在舱里安放了一张矮脚方桌，五个人挤在小舱里，开始吃喝。父亲问程良："孝孝呢？怎么不叫他来船上吃？"程良说："我让他端一钵鱼回去，让他和他娘就在家头吃。船舱太小，挤着难受，少一个人，大家都舒服些。"父亲说："那就舀一钵在旁边，给他娘俩留着，明天早上吃。"程良叹了口气，说："呃，不是娘俩，现在是娘三个了。昨天，重庆的儿找来了，说是她妈得了浮肿病，死在医院里了。"儿了不知父亲在哪里，只晓得是在乌江上打鱼，便从下游沿着乌江打听，找了一个多月才把他寻到。程良又说，从昨天起，余二娘就找他拌嘴，说程良骗了他，原本在重庆有老婆儿子，居然瞒了她七八年时间，骂他程良是个大骗子。程良说，自己是个打鱼佬，有江有河就是家，这些年也没回过重庆，是乌江拴住了他，也是余二娘的热被窝笼住了他。父亲和杨昌洪父子掩嘴偷笑。而此刻，我心里却是沉甸甸的。我想，一个男人，怎么能丢了孩子和老婆七八年时间，不闻不问，到乌江上来过自己快活逍遥的日子呢？何况，现在的老婆是个寡妇，儿子也只是个继子。

鱼块白嫩白嫩的，在滚汤里跳跃。鱼香味灌满了船舱。由于两头有布帘子阻挡，香味便浓浓地扑过来。父亲带了两瓶酒精，程良拎过一只竹篾温瓶，将两瓶全都倒了进去，盖上瓶塞摇了几摇，然后拔了塞子，把勾兑过酒精的水倒在一只土碗里，轻轻嚓了一口，说："正好，还有五六十度左右。"于是，给父亲和杨昌洪也倒了一大碗，边倒边说："大杨娃，你就不要喝了，不要冲淡了老子们的汤水，让我和你老子、覃伯伯三个今夜喝个痛快!"说完,一仰脖子就灌下去一土碗。喝完后,抹抹嘴角,说,"安逸,安逸,硬是安逸! 这哪是酒精兑水,分明是神仙尿。"

大人们以鱼佐酒,我和大杨娃则拼命地吃鱼喝汤。及至吃到锅里所剩无几时,一只母狗,带了两只小狗竟掀了布帘钻进船舱里来,同时带进来一股刺骨的寒风。狗是黑狗,身上驮了些白白的雪花。掀开布帘,外面下着纷纷扬扬的大雪。"狗东西,你们的鼻子怎么那么灵? 居然晓得船上有好吃好喝,从家里也追来了。"程良边骂边用土碗盛了些鱼骨鱼刺,赶那母狗和两只狗崽出舱去。"到外头去吃,舱里人多太挤,老子们闻不得你狗东西们的骚味!"无奈的母狗和两只小狗,只得乖乖在前舱冒着大雪就餐。

夜渐深沉。父亲、程良和杨昌洪均已醉得不省人事。大杨娃用一床被子把歪斜着的三人盖上,然后又用另一床被子和我两人共盖,靠着舱壁,慢慢进入了梦乡。

凌晨,天光还不很亮。程良可能是第一个醒来,执一扫帚,打算出舱去扫雪。响声惊醒了我,起身随他出舱一看,黑母狗趴在舱板上竟一动不动。我问:"程良叔,黑狗怎么不动了?"程良用脚踢了一下黑母狗,只听见从黑母狗身下发出一阵"嘤嘤"的叫声。程良用手去挪动黑母狗,两只小狗便从黑母狗身下钻了出来,黑母狗的躯体却僵硬地倒在了舱板上。程良说,母狗已冻死了,还好,留下了两只小狗。然后又朝舱里喊道:"老覃、杨昌洪,你们今天都回不去了! 晚上,大家吃狗肉。"

我一点也高兴不起来。厚厚的积雪覆盖着狗的身躯,虽是黑狗,虽身躯僵硬,但是,一夜之间,圣洁的雪花让它变得纯洁美丽而伟大,它用母性的慈爱和温暖,以牺牲生命为代价,保护了儿女。

雪后放晴。日光照在镇江阁的悬崖壁上,艳丽娇美,风情万种。日光照在覆盖着厚厚白雪的母狗身上,像是在用光辉去升华它那颗博大的母爱之心。

心系乌江不肯归

杨德淮

人，有时真是怪得稀奇。心不在焉，便属这种情形。按理，心随身在，身因心存，不可分为两处，可偏偏又总有心与身无法合在一起的时候。能说不奇怪吗？

不妨谈谈自己。

从龙年秋冬之交到蛇年深冬之际，我调到铜仁市郊的锦江之滨一年多了。可自己的心，竟远在四百里外的思南，牢牢系住乌江而不肯归来。也难怪，在那里，我生活了整整二十五年，那是生命年华中"日出之阳"与"日中之光"的二十五年。

二十五年里，春风秋雨，夏日冬雪，朝夕与乌江相伴，有顺心也有伤心，有热心也有寒心，有舒心也有痛心，有痴心也有酸心……虽不能说整个的心都融汇在乌江里了，但完全可以说，悠长的乌江无时不牵系着我整个的心。

一

首次见到乌江并横渡乌江，是癸卯年秋冬之交。

长途客车经过一整天的雨中行驶，把我载到陌生的思南。当客车在迷蒙暮色中停下来待渡时，恰巧雨也停了。经受了洗礼的山城和乌江，以其独有的肃穆和宁静来接待我这位远客。我虽无受宠若惊之感,却有以身相许之情,一见面就动心了。

下了车,呆呆地站在渡口,但我凝视的并非岸上的城,而是身前的江。是的,比起我涉足过的㵲水、锦江、清水江、南明河来,眼下这江面的开阔,江波的气势,江风的声威,以及江帆的众多,江峡的奇雄,都是我不曾目睹过和感受过的。

惊望着,品味着,也沉思着。情不自禁地,我蹲下去掬起一捧江水,那凉意一下子沁进了心头。于是,我竭力想象这江从何处而来,又往何处而去。当然,地理书上的示意图和文字说明很快给了我一个轮廓,但并没有给予我具体答案。渡轮靠码头的汽笛声打断了我的探寻,我却毫不失望,因为年轻的心与奔腾的江终于联系在一起了。

跨入思南中学,我被安排在一间木楼上的房间里。一床灯草席和几箱图书,填补不了满屋的空虚。夜里,我常常被一种莫名其妙的声音唤醒,仿佛有意消除我的孤寂。我有些迷惑不解。老校长知道后,笑着对我说道:"那是乌江的涛声,她只呼唤和他息息相通的人。"这番风趣话,显然是对我的宽慰,却也是对我的叮嘱。

不过,我却当真了。从此,或去江滨散步,任江风陶冶性情;或去江边洗衣,让江水涤净污秽。更能体现和乌江密切联系的,是夏天去江中游泳。我的水性不算太出色,勉强可以,渐渐地,泅渡对岸打个来回,已成家常便饭。感谢乌江,我们之间从未发生过不愉快的事。

也有那么一次,让我虚惊了一场。当时,就我和一位年长的先生在麻柳林沙嘴外浮水,兴头上,我们决定泅过滩口去白鹭洲。途中,过猛的浪头竟将老先生推得很远很远,幸亏他水性过硬,居然能冲出漩涡游到岸边。我毕竟年轻,在预定地点登了陆。回头见得老先生已登岸解危之时,我倒松了口气,但仍然不免在热天捏一把冷汗。

最有意思的是那年盛夏参加县里举办的横渡乌江活动,头两天一场大雨,使得乌江洪水猛涨。活动开始了,江水还在上涨。运动员谁也不愿让人看成懦夫,都不肯退下阵来。我也一样,并把它当作在大风大浪里锻炼成长的最好时机。凭着自身的年龄优势,也凭着与乌江的深情厚谊,我下水了,滚滚洪涛竟将我从小桥沟口冲到椅子山下。那距离,总有三四华里吧。上得岸来,我已四肢无力,望着浑身黄泥,还是暗自笑了。

二

　　江水日夜流,江风朝夕吹。有十余年时间,我虽然就在江边,却有着不可言语的隔膜,自然也就多了一层不堪忍受的眷恋。是的,那些日子,分明听得清乌江的呼唤,却看不到乌江的形影;有时又分明看得见乌江的流动,却触不到乌江的脉搏。

　　那时我被特殊地"保护"着,便于更好地"静以修身"。移居到土砖围砌的房间里,冬暖夏凉,外加专人守卫,舒适而又安全。只是看不到我的乌江,我那十分热切的乌江,心头总不是滋味。一天下午,一个胆大的学生值班时,居然贴近窗前问我需要什么。我请他为我提一壶乌江水来。他疑惑起来,但第二天轮到他值班时,真的给我偷偷送来了一壶乌江水。我用一口大缸盛着,就放在供我写反省材料的书桌上,从早到晚望着,想着,触摸着。不准与乌江为伴,悄悄与乌江水相聚,不也是顶舒心的么?可惜后来去营盘头劳动了一个月,再返回自己的房间时,那缸乌江水已经陈腐发臭了。我的心不禁悲凉起来。

　　有段时间,我被安排在龙洞门前的大寝室里接受批判,沉寂中颇有些热闹,嘈杂里更有着忧愤。清澄而晶莹的龙洞水,固然也让我冷静,但唯有脚下的乌江,能以它百折不挠的追求点化我赤诚的心。被人为地舀起来成年累月禁锢着的乌江水会陈腐发臭,但奔流不息的乌江却永远不会陈腐发臭,即使你把人间的污秽全都投进它的怀里,即使你把自身的肮脏统统倾倒在它的身上,它也不会陈腐发臭。因此,我好几次请求去乌江洗澡,以便领受更实在的感化。当然,我没有一次被批准,因为在这之前,已有好几起投江自杀的先例。我虽然从未想到自杀,更从未想过要投江自杀,可总有人会以为我会自杀,自然要严禁我下水了。不得已，只有在往返的渡船上用手轻轻撩一撩乌江水，算是接受洗礼。就是这样，也往往会招来貌似关照的呵斥："把手拿出来！你不要命啦！"

高墙内的囚室里，江涛只能是依稀可闻，但正如老校长所说，那是对和她息息相通的人的呼唤，只不过这时的呼唤更低沉、也更悲哀罢了。黑夜里，是那隐隐的涛声引起我心的共鸣。老实说，我并不想追问乌江是否听到了我心的回声。我知道，凡是给予人力量，促使人进取的事物，是从来不计较别人的回报的。后来，我有机会去江边挑砖，终于又可以看一眼我的乌江了。装砖时，我特意放慢速度，以便多领受一些江风。实在耐不住了，我以太热为借口，踔着移到跳石上用双手捧水洗了个脸，真是既清爽又舒坦。

这之后，住地离乌江远了一些。从马蹄石到邓家坪，凭耳朵是听不见乌江的涛声了。好在约束中也有了点自主权。横渡乌江时，再也不需有专人"保护"，我可以在沙坝徜徉，也可以在码头伫立，还可以蹲在水边戏浪。但我不得久留，允许的假日是有限的，我还得在规定时间里赶路。这就免不了加深牵肠挂肚的氛围，叫人格外难受。为弥补这遗憾，有一回，我竟在一艘汽船上住了一宿。乌江以最深厚的情意把我轻摇了一个通宵，也让我的思想激荡了一个通宵。真不知该如何感谢乌江。

三

重返乌江之滨，是 80 年代的第一个仲春，虽然头上的青丝换成了白发，额前的深深皱纹时时提醒我韶华不再，我却非常坦然。我已由年纪轻轻的一个人化为终于团聚的四口之家，正遇上 80 年代的第一个春天，而且是又来到了我的乌江身边，来到了新的思南师范学校。

不分季节，我又可以去江边漫步了，我又可以去渡口凝视了，我又可以去沙滩纳凉了，我又可以去白鹭洲拣鹅卵石了……

尤其难能可贵的是,我又可以去江里游泳了。不仅我去游,而且还带了孩子去游。有一回,尚未从五老峰隐去的夕阳,正留念地望着水码头的男男女女在江里游来游去。我和孩子也加入了那野鸭似的游泳队伍。孩子初学浮水,要我一手托着他的下巴。殊不知拥挤的人让我失手,孩子喝了几口江水。我见他先是很难受,继而居然"噗"的一声笑了。看来,就连孩子也知道喝了乌江水是一件高兴的事。

　　"爸爸,乌江流到哪里去了呢?"孩子的问题,不正是我首次见到乌江时的问题么?大概是为解开这个并不是谜的谜,一个暑假里,我带上孩子,坐上汽轮,借助乌江之水,去追寻乌江的去处了。顺水行舟是轻快的,不到两天船便抵达江口。站在涪陵码头上,望着乌江融入长江,望着依稀莫辨的彼岸,孩子欢跳起来:"啊,乌江到头喽!"我并没有向孩子说明乌江并没有消失,而是继续顺江东去。我深信,当他长大之后,他一定会懂得:浩渺波涛展示的宽阔江面,足以说明乌江还在;同时说明只有汇合才有远大前程。不错,我们在那里换乘的是长江轮,行的是长江道,但也分明感受到乌江的推动力。就这样,从乌江口到长江口,又特地买票从上海到宁波。完全可以说,在茫茫大海上,也有我的乌江的合力。虽说如此,那融汇在长江大海里的乌江,毕竟不等于我朝朝暮暮相依偎的形态鲜明的乌江。不久,我们便又匆匆乘火车返回贵州,然后坐汽车赶回思南了,孩子的心比我还要急切,车入太平关,就惊叫起来:"爸爸!看!乌江!"

　　思南乌江大桥的修建与竣工,无疑是一件大事,也是一种骄傲。在这之前,我多次跨过遵义乌江大桥、沿河乌江大桥,我也亲眼见过彭水乌江大桥、白马乌江大桥,它们都那么壮观,那么坚定,那么一视同仁地背负车马行人,把前程给予每一个勇敢的进取者。思南乌江大桥,自然也具有同样的品质,于我则多了一份亲近、一份亲热与一份亲密。记得大桥刚刚合龙还没有举行通车典礼时,我们一家人便从桥西头走到桥东头,又从桥东头回到桥西头。那是春节,农历新年的开头,大好春天的开始。面对乌江,以大桥为背景,还择了个大吉大利的节日照了张全家福。是的,难道我们一家人的命运不都是与乌江紧紧相连吗?

如今,我和我的家人安居在铜仁市郊。这里,"江水湾湾漾碧波,山岚冉冉映青螺",自然环境并不算差。一直在追求宁静却疲于烦躁的心,去到幽静之地理应自得其乐。殊不知人有时是个怪物这句话也落到我身上,那本应安谧的心居然躁动不安起来,硬要去到乌江,系在乌江,久久不肯归来。

有什么办法呢? 不肯归就不肯归吧。谁叫我将四分之一个世纪的年华交予乌江并与之息息相通呢?

乌江,你说说。

消失的菜地

张春阳

下了一夜的暴雨。天刚放亮，母亲就爬起来，急匆匆奔往山寨东头，去看菜地有没有被冲毁。我家隔菜地有近三里。

这块地呈"T"形，靠山临河，一亩左右。直角上面是别家的一丘稻田，土坎下则是河坡。这原是我家的自留地。首轮土地承包到户，除了这块自留地外，我家还分到十五担稻谷的稻田和三亩多的山地。这块自留地，我们一直用来种菜。

父母种菜舍得下力气，也很精细。每年一开春，从大集体的地里收工回家，母亲煮饭、喂猪，父亲则挑上半担人畜粪尿，扁担头挂一个装种子的小布袋，扛着锄头，去菜地育菜秧。

上一年，地里依照季节，种过茄子、四季豆、辣椒、丝瓜、苦瓜、番茄、豇豆、黄瓜、萝卜、白菜、芹菜，边角地脑还种了几窝玉米、绿豆之类，反正不让地里有空余。按照不同的蔬菜品种，分成若干小块。菜呢，首先满足自用，剩余的，采摘下来，背到山城去卖，再买回来盐巴、煤油、火柴、针线等生活日用品。

开了春，就要翻土。我们那里的土一小块一小块的，不适合用牛犁，都是用铁锄一锄一锄地挖。翻土，不能浅，要深。行家里手，一看土块，便知干活的人偷不偷懒，用没用力。通常情况下翻土，先扬锄，再落土，同时，脊背和双腿成九十度角，铁锄吃土才深。否则，翻出的土块就浅。脊背和双腿成九十度角，加上用力，挖个二三十锄，身上就会发热。有时,额头还冒出汗水。所以,翻土是个重活。每翻一锄土,都要用锄头敲碎,有的土块碎得比指甲盖还要小。

　　父亲翻土,一口气可挖二十多锄,然后杵着锄把歇一会儿,再挖,连边边角角也不放过。翻土,碎土,刮平,理沟,一块晒席大的苗圃便有模有样。父亲打开小布袋,右手抓出一把辣椒种,沿土均匀播撒,直至将那刚整理出的地撒满。跟着,父亲担上粪桶去河边兑水,再担回来满满两桶粪水,一瓢一瓢地洒向苗圃。农家肥的浓度大,不掺水,就会将种子"烧"死。秧苗长出一寸左右,施用农家肥,不仅不会"烧"苗,反而还有利于秧苗生长。种子播完,肥料施好,父亲又去地边拾一些遗留下来的秸秆,再扯几把茅草,盖在苗圃上,以防雀鸟啄吃。待做完这一切,父亲才担着农具回家。我们家的茄子、辣椒、番茄、红苕、芹菜、白菜、萝卜等秧苗,都是在这块菜地里种的。

　　这块菜地,一茬一茬地种,极少放空。春夏,一畦畦的辣椒、茄子、四季豆、黄瓜;秋冬,一块一块白菜、萝卜、芹菜。这块菜地,从未施过化肥。当时,一是用不起,二是听人说化肥会使土壤板结。春夏,喂了几头猪,人畜粪便充足,稍稍有空闲,父母就要担一挑粪,去菜地松土、扯杂草,然后淋菜。到了秋冬,猪卖的卖,上调的上调,只留下一头过年,自然农家肥不够用。父亲便清早出门,担着一挑粪桶,去五里远的山城公厕淘粪,弥补农家肥的不足。一般是三天去一次山城公厕。

　　遇到天旱时,早晚下到河里挑水浇地,一遍浇下来,要五六挑水。

　　菜地很少打农药,多是撒草木灰治虫。撒草木灰的任务,落在我和二弟身上,还未读书的三弟,尚不晓事。撒草木灰,不能早,也不能晚,大约在每天上午十点左右。早了,菜叶上露水太重,草木灰就被稀释了;晚了,菜叶上的露水干了,沾不住草木灰,起不到治虫效果。十点左右,露水将干未干,能沾住草木灰。我和二弟各拿一个撮箕,到厢房的灰堆里装上草木灰,去菜地里撒。撒草木灰也有讲究,不能抓得太多,半把刚合适。用力不能轻,也不能重,对准菜叶,一下撒上去。草木灰大部分留在叶面上,就算成功了。

一般的虫,草木灰能起作用。遇到虫灾严重时,就用农药,用得最多的是敌敌畏。敌敌畏药性大,一桶水里只能滴三五滴,搅匀后,再一瓢一瓢地洒。

每下一场暴雨,菜地靠近河坡那面,或多或少都要垮几撮箕土下来。后来,父亲利用收工的间隙,找寻石头。前前后后半年,菜地坎下堆了一大堆石头,有圆的,有方的,有块状的,也有不规则的。父亲用这些石头,给易垮的那部分菜地垒了一堵堡坎。

堡坎只及菜地一半高,但和菜地之间有三十厘米缝隙,即使垮塌,也还在堡坎内,地不会流失。

1976年春天,母亲因积劳成疾,在床上躺了半年。当她能在屋外慢慢走动时,第一次去得最远的地方,便是这块菜地。母亲披着外衣,拖着病恹恹的身子,一步步朝菜地走去。走几步,又停下来歇气,好不容易走到菜地边。母亲站在田坎上,望着菜地,憔悴的脸上一片愁苦。由于我们兄弟还小,父亲忙不过来,近一半的菜地荒着,而种在地里的蔬菜呢,缺肥,长得瘦里吧唧的。

母亲的病痊愈后,种了一季白菜、萝卜和芹菜。因为肥料足,雨水充沛,蔬菜长势好。青口白菜,叶绿肉厚,一蔸有两三斤;白萝卜顶青下白,又甜又脆,可当水果吃;芹菜碧绿,五六十厘米高。除了山城赶场外,周边几个乡场,父亲就挑一担萝卜或芹菜去卖。过年时,父母亲用卖菜的钱,为我们兄弟各缝了一套衣裤。

1980年底,土地承包到户。寨上几户人家在河坡拱了两孔砖瓦窑,取土烧制砖瓦。菜地坎下的地,土黏,适合采制砖坯。恰好,分到名下的是寨上一户劳力较棒的。这户人家有三个五大三粗的儿子,每个月要脱七八千块砖坯,刚好够烧一窑。一年下来,踩了两铺晒席宽的土坑,深度差不多两米。次年春天,断断续续下了五六天雨,土地吸饱了水,发胀,松软。一天早上,临河坡的菜地滑下去将近一半,那堵堡坎也垮掉了。

父母与这户人家交涉,要求将堡坎恢复,并把滑下去的土弄上来。

这户人家便要赖,把责任推给老天爷。后来在父母的强烈要求和乡亲们的指责下,将那块菜地恢复了。不到半年,一场大雨又将恢复的那部分冲垮,并冲进两个土坑里。父母要这户人家赔偿菜地,对方不愿意,引发争吵。经村委会调解,这户人家用一块山地作为赔偿,并不得在菜地下面取土脱坏。

从1980年开始,至2000年,山城修房盖楼的越来越多。乡亲们在河边的坡地上拱起了一口口砖瓦窑。烧制砖瓦,需要大量的泥土。二十年间取土从未间断过,导致河坡下移,菜地跟着往下移。我家的这块菜地原先是平整的,这时却是斜的,好像挂在坡顶上一样。

县里工作队下来调查土地时,才发现土地流失严重,向县里反映情况,于当年下令关闭了砖瓦窑。

2003年10月,父亲去菜地翻土,浑身发热,将外衣脱下,一直把菜地的土翻完才回家。不两天,父亲感冒引发其他病症。从此,身体时好时坏,于次年3月初病逝。

我们兄弟三人都在外地工作,母亲也已六十多岁,但母亲仍然在田土里劳作。我们接母亲到城里来住,不到一个星期,母亲待不住,又回到寨上。过春节,我们回家,乡亲们说母亲除了下雨,一天都在地里种菜、薅草、淋菜。我们兄弟三人商量将稻田和土租给别人种,但母亲不同意:"做了几十年,突然一下子不做了,还真不习惯,再说现在还做得,你们有你们用钱的地方,最好不花你们的钱。"最后,母亲作了让步,田和较远的几块土租出去,这块菜地自己种。

有年冬天,我出差路过山城,回去看望母亲。下午到家,房门锁着。邻居告诉我,母亲去了菜地。不一会儿,母亲担着一挑青口白菜回来。

第二天一早,母亲挑菜去山城卖,我也要去外地,便随她到山城菜市,母亲找了一处空地,将一挑白菜放下。我在旁边陪着母亲卖菜。一个小时后,菜只卖了一半,我也准备离开。寒风呼呼地刮着,手和脚都是冰冷的。

2011 年初,山城扩容,我们山寨列入城镇规划范围。一听到消息,乡亲们有的高兴,有的愁苦。高兴的是,这一下可得几十万的征地补偿款,一辈子都没见过这么多钱;愁苦的是,祖祖辈辈耕种的土地,说没了就没了,钱几下就会花光,而土地则一辈子都花不完,没有了土地,以后如何生活?

母亲是属于愁苦那类的。她打电话告知我们兄弟,言语间流露出对土地的不舍。

不久,镇里派人下来丈量土地。当年年底征地补偿款到位,我家得了近二十万元。

土地征收后,工程迟迟未开工,但乡亲们大多没有种庄稼了。母亲仍然在这块菜地里种上蔬菜。几十年了,我忘不了母亲在菜地劳作的情形:累了,她将锄头放倒,坐在锄把上休息,眼望远方⋯⋯

但现在,母亲坐在菜地上休息,心情一定复杂得多,也许,她想起了在这块菜地上劳作的一幕幕场景⋯⋯

最后的石院坝

田儒军

父亲想打一个石院坝,我笑了,房子都没得住的,打石院坝?

几年后,父亲说,要打个石院坝,我不语,只说,不要差我的书学费就行。

又几年后,父亲说,房子有了,要打石院坝了,够养六个孙子!

……

寨子唯一的石院坝是田儒亨家的,他有四个儿子,大的长我三四岁,小的小我两三岁,老二和我只差几个月,是我的铁哥们。田儒亨没啥脾气,爱逗崽崽,全寨的崽崽都爱往他家跑,我更不例外,经常端起碗去那个院坝的拦马石上坐着吃饭。他家成了全寨的青少年活动中心,每个晚上都很热闹。

我估计,父亲打石院坝最初的原因是因为我不沾家,爱往石院坝跑。他只有周末才能从学校回家住一晚,而我们三兄妹并没有懂得珍惜,在石院坝忘情地玩,直到他到石院坝来将我们一一回收。

"广——军——"父亲终于失去了耐心,站在院坝扯声扯气地怒吼:"野猫都有个家,这么晚了要回来不?给老子背根棒棒回来!"

我赶快带着妹妹回家,装得惨兮兮的,怕挨揍。

我没有背棒棒回家,父亲却每周扛一根 5 米多长 120 多斤重的圆木回家,走 30 多里路,那是计划中新房子的柱头。他在亭子坝中学教书,用微薄的工资在梢溪的山林里买了一些建房子的材料。

打石院坝只是父亲遥远的梦想。那时,只有母亲一人参加集体劳动挣工分养家糊口,温饱都没有解决,我们几个崽崽过生日要煮个鸡蛋都没有,死缠着要,挨了顿棍棒才罢休。后来我们就编顺口溜:"爷爷生日——炒嘎嘎(肉),我们生日——棒棒打。"把妈妈气哭了。多年后我们才明白那是父母的孝道,只是当时不懂父母的辛酸。所谓的家其实也是猪圈,猪槽紧贴碗柜,灶头在露天坝,遇着雨天,得戴着斗笠煮饭,因此最当紧的是建栋房子。

　　可是父亲却经常痴人说梦,要打石院坝,担心我长大了不好娶媳妇。我似懂非懂,很疑惑,他哪里来那么大的危机感?

　　父亲说:"你看嘛,人家有几兄弟挣工分,日子好过。你没得房子,没有兄弟,受欺了没得人帮衬,俗话说'有女不嫁独儿子。'你呢,光有房子都不行,得有石院坝!"我说:"那这个计划就太遥远了。"

　　父亲说:"筑巢引凤!"当然,这是我学到的第一个成语。教书的父亲知识真多,他说:"飞禽都是雄鸟筑巢,然后站在巢穴边大声歌唱,向雌鸟卖弄歌喉,吸引雌鸟闻声而来,看相貌、对情歌,最重要的是审阅雄鸟的巢穴,全部都满意了,才嫁给雄鸟,听不惯、看不中就飞走了!"

　　鸟的世界里,筑巢是自己的事情。人的世界里,筑巢是父母亲的事情,父母亲得为儿子筑巢。我十一岁那年,大集体刚解散,土地刚承包到户,粮食勉强够吃,他就风风火火地立了新房。我们三兄妹将玉米秆扛回家,父亲的手真是灵巧,让那些不入眼的玉米秆和茅草、竹片一起再次站立,站成篾墙草壁给我们遮风挡雨,和柱头一起顶天立地。

　　房子还只算草窝,父亲就按当时的旧风俗给我请媒提亲,我不知道他有何底气,石院坝的影子都没有,就有勇气提亲。虽然这事只是静悄悄私下进行着,但纸还是包不住火。十一岁的我还不知道如何打扮,经常脏兮兮的,就这样稀里糊涂地提娃娃亲了。

　　娃娃亲是个美女,我们学校的校花,我每天都心花怒放的,时常流清口水,幻想着各种偶遇。

　　那时,我干筋筋瘦壳壳的,还没发育,加上有些邋遢,人瘦得像个猴子,做的也是些猴急狗跳的事,经常学孙悟空大闹天宫,时常被老师和校长在全校集合时拉上台,念"紧箍咒"。老师厌烦我,勤奋好学的同学也烦我。同所学校读书,劣行无处藏匿,我们没有交流,但我感觉得出娃娃亲更烦我,她总是不让我和她偶遇,远远地就避开了。她家根底好,过去是大户,大根大底的,家教甚严,那么小的年龄,就懵懵懂懂被人提亲,而且还是个如此令人厌烦的货色! 她眼神里满是无言的憎恨。虽然她的父母并没有答应,但十几岁的娃娃哪能守口如瓶呢,款嘴的我早已将此作为炫耀的资本,弄得满校风雨了。

父亲问我:"那姑娘要得不?"我说:"好是好,可是人家瞟都不瞟我一眼。"

母亲说:"幺儿,有些人讲坏话呢,说你身体差,是个药缸子,独儿子,惯得要飞天,哪个姑娘到我家都要造孽一辈子。你说嘛,我们哪个时候惯你了,打也打得狠,骂也骂得凶,说也说得绝。你就是大粪灌牛耳,累教不改,这下好了噻!"

房子不好,儿子又不行,还经常病快快的,父母亲心里挺着急的。但房子和石院坝当紧,就只有"刻薄"儿女了。我经常想,哪年哪月才能吃上一顿蛋汤泡饭呀! 能吃上油煎蛋花汤就是当年最奢侈的生活。家里的鸡蛋积累着,全卖给蛋商,换回灯油和盐巴,不懂事的我就把鸡笼称为"鸡屁股银行",封妈妈为"行长"。

"行长"没读过书,但精打细算的本事绝对超过真正的银行行长。自从建房子、打石院坝十年规划付诸实施以来,我们就过着清汤寡水的日子。家里每年寒暑假都有匠人,不是木匠就是石匠,要么就是解板匠。匠人和我爷爷上桌吃饭,每天中餐时有一碗荤菜,她按每个人五片肉计划着炒一碗荤菜,哪怕一块腊肉切了只剩一只角,她也不切了,留待下一餐,然后就是蔬菜了。她从不准我们上桌,匠人吃过饭,她将那碗荤菜放到高处,下一餐继续用来招待匠人。

那时候最渴望的事就是鸡下软皮蛋,或者鸡自己踩破蛋了,这些蛋就上不了市。每每遇到这样的美事,我们比过年还要高兴,赶紧用南瓜叶包好,放在火坑的热灰里,接下去的事就是漫长的等待! 才到半熟,我们就迫不及待从滚烫的草灰中掏出菜叶包,如同护士接生,小心翼翼地剥下蛋壳,再把鸡蛋握在手心反复掂掂,再开吃,一个鸡蛋往往要被我们兄妹三人吃很长的时间,这个吃鸡蛋的机会对我们来说简直是千载难逢,我们不想让时间快速溜掉。

"行长"虽会算,但资源总量总是无法满足一年的"建设需要"。最先短缺的就是猪油,通常半年缺油,我下半年时常带酱辣椒去宽坪中学读书。本寨田儒清是学校的校长,他爱人有几次看不下去了,悄悄割点腊肉将我的酱辣椒炒了放在我箱子里,让我至今感激不尽。

父亲说:"你现在不小了,帮得上手了,得出力,把房子修起,把石院坝打起。"

院坝是个三角形,勉强能放下一铺晒席,晒粮食不方便,必须从院坝坎下的稻田里砌堡坎,院坝才会变成长方形。坎子和正房子差不多一样长,有5米多高。

父亲沉浸在这个疯狂的计划中,似乎从来就不晓得累,只要一得空,他就会喊我一起去自留地里掏石头、撬石头、抬石头、砌堡坎,持续整个假期。一天下来,父亲因劳累而鼾声如雷。我呢,醒着说话、睡着后说梦话,词汇量大大地减少,一简再简,简化成了四个叹词:哎——哟——妈——耶——。

终于有一天,我好奇地问父亲:"你就不晓得累吗?"

父亲说,他有妙招,能够取巧,撬石用杠杆原理,碎石用能量守恒原理,二锤高高甩起,势能就大,再猛力砸下去,势能转换成动能,二锤反反复复撞击,石头就会破;抬石时加根打杵,三角形具有稳定性;石头四周不掏空,除了重力,还有大气压强……

枯燥繁重的砌堡坎被教书的父亲灌进了数理化知识,每年寒假、暑假,父亲带着我跟石头较劲,苦中作乐。砌堡坎是父亲开辟的第二课堂,学生只有我一个。他让我知道,红苕、洋芋在酶和胃酸的催化下转换成糖,糖再转换成了尿酸排出体外。手心血泡破裂的疼痛、肩膀的辣痛、腰杆的酸痛都是神经末梢受到了强力的刺激。我的累、软、痛都被父亲用数理化知识一一进行解析。

我感觉父亲是特殊材料做成的，天天抬，天天砌，硬是不晓得累，我很疑惑。他说："石院坝有了，你就好相亲了。"教书的父亲将职业习惯带进了家里，他希望石院坝也像学校一样，满坝都是孩子，寨子上的或是自家子孙，多多益善。

打石院坝，我与父亲同屋异梦，父子各有各的想法，父亲想留一个宽房大屋给我，我却想逃离，越远越好。父亲经常描绘蓝图，我的想法却只能闷在心里，我没有资格挑战父亲的权威，我真怕一辈子这样肩挑背磨。

我们砌堡坎的那几个假期，寨子上唯一的石院坝热闹非凡，村里第一个大学生田茂金回家度假，大人细娃都爱去围着他，听他讲大学生活，听他唱流行歌曲，听他吹笛子，父母也不会喊他干任何农活，兄弟也不说他。他从学校带来了不少书籍，大人上坡干活去了，他在家看小说。

田茂金让我看到了世间还有另一种生活方式，他曾经比我还顽皮，他改邪归正能够考上大学，我想，我也应该拼搏一番。从此，我不再喊累，也不再喊痛，我强忍着给父亲当搭档，挑水抬石，背瓦扛板，让疼痛钻心透骨。每当在学校想偷懒时，学不进去时，心烦意乱时，那种疼痛就会从心底涌出来，田茂金看小说的影子就会冒出来，骚动的心顿时就会安静下来，慢慢地，读书变得津津有味。

父亲对我考大学并不抱多大希望，他仍旧紧锣密鼓地实施宽房大屋石院坝的计划，承诺在我当家后，他负责孙子读书的钱和农具钱，我只管种点粮食、喂头猪就可以过得滋润。

1990年，5米多高20多米长的堡坎封顶，父亲的石院坝也完工了，他的十年规划完成了。我也给他们带来了惊喜，考上贵州大学了。双喜临门却并没有带来多少欢乐，我也学田茂金毁娃娃亲，要当陈世美。这个决定就像核武器在山村爆炸，父母亲不依我，娃娃亲那边也不依我。在双方家长为此绞尽脑汁时，我一口气喝下大半瓶苞谷烧酒，那是招待石匠后剩下的，差点醉死。嫩肠子从没经历过如此考验，从此之后，就落下严重的肠胃病，成了我终身甩不脱的顽疾，我想，这是上天替娃娃亲对我实行的惩罚，是我应该承受的代价。

为了远离石院坝，分配工作时，我最初选择去大漠深处的酒泉卫星发射基地，父亲获知后，奋笔疾书，我有所触动，转而选择川黔交界处的习酒集团，与家相隔千里。

十里习酒城，胸怀何其大，300公斤的酒坛有两万多个；志向何其远，要连通茅台形成百里酒城。当年习酒一下子引进100多名只有文凭、不知水平的天之骄子，我信心满满混杂其间。

我忘记了，酒是我的克星，我的身体每况愈下，头发大把大把地脱落。坚持三年后，我开始想念石院坝了，我向父亲忏悔了。父亲那时已提拔为乡教办主任，他是全县唯一穿轮胎凉鞋进城开会的干部，老实巴交的农民形象与有板有眼的工作成绩形成了鲜明的反差，他得到时任教育局局长的高度认可。杨局长心慈，将我调到思南县教育局工作，为我们圆了一个梦，他是我们家的大恩人。

我家石院坝建成后，水泥渐渐普及，再也没有谁会兴师动众造石院坝了，砌个水泥坝子简单省事，还平整光滑。

石院坝晒一年四季之粮食，却很少晒一群回家的脚印。我们不能经常回家，石院坝只有两个身影，他们头上的青丝变成了白发。白发多时故人少，至今，寨子十七栋房子只有九人在家守着。

石院坝如孙悟空画的圈，父母亲从未主动想过走出圈外，他们坚守着，相信我总有一天会回去，落叶归根。

毕竟是堡坎上的石院坝，填方多，遇雨水会塌陷。父母亲每隔几年就会找人翻修。后来，时常进城修理身体，然后拖着病体回家整修石院坝，工程完了就打电话给我说，石院坝不会垮了，子孙万代都够用。

爸爸、妈妈，我从会呼喊你们时就一直享受着幸福，你们直到今天仍然因为担心我的未来而备尝酸楚。其实，我也想告诉你们，有时，我也动过心，真想回家来，生一群娃娃满院坝跑，让你们尽享天伦之乐。

小溪潺潺

任若绵

　　蓦然回首,屈指一算,我离别故乡已有三十多年了。岁月如砾石,磨白了我的双鬓,更磨掉了我对故乡的许多记忆。那里的景物、习俗、俚语,甚至亲朋都似乎变得有些陌生了,而唯有流入乌江的那条潺潺小溪,虽然早已湮灭在思林电站的浩渺烟波之中,却仍然像一场美梦那样,使我记忆犹新,温馨如初。

　　我很爱这条小溪。这条令我魂牵梦萦的小溪上,有我童年遗留的梦。小溪发源于翁翁郁郁的大山深处一座悬崖峭壁半腰的一个叫龙洞的地方。溪水清澈、冰凉、撒珠滴翠,忘情地流过洞门口那座不知建了多少年,现已被电力碾米机无情取代的碾房,欢快地穿过几个寨子,满足人畜的饮用,自豪地造就了几弯几坝不怕天干只怕水涝的稻田,用她的甘醇养育了一代又一代故乡人,然后便满载着古老山寨人民耕耘、嬉戏的生活情趣,潇洒地穿过大山腹地,注入乌江,义无反顾,直奔长江而去。

　　童年的我跟随先人们的脚步走进了小溪。在溪中、溪岸上留下了身影,留下了欢笑,也留下了忧伤,在她怀抱里度过了"文革"那段亦喜亦悲的岁月。

　　小溪是善良、慈祥、宽厚、无私的,跟祖母、母亲一个样。春天,她不计得失,无私地在溪岸缀上鲜花,红黄相映,姹紫嫣红,招蜂引蝶,各领风骚。不过,由于那时父亲莫名其妙戴上了一顶"坏分子"的帽子,以至于我至今都有一个怪癖:这溪岸的花、溪岸的果,我虽然都喜爱,但特别钟情于那不显眼更不讨人喜爱的刺梨树。其树属灌木,不过米把高,整树枝叶交错,乱成一团,没有造型,而且长有密密麻麻的小刺。其花粉红,不十分耀眼,可我却喜爱刺梨树的性格。尽管其貌不扬,却能适应环境,漫山遍野生根、开花、结果。其果有刺,一是为自我保护,二是考验摘果人是否勇敢和机智,否则休想品尝它那耐人回味的酸溜溜、甜丝丝。这种带刺的果子已被商家炒得沸沸扬扬、身价日高,被称为"维 C 之王"!

夏天,小溪把鱼虾螃蟹拥入自己的怀抱,让它们有意无意地从你眼前、脚下欢快地滑过,有时甚至还要舔舔你的小脚丫,直弄得你心痒痒、手痒痒,末了非要来个"不逮黄鳝二斤半"誓不罢休。

那年月,随着阶级斗争的日益深入、发展,我们尽管走进了小学校门,但由于读书是"白专",所以我们这些既挑不得粪,又背不起灰,更犁不了田,无事可做的小不点,每天只是去学校报个到或送几斤作为绿肥的青草,就回到了"广阔的天地"。而我们的"广阔天地",就是那条小溪。

小溪沿岸有无数个草坪和沙滩。寨前那一个大草坪加沙滩是我们本寨几个小男孩经常聚集的地方。我们三步并两步飞跑到草坪上,喊声"预备起——脱",就一齐把衣服裤子一翻一扯一抛,在溪岸洗衣的老妪们"背时砍脑壳"的骂声中,"扑通扑通"赤条条地跳进不过一两尺深的溪塘里,尽情地嬉戏,顿时搅起一阵溪涛和浊浪。而后在大人们的吼声中屙尿比高比远,随后开始打水仗,直打到有人求爹爹告奶奶认输求饶。然后大家就和睦相处,共同用手支着溪底泥沙,两脚胡乱"吧嗒吧嗒"游一阵。冷了或有些累了,就一起爬上草坪,仰睡休息,晒晒太阳。或找地瓜,或摘刺梨,或打野果,饱餐一顿。玩够了,吃够了,就像鱼鳅一样一齐钻进秧田,从田里抠出黑得发臭的稀泥,除眼睛和嘴巴外,全身都敷上,并操着正步学着李玉和、杨子荣的京剧唱腔,或高唱革命歌曲,引路人驻足观望,甚至故意调戏新媳妇,讨她们

"老亲爷老嘎公（外公）"的咒骂。直到"鬼跳三遍"已无人再看了，又齐齐整整像挺尸一般仰面躺在草坪上闭目养神。

如此三番五次在水里尽兴后，就赤裸着身体，沿小溪抓鱼、捉虾、摸螃蟹。我们分工很民主：手巧的抓，手笨的拿；完工算账，平均分成。摸螃蟹我们很有经验：先慢慢把手伸向洞口，"敌进我退，敌驻我扰"，如有螃蟹，其两只大脚必然是对着洞口的，你要慢慢地接近它，随着它慢慢地"撤退"，你的手就慢慢地"挺进"。一直等到其退到洞壁不能再退时，你才"敌疲我打，敌退我追"，以迅雷不及掩耳之势，一下把它的两只大脚和身子全抓在手里，让它动弹不得，想咬都咬不着你。然后才慢慢把手放开，抓住它的大脚，用麻绳套好，交给同伴，又继续"战斗"。

倘若有人抓到了大螃蟹，同伴们就会呼地一下围拢去，先朗诵"要斗私批修""一切反动派都是纸老虎……"等毛主席语录，帮忙用麻绳把螃蟹套好后，便一齐高唱童谣：

> 盘海（螃蟹）盘海哥，
>
> 八支小脚脚。
>
> 人家来挑水，
>
> 它来咬我脚。
>
> 痛又痛得很，
>
> 甩也甩不脱。

如此歇斯底里引吭高歌一通后，又开始捕捉。倘若捉到了黄鳝，我们便会高声唱诵：

> 人之初，性本善，
>
> 先生喊我捉黄鳝，
>
> 捉得二斤半，
>
> 拿去给先生做早饭。
>
> 他吃肉，我喝汤，
>
> 先生死了我抬丧，
>
> 埋在后头堡坎上。

那时鱼很多,摸鱼是易如反掌的事情。一塘鳍青鱼少则七八条,多则三五十条。要是捕到一条大红尾子鲤鱼,我们便激动万分,顿时咿哩哇啦地唱几遍语录歌和童谣,还学着《沙家浜》中郭建光的声调,摆起架势哼一两通"一日三餐有鱼虾"什么的。然后正儿八经把鱼剖好,分好战利品,兴高采烈穿好衣服,不等房上冒炊烟,不等父母叫喊,就手舞足蹈回家催母亲煮鲜鱼吃了。

间或,就在野外,我们用南瓜叶把鱼包住后放在柴火灰中烧了吃。这种吃法,如今城市的酒桌上已经品尝不到了,虽不算什么了不起的山珍海味、极品佳肴,但却是鱼味醇香、回味悠长的村居小吃,味道特香特醇特有味。

其实做法特简单,摘来南瓜叶,放上事先带来的盐巴,将海椒胡乱撕成几块,和盐一起搽抹鱼身或塞到鱼肚里包好,放在柴堆下,然后就你添一块柴我加一把火,眼泪咕噜地守着烧鱼。这时,饥饿和困乏已经让我们没有了激情,没有了顽皮,没有了开始的狂野和欢乐,大家围成一圈,满含希望地、不间断地把干柴往火堆上添。随着火力的作用,鱼的香味开始弥漫了,大家都可以清晰地听到彼此喉咙里清口水的吞咽声,更有甚者,馋得从嘴角流出了寸把长的口水丝。当然,大家必是一阵讥笑,一阵追打。鱼刚刚半生不熟时,伙伴们抗拒不了鱼香的诱惑,争先从火堆里刨出滚烫的瓜叶包,抢在手里,将一块块夹着南瓜叶清香、咸辣鲜爽的鱼肉囫囵吞下去。等到解了几分饥馋,鱼味在嘴里游荡得差不多时,有伙伴又用南瓜叶卷成漏斗,舀一兜溪水装模作样地大杯大杯"喝酒",大块大块地吃鱼,效仿着老祖宗一代一代传承下来的豪爽与粗犷,真是酒不醉人鱼醉人了。间或,还要"哦嗬嗬——"歇斯底里地吼上几声,展示一通豪气。直至"扫荡"干净,一个二个才眉开眼笑、心满意足地各自回家。

由于父亲的关系,有时我喜欢单独活动,免得划不清界限而连累别人。好在寨上的伙伴们都不与我划什么界限,对我很友善。再说,摸螃蟹是我的绝活,多数时间,他们都极愿意跟我一起嬉戏于小溪。

只要一跳进小溪,在它怀抱里忘我地撒一番娇,便把一切不愉快瞬间忘却。

光阴荏苒,童年很快过去了。就在父亲被摘掉帽子平反昭雪的次年,我离开了故乡到省城读书。此后,因回家极少,便渐渐淡忘了故乡的一切。唯独故乡的那条小溪,宛如一道靓丽的风景,离乡越久,记忆深处却越显清晰,越加让人眷念。

故乡的小溪啊,流金溢彩、清醇沁润、奔流不息。你孕育了代代先民,见证了父老乡亲生息劳作,更融进了我童年生活的喜怒哀乐,让我至今魂牵梦萦,更让我没齿不忘。

龙底江的眷念

宁坤强

记得很小很小的时候，我经常唱这样几句歌谣："思南姑娘大脚板，塘头姑娘不用选。"由于人太小，对"不用选"的含义只知其然不知其所以然，只知道塘头姑娘不用挑，个个都可以娶来做媳妇，个个都长得不一般。

长大了，我才慢慢悟出了"塘头姑娘不用选"的真谛。塘头姑娘的美是因为有了那条叫龙底江的河和那被河分成三大块的十里大坝，是它们的柔美和宁静滋润了塘头水灵灵的儿女，是富饶的土地和厚重的文化造就了塘头这一人间天堂。

塘头是乌江文化大县思南的一个重镇，在我儿时的记忆中，它只有一条"丁"字形的街道。据说塘头的先人们在当初规划时，将丁字的那一勾与上面的一横合在了一起，成了一只手握成拳头并伸出食指的图案，意为塘头的人走出去的会光宗耀祖，做生意的会生意兴隆、财源茂盛，像龙底江一样奔腾不息，通江达海，万代不衰。

塘头的街道虽窄但十分干净。每每散场，临街的家家户户收摊之后，第一件事就是打扫自家门前的卫生，然后泼上几瓢水，使整个场镇干干净净。入夜，当昏暗的街灯亮起，人们便三三两两聚在门前，几条木凳，一罐浓茶，两三匹叶子烟，谈古论今，摆鬼讲仙，悠然自得，给朦胧的夜色添了几分神秘又增了几分温馨。

那些故事，比如甲秀山的传说、二狮抢宝、塘头小学的桂花树、那座被大水冲垮的石桥、岩门的洞穴、代家的某件收藏和张家的某幅书画，甚至船上驾长大人的一双草鞋和媒婆们手里的一张花帕，几乎都与龙底江有关，都是那么美丽哀婉。当然，我也曾被那些狐妖神怪的故事弄得想入非非，被那些毛骨悚然的情节吓得心惊肉跳，甚至晚上不敢一个人睡觉。但越怕越想听，不到“话平伙”散场或大人来叫是绝对不会离开的。正是这些被当代人们称作地域文化的特殊文化，在我混沌的大脑和冥顽的性灵中播下了知识的种子，使我不知不觉地汲取这些迷人的民间文学中的养分逐渐长大成人。塘头人，抑或在塘头长大的外乡人，哪一个不是沿着街道那根手指指出的方向走进塘头小学、走进塘头中学，走出了龙底江，走向省内外各个大学和社会各行各业。这一指，让塘头走出了一大批国家的栋梁之材。

龙底江虽说谈不上奇特，但儿时的我们却为它骄傲万分。河水很清很亮，十分干净，鱼特别多，你若下河游泳，站在水中，便有鱼儿亲吻你的双脚；潜入水中，你除了看见阳光照射下五颜六色的石子外，便是那悠然摇曳的水草。当然，龙底江在塘头最炫丽的一段当数石碾房的拦河堤。晴朗日，堤上挤满了洗衣的女人，那一声声有节奏的捣衣声，那一阵阵姑娘媳妇们的欢笑与河水的流淌声交织成了世界上最美最动听的音乐。岸边停靠的木船上，拉纤的船夫们忘却了一路辛劳，一个个擦洗着被太阳晒得乌亮的背脊，眼睛却不停地往江堤上瞟，那小媳妇们白白的大腿和姑娘们红红的脸蛋，使他们收不住目光。间或有胆大的实在憋不住，就唱起原汁原味的情歌，抒发心中的情感：

对河对岸对屋檐，哥哥盼妹长成人，
谁知花轿抬了去，你说怄人不怄人？

谁知这边歌声乍断，那边的小媳妇一阵嘘声过后，胆大的马上就接上了：

豌豆开花角对角，
怪哥不来把亲说。
如今妹到别家去，
活该你背时无着落！

这一来二去的山歌对唱，男人们十有八九会败在女人们嘴下。而河堤上的大人和细娃，也正是在这养心的歌声中，快快活活地送走了一天的时光。看着那些姑娘媳妇一扭一摆地离去，那些放松了筋骨的船夫们则钻进船舱，做起了他们的黄粱美梦。龙底江，就像一位严厉而又慈祥的老人，或平地开源、为沟为渠，或穴地潜流、为泉为井，用自己无声的隐遁换取岁月的变换和人类的文明。

龙底江，当然也成了我们生活中的重要部分。记得读小学时，我们经常偷偷下河游泳，"扑通扑通"一阵手脚乱打，天长日久，居然也学会了狗刨、摆水、仰游和潜水。每年夏天，我们几个塘头街上的男生和女生，吃过中饭就相约去河里泡上了。上岸时，每人还要搬起浅水中的石块，捉一条附在石块上的鱼贴在各自的额上，然后走向河岸边的校园。校园临河的围墙边上有几棵老树，盘根错节，裸露在外，成了我们的凳子。由于还不到上课时间，大家便坐在树荫里轮流讲故事。那些故事几乎都是龙底江的，都是从大人们那里听来的。有一次，由于在河里泡的时间太长，疲乏的我们讲着讲着故事就睡着了，结果误了一节课，被老师罚到操场的台子上亮相。但孩子天生的好动性格只让我们乖了几天，然后又好了疮疤忘了痛，外甥打灯笼——照旧（舅）。

上了中学，这条河与我们更亲密了，全校同学饭后几乎都去河里洗碗，逗得一群群欢乐的鱼儿浮上水面吞食那些零星饭粒。这道独特风景，吸引了当时分来塘头中学教书的老师，他们看到一条不太大的河竟然有这么多的鱼，简直不可思议。也正是有了这批分配到各行各业的人才，塘头的鱼价才从 0.15 元一斤涨到了 0.3 元一斤。这批大城市来的知识分子，不但自己吃而且还晒成干鱼或叫本地人做成塘头的特产——酸鱼，春节时带回上海、北京或成都等大城市老家。我敢肯定，当他们归家时，一定会使那些邻居们眼馋得不得了，因为他们的包里，还有许多稀罕的东西：炕腊肉、炕鸭子、糯米、黄豆和猪油。这些，也只有富饶的塘头才拿得出。

我小学时的那些伙伴与我一道上了中学。一天晚饭后，我们在河边洗碗,想不到竟有一条一米多长的鲤鱼慢悠悠地浮出了水面,一个同学见了,高兴得伸手就去捉那鱼的尾巴,谁知鱼尾一扫就将他吓得掉进河里,引得同学们一阵哄笑。哪知他是个"旱鸭子",扑腾着连喊救命,我和李毛、田大毛、小毛见状急忙下水,将他拉上岸来。这本是小事一桩,不知是谁告诉了老师,我们几个竟得了表扬。班主任刘老师说,这次救人行动,为我们几个加入共产主义青年团创造了条件。那年(1972年)全国正在整党整风,入党入团可是先进中的先进才有可能,老师的话无疑使我们受到了极大的鼓舞。为了庆祝,我们几个叫小毛星期六晚上将他家的渔船拉到了塘中。我们将船划至河中心,下了锚,布下网,仰望星星和月亮胡侃。谈理想,谈未来,谈十年二十年以后干什么,谁知谈着谈着就谈起了女同学,谈起了塘头街上的漂亮女子,就开始拉郎配。凌晨,我们谈累了,就扯起嗓门唱"一条大河波浪宽,风吹稻花香两岸""姑娘好像花一样,小伙子心胸多宽广"。那夜半歌声,不知吓没吓着学校里那些起夜的同学。等到唱够了疯够了我们就起来收网,将上网的三四斤鱼用小毛从家里偷来的油炸了煮起,又到河对岸拔了几棵生产队的白菜,将晚餐打的三钵饭平分,美美地吃完后就在船上睡到第二天太阳出山……

可以说,塘头的过去和现在、塘头的繁荣和兴旺都与龙底江分不开,因为有了这条江,才有了两岸大坝的稻谷飘香,才有了塘头的富庶和地域经济的繁荣。倘若你今天问我,塘头给我印象最深的是什么,我会毫不犹豫地说,是那条龙底江。

今天,当我在创作中写水写河时,仍然从四十多年前的龙底江得到不少灵感和启示。它款款流淌时的清亮妩媚,暴涨肆虐时的粗犷张狂,依旧久久地激荡在我的心里,促使我在笔下展示自然、展示爱情、展示社会,展示着人类共有的天性。龙底江,您在我的心中,永远都有着鲜活的生命及色彩。

我爱龙底江,还因为我上中学时的赵国华校长和那一批老师,是他们让我们这些饱受"文化大革命""读书无用论"毒害的孩子重新懂得了只有掌握了知识才能为人民服务的道理,使我们在龙底江边懂得了爱,懂得了知识的力量和懂得了怎样去生活、怎样去探寻人生的意义。正因为如此,才使得我们走出了龙底江,走进了外面的世界。同样,在离开的同时也生出了对它、对塘头这片土地的无限眷念。

长林坝纪事

姚敦睦

长林坝,现名叫长坝。这是个小小的边乡集市,如今借助石林的开发,一举而成为国家级地质公园,热闹起来,富足起来,腾飞起来。这是我无论如何都没有想到过的事。

这里,处于思南县城的西南角,西同凤冈县的王寨乡交界,北与凤冈县的新民红莲村相连。明代属思南府,清代属思南府附郭安化县辖地。

虽然这里地处偏僻,但从明代以来,就建有忠烈庙、天王庙、川主宫和万寿宫;清初已经有了私塾,还修建了魁星阁和长坝塔;民国3年(1914年)设立了国民小学。

1962年秋,学校放农忙假,家在农村的同学都回生产队帮忙去了,我们有几个住在机关单位的同学闲暇无事,便相约到长林坝去玩。

从合朋溪经过旧长坝(也有人称为校场坝,据说是白号军首领秦魁榜曾经练兵的地方),大约一个小时就抵长林坝。因为是赶场大路,很平。

当时印象最深的就是从凉水清、三道坎到长林坝这一带,枫香树很多,又高又大,经霜的枫叶,红黄间杂,加上夹杂其间的苍松翠柏,把这一带装扮得格外美丽。

进入下街场口,首先看到的就是魁星阁。当时就已经是破败不堪的了,但阁的一楼好像有人居住。后来才知道,那是清光绪十五年

（1889年），由地方士绅捐资修造的。阁为木质结构，正方形，四根圆柱支撑，三层，用青瓦盖顶。基础全是料石砌成，每边五六米。阁的一旁有两棵高大挺拔、枝叶繁茂的皂角树相陪衬，显得格外清幽。后来，由于无人照管，只能是"终老而亡"。

进入街上，说是街，其实也就是一条大路而已，大路的两边建有两排木房，两边总共不过二十来栋，半瓦半草。街的尽头，有一座破庙，残垣断壁，只有几根骨架迎着风雨，地面杂草丛生，更是没法走进去。

也正因为没什么看的，没什么玩的，闲逛了个把钟头也就离开了。

过了刚好10年，我又一次到长林坝。那是1972年秋天，我当时在合朋溪凉桥公社竹林湾当知青。我栽了一片芹菜地，而且长势还不错。腊月底的一天，是长坝的封年场（当年的最后一场），我挑着一挑芹菜和几个村民到长坝去卖。从村子对面的熊家沟上坡，等走到岩上凉水清伫佬庄的时候，全身的衣服都被汗水浸透了，头上冒着热气，背后的棉衣却结着一层薄冰，因为岩上正下着雪。到了长坝，借别人的当街檐下把芹菜放下摆好。他们喊"一毛五一把"，我却开口就只喊"一毛三一把"，四五十把芹菜不到半个小时就卖光了。等我去我在长坝的同学家把衣服烘干，准备回家的时候，他们还没卖完。最后，他们五分一把也卖了。算起来，他们的均价也才卖到一毛三，还多在街上冻了几个钟头。

因为是"封年场"，本来就没几个人上街，不到下午4点，街上就空了。

这一次，在街上待的时间稍微长一点。因为我在下场口同学家烘烤早已湿透了的棉衣。尽管只有两三个钟头，从他们的摆谈中和我所看到的可知，这里仿佛也没有多大改变。

又过了10年，也就是1982年，我在文化馆的一本刊物上发现了梁国赋写的一篇文章《长坝石林》。他用游记的形式、散文的笔调、优美的语言描述了石林的概貌。我从中领略到了长坝石林的雄奇和壮美。后来，我在主编《思南县志》的时候，便把长坝石林放在"名胜"里面，还用了梁国赋描写石林的那段文字:"长坝石林,绵延几个丘陵,高低粗细,疏密有致,青松翠竹,点缀其间,浓淡相宜;一条灌渠穿林而过,渠水清澈见底。山石倒影,层次分明,犹如一帧水墨泼出的风景画。徜徉林中,目不暇接。三十多米高的直刺天空,状如削枝的斑驳古松;低于十米的,形如破土竹笋,敦实的魁伟似将军,慈祥的貌似老人;娇娟的酷似熊猫;调皮的好似猴儿。艳阳高照,竹影婆娑,百鸟啁啾,真乃千姿百态的艺苑珍品。"也是从那以后,我对石林有了一个粗浅的印象。

又过了10年,也就是1992年。全县搞撤区、并乡、建镇,我被县委抽到合朋溪区搞"巡视"。当时合朋溪区下辖10个公社,其中长林坝片区除了长坝公社外,还涉及水塘和坡顶两个公社。在走访中,当地领导告诉我,在长坝下场场口东南面的一座小山头上,还建有一座宝塔,具体叫什么名,他也说不清楚,只是说,大家都称呼为长坝塔。塔身有五层楼高,六个面,塔顶为六角形,与场口的魁星阁遥遥相望。还告诉我:从前,一个大雾的清晨,一个长工上山,发现一对比牛角还大得多的竹笋,他用尽全身之力也扳不动,就用锄头去挖。谁知他刚挖到那对竹笋,顿时响声如雷,地动山摇,那个长工也被吓瘫在地上。后来人们认为那是龙角露面,即在那里修建宝塔,镇住龙头;还在水淹塘、邓家祠堂各建一座小塔镇住龙身和龙尾。后来,这座塔也和魁星阁一样"寿终正寝"了。再后来,人们又在这个基础上,重新修建了一座塔。也可以说是"古塔重生"。

又过了20年,也就是2012年9月11日,我带着县民政局老干部党支部成员"走基层,搞调研",考察了思林电站移民新村瓦窑牛角岩、香坝敬老院之后,就到长坝石林参观。此时的情景已是"今非昔比":街上已是砖房毗邻,沿街相拥。走出下场口,便是石林广场,一侧是"喀斯特地质博物馆",一侧是迎宾楼,还有停车场等旅游设施。进入石林的路也不再是过去的羊肠小道,而是平整的柏油路。进入景区,沿着新修的石阶和实木便道,可以悠然地尽情观赏那些矗立醒目的千姿百态的石头。形象逼真也好,惟妙惟肖也好;妩媚动人也好,憨态可掬也好,只要是你想到的与石林景点的"形、意、性"有关的形容词,在这里都可以安得上去。因为这里的每一块石头几乎就是一个景点,有它自己独立的内涵;或者说各是一本书,可以任你解读。

老同志看景虽然是"走马观花",但他们的笑脸就是一张满意的答卷。

仅仅只过了三天,9月14~15日,思南县文联、县作协又组织"乌江作家"到长坝石林采风。这一次与以往都不同,是背起口袋出门,带着任务进山。所以,采风人一是走得慢,二是看得细,三是想得深。尽管每个景点都有了指示牌、说明碑,但我们还是满山满岭都钻,不仅要把原有的景点看深看透,还想发现一些新的景点和景区。边走边看,边看边议。就这样,采风人的头脑里,模糊的渐渐变得清晰了,零散的渐渐变得完整了。观看中接收了石林的灵气,摆谈中汲取了别人的见解。回城之后,一篇篇石林故事通过互联网飞到了县文联。文联又将这些故事变成一本本精美的读物,敬献给"铜仁市第三届旅发大会"。

五十年的光阴,六次踏足长坝。不一样的情景,不一样的感慨。

石林是幸运的。原本是"藏在闺中人未识",如今是"一举成名天下知"。长坝也是幸运的,石林的开发给长坝带来了发展的机遇,同时也带来了无限的商机。

我在《石林故事 巧英晒鞋》的结尾处这样写道:尽管脚是自己的,尽管旅途是艰辛的,但又总是挡不住石林那种神秘色彩的诱惑。于是,石林的路就越走越宽阔,越走越亮堂。

长坝和石林又像景点中的"夫妻树"一样,共有的根长在磐石上,相拥的干都沐浴在同一片阳光下。愿这对在地的"连理枝"长得更加苗壮、更加繁茂,在天的"比翼鸟"飞得更远、飞得更高!

小镇那个夏天及后来的事情

黄方能

那是什么时候的事了？20 世纪 80 年代初期吧，那时我是个无业人员。当时有个政策要求建文化站，区级建制必须建立。我便是随着县文化馆的领导和老师们一起去乌江边上的那个小镇的。

从县城去那个小镇当然选择坐船。记得清晨的微光中踩上那上船的木板时摇摇晃晃的，挂拐杖的我感到不安，是同行者招呼船工拉着我上船的。机动船犁浪前行，两岸风光旖旎，悬崖峭壁老树浓阴，沙滩飞鹭码头浣衣，一路弄得我兴奋不已。逆水船缓缓徐行，到得小镇码头泊岸时已是中午十二点过。

从码头到街上需上一段陡坡，因为雨水的冲刷，那一段陡坡还深深浅浅龇牙咧嘴的，很不好走。拐过小街的弯道，就朝左面钻进一个楼洞，我们住在当时小镇唯一的旅店——综合饭店楼上，建文化站的汪馆长、梁老师(以及他的儿子)、李老师、老史，外加一个跟着他们出门玩耍的我，五六个人住在一间大房间里。吃过了中饭，他们就去找区里的人谈事情，然后回到住处睡上一觉。因为炎热，吃过晚饭大家又下楼去河里洗澡。依然拐过小街的弯道，直走到场口才向右靠近河流。河流在那儿有一个小小的湾，湾的顶部有一溶洞，洞里一大股清泉流出，许多人都在湾里戏水，尤其是泉水与河水交汇处很密集。那种洗澡洗衣戏水泅水的场面很热闹，像做功课一样，一丝不苟与嬉戏玩乐混合，女子们把裙子举过头顶就换了装束了，真是巧妙得很。然后她们花枝招展地端着装了湿衣服的盆子或提着塑料桶走在回家的路上,优雅而迷人;男人们则穿着短裤赤着膀子,不慌不忙地追随她们。只有勒着裤衩的小孩还在水边嬉笑打闹,意犹未尽。

那些赤膊的男人中有一个肥胖者和我们一起走进了综合饭店。他住在一楼,邀请我们进屋坐坐。他给我们倒茶递烟。他像我后来看见的许多胖子一样蓄着平头,肩膀宽大,臂肌鼓凸,肚腹高高地挺着,像水波漫过他那管束短裤的皮带,肚脐则像电筒里的银碗。不知道是不是所有的肥胖者都是一脸和善,我见到的他是善眉善眼的。肥胖而和善的他与梁老师、李老师谈得投机,那是谈到了吃,谈乌江鲢鱼的吃法,团鱼的吃法,蛇的吃法,还有斑鸠、弯狗的吃法。一天夜里他网得几尾小鱼小虾,次日便邀我们去和他喝一杯,分享他的成就。当然我们都在综合饭店吃过了饭,他的妻子便是炊事员之一,对不喝酒的汪馆长和老史,他把筷子递给他们,请他们尝尝他的手艺。对喝酒的我们三人他则要求坐着和他一起呷酒吃鱼,听他叙述弄鱼的趣味。时不时,他的手板总要在胖肚上拍一拍,一会儿是左手一会儿是右手,之后他的妻子拿出用铁盒子装的水果糖和葵花子给我们吃,显得美丽又大方。

一天中午,我把头伸出窗外,目光由对面的树林、庄稼、河流收至楼下的街道,见有一辆客车由场当头那边扦过来,在综合饭店门前的街面上停下。车上陆续走下到达终点站的人群,一个高大的小伙子的右脚刚刚触地,后面的左脚还没迈动,却忽然被什么镇住了。沿着他的目光搜寻,原来他看见了对面的石壁前也就是我们的楼下坐着一个妇女。他喊了声"妈",那妇女便气势汹汹地说:"妈!你还晓得喊妈!给我跪起过来!"小伙子愣住了:"妈,我没做错哪样事啊,前天考完了,同学留我到他家耍了一天,今天就回来了。"然而他母亲没有给他商量的余地:"你还认你这个妈,你就给我跪起过来!"这时车门两边及那妇女身边均围了不少人看热闹。也有人劝那小伙子:"晓得你妈是这个脾气,你就依了她吧。"小伙子咬了咬牙,果然就跪了下去,他和他母亲之间空出了一条路来,他正是沿着那条路一点一点跪到他母亲面前去的。那时我在楼上的窗口感到了做母亲的过分,也猜测着那小伙子是否会产生逆反心理。然后我看见小伙子先自己站了起来,然后躬腰扶着她母亲站起了身——他母亲拄着两根拐杖,在他的搀扶下和他一起离开了。原来她母亲身体不好。

一个多么专横的母亲,一个多么顺从的儿子啊!

本文前面写到了一个胖子又写到了一对母子,现在要写写汪育江馆长了。我们住下那天记账的时候,梁老师建议我的船费和住宿费由文化馆报销,伙食费自己出。我那时一个月二十五块钱生活费,除了填肚子还要买书订杂志填脑子,不用说生活是很艰难的,汪馆长爽快地接受了梁老师的建议。多年以后每念及此,除了感到温暖,我对梁老师和汪馆长总有说不出的感激。我不过一个文学青年而已,跟他们出门美其名曰采风,其实是在县城待腻烦了而出门散散心、放放风而已,我凭什么享受优待呢?这种友善之光照耀下的温暖使我在那些个人的寒冬里一次次地感到春意盎然。

当时的我对汪馆长知之甚少。我只知道汪馆长住在县城文化馆楼上的一套两间的房子里,那房子一间是他的工作室,一间是他的卧室。他那工作室的墙上挂有用木框和玻璃框镶着的照片,那是他得意的摄影作品。听说他喜欢搜集民间故事,喜欢临碑拓帖,对风物很感兴趣。他的爱人汪伯妈没有工作,汪馆长一手拉扯四男一女,真的是很不容易。长子已从师专毕业在一所中学教书,长女结了婚,仍有三个儿子由他带着。也许就是去小镇上那个夏天的前后,汪馆长开始了白号军起义故事的收集,据我后来认识的曾令华说,汪馆长早期搜集的白号军起义的故事是他提供的。后来汪馆长的《白号军起义》一书由重庆出版社出版。虽未阅读,却在内心里承认汪馆长是出了书的,有一份敬意。

我和在小镇上给他母亲下跪的那个小伙子见面的时候,小伙子已是省城一所大学法律系的学生。他也爱上文学写起诗歌了,假期里写了稿子呈给梁老师看。梁老师不大看诗,就给我看。我至今仍能想起他来,并为之提笔行文的原因还在于他毕业分配在了省城这件事。我是听朋友们随便说起的。我问我的朋友,他为什么分在了省城呢?朋友们一个个都是大学或中专毕业的,并且跟那小伙子是同学,都爱好文学,却大多不愿谈那小伙子的事。即使我再三追问,他们也是轻描淡写。我在那轻描淡写中听出的眉目是,小伙子在省城读大学期间认识了一个省城的孤寡老人,小伙子用他山里人的纯朴与诚实赢得了老人的信任,老人接受了他隔三岔五的问候与帮助。小伙子说她老人家孤苦伶仃的需要人照料,他愿意做她的儿子照料她。老人已了解了小伙子的诚实,就爽快地认了小伙子做养子。这样,小伙子就把自己的户口上到了老人的户头上。毕业分配时,小伙子就以照顾养母为由被分配在了省城。

如果你是一个把开支一个人的工资作为负担的地方主义者,你肯定会赞成他分在了省城。如果你知道他是县里某领导的外甥(他母亲与那领导夫人是姐妹),你也可能会为他没动用领导的关系而是自己想方设法分在了省城表示赞赏。至于他为母亲下跪和认孤老作母这两件事是否有因果关系,谁知道呢。

大浪淘沙,综合饭店这个词汇已从我们的语境里淡出了,就像它已在我们的生活中淡出了一样。我后来再见到小镇上综合饭店的那个胖子时,他已是李胖餐馆的老板兼厨师。90年代初期,我因所在公司起诉小镇供销社拖欠货款而赶赴小镇,恰巧在李胖餐馆里吃的中午饭。一见面我看着他有点面熟,在记忆里几经搜索,我终于说:“你还是这么胖啊?”他见我熟悉地与他说话,似乎想起了我来:“你也发胖了啊,兄弟。”但他马上就转入了正题:“我的手艺你是知道的,来点什么?龙凤汤?凉拌蛇皮?炒个野兔?”他妻子在店里给他打下手,当他的管家。她对我说:“你以前好像挂着拐杖呀,现在……”世事沧桑,她的美丽已消逝得只剩一点影子,只好让人揣测,不知道当初综合饭店关门的时候胖子遭受的是怎样的打击,也不知道后来胖子和他妻子是否经过了艰苦的奔波才开起了餐馆。李胖餐馆租房经营,场面也小,多两桌客人就安排不了,但生意好,这比什么都好。我知道胖子大多热衷于吃,而胖子做厨师几乎就是专业对口,因此我也算知道了他的手艺得到吃客垂青的原因。我也相信他做出一桌佳肴颇有一点成就感,如同他的妻子清点钞票颇有一点成就感一样。

汪馆长从文化馆调到文管所后变成了汪所长,建成乌江博物馆是他人生中的一个闪光点。1999 年,汪先生七十岁的生日是在漂流乌江途中度过的。那是重庆的乌江漂流考察队特邀他参加的,可想而知,汪先生的身体有多硬朗。80 年代末期,他和两个年轻人一起徒步考察乌江,用"汪明书"这个笔名发表了一些考察札记。就像一些文章写的那样,汪先生真是一个奇迹,只有小学文化程度的他在他的笔记本里画了各种各样只有他自己认得的符号,经过潜心钻研已成了闻名全省的文博专家,他把徒步考察乌江的资料整理成了《乌江流域考察记》,由贵州科技出版社出版,他的劳动及其成果值得我们尊重。

后来我就再没见到小镇上那个胖子了。我相信他还热衷于吃,相信他还津津乐道于美味佳肴,也相信他的妻子会拿出葵花子来招待客人,因为如今的餐馆为了让客人耐心等候上菜,绝大多数预备了酥香可口的葵花子。正这样沉思默想着,有朋友从小镇上来,说李胖餐馆已扩大规模上档次了。胖子自己修了一栋两楼一底的砖混结构楼房,经营面积大了,生意更好了。他让镇里面把李胖餐馆当成了定点接待餐馆,生意越做越大了。白天,李胖餐馆楼房外表的白色瓷砖很耀眼,晚上,餐馆楼上霓虹灯闪烁很诱人。而胖了当了不小的老板依然兼着厨师,他那已发福的妻子照样当着他的管家,为他管理家财。

关于分配在省城某法院工作的那个小伙子,自从他分在省城以后我就一直没见到过。仅仅只是知道他的一点点信息。印象中他在省城工作没多久便把他在县城某学校教书的妻子调去了。小伙子在省城某法院工作后,先是给原告们写写诉状,人家要给他酬劳,他也就拟定了一个价码。当然这样太小打小闹了,为改变这一状况,他于是代理起案子来，并迅速弄到了律师资格证，因此也就顺理成章地开起了律师事务所。事务所的收入让他激动不已。虽然法院里的薪水并不高，但那份工作很特殊还有资源优势，他就还是继续干着那份工作。因此，他成了那个法院率先富起来的人，有豪华住宅，有私人轿车，成了典型的广告里常见的那种成功男人。对领导和同事乃至主管单位的人，他都和他们打得火热，总之他混得很出息，活得很滋润。

2000年初，汪先生在县城的街道上见到我，知道我在报社做一名小编辑，就说要拿一篇稿子给我。还说他那稿子写了好几年了，之所以迟迟没有拿出来发表，是担心会引起不同意见。我知道汪先生为文之认真，相信文章的可取性。不出所料，文章发表后立即引起了争议，对方也是个年过七旬的老人，他写了争鸣文章，报纸欢迎争鸣。汪先生写了反驳文章，报纸照常登了，如是两三个回合，争来争去，双方的说理都很充分，大有不分胜负不罢休之势。关注这件事情的人都担心在文章之外出现意外，都希望他们压缩火力。恰好这当口跳出来个第三者，宣称他在他们的争论之中发现了思唐睡佛，且鼓动进行旅游开发，便平息了争论。这虽不是汪先生想要的结果，却是他乐于接受的结果。

2002年初，我供职的报社发表了我编写的《白号军江汉政权的领导范围》，不久，汪先生便写来《白号军起义时间地点考》一文，我感觉他是在跟曾令华争鸣。关于汪先生的《白号军起义》和曾令华的《巍巍荆竹园》，暗地里两人及两人身旁的人就有过争论。作为编辑，我相信他们引经据典的可靠性，不可靠的是古人对一件事的几种说法。尽管如此，报纸还是乐意拿出版面让他们争论。他们的出发点都是一致的，为澄清历史，为后人负责。其实争不清楚也没什么，通过争论，留下一大悬案或几种说法也是给后来者做了指引。最终，一种文化便留了下来，并惠及子孙。

大山里的学校

张羽琴

山很高,高得顶住了天。大山的膝盖上,五间青瓦盖顶的土坯房站成一排,半月形的土坝子被踩得溜光,锈迹斑斑的铁片被铁丝吊在一棵桂花树上,四个民办教师,一群燕子般来回飞奔的孩子,这就是三十年前的安家山小学。

地里的庄稼收割完毕,开学的日子也就临近了。在崎岖的山道上,一队队小小的身影排成蚂蚁出征的阵形,背着鼓鼓囊囊的袋子,大小高矮不等的一行人,在暖洋洋的阳光里,忐忑、兴奋、蹦跳着向同一个地方汇集。袋子装着稻子或苞谷,充抵半个学期的学费,学校是收购站,老师们是收购员,他们收下粮食,也收下这些天天在深山里放牛打滚的野孩子,用知识来哺育,用耐心来打磨。

从懵懂婴孩长成七八岁的少年,不是每个孩子都有幸走进那五间土坯房。老师们称量了粮食,还会称量孩子。考核的方式极其简单,仅需用自己的左手绕过头顶摸自己的右耳,或者是用右手摸左耳,以能够摸到为合格,否则将有待定之虞。初来报名的孩子里,有许多没有大名,父母皆大字不识一个,只取得像狗毛、水牯、牛崽、二妹、三妹这样的小名,老师还得负责给这些孩子取一些文绉绉的学名。

报完名回到村子里,被几个蓬头垢面衣衫褴褛的孩子拦住去路:"你去报名读书了?"满心欢喜的我挺了挺腰板,眼里闪耀着亮光,炫耀地点头作答。他们脸上露出了深深的羡慕和失落,黯然地退到路旁。

我早就知道他们不能去读书的,他们的家里都有着无法缴纳学费的理由,更有着必须在家帮衬的必要。

学校离家很远,远到要以里来计算路程,所以伙伴们每日吃过早饭后结伴同行。我们在山间土路上奔跑,但是经过一段凿在悬崖上的路时却格外小心。路面极其狭窄,偏偏在中途还有一块圆石凸出来,得小心翼翼弯下身子从巨石下穿过,实在让人心惊胆战。崖上的这段路两旁长满了茅草,有调皮的孩子用路边长长的野草拴结在一起,隐藏在茂密的草丛里充当绊马索,也隐藏起无法预料后果的危险。

学校的房子孤零零地伫立在山头,几根黑褐色的木柱极像大山身上几根瘦骨嶙峋的排骨。而四面光秃的操场坝,则是我们释放过剩精力的最佳场所,坝子的边缘爬满了地瓜藤,织一张绿色藤网护着土坎,夏季会结出香甜的地瓜泡。学校的后面长着一丛丛蘑菇似的小松树和皮糙质硬的青冈树。龙眼大小的青冈子,往往被我们摘来做小陀螺。一种笨笨的山蜂会在低矮的松树针上酿蜜,一粒粒白色结晶体让松树的针尖上开满了朵朵指甲盖大小的晶花,撸下来直接丢进嘴里,有一股浓浓的香气和甜蜜。这些资源对于一大群孩子来说,是不够共享的,一直秉承着先下手为强的原则。

然而满山皆有的野生植物,也并不足以提起我们的兴趣。

当校长用石块敲响那块音色低沉的破铁片,几间缺门无窗的教室里,就呼啦涌出一群快乐的笑脸来。

男生扎堆打"本钱"、斗鸡(撞膝盖)、飞拱背儿。其中又以打"本钱"的居多。女孩多参与跳绳和跳板儿,一条粗大的草绳被抡成了椭圆形甚至圆形,可以跳出许多的花式来,双人、多人、单绳、双绳、穿花、跳转,能够想到的花样,就有人能做到,整个泥土操场,一片欢腾。

安家山以安姓村民居多,无形中安姓学生就有了一种优越感,对其他村寨的学生排斥心理很强,因此安姓学生欺负其他村寨学生的事件时有发生。各村寨的外姓学生也联合起来与安家山的学生对抗,从而形成了两个帮派,一帮为安家山的本地帮派,另一个大帮是由各个村寨的学生组成的"同盟军"。几番交火难分高下。安家山的孩子想出了一条控制水源的"毒计"。学生们都没有水壶,一天疯玩下来无不口干舌燥,就会去村里的水井饮水。安家山的孩子们洋洋得意地守着井口收费,每人每次缴纳一张纸作为水费。那缴做水费的纸张,只要是完整的就行,反正也是用来叠"本钱"的,不讲究质量。也有仗义的安家山学生,会偷塞几个"本钱"给平时要好的其他村寨同学,因为不能带头坏了"规矩",所以有些友谊就转入地下。

上课是最为无聊的事情,我们的眼光大多时候都停驻在墙壁上爬行的蚂蚁上和老师衣服口袋别着的钢笔帽上。一块黑板钉了两条木腿靠在土壁上,老师随时可以借用第一桌同学的高板凳做讲台。下了课,老师们也没有可供休息的办公室,就坐在学生的板凳上抽着呛死人的草烟或是发呆。

在学校不论怎么疯闹,总是不能尽兴,每当玩得不亦乐乎时总被那烦人的破铁片声响催进教室里去,放学理所当然成了我们翘首以盼的美事。

平时不苟言笑的欧老师,因为教学严格且好打学生的板子而引起了"公愤"。他家在学生放学的必经之路上,因此便长期遭受恶作剧般的报复。房前屋后的果子,地窖里存放的红薯,无不被作为掠夺的目标。欧老师及师母无奈,每天于放学之际分别把守房屋的两头。然而道高一尺魔高一丈,保住了枣子柿子,他家存放红薯洋芋的地窖,由于离房屋有百米之遥且被一个山包遮挡了视线,损失就十分惨重,有学生跳进地窖里把红薯大包大包地偷出来,终于引起了欧老师的愤怒,他每天手持竹竿,虎视眈眈地守在地窖口,学生们也就消停了几天。

因为有跳进地窖爬不上来的傻小子被欧老师亲自押送回家,屁股被打得开花,"土匪们"暂时收敛了许多。然而,欧老师毕竟是半工半农的民办教师,不能为了几个红薯不管坡上杂草丛生的庄稼,所以受灾情况在短暂的缓解过后变得愈加严重。学生们也学得精明起来,再不干那种被他瓮中捉鳖的傻事了。我年纪小,被安排放哨。其余的孩子们找来树枝、竹竿等物，将一头削尖，直接插进红薯，将其从窖里提起来，十分快捷有效。等欧老师一发现，顿时作鸟兽散。我只管做出一副事不关己的模样，强行抑制住怦怦蹦跳的心，悠悠然从他狐疑的目光下走过。在学校我表现尚好，欧老师也算喜欢我，尽管不善表达的他从未当面对我说起，但是从他没有对我举起过教鞭，我早就明了这一点，他当然不会怀疑我也会和那些"报应娃儿"们"同流合污"的。

父亲进了一次城，回来的时候给弟弟买了玩具枪和汽车，给我买了花衣服和一把谁都没有拥有过的花伞。当我在一个细雨飘飘的晨光里，撑开小花伞满怀激动而又故作镇静地走到学校时，一帮屁股上缝着两块大补丁的小子，远远地就开始用手指刮自己脏兮兮的小脸，一边高声叫嚷"新娘子来喽"，一边还推出一个长得清清瘦瘦的小男生，让他来给我接伞（意为接新娘）。他在那帮坏小子半是玩笑半是强迫的怂恿下，真的扭怩着到我面前，伸手来抢我手里的花伞。我猛地把伞收拢，伞尖直朝他的肚子捅了过去，他一声惨叫倒地痛呼。见我发飙，那帮小子顿时跑得一个不剩，此后居然再不敢招惹我。

这样的时光在日月更替里过了三个年头，当新的一季稻谷收进仓，我不再去大山深处那个冬天漏风夏天漏雨的学校上学了。我坐在了城市宽敞明亮的教室里，听着老师用我听不懂的普通话授课，看着同班的孩子们光鲜的衣着和鄙夷的目光，我开始无比想念安家山的一切。

新的校园也有大大的操场，下课后挤满了黑压压的人群，跳橡皮筋的、丢手绢、丢沙包的，充满了欢声笑语。而我，孤零零地趴在教室外的栏杆上，羡慕地看着。

进城后第一个期中考试，我考了全班第六。还未来得及欣喜，就被老师揪到了办公室，他不敢相信一个偏僻山村转学来的孩子会考到前几名。他阴沉着脸，严厉地训斥我，要我交代是如何作弊的。屈辱的眼泪汹涌而下，面对我瘦小的身子，他满脸鄙视地拍了我几巴掌，推搡了几下，让我把家长请来。看着老师一副恨铁不成钢的模样，看着缩头缩脑在办公室外看热闹的同学,听着她们窃窃的嘲笑,第一次,我有种被抽掉骨头的无力感。

此后的很长一段时间,我都游走于老师和同学排斥和怀疑的目光里,心里翻腾着我要回去的念头。但是我知道,那已是不切实际的幻梦,我开始强烈地怀念安家山小学,怀念每一个我的脚步量过的地方。

回安家山看看,是我埋在心里多年的愿望,我没有告诉任何人,我一个人收藏着我的心事,我的秘密。

终于,我回来了,带着我的痴念,还有满心的疲惫。

可是当我沿着新修的水泥路行至学校曾经的所在地时,我瞠目结舌。眼前是鳞次栉比的楼房,平整的路面,哗哗的自来水和砖楼里皱纹深深的老人,一派富裕起来的景象里,我的记忆轰然倒塌了。

我不知道是该欣喜还是悲哀,安家山小学那五间校舍不见了踪影,操场、教室、桂花树都被钢筋水泥淹没了,明晃晃的白瓷墙砖折射着太阳的亮光,黄灿灿的阳光被折射后一片炫白,炫得我直眼晕。

"少小离家老大回,乡音无改鬓毛衰。儿童相见不相识,笑问客从何处来。"我突然无比深切地体会了贺知章那时的心境。这里已经没有人认识我,没有人知道我飞扬跋扈的童年,也无处安放我的想念。

童年的伙伴现在都分散在祖国各地,在一片片钢筋水泥聚成的"森林"里穿行,而后他们把那些"森林"移植到安家山,留下自己年迈的父母和年幼的孩子,又再一次返回那些大"森林"里,继续着忙碌的生活。安家山原本那些低矮残败的瓦房现今所余甚少,被挤兑得像林子里长出来的牛屎菌,温暖的灶火被无烟无尘的电磁炉取代,面对一片整齐却冰冷的高楼,我不知道这冰冷会不会渗透了人心。

我正犹豫该不该马上离开时,一个晒苞谷的老婆婆带着一个三四岁左右的小男孩出现在我的视野里。

我上前搭讪,询问安家山小学现今置于何处了,老婆婆豁着牙笑了:"早就没得了,民办小学十多年前就取消了,我家孙孙们都去那边学校读书。"她对着一个方向努努嘴。

聊了一些不着边际的内容后,我突然打算拜访一下欧老师,向婆婆询问欧老师的住址,好半天她才反应过来我打听的欧老师是欧某某的父亲。"死了,好多年咯。"老婆婆一边用木耙子将摊在地上的苞谷犁出一条条纹路,一边漫不经心地回答。

"安××呢?"我问的是曾经被揎掇来给我接伞的那个男同学。

说起安××,老婆婆的眼睛陡然亮了一下,咂吧了几下皱皮橘子一样的嘴,拔高了声调:"也死喽,到广东打工在工地上摔死的,赔了十几万哩!"老婆婆一脸的羡慕。

纵情山水

李光孝

弄　柴

　　20 世纪 60 年代初期,乌江边上的城关镇居民,每月供应 25 斤口粮,每天大抵都是吃两顿,不像现在这样吃三餐。每到早、晚饭时间,便见炊烟袅袅升起,飘荡在山城上空。徜徉街头,随处可闻柴草的味道。

　　那年代,各家收入都很低,又多子女,家长们也就很会精打细算。比如买柴,每逢二、七赶场天,很多人家都会聚在官井和观音阁下的新马路边,拦住从大岩关挑柴下来的乡民。他们大都从覃家坝来,挑的柴都是农闲时从山羊桠弄回来的,放在自家阳沟后头堆上一段时间,逢场期,挑一担进城赶场。他们的柴干,且码子适中;好烧,既不黑火,也催锅;好劈,即便划成细丝丝来引火,也不费力,所以都比较好卖。

　　那时各家煮饭的锅都比较大,所以灶头及灶孔也就相应较大,煮一顿饭,很费柴。每次买柴,必须要够烧五大。即使家庭经济再不宽裕,这笔支出都是不能省下的。

　　于是为贴补家用,弄柴,就成了孩童们最具时代特征的游戏似的体力活。

　　我家住上街,一条街长大的五六个孩子,经常邀在一起去弄柴。一个暑期下来,少说也能弄来二十来挑,帮补家用。

　　那时的我们,大的如光志、黄牛,不过十四五岁,小的如张三毛儿、邹狗儿,也就十二三岁,都较顽皮,且家境贫困。起初,大家都往大岩关上去,先是上陈家坡。但那坡上的每棵松树都剃上了巅儿,连地上的松树毛儿也难捞了,哪里还有柴弄?于是又向前走,去凉厅。时间一长,一不好弄,二不好耍,三是不能浮澡,于是大家便改变方向,不走河西而转向了河东。只要天不下雨,头天,大家就约起去凉水沟砍慈竹,划成篾条圈好。第二天一大早,大人就会把剩饭炒成油炒饭,叫作吃早早饭儿。当然,炒饭时盐巴要少放,吃淡点,否则口渴,万圣屯上水不好找。

光志是我们的头儿,他一声口哨,大家便拿起弯刀,背起篾条,在烟市巷集中,一齐从航管站下河上渡船。因为是孩子,没有过河钱,一般都会对船老板开明条儿:"大叔,我们去万圣屯弄柴,没得钱,帮你划桡吧。"那姓周或姓覃的大叔倒也不跟我们认真。

过河上酒厂,过公路,再从龙洞门上坡。从七步坎上万圣屯,路呈之字形,窄而陡。大家边走边歇,上到山顶,已是脚酸手软,气喘吁吁,一个二个倒在草丛中,大喊费力。

驻足山顶俯瞰,乌江似一条金黄缎带,穿城而过。几抹烟岚飘在五老峰顶。大岩关,一道豁口,公路如一条白色玉带,蜿蜒飘下山城。河西民居,层层叠叠,从下街升至枫香堡。中和山郁郁葱葱,浓荫蔽日。伙伴们指指点点,各人找寻自家住的位置,但都不能准确指出来。嘻嘻哈哈,一阵哄笑。

走喽,弄得柴喽……看看头上的太阳,已升起两竿子高了。于是,一起钻进松树林。在一阵轻柔的松涛和鸟鸣声中,各自选一棵丫枝较多的松树,爬上树梢,往下砍。砰、砰、砰,轻一阵、重一阵的砍柴声,噼啪,偶尔松枝的折断声,响彻松林,惊起飞鸟,在林中扑翅。

砍伐完毕,各自从树上滑下来,将砍下的枝丫剔干净,剩下比身子高的光杆,铺在草地上,再寻一根作为肩挑的扦担。

扦担若好挑,则再重的担子都不太费力,若不好挑,轻的担子也觉得越挑越重,甚至肩膀会磨起水泡,几天都挨不得。挑选扦担是最讲究的细活，不能马虎。选择钎担，一要杂木，有韧性，且不粗不细，挑在肩上闪悠闪悠；二要伸展平滑，无疙瘩，才不容易折断。所以每次我们都要在林中选好长时间，才能选到如意的。有一回，伙伴黄牛图省事，就用砍下来的松树枝将就，没料到挑到半路，突然从疙瘩处脆生生折断。大家只好将担子撂下，同他返回林中重新寻找。那一日，下到乌江边，天已经擦黑，搞得大家都不能浮澡了，只能坐船过河。没有船钱，大伙又一齐给船老板说了好多好话，还将两支桤片完全承包。回家的路上，一个二个饿得眼睛都打绿蝇儿了，个个都埋怨他，多整些事来做。

选好钎担之后，先将两头削尖。然后将剔干净铺好的松枝用篾条捆好。捆时也有讲究，先从中间开始，像打包似的，在中间绕两圈，一只手拉住篾条的一头，弯下腰，左脚踏地，右脚踩在柴上，将其滚动，把篾条拉紧，最后将篾条两头绞成麻花状缠住，插在捆紧的篾条中。中间捆好后抱起，往下砸，使下头整齐，再将底边捆紧。钎担从中间插进去，然后摆成人字形。还得双手提起来，试试平衡，挑在肩上，一定要与地面大致平行。如果码子太长，会导致行走不快，还磨肩膀。若上头重了，则双手费力不说，肩膀与挺直的腰杆也受不了。平衡合适后，再将顶上相交，用篾条捆一道，不至于分开。最后，再把弯刀插进柴的缝隙中。到此，这天的柴才算是弄好了。

这项颇有技术含量而又满含情趣的体力活，让人念念不忘。

过了好些年，我已开始涂鸦些许文字后，才觉出，这一个"弄"字，用得实在精准，正如"圣岭春耕"满含诗意一样，我们的先人遣词造句的功夫，足以令我们崇拜和自豪。每每给后人摆起这段纵情山野、嬉戏浪尖的经历，他们仿佛聆听童话一般。看看现在的孩子，为不输在起跑线上而穿梭于各个补习班，不知是幸运，还是悲哀。

太阳升至头顶，伙伴们也觉得口干舌燥。水不好找，该是挖地萝卜解渴充饥的时候了。万圣屯的地萝卜，脆而甜，皮薄好撕水又多，山城人有这一特产，算得好福气。

"偷"别人的东西，照例有分工。

平时手脚麻利的伙伴光志、黄牛负责挖，其他人分散放出流动哨，四下一瞧，只要无人便一声口哨。

不一会工夫，便按计划挖齐。大伙将柴堆在一堆，躲在柴堆下尽情享用。吃得肚皮发胀后，各自才将丢在地上的根和皮拾起，埋在挖过的地里，尽量不要让人看出痕迹。

挑起担子，闪悠闪悠。一路上，你追我赶，一会儿你前，一会儿他后。一边慢跑，一边评价，哪个的柴剔得光生，要干一些；哪个的柴捆得好，式样好看；哪个的钎担选得好，闪得最安逸。

下山的路，比上山的路难走，挑着担子，有些危险。有一次，在快下七步坎儿时的一个岩腔里歇息，光志突然发现地上一条筷子般长的蜈蚣。他惊叫起来："快点儿跑，雷公虫。"

这一叫，所有人都吓得屁滚尿流，飞嗒嗒往山下跑。光志在我后边，边跑边喊："雷不烂，把它打死，你们姓雷的打姓雷的，不怕。"光志话音未落，我在转弯时，担子前头撞在岩石上，一反弹，便向外边倒去，身体扑在路边的刺巴笼上，柴还压在身上。双腿趴在路上，上半身却悬在外边。我看到刺巴笼下面，岩壁陡峭，乱石一片，吓得魂不附体，紧闭双眼，大气都不敢出，更不敢大声呼救，生怕一震，刺巴笼一垮，便一头栽将下去。我悬起胆子，有气无力地喊："光志，救我！"紧跟我后面的光志和黄牛见状，急忙放下担子，一人抱住脚杆，一手抓住我腰上的棕绳，一人将柴抓起来，再将我拖回路上。我瘫坐在石梯上，身子紧靠岩壁，脸煞白，半天说不出话来。只听见黄牛感叹："天啊！全得这刺巴笼，要不摔下山去，找个皮子缝包包都没得喽。"

这次遇险，过了好久，终于传到了母亲耳朵里，从此，再不准我上万圣屯弄柴了。大家之所以喜欢上万圣屯弄柴，除了有地萝卜吃，最大的乐趣，就是推起柴浮对河，好安逸！

歇了好久，我才稍微缓过神来，闪着脚杆，慢慢吞吞地终于走下了龙洞门。沿着公路，我们向上渡走去，迎来一天中最欢愉的时光。

终于，我们又能亲近乌江了。一阵兴奋，各自将衣裳裤儿用棕绳绑在柴上，都穿着三角裤，先后下水。

生松树棒儿在江中半沉半浮，我们浮在它的后面，将柴往前推。不久，到了江中心，上半身趴在柴上，双腿轻轻地打水，任江水向下游冲去。伙伴们当即兴奋地纷纷表示，明天只要不下雨，一切照旧，吃了早早饭就动身。

漂到卢家码头，该上岸了。于是大家用力向岸边划，还一起喊着号子：嗨吼，嗨吼……双腿交替打水，扑通，扑通，有力而沉闷。

到航管站码头上岸，穿好衣裤，沿石梯上河街。于是，一般由黄牛走前头，光志领号，大家排好队前行，齐声唱起抬石头的小工号子：扎呀吼喂，扎呀吼嘞……小步颠上下街，号子唱得更嘹亮，尤其是黄牛，简直是用全身的劲在吼，吸引了不少居民驻足赞叹："这帮小崽，去万圣屯弄柴回来了，好得行哟！"每当这时，我们的号子唱得更响，肩上的担子闪得更欢。

麻柳林

1960年某个春日，中山街街公所敲锣通知：各家居民代表，晚上到一食堂开会，街领导有重要通知。

一食堂，位于烟市巷，靠近城墙。那年月，在"总路线""大跃进""人民公社"三面红旗照耀下，为了尽快过渡到共产主义，全体居民均吃食堂。而食堂则蒸钵钵饭，一人一钵。没到开饭时间，即已人声鼎沸，热闹非常。这一壮观景象，与大炼钢铁一样，实为时代创举；而食堂，与街公所一样，也成了街道传声议事的场所。

入夜，各户代表集合，街长张观珍宣布上级重要通知：闲散劳力下放河东，大家要积极响应党的号召，踊跃报名。

政策刚一宣布，下面就嘤嘤嗡嗡，纷纷议论起来：听说河对门的麦粑，刀子都切不动；万圣屯的地萝卜，脆生生，好甜哟；河对门的风景好好哟,你看麻柳林、龙洞门、上渡三台山,都在那边。

不久,河东的种种好处,尤其是不差吃的强烈诱惑,促使父亲报了名。紧跟着响应的是王叔,与父亲先前同为打米厂搬运社扛包子的弟兄,生活紧张以后失业,又成了做小工抬石头、放筏子的好搭档,号子喊得高亢而嘹亮。

就这样,读小学四年级的我便随父母下放到了上渡河东四队。入夏,涨端阳水,摆渡的船停了,不能过河来读书,只好转学到四小。当时,城里流行四个小学的顺口溜:一小(文庙)风景好,二小(考棚)学习好,三小(天主堂)纪律好,四小(河东)劳动好。从城里转到各方面条件都较差的农村小学,情非所愿,实在是没有办法。

还好,与我同时转学的,有周毛儿、东华和波波儿。每日,我们四人相邀,一起从上渡沿公路下到河边四小。下午放学后,最爱的去处就是麻柳林。

麻柳林,靠近四小,临近乌江,翠竹林中,隐藏着两三间农舍。沿乌江边,十几株麻柳郁郁葱葱。农舍与麻柳中间夹一片空地,七八株橙子树上果实累累。某一日,见农家人无声,狗不吠,便先后蹿上橙树,各摘一个,迅速下到河边,破开品尝味道。最终发现离麻柳树最近的两棵树上的红橙味道最好,被我们定为重点攻击对象。那红橙,皮薄,一破开,但见颗粒饱满,颜色血红。分开一瓣吃进嘴里,水多味甜,实在是橙中上品。

下放河东不到半年,据说因为城里闲散人口无劳力,不会做活路,还要白分队里口粮,四个生产队意见很大,极力向县里反映,最后县里下令,下放的人全部返回了城里。于是,我们几个同学又都转回了以前的学校。临别前,大家又约起来到麻柳林,跪在河边,双手合十,算作辞别。

第二年夏天,又到了橙子成熟的季节。我们四人相约到航管站码头,去找发小光玉、邹狗儿、孙老二、赵三毛儿。未到江边,就听见江中传来的十分疯狂的嬉笑声。不用说,就知道他们在扎水马儿。我们少年时期穿的裤子,叫作锁口裤,粗布,直筒,不似现在的西裤,面前开口缝拉链,腰系皮带。扎水马儿时,先将两裤脚扎上,然后两人分别将下腰扯住,一人将两裤脚提高,喊一声幺二三,提裤脚的立刻撒手,另两人猛地将裤子扎进水里。只见,两裤脚胀胀地浮出水面,最后将水中的裤带收紧,不会游泳的伙伴便可趴在水马儿上,双手使劲从旁边向后划,双腿向后蹬,自在地浮在水面向前游动。这一游戏,是我们那条街的伙伴们夏天的最爱。只要家长不在家,便会不约而同下到江里,终日玩得兴高采烈,即使晒得黑不溜秋仍然兴趣盎然。玩饿了,各自回家,快速扒一碗豆花儿拌冷饭,返回江边又玩下半场。直玩到夕阳西下,估摸家长快回家了,怕遭打,才依依不舍地回家。家长进屋时,一个二个都装模作样地做暑假作业。

终于玩得有点脚软了,东华才提出来:"走,我们去电影院商量重要事情。"于是,八个伙伴一齐上岸,向电影院走去。位于下街武官衙门的电影院,白天不放电影,大门敞开着,里面的长条椅宽敞而干净,宽大的室内十分凉快而洁静。平日,浮完澡,累极了的我们,总是来这里,两人一张条椅,脚对脚,美美地睡上一觉。今日有事,不准睡午觉。坐定之后,东华先发感慨:"你们四个不晓得,河对门麻柳林的红橙好甜哟。我们想浮过河去打,你们敢不?"邹狗儿和光玉说敢。孙老二和赵三毛儿水性不算太好,从没浮过对河,有点儿怕。

邹狗儿打气:"不用怕,我们两个夹起带你们一个,过去一回就不怕了。"大家说要得。于是分好工,回去扒碗冷饭后就一起去杜家巷子大桥上砍慈竹,划成篾条,围成圆圈,确定明天中午浮对河。

第二天,家长们刚出门,年纪最大的周毛儿一声口哨,伙伴们就在烟市巷聚齐。水性最好的邹狗儿将篾条斜拷肩上,有说有笑地朝卢家码头走去。下到乌江边,大家将衣裳裤儿折成条挽在头上,慢慢向河对门游去。浮到江中心,水很急,水性不好的孙老二、赵三毛儿果然害怕得大叫,差点儿没喊救命。我与周毛儿不断安慰、鼓励他们。越过江心,流速变慢,浪也小了许多,他二人才平静下来。

伙伴中,邹狗儿、赵三毛儿最小,也最机灵,负责侦察放哨。孙老二、波波儿手脚灵活,负责上树摘橙子,其余四人在树下,捡、破、穿一条龙。那日运气好,大家悄悄摸到树下,竟然无人。按照分工,立即行动。不到一个小时,计划的每人三个橙子,就被快速穿成三串。偷袭成功,立刻返身江边,向上渡逃去,直走到上沙坝对面鹭鸶岩方才下水。破了壳的橙子,在江中半沉半浮。水性好的邹狗儿、周毛儿、光玉各一串斜挎肩上。顺流而下,冲到航管站码头上岸。嘻嘻哈哈,满怀打了胜仗般的喜悦进入电影院,人手一个,迫不及待地掰开品尝。由于未熟透,尚显青涩,略苦。于是大家约定过段时间再去,那时可能熟透了,味道一定好得很。

过了二十来天,又是周毛儿提议,说去得了。大家仍从卢家码头下水,比上次游快了不少,不久便靠近了麻柳林。

赵三毛儿发出信号,大家便按照先前分工开干,没想到孙老二、波波儿刚刚上树,农舍里的叫骂声便响彻林中:"杂种崽些,还敢来偷,看老子不打死你些。"叫骂声中,一黄一黑两只恶狗,狂吠着,从屋里扑将出来。我等见状,吓得儿不认母,惊叫着狼狈逃窜。孙老二和波波儿急速从树上滑下来,摔在地上还滚了两转,差点儿被恶狗撵上。他俩手臂与肚皮上留下血棱子,我们还天天陪着去门诊部擦红药水,半个多月才干疤儿。

扑进江里的我们,拼命游向对岸。两只恶狗在江边来回蹿,狂吠不已。手持扁担的主人家一边咒骂,一边捡起石块掷向江中。我们一面扎猛子躲闪,一面飞快疾游。待得游到唐家河坝上岸,已累得脚酸手软,仰面倒在滚烫的河沙中,直埋怨赵三毛儿做事不牢靠,不兴细心侦察,害得大家三魂吓掉两魂,从此再没有哪个敢提去麻柳林打橙子了。

十多年后的1976年春季,我从县城师范学校分到四小实习,一个周姓学生家就住麻柳林。一日,我特意与他闲聊,说他家靠江边麻柳林中有两棵树上的红橙好吃。他很诧异,一直追问:"老师,你啷个晓得那两棵红橙好吃嘞?"我笑而不答。

木楼岁月

周泣生

在乌江流域的小城镇里,木楼曾经引领过建筑风格的潮流。就像现今司空见惯的砖混结构单元楼,只不过没有现在这样的疯狂:满眼都是水泥的"树林"。

这种木楼有别于乌江两岸传统的三柱二瓜或五柱四瓜之类木结构的民居,更不同于镇上原先大户人家的全封闭式青砖筒子。它的结构简单朴素:一溜平房或两层外走廊式长楼。清一色的木料加青瓦。讲究一点的,无非是在一楼增加一排"亮柱",形同一条遮风挡雨的走廊。许多小镇上、供销社的营业场所大多是这种样式。

这种木楼一般都是公家建造的。除了营业场所一类的公共建筑,那时的区公所、人民公社或县、区机关单位的办公楼、职工宿舍很多都是这种木楼。在思南县城里,县文化馆曾经的两层亮柱转阁走廊式木楼以及县农业局曾经的两层长廊木楼院落和吊脚楼式办公楼,堪称此类建筑的经典。

乌江流域的木楼建筑大概是从 20 世纪 50 年代后期开始兴建的。就像北京的四合院、江南的园林一样,它的流行也有历史、时代、经济、社会和地域的原因。比如建材的易取、地域的封闭、经济的落后等等。当然,也可能正是这样的原因,木楼的生命力不如四合院、园林的那般旺盛,其"兴"也勃,其"衰"也忽,到了改革开放年代便渐次式微,直至荡然无存。

然而，大凡历史上那些稍纵即逝的东西往往是最珍贵的。乌江流域的木楼曾经承载过的自己那个时代的风风雨雨，乃至鸡鸣狗盗，都不应该成为我们"记忆乌江"的盲点。

　　20世纪60年代后期，我刚到思南，就住进了这种木楼。

　　那是属于思南县农业局的房屋，坐落在山城当时的最顶端、现今府后街的位置。两排各自长三四十米的长楼，平行排列在一个高坎上，形成一个长方形的院落。有土墙与四周的石板小道和下坎阶梯相隔。院落的一头有一间用作单位食堂的木板平房，它的右侧空处，摆放了一张废弃的乒乓球桌，当作饭桌。虽无椅凳，也无板壁，但顶上的瓦椽与厨房和木楼相连，遮阳挡雨绝无问题。食堂的两个侧端便是两幢木楼的楼梯口。木楼的房间，无论楼上楼下，清一色是前后相通的格局，称为"通间"结构。一般拖家带口或是双职工的家庭都分配住一楼，便于在屋前屋后搭建个厨房。靠里墙那幢木楼的二楼，前后都有外走廊，因而每个"通间"都可隔断成单间，各自从前后进门。这显然是为单身职工准备的住房。靠外侧临高坎那幢楼的二楼就只有临院的一侧有条外走廊，所以是一个"通间"一个门，而且临坎的窗口视野不错，可将坎下通往县革委的大道和直达大街的石板深巷尽收眼底，还可眺望乌江东岸、万圣山峰。没有点资历和关系的单身职工，是享受不到这般待遇的。

　　乌江两岸的木楼院落与北京的四合院、大杂院有许多相同的特色，比如邻里之间的亲密互动和家长里短的较劲暗斗之类。而毫无私密性可言，是木楼及其院落有别于任何风格建筑的独特之处。各家各户仅一板之隔，一个喷嚏和一声咳嗽，相互之间都听得清清楚楚，更何况房门的"吱嘎"声、房内的说话声、床笫的"窸窣"声、锅碗的碰撞声。睡觉前倘若要等"靴子落地"，那得听三个方向：楼上和左右隔壁。楼上的住户，从上楼梯、穿走廊到开门关门，整个木楼的"关节"都会振动，夜深人静时，这"恐怖的脚步声"还会让胆小的神经平添压力。

　　"木楼时代"与"文革"的不幸叠合，生出的许多剪不断理还乱的纠葛,让我们这代人"有幸"大开眼界。

那时阶级斗争很复杂。木楼中如果凑巧和邻居分属对立的两派,那种互不搭理的尴尬且不说,还生怕自己的行动或言语被对方抓到把柄,遭遇不测。那种相互敌视,时常都要提防隔墙之耳的日子真是很煎熬。在我的记忆中,还时有这样的"新闻":一名职工向局革委会告发对立派的邻居,说他曾在一天夜里用收音机短波收听"敌台"。这在当时是很严重的政治问题。上面自然要立即展开调查。但收听的内容听不清楚,能肯定的是"喳,喳,喳"的响声很大,收台无疑。经逻辑推理,"至少收听敌台的动机"是有的,应当批判。但"被告"不服,要求拿出证据,结果只能是"未成事实,暂不处理",不了了之。无独有偶,另一幢楼也有人反映一中年单身职工"生活作风"有问题。证据是曾在深夜几次听到有人蹑手蹑脚地上楼,然后听到此人房门的开、关声,随后又有女人说话声等等。处理此类已落入俗套的"民事案件",革委会更是成竹在胸,只需运用民间"通理":"捉贼捉赃,捉奸拿双",便可搞定。结果自然也是"事出有因,查无实据"。诸如此类的"风雨"、是非,除了人为的因素外,木楼本身敏感的特质也是重要的客观原因。

当然,木楼给我们带来的并不完全是局促与无奈,也有许多欢声笑语。谁的棋瘾来了,推开窗户喊一声"下棋!"总有人闻风而动;饭后,忽听一曲委婉的《二泉映月》从某个窗口飘出,不一会就会有清亮的《扬鞭催马运粮忙》的笛声附和,或《北京有个金太阳》之类的口琴曲奏响;谁探亲回来了,便有人聚拢聊聊家常,相互关照慰藉;下乡回来累了倦了,在食堂水龙头下冲个凉,然后回房躺在床上,还可与隔壁的兄弟聊聊天。肠子生了"锈",便邀约着到要好的同事家撮一顿,或呼朋唤友到街上巷口的早餐店搞一碗一角二分的米粉解馋,虽然无力"染指"国营饭店的"大餐"(当时称为客饭),也是惬意得很。倘若有谁从家里带来些当时难得一见又可口的菜肴,只要在食堂的阶沿坎上随便说一声"来吃海椒!"那些手上端着饭碗的人都会趋之若鹜、聚而尝鲜,很少有不捞光的。院落里谁家炒菜时一不小心弄出了"大动静",或是飘出了诱人的香味,那些在食堂吃饭的"馋虫"中总会有人用诙谐、艺术的言语把主人挑逗出来,直到他说一声"请",方才罢休。当然有人是打笑取乐,也真有去"实惠"一下的。

说不准哪一天,山城高音喇叭半夜响起:"最高最新指示,最高最新指示……"谁都明白,这是约定俗成的集会"动员令",容不得半点迟疑。楼里的人会立即翻身起床,还会"砰砰嘣嘣"地拍打板壁催促邻居。随之是"咚咚咚"的脚步声,"噼噼啪啪"的跑步声,整个楼院像开了锅,人们争先恐后地奔出楼院到坎下的办公院集合,然后敲锣打鼓喊着口号到上街下街游上一遭,以示庆祝。待亢奋的人们三三两两、前前后后回到木楼后,又是此起彼伏"相互牵连"的一阵"热闹"。这一夜,木楼注定无眠。

有时,木楼院里的人,会延续着先前会议室里的争论,相互之间会"擦枪走火"。唇枪舌剑慷慨激昂的、阴阳怪气骂"花鸡公"的都有。不过,大家多是识文断字的人,场面并不十分火爆,最多是喧嚣和尖刻点,很少动粗。只要有人打个"哈哈"岔开话题,或是食堂大嗓门的大师傅喊一声"开饭了",嬉戏儿童叫一声"要屙尿","动嘴"的君子们都能停下来。当然,如果有人一味纠缠,招惹了木楼里一些有"表现力"的大妈大娘老太太,那就不太好收场了。一次,我二楼的一个单身邻居与住在楼下的同事隔空"论战",一个在楼上长廊,一个在楼下院中。本来是你来我往的常规交锋,殊不知楼下的这位老兄本来有点口吃,急了就更不流利,有明显的落败迹象。这一下把一直在厨棚里做菜的丈母娘惹急了,她没来得及放下手中的锅铲就冲了出来,指着站在楼廊上的自认为占了上风的那位破口大骂。幸好楼上的这位"根正苗红"出身好,否则一句"狗崽子"就能使他顷刻崩溃。这瘦削精明的老太太自有她的招数,她摈弃"常规武器",拿出让男子汉们都难以招架的"新式武器":"你多次端着碗到我家混菜吃,现在还来骂我家的人,你死不要脸!你个白眼狼!"老太太是江浙人,声音又尖亮,抑扬顿挫,效果倍增。楼上的对手毕竟是干部，有点"秀才遇到兵"的态势，话题又被降了格，由严肃变成了庸俗，加之自己确实曾去她家蹭过吃喝，一时不知怎么回应，怔住了，而且进退不得。

这时，全木楼中几十号人全被吸引到这"战场"上来，老太太更来劲了。骂到兴起，一只脚不停地在地上跺，左手食指不断在脸上刮，孩子般地数落着："羞、羞，不要脸！羞羞，不要脸！"这般怪异的动作使现场气氛由惊异转为哄笑，我的邻居则一脸茫然地承受着"枪林弹雨"。也许是应了"兔子急了也咬人"那句话，突然间，他急中生智，指着刮脸的老太太大声回敬："猴子摸屁股、猴子摸屁股！"而老太太也一时脑壳"搭铁"短路，闻声后竟然予以"配合"，忙把手从脸上放到屁股上，还不断地拍打。她的这一意外而搞笑的举动让几乎所有围观的人笑得前仰后合，笑声里已经没有了"派性"。待大家喘过气来，老太太已不见踪影。我的"天才"邻居应急般的回敬居然如出"奇兵"，反败为胜。自此以后，此幕喜剧色彩浓烈的闹剧便成为那段木楼生活的珍贵记忆，每每忆及，便忍俊不禁。

木楼里那些苦涩与混沌的欢乐，曾经磨去了我们许多宝贵的青春，但也是一种缘分。由我们见证的乌江木楼和木楼里这段"空前绝后"的日子，何尝不是我们认识乌江、体味时代、充实人生的财富。

而木楼建筑简单"透明"的特色，似乎喻示着"木楼时期"生活色彩的单一。乌江两岸也循着神州大地"一片红"的节奏，日复一日地"迎来朝阳，送走晚霞"。

生活在木楼里的不甘寂寞的单身汉们，在混过一段时日之后，似乎渐生厌倦，变得时髦、逍遥了，都在寻思着如何让平淡的日子出点彩，来点创意。但又苦于项目的选择面不宽。因为即使不讲求"革命化"，也绝不能与"牛鬼蛇神"沾边。于是，只好在当时唯一允许的娱乐项目"中国象棋"上打主意。然而，创新谈何容易，当时玩象棋的花样开发得已相当充分，像"打擂台"、输家"画胡子"、"贴胡子"、"钻桌凳"甚至"钻胯下"等都很风行。要出新意，得有点智慧。木楼人毕竟来自五湖四海,见多识广,在很短的时间内,就在木楼院里形成了一个输棋者必须向胜者写"拜师条"的"棋规"。这真是一个既文明又刺激的玩法,自推行后场面极其火爆,"厮杀"者多,旁观者也多。最有趣的是"战后"的场面:胜者洋洋自得,催促对手写条,输者也嘻嘻笑笑,当众"拜师"。一般不会有人耍赖不写,因为输者要图个"混"下去的"资格",以便"复仇"后收一张"拜师条"。也有双方议定,输者还要恭敬地喊一声"师傅"的,但这太伤面子,人多时就免了。其实最有"笑果"的"条款"是胜者对"拜师条"的"自由处置权"。可以在他认为合适的场合,恶作剧般地朗读,特别是那些约定得很苛刻的内容,吹捧师傅贬低自己,相当搞笑:"本人棋技低劣,臭棋烂棋,竟敢与师傅对弈,简直是蚍蜉撼树,自不量力,再也不敢。"胜者念得摇头晃脑,输者也满不在乎,大家都图个开心,伤不了和气。其实,棋下多了,谁的手里都有很多"徒弟"的"把柄",久而久之,当"师傅"的也就不兴奋了。

就在这逍遥、疯玩、傻乐的期间,有一天,突然宣布全县实行"军管"了。这是奇特的、很"文雅"的"军管"形式,记得时间也很短暂。据说来管全县的"首长"是个年轻的连指导员。但我们所能感受到的,就是看到"上面"派了两三个新入伍的"娃娃兵"入驻农业局,加强"抓革命,促生产"。有经验的老同事们觉得气氛紧张起来,我们一群年轻人则不太敏感,甚至觉得这"军管"有点儿戏,每天的业余时间照旧聚众下棋。

一天,一位新兵同志在"革命群众"的指点下来到我们下棋的房间,一进门就把象棋子扫进他的衣兜,操着我们听不懂的普通话,一阵训斥。我们搞不清楚来头,一下懵了。只听他重复得最多的字是"赌博",这才明白他是抓赌来了。于是便据理力争,说下象棋绝不是赌博。看我们态度坚决,反轮到他心里没底了。只见他突然"哗"的一声把兜在衣服里的棋子全抖落在桌上,又迅速抓起两粒,匆匆转身走出房间,随着楼板"吱吱嘎嘎"一阵响,风一般跑下楼去。不一会从楼下传来他一字一顿的声音:"这个、这个,是在干什么,是不是赌博?"原来这十六七岁的新兵从来没见过下象棋,这是去请教人,搞"调查研究"去了。我们在楼上听得清楚,有人对他说,这是象棋,是健康的娱乐,国家还组织比赛,不是赌博。待他回到我们房间后,表情没那么严厉了,但还是严肃地质问我们"为什么不好好学习毛主席著作"而搞这个。面对他认真而稚气的眼神,我们没法生气,看看他,又掂量一下我们手上的一张张"拜师条",一时弄不清楚是人家荒唐还是自己荒唐,只是无奈地苦笑。说实在话,我们还得感谢这位可爱的"娃娃兵",由于他认定了我们没有赌博,才免遭了一次"革命大批判"。

我的两个同事,就没有这样幸运了。一位是在单位的学习讨论上畅谈自己对"一分为二"哲学观点的体会时,说了不该说的话,被打成了"现行反革命"。还有一位老兄似乎更冤。他在办公室用毛笔在旧报纸上随手涂鸦时,竟阴差阳错将一个"死"字写在了领袖照片的背面,被"有觉悟的群众"揭发,也成了一个"罪证"确凿的"现行反革命"。我亲眼看到这两位十分熟悉的人,一夜之间便坠入深渊,被五花大绑,挂上打了红叉的"罪名牌"游街示众。那场景让我为之震撼,至今唏嘘不已,挥之不去。

木楼里的"惨烈",使人感到一种莫名的压抑,由此渐渐生出一种逃避的情绪。于是乎,木楼里的人便尽量找机会下乡,巴不得天天"泡"在田野村寨间、青山绿水里,似乎那里可以麻痹一下自己,寻到一种清静。

记得在一个夏收时节,我参加县里一个"双抢"(抢种抢收)工作组到擦耳岩公社。白天同公社干部到生产队同社员一起插秧、收麦、薅苞谷,晚上开会"宣传毛泽东思想"。那是一个山区,虽然经历过"破四旧",仍还有民间"薅草锣鼓"和"唱山歌"之类的"文化残存"。听得到"苞谷包来苞谷包,苞谷结在半中腰(哎)。大人掰来锅头煮,妹儿拿来火头烧。咚咚咣,咚咚咣"之类的传统音乐,也有"革命化"了的山歌:"唱歌要唱革命腔,插秧要插'秆子秧'。又直又快争上游,莫扯闲话混时光。"晚上就打着手电筒或点上葵花秆火把,到寨子上召集开会学"语录",读文件,这叫"革命生产两不误"。日子过得很紧张,没工夫作什么"畅想"之类的思考,整天忙,似乎还很充实,也很新鲜。

直到有一天要我参加"审理"一件严重的"政治案件",我的心才被猛烈地撞击了一下。"案发现场"在一个农户的堂屋。这是一栋七成新的五柱四瓜大瓦房,空间很高。我赶到的时候,一张原先"高高在上"的领袖像已从堂屋正中掉落下来,"像"的头部被戳破了。那个小名"弯狗"的"作案人"已被抓去了公社交给民兵看押。他的父亲正在向在场的公社大队革委会领导和工作组的人哭诉。原来这户人家就父子两人,儿子的年龄同我差不多,就二十出头,没念过几年书,是个"牯牯"脾气。由于没有了妈,野惯了,平时不太听"招呼",爱跟父亲顶撞。而没有女人的家,当父亲的也很毛躁,教育儿子的手段就是棍棒。父子俩一有冲突,他就操起扁担追着儿子打,久而久之,叛逆的儿子对父亲就有了很深的积怨。昨天"弯狗"听闻县里有工作组到了公社,就寻思如何整父亲。于是,儿子运用了一个简单"逻辑":他趁父亲不在家,拿了一根晾衣服的竹竿,戳烂了堂屋里的领袖像,他心里知道这一定是个"大罪",幼稚地想象着只要"政府"把一家之主的父亲抓起来,就没人打骂他,自己的日子就好过了。所以办案人员追问他的"作案动机",问他为什么要这样做时,他就简单一句话:"我想成家里'大的个'。"

我听到"弯狗"的父亲大骂"孽债儿",已泣不成声。但是没办法,虽然是贫下中农,但这等侮辱伟大领袖的"滔天罪行"谁也不敢宽容。公社革委和工作组领导当即就在现场决定,第二天召开全公社社员大会,批斗现行反革命分子"弯狗"。

第二天,设在公社小学操场的批斗会场,可以说是人山人海。不过人头攒动之中,参会的"男工妇女"老老少少,很少有"义愤填膺"那种表情,倒像是赶场赶庙会。反正是一天能记工分的"活路",不来白不来。一些务实的妇女,还带上针线活,找一个树荫下,一边应着"打倒"的口号声,一边穿针引线。我凑上台前,这才看清会场的"主角"

"弯狗"的模样:平头,敦敦笃笃,一副很耐折磨的那种身材。在他左右排了一溜的挂牌陪斗的"牛鬼蛇神",看样子都是"身经百战"的老"运动员"了,面无表情的多,不过套得也松,都微微低着头。"弯狗"就惨了,不知哪位缺德的主,别出心裁地找了一块厚厚的柏木枋子,还特地钻了两个眼,用一根五号铁丝穿上,写上划红叉的字挂在他的脖子上。"弯狗"双臂又被捆得紧,只好憋屈地把身子躬成虾子状,铁条已经把他还算壮硕的颈项箍出了深凹的勒痕,汗水从下巴处不断往下滴,湿了一地。台前有人惊愕地注视着,不时发出"今天真成了弯狗"的感慨……

其实,遭遇"弯狗"事件之后我也曾感慨:在"红海洋"里,哪怕是天涯海角,"木楼院落"的"影子"也是摆脱不了的。

就在我快要结束令人惆怅的木楼生活下到区镇去工作时,遇到了一件真正的喜事:和我们一起分配到乌江边工作的一位女同学结婚,就要嫁到木楼以外去了。大家都兴奋地准备要好好祝福她。那时,社会上风行的结婚的基本"物质基础"是"三转一响、四季衣裳"。"三转"即有"轮"或能"转"的物件:家用缝纫机、自行车和手表。"一响"指的是收音机。我们当时还只求温饱,不敢奢望。有同学就要过上幸福生活,自然为她高兴。

婚礼仪式安排在一个当时县城够得上档次的场合。当然也是符合既朴素又"革命化"的标准的。一个单位的大会议室里,摆上两大张乒乓球桌,四周围上两排普通的木制长靠椅。室内外的墙上贴着许多"喜"字。

写着新郎新娘名字的婚礼"招牌"自然最醒目,室内侧面墙上还有标志时代特色的"天大地大不如党的恩情大,爹亲娘亲不如毛主席亲"的革命标语。桌上是当时"紧缺物资"的展示:香烟、糖果、花生、葵花子、南瓜子、点心,还有各式各样的保温瓶。仪式的程序,是当时的"范本",很简明:主婚人(一般是新郎单位的领导)讲话、佩戴大红花的新郎新娘介绍"恋爱"经过、向领导和父母鞠躬、亲友代表讲话、自由发言,然后入洞房。

因为我们是"贵宾",所以早早地得以携带礼品进入会场。记得那天婚礼刚开始,就已高朋满座,出乎意料的热闹。这也难怪,因为当时这种新式婚礼毕竟不多,很多人都想趁机来感受一下。婚礼的程序一直在喧哗中艰难地进行,大概已到了亲友代表发言的环节,眼看就要入洞房收场了,只见一个八九岁大的男孩,从新郎侧边后排椅子上站起来,跨过第一排椅,一只脚踩在桌子的边缘上,用手快速地一把把抓起糖果花生往自己的衣服口袋里装。只听"叭"的一声,新郎突然出手,打了男孩一记清脆的耳光,现场也随之出现瞬间的"窒息",在"哇"的一声大哭之后,小男孩愤怒了:"你接个妇人就不得了了!"真是哭得伤心,骂得放肆。原来这男孩就是新郎的小弟弟,无非是平时难得一见的食品诱惑了童心,又觉得是在自己家里就放胆作为罢了。哥哥可能也被嘈杂的婚礼折磨得失去了耐心,才实施了"暴力"。只是这个婚礼让这个意外一搅,倒确实有点遗憾和扫兴,竟然不欢而散了。

如今几十年过去了,尽管我同学的这段婚姻后来的确不尽如人意,大家也没有用"阴影论"来解释当初婚礼上的那次尴尬,反而从时代的背景上来俯视,很容易地看清了那是物资紧缺惹的祸。

也许,乌江两岸的木楼,其结构太过于简陋和随意,所以后来社会上一有人"先富裕起来",便急着让它消失,以至于转眼间便无影无踪。然而,它毕竟曾经以它那"残缺的美好",呵护和包容过那些时代的芸芸众生,就像我们祖先曾经赖以生存的山洞和茅屋。

在鲁迅的笔下,雷峰塔的倒塌象征着白娘子、许仙们更加自由与幸福。其实,木楼的消亡应当也有这样的寓意。作为现代人,回头去品味一下雷峰塔和乌江流域曾经的木楼,是极有意思的事。

塘头集市:最后繁荣的碎片

周洑生

20世纪60～70年代,坐落在乌江支流龙底江畔的塘头镇,仍在延续着它那自古以来的繁华。兴许是"只缘身在此山中"的原因,当时并不能识得这农耕文化最后"绿洲"的"庐山真面目"。

那时,塘头仍然"戴"着乌江商埠、高原宝地的"桂冠",尽管已有些许"褪色"。

塘头"乡脚"宽,集市大,千百年来都是乌江流域屈指可数的粮食和山货的大集散地。应当说,这主要是由它独特的地理位置所决定的。这里曾是乌江黄金水道通往黔中腹地的要津,又有乌江流域唯一的万庙大坝作支撑,在逐水而居的农耕时代,这是得天独厚的优势。

它的周边,有许多年代久远的屯军遗迹,流传着许多诸如"吴三桂选址皇城"之类的传说,更有人们津津乐道的商号斗财、船家斗气的故事。在乘坐木船,从思南城逆水行舟一整天才能到达塘头的年代,还能依稀感受到那些口口相传故事里的氛围,只是多了一些时代的"点缀"。比如随处可见的"最高指示"、横七竖八的电灯电话线。曾经遍及大街小巷的商号、店铺、作坊等等已被国营或集体的供销社、粮管社、邮电所、食品站、铁业社等等替代。不过一些深宅大院、古殿庙宇的残墙断壁犹存。区公所还设在一个旧殿宇里,大门上的石刻对联虽然被涂刷多次,仍隐约可见。

当然,也还有生命力更顽强的所在。比如逢赶场日,街中间由背筐组成的"各自为政"的琳琅满目的杂物摊,场口边有酒摊子、剃头摊子、牛肉汤锅、斗笠摊子,还有热闹的粮食市场、猪牛市场、木材市场等等。当今的年轻人或许不以为然,而在当时那种讲求公有经济"纯之又纯"的背景下,"卖私货"是需要勇气的,并不是所有的大小集镇都这般"壮观"。塘头集市之所以闻名遐迩和独领风骚,就在于它总是有其他集市所没有的商品。

兴许是历史惯性使然,塘头镇上的人商品意识是极强的。即便是在"宁要社会主义的草,不要资本主义的苗"的岁月里,那些想方设法"打擦边球"做点小生意吃点小价差的,明里暗里"投机倒把"倒粮、倒油、倒猪、倒酒、倒蛋,做些"大动作"的,铤而走险贩票证贩假药贩违禁商品的人,总是有点"野火烧不尽"的劲头,也使塘头博得个"小香港"的诨名,这在当时虽然有些贬义,却反证了那个年代塘头集市商品交易的活跃。"白市"理不清、"黑市"禁不了的胶着状态,也使"上面"只好睁一只眼闭一只眼,让塘头继续演绎着它独特的繁荣。

在塘头这些市场现象的背后,还有一个往往被人忽视的客观原因,即塘头街的居民大多是"干居民"。

这是计划经济年代的一个"奇葩"群体。这个群体生活在农村却没有地可耕,没有可供就业的职位也不许搞"个体户",没有"低保"也没有外出打工的政策和环境,只有"统购统销"背景下的"购粮证"按人定量供应粮油。养家糊口的需求和生存的本能使他们不得不开动脑筋各显身手,涌入身边熟识的集市"淘金"取财,纵是"蝇头小利"或"歪门邪道"也会去试试"水"碰碰运气。

传统的商埠"基因"与新型的"干居民"因素的融合,似乎把农民的淳厚、商人的狡黠、江湖人的率性、小市民的精明都掺和进了塘头人的性情之中。这种特质铸造了这个群体坚韧的生活能力和乐观的生活态度,演绎出了许许多多令人感动、钦佩、捧腹或啼笑皆非的故事。

那些岁月里,塘头街真会有吃了上顿没下顿的人家。一旦出了这种状况,有的女主人沉不住气急得双脚跳,不断地叫骂当家的男人,催促他快去想办法。这男子汉呢,还在乐呵呵与人天南地北地聊天。此时千万别认为他没有责任感,他会不慌不忙地出门,找邻居借上几块钱,然后混入摩肩接踵的赶场人流,到街头场口找机会去了。看到来赶场的农民背篼里有鸡有鸭,就讨价还价地买下来。然后把鸡鸭提在手上或抱在怀里,转过身就"巡街"寻买主去了。那时,一般买卖鸡鸭不用秤称重量,全凭手感试斤两,有经验的高手,这一买一卖之间要对半赚,一家几口的晚饭,很容易就被他解决了。

那个年代,农村市场的生产生活物资基本上都由供销社经营,政策总是对"私营"本能地排斥,要寻个营生真是不容易。那些没有生活来源的"干居民",大多会锲而不舍、见缝插针。逢场期,几乎家家都要摆设临时摊点。有点半生不熟手艺的,设个理发摊、钟表修理摊、修锁配钥匙小摊,支个铁匠炉打些小农具;没有手艺的,也会摆个小摊,卖点蔬菜、豆腐、水果、杂糖、盐菜、酸菜、干鱼酸鱼、鞋垫、针头线脑、水豆豉、泡萝卜;家有劳力或是闲人的,就会挑水卖,给船上或供销社搞搬运,就近当临时保姆等等。有的"行业"细到不可思议:我认识的一对中年夫妇,他家的生意是在河滩生猪市场"卖猪潲"。每逢赶场天,他们就提着煮好的猪食到市场兜售。那时买卖"笼猪娃""架子猪"的都是一桩大买卖,那些买猪的主顾在成交之前一般都要看看猪的"吃口"好不好,需要有人提供猪食,以便观察鉴定。于是这行当应运而生,而且还能按瓢论价,利润空间不小。他们说,这比摆临时小摊"撇脱"得多,反正"一棵草总有一滴露水养",也能勉强养家。

居民中也有关系广能力强的人,他们或凭着千丝万缕的人情,在"集体经营"的招牌下谋得个名分,或挑担扛包赶"转转场",或在街上开一个或布匹或百货的小店,战战兢兢地经营。也有人会想方设法套购到一些紧缺物资,如白酒、火柴、白糖、肥皂、灯草绒和"的确良"布匹等等,再加价倒卖。

最有自信的能人,会怀揣"发家"梦想出走他乡挣钱。可塘头街的人,大多没有当时可以"通吃"乡间的那种木工、石工手艺,因为这要拜师学艺,很费时日,不能应急;而做"放蜂""放鸭"人游走乡间,寂寞不说,周期太长,更不合适,只有见子打子,出去后现打主意。而当时外出一是无工可做,二是处处被视为流窜的"黑人",要生存都很困难,何况赚钱。没有点"闯关东""走西口"的勇气是不敢走这条路的。为生计所迫的塘头人,还真有这种汉子。

有这样一位令人钦佩的大哥,能根据市场需求"现蒸热卖",走乡串寨补锅、修鞋、修机器、配钥匙,样样都拿得上手。当时乌江乡间这类手艺人,数"湖南客"的名声最好,"品牌"最硬,他就倚时就势练就一口惟妙惟肖足以乱真的湖南腔。于是如鱼得水,把生意做得风生水起,结果赚了不少钱荣归故里。街坊乡邻感佩于他的聪慧和传奇经历,都夸他服他,他也成了塘头街有头有脸的人物,再摆摊设点开铺子也少有人盯他干涉他,活路顺当很多。

当然,在塘头的集市繁荣里,一些奸商性质的"资本主义尾巴"也屡禁不止。一些"唱偏了调跑偏了道"的损招也时有所见。有用医用酒精兑水充酒卖的,也有把瓦片捣成细末当"耗子药"蒙人的。当年我曾观察到有个地摊使出的缺德招数:卖药人一边高声叫卖"耗子药耗子药,耗子吃了跑不脱",一边不停地把用废纸片包好的粉末递给围观欲买的人。拿到纸包的人大都想打开纸包看个究竟,结果每每纸包一扯开,粉末大都会撒在地上。而卖药人还很大度,很和气地说:"算了,老乡,就给我个半价,收个本钱。"这时买药人不想惹祸,只得自认倒霉,不情愿地付点钱离开作罢。知情人告诉我,这是卖药人设的局,他玩弄折纸技巧,把粉末置于一扯就撒的位置,稍不注意就会中计。

在熙熙攘攘的赶场人流中,有时街中间会一阵骚动,人们正围着一个人争先恐后地抢购看不清的"商品",只见卖货人不停地从一个神秘的小口袋里拿出一个个小纸包,快速地递出、收钱。这是在卖当时农村最紧缺的商品之一——汽油打火机用的打火石,这可是赶场人难得一见的好东西,待到人拥得最多、挤得不可开交时,突然有个"托儿"在人群外高喊:"快跑,市管会的人来了。"谁都知道"市管会"是专管

"投机倒把"的,于是人们慌忙作鸟兽散,卖货人也佯装落荒而逃。当买到打火石的人欣喜地试用时才发现,这东西全是被截成小段的五号铁丝,只有摇头感叹的份。

这繁华的一方名镇"小香港",真是有点诱人,也有点迷人和坑人。

塘头集市的此类闹剧,一直到改革开放初期还时有所见。记得"个体户"被允许合法经营后,有一家专营农药的店铺,忽一日有一群农民敲锣打鼓,真心实意送来一面书有"救命恩人"字样的锦旗。原来上个场期有个女人在此店买了一瓶杀虫剂"敌敌畏",回家后因与丈夫为家事争吵,一时想不通喝下了半瓶,竟然安然无恙,其夫庆幸之余,邀约人特意赶来致谢。可能是店主看到这憨厚的农民并无羞辱或嘲讽他的意思,便在尴尬之中半推半就地接受了这番诚意,一时传为笑谈。

塘头集市曾经的这一幕幕场景,无论是热烈、繁华、怪异还是丑陋,它都是农耕文化最后形象的投影。应当说基调还不失为繁荣,因为它毕竟拥有当时乌江流域农村集市难得一见的辉煌。当然,用现代的观点审视这些"繁荣",会发现,它当时已是千疮百孔,蕴含着不可逆转的颓势。

这些富于时代特征的集市"碎片",都是历史的"卡片",也是记忆乌江珍贵的收藏。

梦里山乡

梁祖江

母亲来了

母亲肩背平时背木柴背红薯背稻草,甚至也背粪便的烂背篼,弯腰走在通向我住宿处的山路上,一脸汗珠隐约可见。见到母亲时,恰值课间休息时分,我赶紧跑去接她进了屋。

我所在的学校,离家其实并不很远,但往往难得回去一趟。此前,孤身在家的母亲,自我从师范学校毕业端起"铁饭碗"以来的几年,从未来过学校。她此刻的出现,就令我感到特别突然、意外。

惨淡的家境,让母亲纵是翻山越岭,也固然带不来多大的惊喜。不出所料,放下背篼,她就翻出破旧的蛇皮袋子说:"我只给你弄了些米来。"

母亲从不上街,早些年为领救济粮,多次走过刚来时的路。如今老路重走,要达到的目的却并无两样:不为儿长高长大,只让他不饿肚子。

油印的奖状

风吹雨打,烟熏火燎,老屋从里到外黑不溜秋的。我读小学那些年,因家里无钱打煤油,太阳落山后,就再没什么能带走那一团漆黑。

自小,我读书算得上用功,一放学就端了破板凳到阶沿坎,坐在一块小石头上,温故知新。这习惯甚至保持到了从师范毕业后在乡里小待几年后,又回村小学继续执教的日子。至今仍照亮心房的《报任安书》《廊桥遗梦》等激情火苗,就是那时被点燃的。

屋内的耀眼,来自小学班主任兼语文老师亲手刻写油印的一张张奖状,薄如蝉翼。记得至少每星期我都会得一张,不久就在板壁上铺成一堵墙。

这些奖状,虽然少了五彩缤纷,但却黑白分明。正如那深山老屋,真不需要太多花花草草,有那么一点阳光从门缝挤进去,够了。

院坝电影

一串火把消失在山路上时,我们已站在预期到达的那块院坝里。漆黑的天幕下,一台柴油机隐身一角,不断发出"隆隆"闷响。由它最终放出的光芒,把一张紧挨一张的一大片庄稼人的脸照得明晃晃。

场面已经很热闹了,放映员正对影片效果进行最后的调试。当一束光投射到乳白色的幕布上,在场所有的人就顿时安静来。不过,紧接着的场景并非鸦雀无声,而是公社的干部通过扩音器,宣传计划生育、烤烟、税收等政策。之后,我们眼睁睁盯着的荧幕,终于跳出一些画面来。

荧幕上不停闪动的究竟是啥玩意儿,不但我如今回忆不起来,恐怕就连当初也没弄清楚。我摸黑跟着大人行进并抵达,其实无关艺术,但却被真实照耀了一回,并记住了黑夜曾被光左右过。

青菜稀饭

青菜和大米最初是分开的,从未有过任何海誓山盟。后来,是一种叫稀饭的东西,让它们最终赴汤蹈火,生死相恋。

当它们浮现在我的眼前时,一只黑不溜秋的茶罐,就是它们最初的大舞台。它们所扮演的一出戏剧,令柴草一直睁大眼睛,静静地观赏,有时还"噼噼啪啪"地鼓掌。而此时,病中的爷爷,正坐在火坑边的草墩上,急切等着谢幕那一刻的到来。

记忆继续向今天推移,贫困依旧主宰着日子的命运,青菜和大米的舞台却开始出现重大转机,除了一只小小的茶罐,那口同样熬制草药也熬制无奈的大锅,很快承载起它们的所有角色。

但显而易见,这样一些日子,其实一只茶罐一口锅都并未在戏中失魂落魄而受伤,只是一粒粒大米自身饱受疼痛,需要青青的菜叶医治。

西窗剪烛·沧桑

永远的乌江

梁国赋

从大的方面说,乌江是贵州的母亲河。从小处说,我们的过往和现在,都是她的一个真实的存在。或沉寂,或昂扬,或跋涉,或歇息,似乎都有她的模样,都有她的血脉和基因。

她的源头,我曾造访过。那一年的三月天,从水城出发,车过百花山,全是盘山道,整车人下车撒尿。尽管是上午大白天,却伸手不见五指,雾很大,且浓稠,直往裤裆里钻,风也硬,人似乎在雾中摇曳。到了目的地威宁草海,则天幕大开,见草都开花,花蕾都不大,一点都不显张扬,似乎有点冷清。黑颈鹤已经渐次离去,海子里尽显水草,有鱼虾,有野鸟,有整条或半片木船,躺在水面或横在岸边。天则蓝,有云徜徉其间,太阳直射,觉着灼热刺眼。老实说,那时我才知道什么是云贵高原,什么叫威宁毕节苦荞粑。

尽管我的出生地也是有些个蛮荒的牧羊山,住的是木屋瓦房,但那地方已经接近四川盆地,的确很难感受到高原氛围以及高原上的人文风光。那是 20 世纪 80 年代初,记不清是开全国第一次还是第二次苗族文学创作会,出席的全是国内的新锐作家,我记得会议还专门安排我发了一次言。那时年轻,讲话还有些结巴。会场外,地里的荞和洋芋连片地正开着一点也不张扬的花。高原离天似乎的确要近一些吧,紫外线强,尽管才近初夏,雾散过后,太阳一抬头,的确就感觉到阳光的分量,蓝天上的云倒似乎变得极为轻佻,在户外求生存的人,全是一脸的古铜色。这种色,其实我极为喜欢,事过多少年,回味这种最初的感觉,真有点像我们喝过的黑茶,是熬制出来的,黑中透着红黄,既厚重也鲜亮。我想,记忆乌江,切不可少了这抹底色。否则,就少了全貌,少了过往,就不会成为大家。是不是这样呢?涓涓细流,一花一朵,一草一木,都是我们的过往,都是我们真实的存在。乌江剪断自己的脐带以后,当然会变大,变粗,变强,甚至变得汹涌,变得澎湃,亦变得凶险,泥沙俱下,污浊横流。即使这样吧,乌江还是乌江,她既默默付出,也默默流失。当然,她也不是一个独立的存在。既滋养贵州这片高原,这片土地,也终将融入蓝色大海。

有一年贵州作家代表团一行十二人去南海舰队体验生活,在水上渔村流连,或在沙滩,或钻进潜艇狭窄的舱,我就不自觉地想起贵州连绵不绝如海浪般的大山,想起乌江。后来在铜仁锦江边开全省文学研讨会时,我曾不负责任地说过:贵州人在家门口撒一泡尿,不出一年半载,或许就流向大海,而乌江流域的贵州人或许应该有这个自信。明朝重臣刘伯温先生也曾说过:江南千条水,云贵万重山,五百年后看,云贵赛江南。当卜已呈这大趋势。我们都知道,江浙那片地比较温婉,比较柔美,物产丰富,文化积淀深厚,但同时,那片地也是兵家常争之地,历来战火不断。因此,从这个意义上说,我们就不要太多地怪罪我们之前的贫穷与落后,不要太在意我们面前坚硬的山和有些许冰凉的风。我的学长何士光先生曾说过,现在真正在水深火热之中的其实是长江中下游地区,包括武汉、南京、上海那些个地方。当然,他老哥说的不一定只指气候。比如我三弟梁军,在上海混出些许名堂后,每月至少有一次或两次,要飞抵贵阳或贵州的其他地方,来喘一口气,顺便吃一碗羊肉粉或山溪里的野生鱼。我这样说,似乎是好了疮疤忘了痛,是十足的抱残守缺,是狭隘的夜郎自大。但其实也是没法子的事,我们就生于斯长于斯,总有些人得留下来,好过不好过都得这么过。抱残守缺也好,夜郎自大也好,头上总该有太阳,夜里总会有月亮。偏僻也罢,贫穷也罢,我们总要结婚生子,种下草,不结籽,就开花。何况,我们之前有夜郎古国,现在有多彩贵州,而过往有诸葛孔明先生,现当代有毛润之先生的队伍,都不同程度地造访过贵州。有句老话说,风水轮流转,就看哪时进你家。不过,我们要主动迎候,不要总蹲在家门口喝土茶喝土酒。该种花时还是要种花,当生计初步改善些时,还是要注重文化建设和精神文明建设。从这个意义上说,记忆乌江的意义,就不言而喻。

乌江当然不会消亡,但她会老去。她发源于高原。有一年的冬天我去源头造访,冰天雪地,倒也壮观,分不清哪是天哪是地,草海一片汪洋,似乎有雾,不显张扬地弥漫。晚上有月亮,似乎还很清亮,那时想喝一口酒,几人就在雪地上喝了,似乎也有了些醉意,不知身在何处。白日里,有黑颈鹤在海子里觅食,附近的农家,土坯房里想必很温暖,有老者裹着毛毡在烤食土豆,只是狗的叫声很是张狂,让人不敢贴近。我想到了春天,有青草冒出尖芽,有不知名的花开,四面有清泉,悠悠然,或昏昏然,越过田畴山川,似乎也不知道哪是目的地,只管前行,不管落差,或激越,或昂扬,或汹涌,浩浩然,似乎也不管身前身后事,只是到了沙滩,或回水湾,才放慢些速度,自我环抱成团,窃窃私语,回望过去,才知道已走过了万水千山。岸边有村姑,其实长得也不难看。

俗话说,千里乌江滩连滩,十船九打烂。就连毛泽东那样伟岸的人都说她有天险之状,因此,他登上娄山关时也慨叹:残阳如血!

地老天荒。过往的那几年间,千里乌江能航行的那些河段,也时常遇见断航滩。纤夫的脚印也只能挂在两岸的半壁间,稍歇息下来,不见人烟,举头不见明月,只见头顶一线天。峡谷处,江面极为阴暗,白日里,有老鹰飞过,峭壁间,有时也见猴群在那里嬉戏。碰上断航滩,还得人工搬滩。否则,货就到不了目的地,出去的货,自然也到不了长江沿岸。旧时,往来的船,大多是被叫作歪屁股和麻雀尾的木船,只有江面宽的中下游段,才能走吨位大一些的架子船。有史学家说,贵州有大半的物质文明和精神文明是由船运进来的,这话其实也还算客观。只是公路、铁路、航空渐次兴起之后，人们似乎才逐渐遗忘了她之前真实的存在。

当然，我们都是她的后来人。是否在乎过她，抑或是否真切地在意过她，其实都不要紧。但我敢断言，只要是生活在这片土地上的人，就不会忘记她是过往、现在乃至将来的一个真实的存在。即便这样，她还是曲折，还是凶险，一千多公里的里程，就有一千多米的落差。轮船航行，也只是 20 世纪 60 年代的事，其原先断航滩的地方，尽管悉数打通，也只是百多吨轮船过滩，还得借岸边的绞滩站协助才能顺利上滩。我曾在她的中游腹地思南从事文化工作十多年，每年至少用一个月时间在她的沿线溜达，或徒步，或坐船，分别造访过她的绞滩站和峭壁间的信号台。记得有一年深秋，同样是文学青年的黄方能君与我同行，搭乘的是航道工程队的作业船，在中下游的绞滩站和峭壁上的信号台之间往来差不多半月。方能君少年时遭遇不幸，遇车祸失去一条腿，拄着拐杖，更多时候是在船上或岸上流连，我则在深秋的浓雾里四处转悠。之后，我的乌江系列作品就是这样写出来的。而方能，也不改最初的文学情怀，不时发表和出版一些有分量的作品，他作为责任编辑，还编辑过我的中篇小说《牧羊山》。后来，我在金阳观山湖边有个窝，戏称为草棚，方能来贵阳，一般都来草棚喝茶，当然，也时常喝一盅。我很珍视这份友谊，应该说，方能之于乌江，也应该有不少刻骨铭心的记忆吧。

乌江的风骨不可被征服。能被征服的其实只有我们自身不可原谅的东西。而乌江，只能被我们友好地运用，比如之前，因为航道奇特，大多走一种模样有些怪异的歪屁股木船，比如在断航滩或陡滩，你还不能一股脑儿地把它炸掉掘深，还得讲究个分寸，否则，上下游就会形成陡滩。深不得，也浅不得。这是面对乌江的基本法则。有人说，乌江是头怪兽，这话大抵说得客观。如果是秋冬浅水季节，轮船大多要借助岩上的绞滩站才能上滩。从这个意义上说，乌江是冷漠的，你需要足够的耐心和智慧才能征服她。你看她温柔，其实她很剽悍。我曾经说过,贵州的人文性格,整体上有些许像大山,有些许类似乌江,亦静亦动。静则坚硬,动则狂野,只要把握好分寸,这种独特的精神元素未必不是一种财富。

俗话说,欺山不可欺水。依我说,水不可欺,山也不可欺,只能友好地运用。运用需要智慧,更需耐心。纵观天下,人类村落里,大多提倡变强变大,因此,烽烟四起,到处见拳脚,到处露胸肌,指标是上去了,幸福则少了。作为草民,我极为赞成"多彩贵州"的提法。一切事物,还是道法自然的好。

我不敢说乌江一定会变老。她有她的流程,她有她的历史发展阶段,在她的干流上,先后建起了乌江电站和构皮滩、思林、沙沱电站,这就切实地有了许多好处,如果我早起从贵阳的开阳码头搭船,或许到下午就可抵达老家牧羊山脚下的水边用晚餐。之后,又可搭船去下游的绞滩站和信号台造访老朋友。只是到这时,绞滩站就不存在了。当然,江面曲折处的航道信号一定还在。

记忆乌江,或许就是还原一些她的老面孔。还原她的最初,还原我们与她的初夜,还原我们之间的厮守。就算她已经华丽转身,但忘不了的还是我们之间之前和之后的美好。

凭吊绿阴轩

安元奎

一

公元1094年,名重京华、春风得意的北宋诗人、书法大家黄庭坚,大概做梦也不曾想到,自己会因文得祸,被贬到荒远幽僻的黔州,与一条名为"乌江"的河流结下不解之缘。而乌江边的彭水,就这样成为诗人的人生驿站。

第二年的正月,黄庭坚离开国都开封,开始了历时数月的迁谪之旅。他出开封,入夔门,在巴东弃舟登岸,经鄂西、黔江,涉四十八渡水,越梅子关,到胜地坝,沿中井河谷,于四月二十三日抵达郁山。

身为罪臣的黄庭坚,已经无法把握自己的命运。在此一住,就将近四年。

黄庭坚,字鲁直,自号山谷老人,又号涪翁,江西修水人。被贬之前他已是北宋诗坛与书法界的大家,名满天下。作为"苏门四学士"之一,其诗与苏轼齐名,并称"苏黄";而书法则与蔡襄、米芾、苏轼齐名,并称"宋四家"。

宋哲宗即位后,黄庭坚官至校书郎、《神宗实录》检讨官。但苏门官场失意,黄庭坚也不例外。宋绍圣元年(1094)即遭弹劾,被哲宗贬为涪州(今涪陵)别驾,遣送到黔州居住(具体在今彭水郁山),远离了北宋的政治经济文化中心。从此,荒蛮的乌江,走进黄庭坚的视野;而乌江的历史长河中,多了一位大诗人的身影。

二

黄庭坚的诗,在当时和后世都受到人们的推崇。苏轼对黄庭坚十分偏爱,对他"超轶绝尘"的诗歌才华赞赏有加,在《书黄鲁直诗后》中,称其"格韵高绝"。清人姚鼐亦赞美说,黄庭坚诗中"兀傲磊落之气,足与古今作俗诗者澡濯胸胃,导启性灵"。

在黔州期间,黄庭坚创作了大量诗词文稿。他脱离政务羁绊之后,感觉文思顺畅,"似得江山之助"。这里的江,也许可以特指为乌江吧。美丽的山川与诗人的大手笔结合,一段千古佳话应运而生。

诗人最初的孤独是不言而喻的。去国怀乡,感时伤世,处江湖之远,不胜惆怅。"尽道黔南,去天尺五。望极神州,万里烟水。"(《醉蓬莱》)"归舟天际常回首,从此频书慰断肠。"(《和答元明黔南赠别》)在《谪居黔南十首》中,更是直抒胸臆,"病人多梦医,囚人多梦赦。如何春来梦,合眼在乡社"。但心胸旷达的诗人很快从个人的苦难中发酵出诗情,发现了乌江两岸的自然与风情之美,并让它流淌在笔下:

"千骑风流年少,暂淹留,莫辜清赏。"(《鼓笛慢》)

"何处黔中郡,遥知隔晚晴,雨余风急断虹横。"(《南歌子》)

"摩围小隐枕蛮江,蛛丝闲锁晴窗。水风山影上修廊,不到晚来凉。"(《画堂春》)

乌江美景,尽在涪翁清赏之中。山川风物,本无常主,闲者便是主人。也许,这是乌江对失意诗人的一种丰厚补偿?

而在《踏莎行·茶》中,我们读到了苏门学子的情调。"今宵无睡酒醒时,摩围影在秋江上"。同是醉酒,让我们想起秦少游的《满庭芳》:"江风静,日高未起,枕上酒微醒。"想起苏轼的《赤壁赋》:"相与枕藉乎舟中,不知东方之既白。"

师门寂寞。一样清冷的月光,长久而遥远的分别。绿阴轩里,乌江边的黄庭坚半夜醒来了,而长江舟中的苏轼在睡,青楼里的少游在醉。此时,张耒和晁补之又在哪里?

三

我最喜欢的是一阕木兰花令:

黔中仕女游晴昼,花信轻寒罗袖透。争寻穿石道宜男,更买江鱼双贯柳。竹枝歌好移船就,依倚风光垂翠袖。满倾芦酒指摩围,相守与郎如许寿。

天气晴好,风物宜人。花信轻寒,江畔红男绿女结伴而游。渔舟傍岸,满舱鲜活的鱼儿。仕女们买它几尾,用柳条将其串在一起,在水边晃悠。还唱着竹枝词,指摩围山为誓,愿长相厮守。淳厚的民俗,如酒的诗情,诗人是由衷地陶醉了。也许就在那一刻,这位被贬为涪州别驾的"山谷老人",一扫心中最后的一点郁闷,心境澄明而平和,决定自号"涪翁"了。他终于在心中认同了这片贫瘠而美丽的山水,与这里的山水和人民融为一体,完成了人生最后的定位。

令人惊喜的是,我们还在这里读到了竹枝词的韵味。竹枝词是流行于巴渝黔楚间的民间歌谣,语言清新,多用比兴,雅俗共赏。唐人刘禹锡就极其喜爱这一诗歌样式。黄庭坚更是击节赞赏,亲自创作了一些竹枝词,让歌伎演唱。也许,黄庭坚自己也感觉到了,比起乌江竹枝词生动鲜活的语言来,他那些讲究"无一字无来处"的律诗过于佶屈聱牙了。

四

离开黔州几年后,时年五十九岁的黄庭坚在《答洪驹父书》中说:"老夫绍圣以前,不知做文章斧斤,取旧所作读之,皆可笑。绍圣以后,始知做文章。"显然,黄庭坚对自己的创作进行了总结,并视乌江流放之旅为创作的转折点,把自己的创作划分为两个阶段。

这段话无意间透露给我们一个信息,宋绍圣初年被贬到黔州居住的黄庭坚,在近四年的谪居生活中,一直在思考文学理论问题,并在此期间形成了一套自己的理论,从创作的实践上升到理论。无独有偶,在乌江与长江交汇处的涪陵北岸,程朱理学的鼻祖之一程颐在此悟道,创立了理学体系。程颐在涪陵期间,作为书法家的黄庭坚还专门赶来为其讲学之处题写"钩深堂"匾额。乌江成为中国程朱理学的发祥地和摇篮,几百年后的明朝,心学大师王阳明又在乌江北源六广河畔的修文龙场悟道。是历史的巧合,还是文化的必然延续?偏僻辽远、封建统治者贬谪流放罪臣的乌江,竟为中国文化诞育催生了两位哲学大师。其实,除了程、王二人外,乌江还成就了另一位大师,这人就是黄庭坚。他作为江西诗派的代表倡导的那些主张,我以为就是在乌江深思熟虑的文学结晶。这是一种文学的参禅,诗歌的悟道,只不过被历史的浮尘遮蔽而已。浩浩乌江水,绵延流淌着千年文脉。

五

　　《答洪驹父书》本是舅甥之间谈诗论文的寻常书简,但其内容的巨大价值超越了普通书简的范畴,成为宋代的重要诗论。

　　黄庭坚在信中说:"老杜作诗,退之作文,无一字无来处。""古之能为文章者,真能陶冶万物,虽取古人之陈言入于翰墨,如灵丹一粒,点铁成金也。"在这里,黄庭坚提出"以故为新"、化腐朽为神奇的诗歌理论。释惠洪等将其概括为"脱胎换骨、点铁成金"。这种专用经史雅言、晋宋清谈,搜寻奇字、缀葺成篇的写法竟开一代诗风,为后世所追捧。

　　黄庭坚死后,他的诗歌理论得到发扬光大。陈师道、潘大临、谢逸等人以黄庭坚为宗主,以《答洪驹父书》中的诗论为纲领,自觉形成了一个影响深远的文学流派——江西诗派。在中国文学史上,江西诗派的最大贡献在于,它是有史以来第一个自觉的文学流派。他们的诗歌主张,对扫除晚唐西昆体柔弱、华靡的诗风有着积极的意义,对北宋诗坛产生了重大影响。

当然,黄庭坚的诗论与江西诗派也颇为一些方家所诟病。宋人魏泰、金人王若虚等,对他的"点铁成金""脱胎换骨"说就不以为然。南宋四大诗人尤袤、杨万里、范成大、陆游等人,最初都是师从江西诗派,而最后又扬弃了江西诗派。

但如果我们超越诗歌技术层面,站在更广阔的视野看黄庭坚,其对当时和后世诗歌建设的意义与影响却是毋庸置疑的。

六

纵观中国文学史,那些被贬谪流放的迁客骚人,无意间都成为传播汉文化的使者。其时的黔州,刀耕火种,文化与教育滞后。黄庭坚的到来,直接推进了边远民族地区文化教育的发展。

谪居的黄庭坚,心情苦闷是可以想见的,因此终年闭门谢客,"闲居不欲与公家相关"。但是若有门生执经求教,他又欣然接纳,自称"习气未除",这是一个知识分子的良知与秉性使然。

郁山镇的万卷堂,是黄庭坚昔日教授学生之所。当年在这里,提倡读书破万卷的他执教严谨,诲人不倦,留下千载风范。这样的日子,他显然乐在其中:"遇风日晴暖,从门生儿辈,扶杖逍遥林麓水泉之间,忽不知日月之成岁。"在文化的传承中,诗人似乎发现了人生的另一种价值,找到了生活的真趣。

黄庭坚之后,万卷堂便改设为丹泉书院,是彭水历史上民间创办的第一所学校。经历明清两代,书院人才辈出,闻名遐迩。有人赞曰:"是山谷读书所在,留得墨池模范,又何难诗雄四海,文冠一时。"

余韵流风。诗人无量功德,泽被后世千秋。

七

谪居"蛮荒"之地,自称为"黔中老农"的黄庭坚,精神无疑抑郁而苦闷。但他谪居的日子过得也许并不是很坏,至少是十分充实的。乌江似乎并没有亏待这位诗人。他最初寓居开元寺的怡思堂,其后"买地畦菜,开轩艺竹,水滨林下",万事皆抛,物我两忘。遍尝黔州土产后,他以为此地的茶虽烘焙不得法,然品质殊佳。苦笋"味如蜜蔗","余甘"质味甘脆。这"余甘"是否为"渝柑"的谐音?他还认为"一骑红尘妃子笑"所说的夔峡荔枝"色香动人眼鼻",胜于岭南荔枝。

闲居的日子,他吟诗习文,临池作书,濡染了一方文化风气。风流倜傥、旷达洒脱的他,还游遍黔中风景,"遍舞摩围,递歌彭水",醉吟泉石之间。

是当年的哪一天呢?他来到这里:彭水汉葭镇乌江东岸的危崖之巅。两株古榕嵌于巨石之中,虬根盘结,参天而立,结籽满枝。古榕之下,他心中怦然一动。

不久,一个四面飞檐的小亭便出现在绝壁之巅,那是黄庭坚的杰作。造型别致,下临江水。凭栏而立,四围山色在望。而古榕枝繁叶茂,浓荫遮地。

此时,与黄庭坚一见钟情并随他而来的官伎盼盼,可能已生下一子。还有人说是他的原配夫人喜生贵子了,我想这也许是热爱黄庭坚的彭水人避尊者讳吧。总之,人到中年的他膝下多子,正如杜牧所咏,"绿叶成阴子满枝"了。讲究"无一字无来历"的他,自然有了一个语意双关、脱胎换骨的现成轩名。

门楣上,黄庭坚的手书笔酣墨饱:绿阴轩。

八

大约两年以后,黄庭坚走了,而绿阴轩成了诗人留给乌江的永久纪念,乌江岸畔从此多了一处人文景观。九百年间,江山兴废,绿阴轩也多次重建。而轩下的石壁,则密布宋元明清至民国的题咏石刻,虽风剥雨蚀,至今依稀可识。

不少诗文直接以"绿阴轩"为题。或写景状物,如张天浞的"构轩偎老树,踞石俯长流。浓荫连云满,丹书走字道";或抒情,如陈广文的"绿阴千古在,抱石一轩孤""迟迟凭吊处,抱郭绿阴稠";或直接表达对一代宗主的景仰与追慕,如高沛源的"不如此江水,亲照奋笔时"。倒是刘龙霖的《秋日游绿阴轩极目》更具一种沧桑感:"见说留题诗满碣,可怜多半掩荆榛。"

"似借溪山趣,聊宽社稷忧。"古人如此阐释黄庭坚建轩的良苦用意。寄情山水于外,忧国忧民于内,黄庭坚如是,古往今来的所有文化先贤亦如是。

绿阴轩,承载的不仅是激滟的湖光山色,更是一种深沉厚重的历史人文。

九

是故,我以一种朝圣者的虔诚,从乌江中游的一个古镇启程,辗转舟车、顺流而下,于2003年2月11日下午抵达彭水县城汉葭镇,拜谒绿阴轩。

汉葭,在唐宋至清的一千多年里,一直为郡、州、道、府、县治所。白居易似乎并未到过此地,但其诗"摩围山下色,明月峡中声"极其生动,绘声绘色,宛如亲历。李白、杜甫、孟郊等亦有题咏。因此,这是一个有着深厚人文底蕴的古镇。

尽管时光流逝了近千年,但黄庭坚的身影似乎仍依稀可见。宾馆名为"山谷宾馆",公园曰"山谷公园",黄庭坚显然被彭水作为一张烫金的名片。在今天的经济生活中,黄庭坚似乎还扮演着彭水"形象大使"的角色。文化人生前总是不那么讨执政者喜欢,死后却往往很热闹。

在街上向路人打听绿阴轩的地址，多懵然无知。有两人告诉我一个地址，后来细问，是一茶庄。此轩非彼轩也。眼见天色已晚，寒风瑟瑟、气候急转严寒，只得回第一招待所。

第二日晨，推窗而望，山头雾霭缭绕，竟然白雪茫茫。乌江的早春，下雪是一种罕见的奇景，又正好在我抵达彭水的夜晚。心头有些得意，莫非涪翁老人在对我这位乌江后学吟诵新作《摩围赋》么？

刚出招待所门口，又下起雨来。暂避片刻后，雨渐小，刚探出头去，见一老头路过，急忙打听绿阴轩所在。令人喜出望外的是，老头对此竟了如指掌，告诉我说，绿阴轩已被拆毁，仅剩一棵古榕树了。交谈中充满悲愤与无奈。后来才知道，我邂逅的这个人，竟然是对乌江历史文化颇有研究的专家，《彭水县志》主编蔡盛炽先生。

彭水之大，竟有如此巧合，又是涪翁老人冥冥中的指引么？

十

淅沥细雨中，我静静地肃立在古榕树下，以这样的姿势，拜谒我心中的先贤。我仰视苍劲的树身，如同瞻仰涪翁的身影；我触摸虬结的树根，像扶住涪翁的广袖。头顶是覆盖千年的绿阴，脚下是诗人当年的足迹。徐徐乌江峡风中，我似闻到了涪翁那带酒味的呼吸。唐风宋韵里的黄庭坚，第一次离我如此之近。

古榕，这千年古树，见证了历史的沧桑，诗人的荣辱。而今，仅剩形单影只的一株，孑遗在空空的院坝一角，这里是彭水县委大院。它老干苍劲，枝叶婆娑。根部的巨石，用水泥沙石围了一个圈。在高耸的办公楼的对比下，原本高大挺拔的古榕好似一株精美的盆景，像大院里一种装饰性的陪衬和点缀。这样的视觉效果，也许出自建筑者的精心设计，也可能是它得以苟存的原因。而树下的绿阴轩，则没有这样的幸运。

人们发现，当新建的县委大楼高高矗立在此后，绿阴轩便荡然无存，只有一块毫无意义的"县级文物保护单位绿阴轩"的牌子，敷衍似地立在那里，状如灵位。而近旁就是意在纪念黄庭坚、并以"山谷"命名的宾馆，这无意中形成了一种绝妙的反讽。我忽然觉得，黄庭坚几百年后还被商品经济社会里的今人利用和戏弄一回。用皇城根的土语说，是被"涮"了一把。心中有一种隐隐的疼痛。遥望摩围山上罕见的茫茫春雪，更像是涪翁的千古之悲。

绿阴轩的盆景化，其实是文化边缘化的一种表现。

两江口，穿过岁月时空的巴人之梦

田永红

一

一行白鹭飞过后，在宽阔奔腾的江面留下一道暗影，有如悬崖峭壁上的那一道沧桑千年的古纤道，一道还没有被风刀霜剑抹去的最后的纤夫伤痕，一个穿过岁月时空的巴人之梦。

这里便是龙底江与乌江汇合处，她有一个响亮的名字——两江口。两江口，江面宽阔，波涛澎湃，如万马奔腾，雪山起伏。千里乌江从乌蒙山匆匆赶来，也在这里转了一个大弯，改变了乌江的流向，被人称为"千里乌江第一湾"。第一湾环抱的山岭，峰峦叠翠，山体浑圆，俨然一朵含苞待放的莲花花蕾，当地人称之为"金包卵"，名字虽然稍显粗俗，但说明这地方实在是金贵，实在是一块风水宝地。

两江口，它代表的是高原故乡，是亲情，是心灵的寄托，是灵魂最后的牵挂。数百里龙底江从石阡兴高采烈地赶来，终于在这里找到了归宿，投入贵州母亲河的怀抱。

龙底江与乌江的汇合，因共同的理想、共同的力量而变得神圣而奇特，于是，蓝天白云下，"金包卵"倒映在蓝悠悠的江面，天地和谐，江水蓝天共一色。只见白鹭成行，春燕斜飞，嘤嘤之声不时伴着江涛声，响彻空谷。"金包卵"山脚下的百丈悬崖峭壁上，有一线灰色的羊肠小道，如一个长长的破折号向岁月深处伸去，那就是一条沧桑千年的古纤道，那是乌江人拴在"金包卵"上的苦难与希望，那是巴人穿过岁月时空的梦,那是无数纤夫心灵上的一道伤痕。

二

所谓乌江纤道,就是凹陷于悬崖陡壁之中的路,高仅容人躬身而行,宽不过三两尺,逼仄陡峭,令人胆战心惊,纤夫们就游走于这生死线上。在乌江航运史上,它是一项重要工程设施,其意义类似于蜀道中的栈道。远远望去,它犹如一条巨龙从沿岸爬过无数的悬崖峭壁,翻过云遮雾罩的起伏群山,伸向蓝天白云。

纤道是乌江峡谷中的独特风景,堪称乌江文化遗产的重要组成部分,是纤夫们的生存之梦,是纤夫们的希望所在。

纤道在哪里,纤夫们的梦就延伸到哪里。

纤道,这件战国初期的产物,是巴人首先托起的生存希望,是他们用人笔在乌江悬崖绝壁上书写的杰作,是他们从巴子国都枳(今涪陵)溯乌江向武隆、彭水、酉阳、沿河、思南延伸的希望之梦。那时所用之船,必须以人力拉行。由于乌江沿岸险峻,拉纤困难,迫使他们不得不在沿岸悬崖上开凿纤道。之后,战国时秦昭襄王二十七年(前280年),秦将司马错伐楚,率巴蜀民众十万、船只万艘,载粮六百万斛,溯巴涪水(乌江)夺楚黔中地置秦黔中郡,将这个梦继续做了下去,但这个梦还没做到两江口,两江口那时似乎非常遥远。

明代思南人田秋为疏通乌江航道立下了汗马功劳,也是田秋将这个梦做到了两江口,做成了民生工程。为官之人只要想到老百姓,他便是一个好官。田秋在外为官,经常往返于乌江,知其航道无人整治,船难以直航。而贵州恰恰不产盐,人民食盐只有依赖四川,川盐入黔大都依靠乌江航运。他便想到了贵州老百姓的食盐,想到了乌江航运的艰难,运费成本高,黔人难以承受,造成官、民、商三方不利。于是,在明嘉靖十八年(1539年),田秋任四川按察使时上疏朝廷,诉说贵州建省以来,江流阻塞,食盐不能进入境内,不利于人民生活,也不利于朝廷税收。事后,利用在四川任按察使之机,多方促成川黔巡抚合作整治乌江航道,梳理陡滩、开凿纤道,并呼吁商贾大力资助。由此乌江航道很快得以治理,川盐入黔水路畅通,运量增大,运价减少,盐价相对降低,使官府获千百之税,百姓获廉价之盐,商贾获千百之利,从此,乌江沿岸走向了前所未有的文明繁荣。

这个时候,两江口有了纤道,明代人终于把巴人的这个梦做到了两江口,使乌江航道向中游又延伸了几十里。

三

将这个梦通过两江口真正做到中游很远地方去的,还有两个清朝的好官,一个是思南知府杨以增,另一个是四川总督丁宝桢。他们也想到了老百姓,他们也是乌江中游人民至今还记得的好官。清道光十二年(1832年),思南知府杨以增,为免除思南河段镇江阁常翻船之患,倡议在两江口以上的悬崖上凿纤道。清光绪三年(1877年)四川总督丁宝桢,为获乌江盐利而倡导整治乌江,出银四万五千两,疏浚涪陵至龚滩航段55滩,还开凿了包括两江口在内的乌江中游纤道,当时由盐商出钱,百姓出力,直疏通航道到江界以上达500余里,疏凿险滩50余座,先后费时三年多。

好官倡议,老百姓也呼应,事情就好办了。清末,思南商人刘维章、吴光廷,以经营米豆为生,常运粮到涪陵销售。喜闻沿乌江两岸的凤冈、石阡、余庆、湄潭、瓮安等所属地区,盛产米豆,囤积很多,价格低廉。但这一段乌江的雷洞、银盆、水油、鱼翅等险滩不能通航,只能靠肩挑背驮,成本相当高。刘、吴想到了好官倡议、百姓呼应、自己出资的方法,便组织沿江群众开凿、疏通航道,很快打开两江口以上的险滩,船直达余庆县的构皮滩,刘维章开拓乌江航运的行动,感动了乌江沿岸乡绅,也纷纷解囊相助。

构皮滩至今尚存一块"修河碑",记载了余庆县绅士田余章等参与开凿各滩的事。《瓮安县志》也记载了乡绅聂松之、肖元兴、于士龙等筹资开凿了老虎口断航滩。余庆县政府也拨专款协助打通了最大的鱼翅三滩,致使乌江航道从思南延伸至湄潭的沿江渡,直抵瓮安的江界河。这样,两江口"金包卵"上的古纤道,就成了思南连接江界河的重要通道。

"修河碑"记载:当疏道成功船初通时,沿岸百里之居民争先往看。以酒食花炮贺其成功。自此,印江黄州布、思南雄黄精,由水路运至江界河,再由陆路运至省城贵阳,瓮安、余庆等县之米粮沿乌江船运至思南,每逢场期,思南河坝码头常有米船三四百号,贸易极盛。"修河碑"还写道:乌江航道疏通后,两岸人民有家者创业非艰,无资者谋食亦易,商务发达,利源充足……用"老不填沟壑,壮不散四方"等来赞扬这次疏理航道工程的功绩和为民造福之壮举。

从此,乌江中游沿岸土特产通过乌江直达中下游交汇点的思南县城,而川盐、布匹从思南城又可直接航运到乌江中游各个码头。这样,乌江人就驮来了乌江中游沿岸的一个个城镇,驮来了乌江的文明和繁荣。而两江口"金包卵"上的纤道,也成了无数人圆梦的通道。

四

乌江纤道凿出来了,无数的纤夫也走来了。他们圆着巴人之梦,以无比雄浑的方式在石头上刻下了奋斗的碑记,乌江纤道是纤夫的灵魂定格在绝壁上的真实写照,是千百年乌江纤夫的血泪和乌江水运苦难史的见证。然而,时过境迁,这个见证今天只能存在于两江口的"金包卵"上。

也许在 20 世纪 80 年代前,你打从乌江岸边任何的地方走过,还会看到这样一群纤夫,如俄国画家列宾笔下的《伏尔加河上的纤夫》中的形象,伴随着"上陡滩,也含啦,口吐泡沫,也含啦,眼勒翻,也含啦"的震天的号子,几个赤身裸体的纤夫拉着一只歪屁股船在险滩上拼命地挣扎。江水在险滩喧哗着,猛烈地撞击着船头,激起高高的水浪。纤夫们在悬崖峭壁纤道上,用铁钳般的粗手紧紧抠着石棱石缝或抓紧灌木树枝,双脚总是使劲地蹬着每一处突兀的石棱,肩上的纤绳深深地勒进肌肉里,痛苦的脸上饱含着沧桑,豆大的汗珠在他们那古铜色的皮肤上碎成了八瓣,这一幅真实感人、扣人心弦的画面让人震撼!

如果要复制当年这个场面,也只能在今天两江口的"金包卵"上。事实上,近几年来中央电视台拍摄乌江纤道所有的镜头,均是在这里完成的。

"金包卵"上的纤道,犹如纤夫们肩上的那根纤绳,纤绳是纤夫的饭碗,因此,特别被纤夫们看重。制作纤绳要取山谷里最好的荆竹,或江岸竹林里的慈竹。然后请手艺最好的篾匠,用刀剐出竹的表皮编制而成,再放入烧得滚开的硫黄水中煮。煮过后,纤绳就变得十分坚韧,同时也不会被虫蛀掉。需要拉纤时,纤绳的一头系在船上的桅杆根部,另一头则由领纤的拉到岸上,纤夫们不可以赤手去拽纤绳,一是用不上劲,二是拽不了多远,双手就会被纤绳拉得鲜血直流。因此,每一个纤夫都有一条缠绕在绳套上用来垫肩的帕子,这些帕子是纤夫们的妻子或母亲用上好的棉质白布细心缝制的,帕子的内面即搭在肩上的那一面必须严谨平整,不能有任何装饰。帕子表面有些花纹或祝福之类的文字。

船遇激流险滩,领纤的要迅速地跑到前面去,纤夫们也要以极快的速度奔跑,在跑的过程中,要迅速地将纤绳套在各自肩上,顷刻间,纤夫的腰就变成了一张满弓,而纤绳就如弦上的箭。这个时候,纤绳与纤道重叠了,生命与江水重叠了,两江口的"金包卵"与整个乌江重叠了。

就这样,几十上百个纤夫吼着闷雷般的号子,以最浑厚的声音,以最悲壮的姿态把险滩上轻则十几吨,重则几十吨的歪屁股船拴在了自己的命运上,与大自然展开奋力的搏击,与江水共同演奏悲壮的生命交响曲。

五

　　随着乌江梯级水电站的开发,江面上升,乌江河道都改变了模样,所有的纤道也先后被江水淹没,似乎穿过岁月时空的巴人之梦,就要烟消云散了。然而,在思南至两江口这段乌江河流上,还保存着原始风貌,保存着那种江涛奔腾咆哮的野性,那种稻香鸟鸣、鸭鹅成群的田园风光。两江口的"金包卵"上,至今还完整地保留了两千多米的古纤道,犹如纤夫肩膀上的纤绳,犹如纤夫心灵上最后一道伤痕,犹如穿过岁月时空的巴人之梦,更像一条爬行在群山间的巨龙,向世人展示着它的壮美,让人抚今追昔,浮想联翩。

桌上的乌江

张 进

当初一时大意,将住房选在了交通主干道旁,还临近坡道和路口,楼下货车常年穿梭,放肆的轰鸣声和喇叭声,还有车轮刨起的灰土,从早到晚,震得窗玻璃"喳喳"直响,让人不得安宁。唯有到了深夜,楼下的过往车辆少了,嘈杂声渐渐稀疏,屋子里才变得清静。

在这难得的静谧时刻,我安下心来,坐到书桌前去,翻一页积了灰尘的书,或打开电脑玩游戏。虽说玩游戏也要花些心思,但时不时地,我总感觉有乌江的缕缕涛声在我耳边轻轻拨响,甚至隐约还有一缕江风,托送着江面的薄雾,柔柔地拂面而来。我似乎感觉到些许的清凉和湿意,游戏也不免玩得有些注意力不集中。

我明白,这隐约的涛声和微风,并非真的自窗外的乌江穿城入户而来。乌江离我虽不足数百米,水泥堤岸和县城楼房的拥堵与喧嚣,早已吞噬和消解了它的气息。

让我隐约感觉到涛声和江风存在的,是我书桌上的一堆卵石。

这些卵石堆积在一个条形水盆里,大若拳头,小若黄豆,如玉似宝,有的凹凸不平,表面朴实;有的光滑润湿,晶莹剔透。黄的、红的、褐的、白的,还有好多说不出的色,理不顺的纹。这些石头质地不同,展示了乌江河床的多种地质构造,是我这些年从 1070 公里长的乌江边一粒粒捡来的。

望着一枚枚如诗一样的卵石,我仿佛还在曾经的行走乌江的路上。

十多年前，受走遍乌江的汪育江老先生和作家魏荣钊的影响，我也萌生了行走乌江的想法。作为一个长期关注乌江地域文化的人，我觉得唯有走完乌江全程，才更能算得上是一个真正的乌江之子。于是，过去的十多年里，我千方百计挤时间，或徒步，或坐车，断断续续出行多次，喝着乌江水，吃着乌江饭，跑遍了千里乌江的全部重要节点。这一条蓝色而纯净的乌江，深深地融入了我的血液中。

从乌蒙山中发源的乌江，生长于贵州这个相对落后的省份。乌江边的老纤夫，穿的是破旧的土布，吃的是粗糙的苞谷，乌江也显现出与他们一样的穷困和艰难。河床锋芒毕露，穷山恶峡，它艰难地穿行着，绕过来，转过去，曲曲折折，好不容易流出了贵州。这一路行来，它有多少湾？它有多少滩？谁也说不清。

千万年来，乌江河里的大小石块，稍有尖凸棱角，都遭受到时间和环境的忌恨和打磨。它们在巨大的急流裹挟下，在粗糙的河床上时断时续地滑动，原先如刀一样锋利的棱角，被粗粝的河床磨砺着。滞留在礁石密布的河床深处的，怕是要等待一次洪水，才有前行的机遇，而每次前行，剧烈的冲撞，势必又会造成身体的疼痛。可以想象，最终形成的一块卵石，须经历几多磨难，方能成就最终的造型。

在乌江的中下游，这些卵石随意散布，将一些扭曲的河段，扩张出几百米长的宽阔的卵石滩，高处超过江面六七米，让人叹为观止，也感叹乌江在愤怒时的巨大能量。

桌上的每一粒卵石，我都记得它来自于乌江的哪片沙滩。

我记得探寻乌江源头的那天，5月的太阳已经很烈。我在通往乌江源头——石缸洞的路上独行，毒辣辣的太阳晒得脸上发疼，路边开着像兰草一样的豆蔻花。追溯着脚下的乌江逆行——在这里它还只是小溪。它像小孩子一样，在一条砾石铺成的简易公路旁调皮地流淌。沿着它的源头方向行进好一阵，终于到了石缸洞。一口直径一二米的井，作为乌江之源的那股水，先是注入井里，再溢出来。源头处，有涪陵师专竖立的"千里乌江之源"碑。或许是这个场面少了些神秘或震撼，对我这个从思南县城乌江边追索了800多公里的人来说，反倒有些平静。

我弯下腰，嘴凑近溢出来的水，以一种仪式般的姿态，庄严地喝了一口水。口其实并不渴，关键在于实现了心愿，完成了对母亲河源头的一次朝拜。

我想，我总算走到了这里，有什么可作纪念的呢？如果用瓶子盛上源头的水然后带走，那带走的已非具有活性的乌江水了。于是我顺手捡起了一粒普通的石块。

这是我的第一块乌江石，来自乌江之源。

我一路拾着乌江岸边或浅水下的石块，从源头的盐仓，到炉山，到猴场。乌江还在路上和我玩了两回捉迷藏，居然钻到地下，从不知名的远处又冒出来。我想，这恐怕是乌江的独特之处——至少我还没听说，天底下还有哪条知名的河流，一会儿在地表流淌，一会儿又潜到溶洞里，一会儿又重新回到地表流淌。

我继续拾着乌江边的石块。从洪家渡、构皮滩，到河闪渡，经思南，到潮砥、淇滩、沙坨、龚滩，还有巴人遗址所在的小田溪。最后，这条碧绿的乌江，在涪陵汇入长江，融入浑黄的大江之中。在我的眼里，乌江从一股涓涓小溪，渐渐长大，变成一条巨龙，变成了势不可挡的洪流。

就这样，自石缸洞开始，在一处处乌江的节点上，我特意在江边淘选几枚卵石，把它们带回到我的家里，堆积在我的屋角和书桌上。

瞧着这一枚枚卵石，我想起了自己在不同的时间不同的地点，在清凉的江水中和浅滩上，将它们淘洗出来时的情景。

不会忘记"震天动"，这名字绝不夸张。东岸的岩石崩裂，堵塞了半边河道，那江水被挤到西岸边，在狭窄的龙口处，果然发出震天的怒吼。乌江之水在这里奔涌而下，滩吼如雷，让人心惊。这是力量的展示。在巨石的缝隙间，塞着一些乱石，江涛冲刷的沙石上，间或还有几粒卵石。

临近宅吉的乌江边，野渡无人，细雨绵绵，山路湿滑，举目四顾，与我守在渡口的，只有竹林的斑鸠，不时发出一两声"咯咯"的鸣叫，让人有一丝莫名的惊慌，也许是下意识里对前路难测的不安。

我收藏的这些卵石中，来自思南县城白鹭洲的最多。白鹭洲，本地人都称它"沙洲"，它浮于思南县城的河中心，每年正月十五，思南人都要坐船上洲过节，人们在离开时，都忘不了捡几粒卵石回来，这个风俗，少说也有几百年的历史，在明清《思南府志》中就有确凿的记载。这是元宵节的重大活动，一年一次，从不间断。一晃好多年了，每年都有新的收获。

在古镇淇滩，徜徉在窄巷小街，又到宽阔的河滩处去捡卵石。当地人说，贺龙就在河滩边钓过鱼。在贺龙钓鱼处拾到的某一枚卵石，是不是也曾见证过这个传奇人物的风采？

小田溪，离乌江入长江口只有20公里了，是巴人的重要活动场所。这里曾考古发掘出丰富的文物，也是乌江厚重文化的体现。我去时，已有一些人家移民到浙江。这里大小卵石铺成的河滩格外平坦，我想自拍一张照片都找不到一处高一点地方。

在千里乌江大小滩上，我找寻着卵石。有的岩石缝里，一窝一窝的卵石，就如野鸭蛋一样静静地卧在那里，圆润可爱，有七彩的花纹，有抽象的图案，有曲折丰富的纹理，就如乌江岸边连绵的大山。

千里乌江，有时温顺得不兴一点波浪，有时却咆哮如雷，让人心悸。就像乌江时常有不同表现一样，有的地段也是找不着卵石的。两岸是如刀一样的岩石，却没有卵石滩，附近或只有巨石，或只有泥草。找不着卵石来纪念，我也不觉得遗憾。

乌江大多地方远离公路，随身物品需要一路背着步行，因此在江边捡得的卵石，只敢挑体积不大的带走，鸡蛋大小的居多，间或也有拳头大小，虽没有几块，用手提着走，却是不轻的负担，今天在这里挑两块，明天到下一处江边又选一块。俗话说，好手难提四两，越走越觉得沉重，带上了的却一直舍不得丢掉。

费力提回来的卵石，常有散失。多半是妻看它们堆放在桌下、墙角碍眼，就把它丢弃在屋外的过道上，让清理垃圾的人收走。有一回，我回家时，正巧看见楼梯口收垃圾的地方，一个袋子有点眼熟，去打开一看，果然就是我的一袋卵石，赶忙又重新提回家。

这些年来，乌江奇石，已是一个很热的收藏种类，已有一批热心的收藏家。和那些收获颇丰的乌江奇石收藏家相比，我走的乌江路，自然是他们的好多倍，但我不是搜集奇石，仅以纪念为目的，选的只是普普通通的卵石，圆形居多，选型不以奇见长，图案不以怪而收，这些所得，自然难入收藏者的法眼。

有时，踏步在千里乌江的某个河段，面对满滩的卵石，我断定，它们中间也藏匿着价值不菲的绝品。这时，我往往遗憾收藏奇石的朋友没与我一道，心里恨不得给他打个电话，叫他赶来与我会合。偶尔，我也与一位有20年乌江奇石收藏资历的朋友一道在居住地附近的乌江边捡奇石。一次，要返回时，朋友顺便看了看我袋里的宝贝，看过后，这位朋友不禁哑然失笑，顺手就将我的石子扔了："你这些只是普通的卵石嘛！没有图案没有造型，一文不值，要这个干什么哟？"但我还是将它们拾起放回了袋子。

我不是奇石收藏家，以资纪念而已。

把玩乌江卵石，它们是那么温顺可爱，仿佛一枚孕育着生命的鸟蛋，色彩斑斓，五彩纷呈，质地各异。我自然是说不出它的质地，在我眼里，它们就是乌江生下的一只只有生命的卵，饱含着乌江基因，藏匿着乌江生命的密码，让人痴迷。

在闲暇的时候，我往往将盛卵石的盆子端到卫生间，用水冲洗它的灰尘，然后端到桌上。我坐在桌边，一粒粒地摩挲着它们，它们还湿漉漉的，那娇柔的憨态，鲜嫩欲滴，充满生机，如当初我从江水中将它捞起时一样。我仿佛还听见那江水的呼啸。

奇怪的是，卵石也是有生命的，它们在江边清澈的江水里，发出五彩的光芒,但如果置放在你的柜子上,离开了江水的滋养,那身上的色泽似乎与原先有些区别。仿佛山间的熊猫,被人捉到动物园里后,毛发暗淡无光。

如今,乌江的纤夫也不见了,江上跑的铁船、柴油机的轰鸣和黑烟,代替了曾经古朴的木船、高扬的船帆和那苍凉的船工号子。

近年来,因十余个电站的修建,昔日陡峭奔腾的充满野性的乌江,被一截截斩断,已变成一个个库区,一条充满了生命的江温顺起来,已没有了野性的奔腾咆哮。

没有激流的江水,石块失去了爬行和翻滚的动力。我想,停止打磨卵石的乌江,还能算是乌江吗?

……

现在,虽然我在乌江边的这座山城,但从我的窗子看出去,一幢幢新长成的高楼,拦住了我的眼,遮盖了我的风景。乌江在哪里?

唯有我桌上的卵石,还在深夜时分,向我诉说着乌江的传奇。

夜深了,瞌睡来了,我从电脑游戏中退出来,一边关机,一边看那盆卵石。仿佛,乌江那激荡的涛声,野渡那清脆的鸟鸣,就弥漫在我的书房,江风也还在拂面而来。

我知道,这是那条曾经灵动的乌江在陪伴着我。

徒步乌江源

安元奎

2003 年 7 月 27 日晨,威宁县城又下起淅沥的细雨。据说这是受伊布都台风的影响,并将持续几天,我只得冒雨前往乌江源。

乘一辆微型车,向山的高处攀爬。乌蒙群山风雨交加,迷雾茫茫,一派混沌。按照熟人的指点,我在山腰一个名叫江子林的地方下了车。

山上的风很大,直往人的衣襟里灌,砭人肌骨。虽是夏天,却有一种凛冽的寒意。冒着飘飘细雨,沿一条泥泞的毛坯公路前行。不多时,厚厚的黄泥便糊满鞋子和裤脚,脚下的鞋也粘成了一个厚厚的"泥模",变得很沉,但似乎更加接近脚踏实地一词的本义了。

顺着山梁走,人家居住分散,聚居较少,五公里路程似乎只有十几户人家。房屋大多低矮,有的是土墙茅屋,有的是木头瓦房,都比较简陋。似乎马匹比耕牛要多,体现出高原山地的特点。倒是家家户户果树多多,累累果实压弯了枝条,梨树、高大茂密的核桃树,成为视野中的亮点。

偶尔遇到一两个行人,询问道路,都很热诚地指点。这里是少数民族聚居地,但男子的服饰已经汉化,只有他们黧黑的面孔打着高原地域的烙印。那些彝族女子的穿着,其衣服布料也许廉价普通,但花纹丰富而绚丽;就连布鞋的鞋面上,也用丝线精心勾缝了花边,在黄泥路上显得艳美华丽,光彩夺目。偏僻的土地,贫寒的生活,也剥夺不了高原人爱美的天性。

经过一个多小时的行走,我从山梁来到山谷。谷底的沙砾上淌着一线溪流,汇聚着两山的雨水。这些临时从山上浸下的水,显然不是乌江的源头,于是继续往前走。一段曲曲折折之后,一条小溪斜斜而出。

沿小溪逆行几步,现出几株繁茂葱茏的核桃和挺拔的杉树。浓密的树荫下,一孔山泉从地底涌出,哗哗流水源源不绝注入小溪。心中怦然一动。

一方山石上钎凿的字迹依稀可辨:乌江之源。

这就是石缸洞,千里乌江源!

曾无数次想象的源头风景,今天,就在我面前。这里是乌蒙山腹地,行政区划属贵州省威宁彝族回族苗族自治县盐仓镇营洞村四组,当地人称干沟头。

这是2003年7月27日上午10点18分。这个时刻,我终于见到了乌江的诞生地,四十年梦想成真。

我久久地凝视,以诗性的目光打量这大河之源。它是一眼山泉,三面石壁状如石缸。长宽数尺,源源不断的泉水从地底汩汩涌出,像盛开的莲花。

谁能想到,一脉小小清泉,在日后的历程里长成了一条大江大河。而此刻,这一汪灵性之水,却像一个婴儿,躺在石缸洞的襁褓里。

我仰视雄浑的山体,这孕育了大河的高原母亲。我俯瞰一脉清溪伸向远处的群山,默想它如何汇成一条汹涌澎湃的大江。我溯江而上、穿越高原,今天终于登上这莽莽苍苍的乌蒙山脉,站在了千里乌江最高处。乌江让我的人生境界如此超拔,心中充盈着壮怀激烈的感觉。

石缸洞的周围,竖着几通石碑,是贵州、重庆、云南、广西等地的寻访者立的。我遍读碑文,以此表达对先行者的敬意。

我蹲在泉边,虔诚地掬一捧水,有一种暖意抵达心头,这水和我的肌肤与血液融在一起。我用这圣洁的源头水洗净裤腿和脚上的黄泥，并作一次心灵的自我洗礼。沧浪之水清兮，可以濯吾缨！

石缸洞旁现有两栋房子，一栋的主人名叫苏仲科，另一栋新砌的红砖平房，是营硐村村委会的办公地点。

苏仲科是一位八十二岁高龄的老人，就住在石缸洞边。他家已在此居住一百多年。因此是名副其实的千里乌江第一家，而他可说是乌江源的守望者。在地理学界以前数十年的记述中，均是把石缸洞下面的花鱼洞作为乌江源。1990年汪育江先生等人到此考察发现石缸洞时，是苏仲科告知考察组一个鲜为人知的秘密，即石缸洞曾在一百多年前的清朝干涸，又于1970年左右复涌。老人见证了石缸洞的新生。

而今，老人的身子还算硬朗，耳聪目明。我在洞边盘桓时，老人见来了生人，便走下来看看。我问老人是否祖祖辈辈居住在这里，老人说不是，平西王吴三桂剿水西时从山东来的。祖坟就在某一面坡上，可惜我没听清。老人很好客。这里人的好客似乎是一种天性，一种再自然不过的寻常举动。老人说，来过他家的人多啦，并反复提到一个名叫"陈士波"的人。

上一条田埂，青青的苞谷秆高过人头，老人的家就在眼前。房子一长排，旧的是木房，新的是一层砖房。两条狗见有生人，窜得很高，好在是拴在铁丝上，不能近身。进屋后，见墙上的玻璃镜框里，挂着老人的好几张单人相片，颇具摄影水平，显然是那些考察者送给老人的。老人的儿媳和孙子已经在吃饭了。另一间屋里放着电视，似乎是《金粉世家》。一锅米饭，一碗独菜。他们邀我吃饭，我婉言谢绝了。老人又吩咐儿媳说："去拿鸡蛋给他打点水水吃。"这回他的儿媳装作没听见。我一边推辞，一边见老人的眼睛对着儿媳鼓了起来，瞳孔下闪烁着阴燃的火。那是一个人被扫了面子后的愠怒，和一个无法再当家的老人的郁闷。此后老人就一直闷闷不乐，沉默寡言。

在苏家的屋坎下，新修了三间砖砌平房，是营硐村村委会的房子，一间作村卫生室，谢红医生就在此开设诊所。谢红三十来岁，是两个孩子的母亲,像荞麦和土豆一样朴实。刚到那里,她大约瞧见我裤腿和脚上全是黄泥,又冒着雨,很诧异地说:"天,你从哪里来哟!"随即请我进屋烤火,我刚在门外坐下,她便从炉子上拣起一个烤洋芋递给我。高原的雨寒天气,一个烤洋芋让我心里热烘烘的。似乎顺理成章,中饭也就决定在她家吃。后来的菜有肉、红辣椒、西红柿和土豆,算得上丰盛了。吃过后我很俗气地提出开点钱,她又诧异不解地望着我:"一顿饭开什么钱哟!"我顿时后悔自己提出了这个俗不可耐的话题,亵渎了一番洁净的美意。

告别乌江源,我决定不从原路返回,而是与溪流同行,徒步九公里前往香炉山。尽管天气有些雨寒,我仍想陪伴乌江走上一程。从千里外的乌江中游前来朝觐,我还不想这么匆匆跟源头说再见。

下行半里,右边又有一股更大的溪流汇入,不用说一定是花鱼洞。在石缸洞复涌以前的一个时期,花鱼洞一直是公认的乌江源头,因此知名度更高。走近化鱼洞,一道围堰把它围成一个圆圈,出口处水流哗哗。围堰里比石缸洞水势更大,水流从地底的沙不断冒出,水中绿色的青苔水草摇摇曳曳。据说花鱼洞出鱼,大者三四斤,味道鲜美。但我觉得花鱼洞的鱼应是乌江的灵物,不可亵渎,也因此理解了西藏人为何不吃水里的鱼。

在探访花鱼洞的时候,我忽视了左边的另一股溪流,也就与另一源头——黑鱼洞失之交臂,后来才感到遗憾。

石缸洞、花鱼洞、黑鱼洞三源会合后,水量陡然增大。河床挺宽,又全是十分坚实的沙砾,衬托下的水就显得很柔美。它漫过宽阔的河床,任意改变着流动的轨迹,划出许多优美的曲线,像一个小孩天真的撒娇,又像是自由随意的漫步。两岸山峦是色彩很鲜的红土,而潺潺的溪流是白亮的曲线,构成一种视觉的韵律。

宽阔的河床,本身也是一种壮美的风景。像戈壁,一马平川,坦荡如砥,完全可以任越野车在河床上狂飙。后来果然就看见一辆辆拉煤的货车驰骋在这河道车道二合一的天然公路上。原来这里盛产原煤,沿途就见几个大的煤矿。汽车时而从沙滩上碾过,时而在水中破浪前行,溅起一丈高的浪花,充满野性和粗犷之美。

河滩上有大片大片的草坪,牧放着成群的牛马。牧人就在河滩上闲坐,有的老人穿着棉大衣,有的年轻人竟睡在湿漉漉的草地上。发现好几种野花,或黄或紫,色彩艳丽迷人。要是在城市,它们都是人们争睹为快的观赏植物,而在这里,则静静地陪伴着乌江源头。

溪流的弯弯曲曲,也给我的行走带来不便。好几处赤脚涉水,感受了源头的水温,但粗糙的沙砾硌着脚底,似乎专为留下深刻的印象。而一两根木头搭成的小桥,几级临时的石蹬,都是可以入眼的景致。有些路段核桃树多,夹岸成荫。从石缸洞到香炉山,可说是一道诗情画意的走廊,完全可以辟为旅游线路。

长大后的乌江汹涌澎湃,充满阳刚之气,可敬而不可亲;而身边的这条小溪,平和、柔缓,那么清澈、那么娇小,仿佛可掬在手里,蓄在怀中,也就格外亲切。

在香炉山,终于要跟溪流分道扬镳了。我目送溪流从眼底伸向远处的群山,悠悠思绪化作一尾鱼,逶迤随行。

梦萦乌江

黄方能

我的出生地文笔山离乌江最近的地方叫作两河口，那是茅坝河流入乌江的地方。我也算得上是一个乌江边上的人，只是我生长在高山上，少年时从未接近过那江水。这之中的主要原因，又多半是两河口那一段连接余庆和文家店的乌江尚处荒芜状态，没有开发，加上行政区域的界定，我们上学和赶场均是到相反方向的土璜和长坝，少年时我们想象中的前途之路是从土璜到永和，到凤冈，到遵义，到贵阳，因而我从未到过两河口。两河口下边有一段沙滩，人称滩上。滩上以前赶场，船老板们将当地的土特产运到思南，换来布匹、食盐和煤油等等日常生活用品在滩上交易。虽说在滩上的交易利润颇丰，然而所冒风险却很大。常有土匪在快要散场的时候拿辣椒面往船老板们眼里撒去，当船老板们在辛辣中紧闭双眼热泪盈眶之时，土匪们便慢条斯理地将那船老板们的钱和值钱物品洗劫一空，扬长而去。

在文笔山上，我们放牛、砍柴或是在田间劳作，能见到的两处最有意思的所在，一是梵净山的金顶，一是乌江裸露在高滩的那么一段。梵净山和乌江，已是整个贵州高原的象征了，我作为无名的壁山上的一员，当然说得上幸运。乌江水涨了，乌江水退了，我们一清二楚。少年时，我们还时常能听见从看不见的乌江峡谷里传出的轰隆隆的炮声。我们壁山对面的山叫麻窝顶，麻窝顶那一面山下的乌江边有个地方叫安家坨，水电八局或九局的人在安家坨工作了很多年，打洞，放炮,据说是勘测。如今,那些洞完成了历史使命。我们当年听到的炮声即从那里传出,那声音蹿到斜对面高大宽阔的砂刀岩,再从砂刀岩上弹回来,传进作为壁山人的我们耳里……从看得见的高滩的流水,从听得见的安家坨的炮声,我并未获得什么命运的启示。初中毕业没考上高中也没考上中专,我在一个月黑风高的夜晚悄悄去找大队支书,想当一名民办教师,可这个愿望也落空了,我才意识到我即使不能"精通马克思主义",也必须"认真看书学习"以后才能考个学校,不当农民。"学而优则仕"么——当时我们虽然写作文批判它,而内心却对它表示了认同,就像如今无以数计的莘莘学子对它的认同一样。

我当补习生才半个学期,就承受了不幸的急转弯——我被一辆汽车压伤右腿致残,以断了一条腿的形式或代价来到了乌江之滨的思南。

初到思南那会儿,思南的居民家中没有自来水,一个居民区只有一个水龙头,供大家使用。那水龙头里没了水,大家只好担着水桶到乌江去挑。我那时就一手拄着拐杖,一手提着一消防桶衣服,颇具画面感地颠簸着到乌江河边去洗。炎热的夏天里,我还和邻居们到乌江边的僻静处去脱了衣服,坐在河水里洗澡。不识水性加断腿,我一点也不敢到江水的深处,即使如此,这也算得上是对乌江的亲近吧。虽对未来一无所知并忧郁愁闷不已,但浇着乌江水洗衣服和洗身子,水像蝌蚪一般从指缝间滑过,感觉还是很好。我完全相信,我浇起的乌江水中有来自故乡的小河茅坝河的水,茅坝河是在两河口汇入乌江的,茅坝河的水汇集了壁山的水流,我感到一丝丝的亲切。思南水路直接通到重庆去,什么时候,我也能沿这些路线走出去呢?因我先后住的食堂、废旧库房和锅炉房太喧嚷太嘈杂,我不时拿了厚厚的鲁迅或屠格涅夫到乌江边幽静的树荫下去阅读,坐在我横陈的拐杖上。间或,听到乌江河里汽笛的长鸣或看见行船上张开的风帆,我就想,什么时候我也能为我们的乌江歌哭?我闲得无聊才开始读书,后来读出了一点对文学的兴趣。其实我喜爱并投入写作非常勉强,加之准备不够、后劲不足、天资平平,我琢磨我也不会有什么大的作为。

我走出医院举目无亲,寄人篱下无处是家。有关单位的人要我返回壁山。壁山山高路远,不通公路还缺水,我又如何安身立命?我坚持不回壁山,直到1986年,我才获得了思南的户口;直到1996年,我才成了思南一家企业的一名劳动合同制工人。这期间,我对乌江的了解仅仅是往上到过思南境内的文家店,往下到过德江境内的潮砥和新滩,非常有限。

也许我乘船到文家店是一种对故乡的接近,只是我没能更接近故乡,包括没能接近两河口。

而新滩之行呢,是对乌江航道的一点了解?我们是趁乌江航道工程队的船只出行的机会搭船而去的。当晚船靠潮砥滩头,我们头枕着乌江上著名的三大滩王之一的潮砥滩的滩声而眠,对自己的生命有了一种真切的感受。乌江是博大的,我们都希望博大的乌江能够进入我们的生命之中,为我们钟情的文学献上一份礼物。第二天下午,船就到三大滩王之二的新滩了。我看到航道工人们修理绞滩机后试着绞船上滩的情景,深深地受到了震动。我隐隐感到乌江像一个丰腴的女人,一如我们的文学,而那船只则是男人,几近于我自己。船只逆水而行,要进一步都非常艰难,稍不注意还有被抛弃甚至消亡的危险。当然,前进的过程是美丽的甚至壮观的,为这,似乎我们也值得为之奋斗一番。据说乌江上的三大滩王(潮砥、新滩和龚滩)以前都是断头滩,船只的上下止于滩尾滩头,船上的货物完全靠人工搬上搬下,人称搬滩。50年代初期,国家投入资金,乌江航道工程队应运而生,航道工人们风餐露宿、历尽辛苦、战胜天险,从虎口里打出了一条航道,结束了人工搬滩的历史,自然是可歌可泣的。可是我们的文学呢,能在乌江上打通一条航道来么?

随着80年代末期乌江大桥建成通车,公路运输的迅速发展削弱了乌江航运的重要性。近年来,乌江洪水一次次猛涨超过警戒水位,乌江航运却日益萧条几近于无了。这之中我的命运随着1991年乌江洪水的暴涨而暗暗起伏了一下。我写了信并当面交到铜仁一家公司的经理手上,请求他们根据我可以写一点什么的实际情况解决我的就业问题。那位经理当即答应一定找机会解决。乌江洪水翻番似地上涨之后,公司在思南的仓库被淹得不轻。他到思南亲临洪灾现场,表了不少态,其中之一便是要我到铜仁去上班,甚至还规定了我去报到的时间。我就将这一消息告知了朋友们。朋友们出于情谊,有的送了东西给我,有的为我饯了行,都是对友情作了一个阶段性小结。殊不知规定我报到的时间尚未到来,叫我暂缓去报到的信却来了,其时正是乌江洪水业已消退之际。后来乌江洪水再涨,据说铜仁锦江及省城贵阳也涨了洪水,我的就业问题或者说求职的命运就悬空了,上不沾天下不着地,直到1996年底才有了着落。我想我这一生的落脚之地也不会挪动了吧?当然企业面临困难甚至危机,我或许也会去"杀广",但是有没有人接纳我打工呢?谁又会把我当作宝贝弃之不忍而要招至帐下?不,这是不会的。

我是跨不过也离不开乌江了。我希望有机会到沿河、龚滩、涪陵、彭水乃至鬼城丰都之类的乌江段位上去看看,也希望看看乌江流入长江的姿态。更希望乌江的梯级水电开发(比如建思林电站)速度能快一些,希望乌江的航运能兴旺起来,让思南真正成为"乌江明珠",乌江两岸百业繁荣,民众富庶。

如今我的居室伫立于乌江西岸,因为高及五楼,推窗即可领略乌江的流光溢彩,我索性将居室起名"观潮居"。

千里乌江是乌江人魂牵梦萦的内容,更是乌江人生命中不可或缺的实在——我的梦就止于乌江了。乌江水泱泱,几如我的愁肠。

乡行漫笔：石林随想

李光孝

　　腊月也将近尾声了，故乡的摄影协会忙着年前"送福"下乡到农户家中，以体现县委、县政府对民众的关怀。

　　今日赴长坝石林。任志平主席热情邀请，我便搭乘他贴有"乌江光影，行摄天下"行草横幅的红色别克，与茂炎兄、文龙"幺爷"结伴同行。

　　长坝石林，过去我未曾造访。20世纪80年代中期，编辑《思南报》期间，曾见过方宁、杨黔吉诸君的零星照片。至于全貌，老实说，并没有太多太深的印象。也曾相约数次，皆因各种道不清的原因，未能成行。后远离故土，留下遗憾。

　　时过境迁，世界大兴旅游热的当下，听说长坝石林激流勇进，已然一展芳容，摇身成了县里拿得出手的"国家AAAA级旅游景区"。我心中为之一振，不胜欣喜。是该前去瞻仰，了却夙愿，并探寻何以能冠以"4A"的秘密了。

　　从县城去长坝石林，似有两条公路可行。一条绕张家寨至许家坝前往，但略远；另一条，走大河坝翻水巴岩，稍近。于是，我们舍远求近，出小岩关隧道，直上饶家坝、旺竹桠。

　　车过黑鹅溪，便不断颠颠簸簸，走走停停。正在改扩的公路使底盘较低的轿车吃了不少苦，开车的李俊妹子也牢骚满腹，悔不该选了这条近道，坏车不说，人也费力了。声称返回时断然改走张家寨，远多少也愿意。一路上，确实误了不少时间，直至翻过水巴岩，才算松了一口气。

一大早从县城出发，赶到长坝镇，已是中午时分，乡场上都快齐场了。路程虽不远，但就耗去的时间而言，都已经可以跑到贵阳了。由此我思忖："好酒"也怕巷子深，就算是"4A级"景区又如何？像这样的交通状况，不计游览时间，仅旅途往返就要七八个小时，若你是游客，会有多大热情？

因此，改变交通状况，仍是当务之急，如时下江口至黑湾河高速，往返仅半个小时，该是"4A级"景区日后火爆的先决因素。

见我怨叹，志平先生告诉我：故乡乌江上游已建干溪子码头，将湿地公园与石林连缀，上岸后，从码头至石林，仅十余公里，旅游大巴往返，也就二十来分钟，十分便捷。

闻讯，心中释然，拍掌惊叹：这才是黄金旅游线路！

花若灿烂，蜂蝶自来！

届时，乌江画廊—湿地公园白鹭湖—石林景区，便可大胆推介，组团三日游、五日游，甚而七日游，广邀游客在江滨农家山庄小住，看桃红柳绿，听阳雀欢歌；渴饮山泉水，饥食乌江鱼。悠悠然，乘舟荡漾碧波之上，沐浴湿润江风，轻松惬意，乐而忘归。我不禁畅想，这中间，该有多少丰富的文章可做！

我们在景区大门外下车，逐一欣赏品味文龙、元奎、继唐诸君所撰楹联，似对石林略有些许了解。

知我初来，一同行摄友介绍：长坝石林，巧夺天工，自然天成，不像云南石林，完全是"挖"出来的。记忆中，这样的评价，仿佛在别处也曾听乡人道起。再次听闻，似乎让我觉得，思南石林与路南石林之对比，大约无意间已成乡人们借以夸耀的一致口径？

我不禁悲哀起来。这样的比对，倘若外乡游客，尤其是云南同胞听到，不知作何感想。

窃以为，故乡胜景荣冠"4A"，的确值得自豪，然切不可夜郎自大。

言语间不应抬高自己贬低别人,这绝非正人君子所为。即使同行竞争,也断不可采取这般不知天高地厚的比对——否则,让人小瞧了咱、思南人的厚道淳朴的民风。幸好,所云比对,并非导游的正式解说,否则……

你欣赏过路南石林的雄奇壮美吗?你仰视过刀削斧劈的石壁上,"云南王"龙云那浑穆峻厚的隶书"石林"吗?你跟着"阿诗玛"欢唱过《马铃儿响来玉鸟儿唱》吗?月朗星稀的夜晚,你与导游彝族阿妹对过歌,且手牵手围着篝火跳过摆手舞吗?其中任何一点,都是我们难以比拟与企及的。路南石林,作为师长抑或领头大哥,成功打造后长盛不衰,值得我们学习、研究与借鉴。更遑论它紧邻颇值得炫耀的景区阳宗海。

由此,我想说:谦逊须藏细微处,莫论有意无意间。

入大门,瞟一眼票价:人民币80元。我无语。记得拍电视剧《长征》"袭占遵义"一幕外景地——贵阳花溪青岩古镇,作为旅游景点,培育了近20年。直至10年前,游客自由出入青岩,仍如甩手赶场或走人户一般,从未有人去收门票。终于,随着"多彩贵州"旅游的升温,培育多年的青岩古镇也火了起来。于是,门票从最初30元逐步涨到如今通票80元。逢节假日,已然成熟了的古镇,游人如织,镇中窄窄的青石巷,如赶场一般,未及午时便熙熙攘攘。

假日经济旅游业,市场靠培育,季节分旺淡。长坝石林,今年5月始获"4A"荣誉,票价立刻上涨,是否考虑过市场开发缓冲期和游客承受能力。由此,随想城北新景"九天温泉",开张以来,听说生意不错,但票价居然高达198元。凭什么?巴掌大的一个小县城,消费竟如此畸形,难言合理。去瞧瞧昆明市郊安宁温泉,那誉称"天下第一汤"的云南省著名疗养胜地,遍地堂馆,却清一色低于百元消费。若论环境,看那翠绿丛中小桥流水、亭台楼阁、老树枯藤、白鹭翔集,最别具一格的,是那江中"水上漂",哪一幅不是山水画!"九天温泉",就那么几栋孤零零的生硬建筑,难及万一。况且,欣逢盛世,始有这开天辟地改革成果,说什么也该让乡人享受红利呀。

叽叽喳喳,啰唆半天,绝非充行夺实,评头品足。作为乡人,旨在善意提醒,旅游市场开发,实为系统工程,考察当细致周到,切忌急功近利,莫因"一锄挖个金娃娃"之举而使消费者望而生畏。

步行至石林主会场,乍见靠里的两石缝间,依势盖了一小巧别致的洗手间,靠近戏台,辟一化妆间。综观屋体,设计奇巧,浑然天成,颇得石林巧夺天工之神韵。莽莽神州,游历大半,真不曾见过如此小品,甚为新奇。不过我担心,他日景区一旦火爆,这一区区玲珑地,怎堪重负?

隆冬腊月,天寒地冻。景区游览多时,难见人影,十分冷清。与茂炎兄往景点深处走去,忽见青石道边茶色精致木牌上有白文魏碑体"鬼门关"三个大字,十分显眼;再往稍远处看,"鬼城"二字十分醒目。

驻足,请教茂炎兄,何以冠此凶名? 他也张眉绿眼,全然不知。

我无奈,解嘲戏言:腊时腊月来了,谁愿意去闯"鬼门关"、去逛"鬼城"哟?

未讨得吉利,顿失游兴,返身回主会场,挨近正忙着拍摄"全家福"的志平先生,郑重告诫:石林不是丰都,即便源自民间传说,也应去粗取精,何必冠以耸人听闻的"鬼"名,与景区"巧、秀、奇、幽"之神韵格格不入。志平先生颇以为然,亦觉欠妥。

为此建议,似可换掉那极不吉利、让人望而却步的"凶"名。怎么换? 当虚心学习咱们先人,名著中有《红楼梦》的潇湘馆之类,实景中有故乡"鹭洲泛月"八景楷模,几多富有诗情画意!

邻近主会场,老田大哥家正在装修,县摄协会员们忙进忙出,村民们捧着一幅幅装帧精美、笑容灿烂的"全家福",相互指指点点,评头品足,欢笑声中,各自心满意足地离去。

坎上大嫂挤进屋来,笑呵呵大声道:"感谢任同志,想前些年,他在我们这里拍照片,一住就是十天半月,哪家没有睡过哟!"话音未落,众人皆随声附和:"是哩,是哩!"搞得正在忙碌的任主席竟接不上话。

是哩,没有任主席这么多年的大力推介、宣传,我们这山旮旯,有好多人晓得哟?现在有了知名度,办起了农家山庄,我们好过了,真得好生感谢任主席他们。

于是,朴实憨厚的田大哥满斟自家泡制的药酒,非要敬他一杯。他三弟田维高赶场回来,本就有些醉意,摇摇晃晃,拉着志平先生的手,深情款款:"任主席,看得起,就喝了这杯。我先干为敬。"说完仰头一饮而尽,那份实诚,直叫人动容。

吃水不忘挖井人。田家两弟兄说的大实话,确实表达了景区乡民们的心声。

斗转星移,寒来暑往。十多年里,他们眼见,戴着长长遮阳帽,身背两架"炮筒",肩扛三脚架的任同志,如农夫耕耘一般,日出而作,日落而息,不畏严寒酷暑,常拖一身疲惫,辗转奔波于野草荒径之中。

记得那年隆冬,大雪纷飞,为拍石林雪景,刚拿驾照仅一个月的他,硬是冒着危险闯石林。天寒地冻,按照老田大哥所教,他学着用稻草搓绳,拴了"脚码子",蹒跚着,顶风冒雪,艰难地向山顶攀登。

久而久之,乡民们知道了有个在这里照相、向山外宣传的同志。他们也时常尽可能地陪伴他、帮助他、保护他。

曾记得这么一则趣事。一夏日傍晚,他刚从别克车后备厢取出相机,一年轻汉子走到他身后道:"我也姓马了嘛!"他莫明其妙,未予理会,独自向山顶登去,赶着拍摄落日与晚霞。那汉子扛了钎担,一直尾随他身后,不停嘀咕:"我们是本家,天快黑了,我给你打伴。"

他胆怯,心里发怵。想到前两天书记告诉他,乡里有两个精神病人,拿起弯刀去农户家里割腊肉,可千万不要是这人啊。

于是,为了壮胆,他拿起手机,假装大声武气地说:"你们底下几个,上来一起回去了。"

那汉子凑过来,递烟给他。不等靠近,他便飞嗒嗒往山下跑去。"慢点跑嘛,小心摔倒!"汉子在后面追着不住地喊。

追到车边,天也快黑了,同伴们也都聚拢来。那汉子方才挑起柴火,和颜悦色地道别:"马师傅,你们人都拢了,也不怕了,我该回去了。"说完,担着柴,闪闪悠悠,渐渐消失在薄暮之中。

他放好相机,关闭后备厢,后窗玻璃上许义明所书"乌江光影,行摄天下"八字行草映入眼帘,才猛然想起,原来,那汉子哥将"乌"字认成了"马"字,错认了家门。他不禁哑然失笑,而温情却在胸中荡漾,禁不住热泪盈眶。

故乡神奇隽秀、多姿多彩的"瑶池盆景",静静地藏在山旮旯里,鲜为人知。山外的世界,凡有自然风光处,皆风生水起,游人如织。几多不如你的地方,也编撰各类名头,尽享游客青睐。如是,实在替你惋惜。

"为什么我的眼里常含泪水?因为我对这土地爱得深沉……"志平先生以振兴家乡为己任,十数年风餐露宿,不遗余力。终于,他紧紧把握住喀斯特地貌精髓,捧出以《缘结石林》《欢歌石林》《雾锁石林》《四季石林》等组照为代表的数百幅作品,将磅礴大气、如梦如幻的人间仙境展现在世人眼前,令人震撼!

感谢上苍赐予故乡的胜景!感谢伟大时代,步入小康坦途的国人,方有财力与闲情逸致游览风景名胜。顺应大潮,一批有识之士,借一方山水名胜无与伦比的创作平台,吮吸取之不尽的创作源泉,艺术青春亦因此大放异彩。

志平先生无疑是其中出类拔萃的佼佼者,他率领一班志同道合的摄影家们,守候故土,创作出饱含大爱的一帧帧作品,宛如一首首抒情诗、一部部交响曲、一幅幅中国画。于是,"国家4A级旅游景区"顺理成章驻足思南。

乡人眼中,他平日里平易近人、幽默风趣且极善调侃,于是把太熟悉不过的他,当成平常摄影者,就像邻家弟兄一般,还不时告诫他:要低调,莫张扬。

而我眼里的他确是成就大于名气的著名摄影家。我因家事,回乡数月,频繁接触,虽浮光掠影,却得以知悉:他自从艺以来,以其天赋、勤奋及精明,仅三年时间便成为中国摄影家协会会员,斩获省级以上奖项200余项,荣获贵州摄影个人最高成就奖"黔像奖"及"贵州十佳摄影师"称号。近几年,他游历祖国名山大川,多次成功举办个人影展,极富影响,这在省内,也难觅几人。仅去年,他主持的县摄影协会,就荣获省级以上各类奖项70多个,其中,国家级奖项30多个。试想,如此成就,几人堪与比肩?倘在文学界,似可直追当下文坛大家。

回望故乡,唯忆乌江。这条贵州高原母亲河,紧随时代变迁,如眼下这般温婉,而昔日狂放旧貌俱成历史。若要寻迹,非得找他不可。白鹭洲、瓦窑嘴、文家店,那一组组不可再生的抢救性资料,静静地躺在他那薄薄的"博物馆"里,显得弥足珍贵。常年积累,足见其先前的英明,而他那艺术家不同寻常的眼光,毫不沉湎旧日滩陡浪狂,早已顺应时代,转而吟唱当下激滟波光。

为更好地打造"黔中首郡,乌江明珠""圣岭春耕"等一年四季、一日四时之"思南八景",他并不满足过往摄影的写实表现,正自费聘请功力深厚的画家,用大写意中国画,再现其优美意境。同时,提议将河东田家坝一带,以"贵州教育之父"——乡贤田秋之字命名,建一座开放式"西麓公园",并塑田秋铜像,"远拜孔子,近朝田秋",以彰显故里人文积淀。

回眸从艺经历,足见他既是故乡文化的传承者,更是故乡文明的传播者。有这么一位思想前卫、时常置身高点、屡出新招、善于策划的故交,我引以为豪。更为故乡庆幸,有他这样始终不离不弃、倾心奉献的好儿郎!

徜徉青石小道,仿佛与上亿年石魂悄然对话,任思绪翩跹。陡然,我心飞翔,似与翠竹相拥,摇摇曳曳,畅快莫名。此行不虚,既遂了夙愿,更对志平先生们一班故人深入了解、崇敬有加。

身为游子,背井离乡20余载。今日畅游,实为坐享其成,不甚惶愧。好在茂炎兄吆喝,将我唤回,提议合影留念。冒了严寒,立于青石板上,眺望远山,满含笑意,紧靠文龙、茂炎、志平先生、李俊妹子,与身后青峰翠竹融为永恒。手搭在志平先生左肩,瞬间倍觉荣幸欣慰。此帧彩照,将永远珍藏记忆之中。

拍完乡民们的"全家福",已是午后。登车告别,回眸主会场宽阔平展的青石坝,那举办篝火晚会的好场地,该围上多少游客哟!

慨叹间,放怀畅想,眼际朦胧:圆圆的月亮升起来了,挂在稀疏的树梢,皎洁的月光,洒遍石林。景区俊俏的青年男女,身着鲜艳的民族服饰,与小住山庄的各地游客,手牵着手,欢笑着、簇拥着纷纷涌向青石坝。坝子中央的篝火点了起来,俏皮的火苗翩跹起舞。苗家汉子敲起激越的锣鼓、土家妹子舞起欢快的花灯,与热情高涨、积极互动的众多游客,围着熊熊燃烧的篝火,尽情狂欢。那昂扬的旋律,感染摇曳的青松翠竹曼妙和声,在幽静广袤的景区上空,悠悠地荡,袅袅地飘……

乌江,戊申年的那个风雪夜

周㳇生

　　在人生经历过和耳闻目睹的经典故事中,人们对于风雪特别是"风雪夜"的记忆总是刻骨铭心。比如拿破仑1812年在朔风暴雪中兵败莫斯科、林冲在风雪山神庙杀了仇家被逼上梁山,还有草原英雄小姐妹龙梅、玉荣在风雪夜勇救集体羊群之类,莫不动人心魄。所以,当"记忆乌江"的闸门一开,四十多年前我亲身经历的那个风雪夜便立刻浮现在我的脑海里,挥之不去。不过,它远不如那些经典的风雪夜那般波澜壮阔、悲壮雄沉。也许它只是乌江侧畔并不引人注目的一幕怪诞的闹剧,但是,它毕竟是时代大潮溅起的一滴水珠,是乌江历史长河中不可重复的那一秒,在乌江的记忆里权且让它留下轻描淡写的一笔吧。

　　时光倒流至1969年1月,农历还未跨年,当属戊申年岁末。按照当年的说法,"文化大革命"正方兴未艾、如火如荼。乌江边这座县城里对立的两派正闹得不可开交,火药味十足。在我们这些刚到这里工作,还不明就里的人眼里,感觉当权的一派似乎是主流,占了天时地利,底气十足。台下的少数派则很民间很书生很自不量力的样子。但他们笔锋尖刻,嘴不饶人。就像乡村里的两个汉子吵架,虎背熊腰的一方靠的是体力威慑,而体质瘦弱的一方则以高声叫骂壮胆。一个骂得令人难堪,一个气得咬牙挥拳。这样的相持情势,不出点状况是收不了场的。

果然，刚入"三九"的第二天，冬月二十二晚上就出了大动静了。其实，那天天快黑的时候乌江上空并没有飘雪，只是感觉比平时冷了许多而已。我们住的紧靠县革委的那栋木楼显得很冷清，我打算出门走走，以填补一下令人窒息的空虚，便邀约了一个单身同学上街溜达。

当时，这个江城最吸引人的地方当数城中心的灯光球场。那年头，社会上热闹的所在似乎只剩下批判会、样板戏和篮球场了。年轻人好奇，自然是哪里好玩就往哪里扎堆。不过，那天晚上球场上既没有灯也没有赛，倒是有"戏"，还是出生入死的大戏，当然，这是后来才明白的。

我们意外地发现，紧挨球场的县文化馆偌大的两层木楼居然灯火辉煌，便一头钻了进去。殊不知，不经意间竟懵懵懂懂地被一股无形的潮流裹挟着进入了一个漩涡。

文化馆坐落在一段老城墙的下方，整栋楼靠着城墙，而城墙则是城中的大通道，屋顶几乎与城墙等高。

熙熙攘攘、人头攒动的文化馆里像一窝蜂。嘈杂声中，作为未进入角色的局外人，我们感觉到这据说是少数派总部的地方，气氛显得有些诡异，人们的神情都有些神秘甚至惶惶然，似乎有一股暗流在涌动。果然，大概十一点钟左右，一条"掌权派已经包围了大楼"的消息，让楼内炸开了锅。

彷徨之中，一楼大厅正中的一张旧乒乓球台上，突然跳上去一个中年人，大背头，略显瘦削的脸，棱角分明。穿一件对襟棉袄，一条灰色的薄绒围巾很得体地搭在颈上。这是一位当时全城人都熟知的中学老师。只见他神态自若，风度翩翩。"同学们，战友们……"他一站定便开始了演讲。嗡嗡的大厅瞬间便安静了下来。我依稀记得，他讲得很简短，主题大概是"团结就是力量"之类。最具感染力的举动是，他先拿出一根筷子，咔嚓折断，拿出两根筷子，又折断，然后拿出一把筷子，折不断了，于是把话锋一转，导入"危机时刻要坚定要团结"的主题，极有技巧、风采和鼓动性。说实话，还真有影视镜头中五四运动时期那些街头演讲者的神韵,真能让人热血沸腾,自然是赢得台下一片掌声。现在忆及,虽然觉得有些荒唐,但仍感慨于那种无知的陶醉和无畏的真诚,印象颇深。正当群情激愤之时,忽有一束强烈的灯光从破碎的窗壁间射进来,情形陡然发生了突变。我奔上楼,只见球场外大街上的一幢高楼上,几盏探照灯将球场和整个木楼照得通亮,球场上许多手持钢钎头戴藤帽的人正向楼房方向发起冲击。与此同时,我发现楼上外走廊不知何时已堆积起许多用小纸袋装好的石灰包。木楼上的人在一个中年人的带领下,一边声嘶力竭地喊着"要文斗,不要武斗""谁搞打砸抢,就是国民党"的口号,一边操起纸包向已经冲到楼下的藤帽们砸下去。显然,攻守双方已经进入战斗状态。当然,攻方是有备而来,守方是被迫应战。

攻防相持间,木楼屋顶突然响起瓦片被掀揭的声音,有人喊"那帮人要从房顶上攻进来了!"楼内的人这才意识到从城墙跳上房顶攻击是轻而易举之事,并不需要多高的军事素养,只要略有游戏常识就能准确判断。紧接着二楼的天花板上传来一阵阵巨响,无数钢钎在上方戳撬。木条混泥灰制作的天花板哪里经得起这般折腾,于是纷纷垮塌,整个楼内空间瞬间尘土飞扬、乌烟瘴气。

对于攻方来说,接下来肯定是势如破竹,而守方无疑是溃不成军了。虽然情急之中有人高声大喊"机枪准备",但这似乎对威吓对手和提振士气都无济于事。有人指挥着灰头土脸的战士撤退到一楼,并本能地胡乱用桌椅等杂物堵住楼口通道,这显然也挡不住居高临下的洪流。不一会就听到有人从屋顶纷纷跳到二楼楼板上的声音,紧接着又用钢钎戳撬楼板,而一大队藤帽已经冲到一楼大门口并开始砸门了。从军事上讲,此时已退无可退,要么束手就擒,要么突围出逃。而且,只有一个狭窄的后门可以出走,更令人傻眼的是,此时后门口也已被一群藤帽堵住,形势万分危急。

古往今来的故事里,大凡"背水一战"的战场形势,往往能演绎出悲壮、惨烈、威武的一幕。这样的一幕,在那个年代、那个夜晚,一下子如此惊心动魄地突兀在我的眼前。

那真是狭路相逢勇者胜。只见几个勇猛的先锋,挥舞着扁担,亡命地向手持钢钎堵在后门口的人群砍杀,只听见一阵铁器与木器的碰撞声,夹杂着"哎哟妈呀"的喊叫,置之死地而后生,把猝不及防的藤帽们打得七零八落。昏暗的巷道灯光下,可见捂脸抱头的、一跛一拐的,纷纷且战且退。幸好是非典型、非尖端冷兵器之间的对决,如真有三八大盖机关枪之类,那肯定是满巷陈尸、血流成河了。

见通道打通,撤离的人便蜂拥而出飞奔出门。每个人出门前都分到一根早就准备好的半截扁担,用作攻防兼备的武器。有人在门口叮嘱:出去后走城墙到车船渡口边油脂仓库汇合。我随着鱼贯而出的人流,跨过深巷中架在排水大沟上的石板桥登上城墙。回头一望,发觉深巷上有许多藤帽比画着手中的钢钎,不断呼喊着朝突围的人群冲来,目标似乎是堵住"缺口"。几个站在桥端的防守派人员,不断抛出石块掩护,只见一个冲到桥边的藤帽一不小心滑下深沟,防守派控制的桥上立即有密集的石块往下砸。"哎哟妈",下面惨叫。"别再砸了,当心死人!"立刻有人出面制止,结果只是被喝令举手出来。惊魂未定但意念执着的人们继续沿着城墙往前奔跑。到南门巷时,遇到了更多"兵力"的阻击。南门巷是县城内石阶最宽的南北方向上下大通道。呐喊声一浪高过一浪,估计战术目标也是阻断城墙通道。"必须古倒(硬)冲过去,不然后果不堪设想!"奔跑的人群中有人高声发令。"叭"的一声,我前面有人跌倒在巷中石板上,巷子上下的藤帽们高喊"抓住他",随即蜂拥扑过来。

按说书人的话叫"说时迟那时快",只见一名拴着半截围腰的中年汉子急中生智,迅速按亮了身上的手电筒,猛地抛向巷子下方,同时大声高喊"老子手榴弹来了!"手电筒带着光柱在空中飞舞,显出一种神秘的威慑。藤帽中一个反应神速的指挥者高声发令:"快卧倒!"只听见噼噼啪啪一阵响,在我的视线里,那高高低低的巷道石阶上竟趴下了一大片藤帽。这下意识的反应,抑或是训练有素的战术动作,为逃亡者留下了宝贵的喘息和调整空间。奔跑的人趁此当口,迅速扶起跌倒的同伴,顺着城墙向城外跑,算是又突破了一道封锁线。这以后直到乌江车船渡口,没有再遇到围追堵截。

从江城的地形上看,渡口便是路的尽头。迎头盖顶的白虎岩和湍急的乌江横在眼前,让这群惊魂未定的人有点不知所措了。很显然,逃出木楼也只是进入了一个更大的樊笼而已,这里绝不是久留之地。

渡口边有个王爷庙,当时是油脂公司仓库。陆续奔突而至的一两百号人,散落在院里充斥着桐油味的油桶间,等待几个决策人的行动指令。天空开始飘落雪米,但并没有引起人们注意。

领头的人宣布继续转移,但不是强渡乌江。因为对岸情况不明,恐中伏击。而身后硝烟未散,后退无路,只有沿白虎岩壁下到小岩关脚,然后绕行江城上方,直插城北到白鹭洲下游,寻机过江,跳出县境。人群似乎并未受挫折的影响,又精神抖擞地踏上了征途。后来电视荧屏上有许多故后游击队黑夜行军的戏,大都弓腰猫行、摸爬滚打、灵活机警。当年我们的这一段越城跋涉,大抵是按这种战术姿态在黑灯瞎火中进行的。

人们陆续赶到城北江边一个叫乌杨树的地方后,又马不停蹄地沿下游方向,各自寻找木船渡江。出路已经很清楚,只能东渡乌江,然后翻越密集溪岩,走捷径抵达邻县。此时,天空飘下的雪米似乎更加密集,眼前还是黑乎乎的,看不清楚。不过,在江水的映衬下,可看到步履匆匆的人影。岸边远处稀稀落落的农舍传出阵阵狗吠,刺骨的江风和空旷的荒野把这群雪夜遁逃的男女搅得十分茫然。

由于后有追兵,人群已经无暇相互关照,自然也不可能有统一的渡江行动。多年以后,每忆及此,我都笑叹当时人们幸有红军渡乌江的智慧、勇气和运气,而没像项羽、石达开们渡江时那样倒霉。那夜流窜江岸的一两百人,后来居然在绵延十多公里的江段上全部成功渡江,而且,每只船过江都有许多或惊险或深情的故事,真有点传奇色彩。

我乘坐的是条只能载七八人的小渔船。有人搜索到它时,它正漂在浅水里,无桨、无舵、无篙。这对于情急中的人来说已是如获至宝。顾不上看什么究竟,一下就跳上去十一二个人。由于人多,船竟浮不起来了。只好由两人蹚下水推出"港口"。也许是闹出了些动静吧,引来了岸上船主人的叫骂:"老子的船!"逃命的人也没顾得上"三大纪律八项注意",反而加快了动作。

这只不规范的船,一到深水处便没了方向。此时,大家似乎都看出了险情,着急起来。"大家别慌,都坐下,不要乱动!"一个镇静的声音稳定了船上的情绪。危急之中出现的自然领袖是很有权威的,在他的指令下,先前离开木楼时配备的半截扁担派上了用场。先是用它作舵,向一个方向用力,把船头拨向对岸,然后用它作桨,划水前行。

小船缓慢地在江中漂行,比先前安稳多了,无奈是月黑头风雪夜,亡命途中身心倦,无论如何也是与浪漫不搭界的,倒是朦朦胧胧的江面与稀里糊涂的脑袋很是相称。

似乎到了江心,江上的风有些刺骨,船上的人一激灵,又发现脚下也冰凉起来。"船漏水",有人惊呼。"快用力划船!"又是那个人的声音。接着,划桨人迸发出来的力量使船速明显加快。有人惊喜地在脚下摸到两个舀水的犀斗,也不断加快舀水的频率。好在冬季的乌江,水流毕竟平缓,并没有怎么为难我们这群手忙脚乱的人。漏水的船很快从江心驶到了对岸的浅水地带,但是却搁浅在了水里。又有奋不顾身的汉子跳下水推船,可这次吃水太深,怎么都推不走了。于是,他们不由分说,硬要把还在船上的十来个男女一个个背上岸。那可是寒冬雪夜啊,当时,我的心里涌出一股暖流。现在细细品来,不是那年头时兴的"革命友谊"那么简单,那真是"人之初,性本善"的那种本真,很难得的。

上了岸的人,顿时便成了散兵游勇。目标虽然都是翻越磨溪岩,但没法统一步调,只好单枪匹马或自然组合,快快慢慢,各走各路。

此时天还不见亮,大概寅时的光景。我们一行两三人摸索着走过一段平路后，开始从一个村落旁的小路往山上登。路边有个燃着窑火的砖瓦窑突地送来一片光明，让人有一种久违了的感觉。红光中，一个窑边值更的人瞪大眼睛看着我们几个不速之客，并不搭讪。我们也不想招来麻烦，也就匆匆而过。随着登高走远，心中的安全感多了几分，可是饥肠辘辘的感觉突然来袭，腿脚变得沉重起来，走着走着，干脆勒紧裤带坐下来喘气。"快来，加点油。"我循着声音望去，只见有两个人在上方不远处向我们招手。此时天已放微光，认得出是一起渡江的人。原来他们刚才蹿到村民家买到一些红苕，此时正放在一个破撮箕里，向陆续路过的人发放。真感谢这些经验丰富的哥子雪中送炭，否则怕真迈不开步子了。

红苕这东西向来是乌江流域的主食，那些年头乌江儿女似乎对它特别有感情。这不，将两个生红苕棒儿狼吞虎咽吃下之后，又来劲了。大家因了红苕的热量兴致勃勃地侃开了，侃天气、侃山路、侃乌江、侃刚才散去的"硝烟"，侃即将到来的重逢，侃毛主席语录，侃民间谚语"人是铁饭是钢""一顿不吃空腔腔"，侃得似乎抖落了一夜风尘、一身疲惫。

此时天已大亮，大家三三两两陆续出发，铆劲登顶。崖顶上的风"呼呼"地吼，越来越大的雪粒直往衣领里钻，这反而加快了行进速度。我们一行三五个人沿着山脊走不多远，便到了一个视野开阔的地点，在这里驻足眺望，透过淡淡的雪霭，隐约可见一条小河横在谷底。河这岸有一个恬静的寨子，上空飘着几缕炊烟。同行中有人介绍说，这村寨叫夫子坝，过了寨子东头的河滩，小河对岸就是邻县的中坝公社。看到一夜奔突的目标就近在咫尺，大家恨不得脚下生风。反正都是下坡路，而且小路上并未积雪，不怎么溜滑，便索性小跑起来。大概下到半坡，山顶上突然传来"呼呼"两声枪响，于是刹住脚步，想转身看个究竟，结果什么也没有看到。大家简短商议了一下，认为这枪声充其量是公社民兵接到县城掌权派电话后，做的一个象征性恐吓动作而已，不必理会。随后又加快步子朝夫子坝河滩方向奔去。

终于到了寨门,眼看顺着寨边大路,跨过一条干沟上的小石桥,就进入河滩地带了。真是冤家路窄,正要上得桥来,猛一下看到一个大汉,双腿摆成一个八字,立在桥中间。再细看,此人一米八左右的个头,敦敦实实。穿一件旧军大衣,双手横握着一根两头都包有铁皮的钎担,肩上斜挎着一个枪盒子样的皮套子。他两眼瞪着直视我们,嘴里一字一顿地说:"我是县硫黄厂革委会派来的。接县革委通知,命令你们立即回去抓革命促生产。"这大概是民谚"打退不如吓退"的信奉者,想在此达到张飞桥头喝退曹兵的效果。我们一群人一下愣住了,正寻思着怎么应对。"老子们是死里逃生,你晓得不!赶快让开,不然弄死你!"身后突然冒出一个大嗓门。我回头一看,正是上半夜在南门城墙上用手电筒甩出手榴弹效果的那位"半截围腰"。这时才算看清这个语出惊人行动敏捷的汉子,原来个头不高,相貌平平,但标准平头下的那双眼,目光坚定而狡黠。

桥头挡路的壮汉想来是个意志特别坚定的人,在多寡力量如此悬殊的现状面前,居然也没怯场。还气壮如牛,固执地要完成他的使命。然而,他显然低估了这群眼看就要到达彼岸的"穷寇",尤其是那位平头的带头大哥。"大家马上分散到河沟捡石头,砸死这强盗!"平头发话了。陆续到达的十来个弟兄立即响应,不到一分钟,一块接一块鹅卵石便雨点般飞向桥上那个不识相的黄大衣壮汉。他哪里抵挡得住,顷刻间便大惊失色,露出稀松嘴脸,慌忙丢了钎担,抱头鼠窜。那真是应了"跑得比兔子还快"这句话。有趣的是,那胯上的盒子枪套还一颠一颠地抖,留下了一道我至今都没有忘记的风景。

打胜了一场"闪电战"的这群人,笑着跳着闹着走过河滩,如释重负地踏上小河上的木板桥。这桥用七八个高高低低的木桩作桥墩,用一些长长短短、宽宽窄窄的木板作桥面,还弯来拐去,很是怪异,很有特色。过得桥来,算是结束了一段艰辛的历程。记得我们过了桥的人,都会若有所思地回头看看它,仿佛其中包容了这风雪夜的寓意。

邻县中坝公社革委会所在地是一个集市,街面很宽。我们一行抵达后，就看到街上一些人忙着劈柴、生火、架锅、烧灶头、蒸红苕、搬桌凳。看来是要尽地主之谊。

先后从不同江段渡过乌江和跨过中坝河的人，都赶到中坝街上汇合。我们到达后一个小时左右，街面上已是人声鼎沸。来的人大多带着"胜利"的笑容，只是经过一夜的风雪洗礼，模样有点狼狈，有的衣冠不整，有的拖泥带水，甚至蓬头垢面，还有挂着拐杖、被人搀扶着"扭捏"登场的。大家嘘寒问暖，拥抱、逗乐，有的还唱起了革命歌曲，那架势，不仅有"一日不见如隔三秋"之感，还有"三军过后尽开颜"之慨。之后大家又围着街上燃起的一堆堆篝火，烘烤身上的湿衣湿裤，围着小桌享受热气腾腾的红苕，那惬意的劲儿，不亚于现今百姓的长桌宴。天空越吹越紧的寒风、越飘越大的雪花，丝毫不影响街面上的热度。一幅"火烤胸前暖，风吹背后寒"的苦中作乐的场景，就这样在我脑中定格。

重聚的欢乐和"盛宴"之后，接下来便是踏上继续前进的征途。在领头人的号令下，先前的一盘散沙迅速成了"军容"还算整齐的队列。虽然服装不统一，但精神还算抖擞，步伐也还铿锵。当然，这除了"革命"层面的要素外，红苕的作用也是不容忽视的。

记得当天这支队伍走进邻县县城的时候，大雪是铺天盖地地飘，与之相应的行进节奏也是分外的出彩。有的人竟情不自禁地亮出了自己的装备——半截扁担，扛在肩上，显得七零八落，但表情和身姿则豪迈而威武，实在有点怪异。

泡桐树

张继唐

堡坎缝中有一棵令人瞩目的泡桐树。

每次开门外出,每次进巷回家,这棵泡桐树总是首先闯进我的眼帘。硕大的虬爪,跃然石上,竖起主干,撑起一方翠绿。一瞬不经意的对视,总有万般咸涩莫名而来,有种直撼人心的灼痛。叹人世炎凉,万物沧桑。

十多年前,我就关注着它的问世。一点新绿,夹缝之间,屋檐底下,风霜雨露,却又是那般稚气无知、淡定自如。一种不认命的坚持,一种天生我材必有用的信念,它没有奢望,没有杂念,更知一滴水就够了的饱足。才两三年的虔诚修炼,它就舞起了一杆仙风道骨的经幡,在小巷一隅,搅动着寂寞,呼应着天籁,传颂着一声声人们听不懂的梵音。

萧索的秋天,为了算计有限难得的养分,它忍痛揭去了霓裳,任肆虐的秋风刮去了它的美丽。它要孕育一群生命,它懂得那是一个春华秋实、传宗接代的繁衍季节。

寒冷的冬天,饥寒交迫,四面楚歌,是乎又要将它置于死地。孱弱而衣不遮体的身躯,像一个神经极度崩溃的母亲。它紧拽着怀里那一摞摞数不尽的子女,它不敢松手,当它腾挪左手去抱那个娃儿,松动又使右手掉下了另一个,心痛,最后,无助、无奈的它眼睁睁地看着一个个血肉离它而去。

东风初度，冰雪消融。命悬一线的它，终于又投进了大地母亲的怀抱，烈火重生，凤凰涅槃。密密麻麻的新绿一下又在枝干上萌动了起来。滴水之恩，涌泉相报。一夜工夫，它又竖起了万千花蕾，一支支雪白的小喇叭，散发着淡淡的清香，对着天空欢快地演奏着一曲曲春江花月夜。

盛夏，这棵呼唤着阳光的泡桐树，倏地又疯长起来，撑起了一蓬硕大的太阳伞。翠上叠翠，绿中添绿，疏桐漏影，引来鸟雀喳喳。未离石缝无人晓，才出中天百鸟鸣。把万般靓丽、万般情趣、万般美好撒向人间。

大自然花草树木种类甚多，我的大脑记忆里，叫不出多少名字。唯有这棵泡桐树，对我心胸多年的撞击，成了心中一道抹不去的印痕。它像一位睿智的高人，仿佛总在与我对话，谈沧海桑田，春来秋去。说阴晴圆缺，人间悲欢。直指世间一个永恒的主题——生活。对于生活，它安于贫瘠，笑对逆境。一声呼喊，跃上去的就是一个永生的、咬定青山不放松的金鸡独立，人间哀叹的无一席之地，在它眼里可能不屑一顾，甚至，有些睥睨的成分。刀光剑影后的阳光雨露，那一滴淡淡的晶莹，就是它收获、希冀、惬意的全部。

泡桐树，我心中的泡桐树，用什么文字来表达我此刻对你的情意呢？我穷尽想象，可能唯有"敬畏"一词了。

乡事联想

梁祖江

两只脚的位置

光着两片脚丫来到世上，无人可避免，我自然也是。父母给我穿上的第一双鞋，是啥材质，是啥模样，已彻底遗忘在婴儿时代的路上。我所能从记忆深海打捞出来的，一是解放鞋，二是皮鞋。从前者到后者，顺序绝不可颠倒，因为它隐藏了一个人的幸福密码。

早已去另一个世界的父亲，一生守着土窝窝，在人间的数十个年头里，从未穿上过皮鞋。换句话说，命运的行程不允许他走向幸福。作为窝子里一株庄稼，我也只能穿着一双双或布满窟窿或打满补丁的解放鞋，在那连绵群山的阻隔之内亦步亦趋，两脚就像两片零落的秋叶，潜伏于阳光最底部。

后来，亮光光的皮鞋如两只眼睛，引我走向父母眼里的开阔地带。但不论走多远，我都与世隔绝得很，至多只能占得两只脚的位置。

一只南瓜的等待

一只南瓜带上金黄，也带上笨重，从我老家茅栗坨启程，在我稚嫩的肩膀上行走约 30 公里，就来到了岩头河对岸的许家坝菜市。

时值正午，大街人流如潮。与我随行而来的南瓜，如一尊巨石，坠落潮底，一动不动。而那些各式现代商品，不断吸引着四面八方仰望的目光。一浪高过一浪的讨价还价声中,我与一只南瓜面面相觑,当然也偶尔抬头偷偷东张西望一下。

夕阳就要落山,冷冷秋风渐起。一街的空荡,装不下所有的寂寞,我和南瓜只好灰溜溜走在回家的路上。但不曾想,蓄满了一身等待的这只南瓜,多年后的今天,竟被一些筷子抢来抢去,在城市,甚至就在它曾破灭过希望的那条农村老街里。

红薯如坑

山中有很多深坑,深到连阳光也害怕掉落其中。

中堂一角,几块木板横铺其上,下面就是深深的苕坑。因为阳光被高空的瓦片挡住了去路,揭开木板俯瞰,便只见得一团漆黑。

几乎每家每户,都有这样的一个坑。没有装红薯的日子,这个坑,只装着一团漆黑,像一条倒悬的黑色暗河。装下的红薯,则像一个个泳者,争相上游,结果先行者却被迫落于最底层。

不需要它装红薯后,我们便找来泥巴或石块填于其中。时间沿着它们返回过去,此时谁都可以清楚地看见,未挖掘成坑之前,那里其实也是一个坑,只不过它所装下的,不是一坑黑暗,而是一坑比黑暗更看得见摸得着的石块或泥巴。

红薯如坑, 生拒绝着黑暗。我们能够看清它的一刻,那它一定携带了阳光。

后　记

梁国赋

　　草棚外的那株桂树，是建草棚时移植的。一道移植的还有一株石榴，一株山茶，一株碗口粗的金银花，一株蜡梅，一株映山红。其次还有三盆兰草。比较而言，石榴树要老道一点，每年春上都开满树的花，花期要持续近两月时间，只是每年不怎么结果。花谢过后，只有三五只石榴挂在树枝间，入秋后倒也红亮，只是入口后，味觉苦涩。正如我之人生。只是这时，桂树则在无意间开了花，倒也添了一些馨香。夜间有月亮，天幕间亦繁星点点。今年的观山湖，夏日里似乎不太热。

　　应该是前年的春上吧，泚生与几位老友来我草棚里喝茶，那时院里的有些花正要开，而一方鱼池里的六只龟与那些锦鲤亦正从阴湿的冬天刚缓过气来，是有些春风洋溢的样子。喝茶间，泚生说起《记忆乌江》的事，他似乎早有准备，说得比较细。先在《铜仁日报》副刊上设专栏，有了些篇什以后再出"集子"。便要求我鼓动一些认识或不怎么认识的中青年作家参与。我当然不可以拒绝。我只是说，写过《牧羊山》那篇小说后，我得修改我的两个长篇，其中之一的《雕花奶床》，还是十年前士光先生在花溪主持全省长篇小说规划会时我承诺过的。而事情过去了十余年我都没有完成，实在有些惶恐。不过，我的散漫与懒散，不思进取，大家都是知道的，即便士光先生见了要痛骂我,由他去吧,我尽可能地躲着他就好。

不过,洑生说,《记忆乌江》成集时,请士光先生题写书名并作序那才叫好,我就禁不住笑出声来,你洑生兄非得把我逼到士光面前低头认罪那才叫好不是?

当然,我亦知道洑生的心计,非得请一个大佬级人物撑撑场面不可。倘若如此,则功德圆满。但于我,真是在士光先生面前不好交代。于是,便想到了同为乌江人的晓勇先生。文学评论与理论,本就是他早年读硕士时的专业,且功力不凡。最要紧的是,作为乡人,集子中的乡愁乡恋、乡俗乡情,更是他所熟悉的过往,有他的共鸣,集子自当不同凡响。况且,尔后出版事宜,还得拜托他安排。于是,请他作序,便是再好不过了。

这样想时,洑生主持的《记忆乌江》的确有进展。或见面,或电话里说,大多数作者都比较支持,不计报酬不要稿费,编一二十万字的文集是不成问题的。还安排我好坏得写一"后记",以致谢支持此事的老、中、青三代乌江人。我说,当然可以。

当然,首先得感谢集子的全体作者,铜仁日报的用心和罗漠先生的操持。因了你们,乌江有幸,乌江文学有幸。

洑生与我一样,是靠退休金过日子。我与三弟梁军沟通,能否在经费上有所支持,梁军说,他当下的考虑,主要支持的是民间的贫困教育,至于文学,是文化人的责任与担当,如是不济,当然亦在考虑之列。后与思南县工会领导说过此事,亦是这个说法。我说,洑生与我都是退休之人,并非是"自己"出集子。实话实说,退休人都是边缘人,只是想记忆乌江的人与事,烙与印。尽管都属过往,但过往的情怀有根的汁液与瓜葛,乌江虽华丽转身,但后人应该记得它的过往。

这前无古人的好事,当然得有人做。

集子最初的操持，的确有赖于洮生、光孝、方能，还有任志平。的确是一种民间操作，并非是"官方"安排。只是有意义，甚至有一种"必要"，也就做了。是好是坏，就让世人评说吧。

2015 年 9 月 6 日于草棚